谌容文集

真真假假

3

中篇小说

作家出版社

作者简介

谌容，女，中国当代作家。祖籍重庆巫山小三峡，1935年10月25日出生于湖北汉口。1937年抗日战争爆发随父母入川，1945年抗战胜利至北京，毕业于东城私立明明小学，后考入北京女二中。1948年初随家人回重庆，就读于重庆女二中至初中二年级。

1951年参加工作，在重庆西南工人出版社门市部（书店）售书。1952年调入《西南工人日报》编辑部任干事。1954年考入北京俄文专修学校（现北京外国语大学），成为新中国第一批享有国家调干助学金的大学生。1957年毕业分配至中央广播事业局从事翻译工作。1961年病休。1962年调入北京市教育局待分配。病休中开始练习写作。

1975年第一部长篇小说《万年青》由人民文学出版社出版。1979年在《收获》发表第一部中篇小说《永远是春天》。1980年调入北京市作家协会为专业作家。改革开放四十年间，谌容在全国各地期刊发表多部中、短篇小说，作品深受广大读者喜爱，多次获得各种奖项。由作者改编的电影《人到中年》，获得当年"百花""金鸡""华表"三大奖，得到广泛赞誉。

■二〇一八年在自己的书房。从一九六九年下放农村，五年间不仅学会了插秧种地，也学会了抽烟，一直到今天积习难改。检查身体时肺部总是很正常，连医生也放弃了劝说。本来我不想"恶习"公之于众，编辑却说：反正都知道您抽烟，您又拿不出别的照片，就这张吧，真实。

■ 这张照片有一个故事。九十年代，北京的一些文化名人常找
京城有特色的饭店探讨美食，他们戏称为"好吃会"（"好"
字这里音"号"）。我记得"好吃会"里的常客有书法界的启功、
黄苗子，美术界的丁聪，戏剧界的吴祖光，文学界的汪曾祺，
还有翻译界、出版界的名家，也有海外临时来的文化名人。
每次大约八人左右保持一桌。他们都比我大十几岁，那时我
算中青年作家。蒙他们不弃叫上我，是因为我会做几个菜也
"好"吃。照片是一九九六年底，在一家新开业的餐馆早到
的几个人。右一丁聪，右二谌容，右三启功。

■ 在巴金同志家。那是一九七九年左右，巴老身体还康健，我
们也还年轻时的一次聚会。前排左一巴金、左二谌容，后排
左一巴金的女儿李小林、左二吴泰昌、左二冯骥才。

■ 记不清是什么情况下拍的照片，好像也是一次"好吃会"的
活动。左一三联书店总经理范用，左二谌容，左三戏剧家黄
宗江，左四画家尹瘦石，左五戏剧家吴祖光。

　　大约是九十年代的一次接待外国友人的活动。记者为我和黄
　　苗子、郁风夫妇照了一张相。我很佩服苗子的书法作品，他
　　对我也很提携，还送我一支自己定制的大号毛笔，鼓励我有
　　朝一日进入书法界。而今苗子已仙逝，那笔还挂在笔架上，
　　练字总舍不得用它。

■ 八九十年代各地期刊、出版社流行举办"笔会"，给作家们创造条件了解当地的风土人情，游山玩水开阔眼界，与编辑部建立良好的关系。好像这次请的都是北京市作协的专业作家。右一理由，右三邓友梅，右五林斤澜，右六谌容，右七刘心武。

目录

真真假假

一

"喂，您是吉祥东街公用电话吗？劳驾您给传一下53号的吴天湘。口天吴，天上的天……"

"您甭跟我说这些，我不认得字。"那边是个嗓门挺大的女人，"不就是53号二楼的老吴同志吗？一个瘦高老头儿，我认得。"

"对，对。"

"您是哪儿呀？"

"我是外国文学研究室。"

"啥？您是外国，哪儿？"

"喂，喂，您就说我姓杨，我叫杨昌明。杨……"

"行嘞！您候着吧，我这就叫去！"

杨昌明一手拿着话筒，一手抄起鸡毛掸子，漫不经心地掸着桌上的灰尘。

"喂——"

那边接电话的人来了。

杨昌明赶紧放下鸡毛掸，双手捧着话筒，声音里带着尊敬：

"您是天湘同志吗？"

"是我。"声音是洪亮的。

"我是杨昌明呀！"

"什么事？"

"明天上午九点钟开会。"

"不是已经发了通知了吗？"

"是啊，是啊，"杨昌明解释道，"这次会议，院党委非常重视，党委办公室的吉主任要亲自参加。他要我务必再电话通知一次。"

那边没有说话。

杨昌明又进了一步：

"天湘同志，您明天最好早一点来。这个会还得您主持。"

"你是支部书记，党委布置的学习，当然由你主持。"

杨昌明急了，两手把话筒攥得更紧，好像这就是吴天湘的胳膊，声音里也带出恳求的意味：

"天湘同志，您是研究室的主任。这不是一般的学习，这是批评老许那篇文章，我主持，不合适。"

"会，我参加。主持，还是你。"

对方不容分说，把电话挂上了。

杨昌明从兜里掏出块皱皱巴巴的手绢儿，擦了擦额头的汗，又叫通了一个电话。

"喂，你是朱盛吗？"

"是我呀，你是谁呀？"

"连我你都听不出来了，我是杨昌明。"

"哦啊，对不起，对不起！杨书记，找我有什么事呀？"

"无事不敢惊动，通知收到了没有？"

"我们这里邮递员从来不出事故。喂，老杨，给透露透露，又学习什么文件呀？"

"你别装傻了，学什么你还不知道？"

"三中全会精神，四项基本原则，我完全拥护，有记录可查……"

"你真不知道，还是装糊涂？学习省委赵部长的讲话，讨论老许那篇文章。"

"哪篇文章呀？"

"你别明知故问了。上次开会传达省委的意见，你不是来了吗？赵部长点名批了老许那篇介绍西方现代派的文章呀！"

"我是研究日本纯文学的。西方现代派，跟我两码事儿。"

"朱盛，你那儿是公用电话，别瞎扯了。明天早上九点准时到。告诉你，党委办公室吉子宽亲自来参加。你可别迟到，别请假！"

"好嘞！只要今天夜里不上医院看急诊，明天我一定来。"

"喂，喂，你通知一下沈志业，他那儿没电话。"

"行啊，我给你跑腿儿。"

杨昌明放下话筒，脸上露出一个无可奈何的微笑。他觉得口干舌燥，拿起桌上的暖瓶，晃了晃，空的。他起身提着暖瓶到锅炉房去灌开水。

这外国文学研究室所在的省社会科学院，占据着一处庙宇式的古建筑。几进的大院，高大的房屋，参天的松柏，确是一个幽静的做学问的去处。只是房屋年久失修，瓦残墙断，柱漆剥落，地面坑洼，更兼落叶秋风，很有一点萧瑟的景象。

外国文学研究室属于恢复单位，几经讨论研究争夺，才在这里占了一间办公室。面积虽然不小，做个餐厅能摆下七八张桌子，做研究室来用却极不相宜。二十几个人挤在一间屋，除了聊天，还能研究啥？鉴于文学研究多属个体劳动，吴天湘自己也是把工作室设在寝室里的。因而从外国文学研究室重建之后，就废除了坐班制度，各自在家搞自己的研究，除了开会和查找资料，谁也不到研究室来。这间办公室，实际上就变成杨昌明一人用的了。也因此，他除了"秘书""支书"两项重任外，又兼任了公务员、电话员、收发员、接待员等项任务。

打了开水回来，杨昌明拿起茶杯，揭开痰盂盖，把隔夜的剩茶往里一倒，一股恶臭扑鼻而来。他赶紧把痰盂盖上，也顾不得涮水，又回身坐下拿起了话筒。

"喂，童童呀，我是老杨。就你们家电话好打，直通。这一上午打电话差点儿没把我累死！"

"您可真够辛苦的！"

秦童童的爸爸是省委统战部的副部长，家里有电话。

"哎，童童，你怎么也跟那些大研究员一样，不来坐班了？"

"我有病假条儿呀！"

"你的病假条怎么那么好开？你能不能也给我开两张？"

"行啊，只要你也在兵团落下病根，十年八年的好不了，我准给你弄假条儿！"

"哎，别开玩笑。明天九点开会，你可得到。"

"敢不来吗？平常没人想起我，到了开会学习，就想起秦童童了。"

"喂，说真的，童童，你明天早点儿来，帮我打扫打扫卫生。吉主任说了，亲自来听会……"

"亲自来才好呢！叫他看看，挂名儿一个外国文学研究室，就那么一间破屋子！还怪人家不来上班，上班有地儿待吗？"

"你哪来那么多牢骚？我可告诉你，明天的会讨论老许那篇文章。"

"我写不了文章，也不属于批判对象，没我的事儿……"

"喂，我不跟你辩论！你上叶菲家拐个弯儿，通知她一下。她那儿没有传呼电话。"

二

没有等到明天，省社会科学院党委办公室主任吉子宽就来了。

"小杨，电话都打了没有？"

杨昌明赶紧迎上去说：

"正在打。"

"好。"

年近六旬的吉子宽，虽是满头白发，却仍精力充沛。他拉过一张皮椅子，原想坐下，一看那椅子，皮子破了，瓢子里的旧絮和弹簧都露了出来，没敢往上坐，就改用双手扶着椅背那么站着。两眼不由自主地把四周打量了一番，微微叹口气，摇着头说：

"你们这研究室像个什么？破破烂烂，到处是灰，这办公室有几天没打扫了？简直快发霉了，可怕啊！还研究外国文学呢，这哪儿有一点外国文学的气味，有的是没落潦倒的封建文人的恶习！"

"我们这儿，卫生是差点。"杨昌明赔笑道。

"不是卫生，是这儿——"吉子宽指指自己的脑袋说，"是思想发霉。小杨啊，你是多年的政工干部，也可以说是'老政工'了，你可要警惕啊！不要以为现在重业务，强调出成果，就放松思想政治工作，这是不行的。这回许明辉的文章捅了娄子，绝不是偶然的。我早就说过，知识分子不注意思想改造，迟早要犯错误。你看，这才两三年，有的人就把尾巴翘到天上去了，这还不犯错误？"

杨昌明点了点头。他在吉子宽直接领导下，参加过反右派运动、反右倾斗争。"文化大革命"中，吉子宽被当作推行"刘少奇反革命修正主义路线"的"黑干将"揪了出来，杨昌明也靠边站了。后来吉子宽得到"解放"，当了社会科学院革命委员会政工组组长，杨昌明也在政工组里当了一名组员。粉碎"四人帮"以后，吉子宽"说清楚"了，当上党委办公室主任，本想把杨昌明留在党委办公室里，杨昌明念念不忘自己的专业，才分配到外国文学研究室来。在吉子宽的心目中，他是个很有希望的政工干部，可惜这几年被业务风刮的，也有点歪歪扭扭的了。

"你接着打你的电话，"吉子宽摆了摆手，"打完电话，我们再商量一下明天的会怎么开。"

杨昌明又拨了一个传呼电话。

"喂，请你找一下18号的张维。弓长张，维持的维。什么？我是哪儿？我是外国文学研究室里。"

不料，话筒里传来一个笑嘻嘻的声音：

"喂，同志，给找张电影票嘿！"

"什么电影票？"

"你们不是什么外国的研究室吗？那还不老演外国电影儿，给找一张嘿！"

"没那事。外国文学跟外国电影扯得上吗？"

"得了，您甭蒙我！"那边嬉皮笑脸的声儿，"上礼拜六，那大庙里，演了没有？"

"是演了。可那不是我们发的票，也不是外国电影。"

吉子宽在一边听着不耐烦了。他冲着杨昌明皱了皱眉说：

"你跟他胡扯些什么！叫他传电话去！"

杨昌明把手捂住话筒，低声对吉子宽说：

"不行啊，惹翻了他，不给你叫去，怎么办！"

吉子宽气得把脸一扭，不言语了。杨昌明把捂住话筒的手挪开说：

"好吧，下回演电影给你票，你快去叫 18 号的张维接电话。"

"您可记着，别忘了电影票！"

那边找人去了。杨昌明叹了口气说：

"现在的社会风气，真叫人哭笑不得。连传个电话，都要附加一张电影票！"

吉子宽又皱起了眉头。他觉得杨昌明这几年也在变。一个政工干部，常常跟群众一起发牢骚，这是政治工作搞不好、政工干部说话不灵的一个重要原因。他本想批评杨昌明几句，那边张维来接电话了。

"喂，张维同志吗？我是杨昌明呀！通知你收到了吧？"

"收、收、收到了。"张维有些口吃。

"明天上午九点开会，希望您准时到。"

"好，好，嗯，是学、学习什么……"

"学赵部长的讲话啊，党委布置我们认真讨论。"

"啊！那，主要是谈、谈老许的文章，还、还是……"

杨昌明看了吉子宽一眼，慢慢地说：

"主要当然是谈老许那篇文章。不过，也不限于老许的文章，也可以联系……"

"不是可以，而是应该。"吉子宽厉声订正。

杨昌明赶紧改口，凑近话筒说：

"也应该联系自己……"

吉子宽一旁又发了指示：

"你动员他准备一下，谈谈自己的认识。"

杨昌明又对着话筒说：

"张维同志，您准备一下吧，谈谈自己的认识。"

"我？"

"是啊，都发发言嘛！明天的会，党委很重视，吉子宽同志要来参加。"

"啊，我、我……"

能用电话通知的，都通知到了。不能用电话通知的，都托人捎了口信。杨昌明这才喘口气，坐下来。

"做政治思想工作，一定要细致，要落实。"吉子宽也拉过一把木头椅子坐下来，"你看，学习通知是发了，可是学习内容没讲清楚，会上的发言没有去组织，这怎么能把会开好呢？"

"现在开会学习，都不事先安排发言。"杨昌明答了一句。

"哦？"吉子宽投去一个怀疑的眼光，"你认为这样开会，效果好吗？"

杨昌明想了想说：

"这样开会嘛！倒也好。大家没有什么拘束，想到什么就说什么，思想比较活跃。当然，也有另外的一面，漫谈一通，不解决什么问题。"

"就是嘛，这种漫谈会，扯天说地，解决什么问题？还不是传播小道消息，给那些发牢骚的人提供市场？"吉子宽激动起来，"我常说，现在，我们弄得连会都不会开了。五十年代，哪有这样的会？开会，总是要解决问题，要围绕中心，闲扯也算开会？开会，要有充分准备。毛主席说的嘛，不开无准备的会。会前不安排发言，不组织积极分子队伍，这会怎么开？"

开会的这一套方法，杨昌明当然是熟知的。不但熟知，而且惯用。正因为如此，"文化大革命"一开始，造反派就贴了大字报，要他交出"黑名单"。根据是：既然你们有"积极分子队伍"，必然有"中间分子""落后分子"名单。杨昌明为这事，急得差点没跳河，现在提起来，犹自心惊肉跳。

"这一套，早给批了。"他满脸的委屈。

"那是林彪、'四人帮'的破坏！"吉子宽理直气壮，"我们现在就是要恢复党的优良传统，包括恢复党的优良会风。小杨，你不要心有余悸，你要好好地摸摸情况，排排队。在这次学习当中，谁是依靠对象？谁可以争取？谁有什么问题？都要做到心中有数。"

杨昌明坐在那儿，不禁悲从中来，有苦说不出。想起"文化大革命"中自己那多次的检查，什么"整黑材料"啊，充当"打手"啊，各种难听的话，都硬着头皮吞了下去。粉碎"四人帮"以后，他坚决要求归队，就是为了远离这给抹得一团漆黑的政治工作。没有想到才过了几年安静日子，政治工作的套又架在自己的脖子上。你不干，也不由你了。

"上午的时间不多了。"吉子宽看了看表，站起来说，"下午你串串门，找积极分子布置一下明天的发言。"

三

谁是积极分子呢？

杨昌明推车走出"大庙"门口，心里还没有谱。

这一带，属于老城区，路面狭窄，人口集中，加上近来政策放宽，允许摆摊设点，更是人流如潮，拥挤不堪。修鞋的、打掌的、卖花生的、卖瓜子的、卖麻花的、卖鱼虾的、烤白薯的、捏泥人的、耍猴的、舞刀弄棍的、挂着"出口转内销"的横幅牌子推销滞销商品的、国营零售店推着小车来扩大营业额的，把一条庙前街挤得水泄不通。

杨昌明推着车，走一步，停三停。形形色色的面孔在他眼前晃动，各种各样的声音在他耳边鼓响。这一派热闹景象，倒退三年，不折不扣是一幅"资本主义复辟图"。现在确实是思想解放了，这些小商小贩组成的集市变成了国营经济有益的补充，变成了人民生活中不可缺少的一部分。是啊，思想解放是应该的。

谁是积极分子呢？

如果按照思想解放的标准来衡量的话，当然要数秦童童了。别看她是个老知青，一不懂外文，二不懂文学，凭着她爸是高干，走后门进了外国文学研究室，她还挺硬气。小秦什么话都敢说，什么问题都敢捅，而且事后证明，她都是正确的。三中全会以前，她就敢说毛主席犯了严重错误。"英明领袖华主席"的标准像还挂在墙上的时候，她就敢撇着嘴说怪话："哼！又是个人迷信那一套！"她自己进研究室就是"特殊化"之一例，可她反起特殊化来，从来不带脸红的。谁谁的女儿批条子上了大学，谁谁家的彩色电视是"试看"黑货，谁谁的小秘书是谁谁的儿子，她都敢揭老底儿。可是，她除了那两片嘴滔滔不绝，够思想解放的标兵，其他可就说不上了。她拿着假条躲在家里学英文，上班时溜到小放映室看参考电影。这能叫积极分子吗？

"上海新产品，翻领尼龙衫，经久耐用，美观大方，十六块八角一件，要买的您快掏钱，晚了可就没了！"一个二十多岁的小伙子，站在一辆平板三轮车上，双手高举着一件紫红色的样品，抖搂着，高声招徕顾客。平板车四周拥满着看主和买主。看来，这是一个待业青年组织的小百货店。小伙子笑吟吟的挺会做生意，业务上有一套。

谁是积极分子呢？

如果按照业务上的成就做标准来衡量，第一个就是许明辉了。他在最近一年多时间里，发表的文学论著就有十七篇，大都是在北京、上海一些有影响的刊物上发表的。还两次出席全国性的学术会议，多次被邀请到兄弟省、市的大专院校去作有关西方当代文学的报告。他家里的生活条件很差，工资低，住房挤；每天晚上他关在厨房里，坐一张小板凳，用一个方凳当桌子写文章，从来没有怨言，这还不够积极的？可偏偏就是他，写了这篇错误文章，被赵部长点了名。这次学习就为这事儿引起的，他连积极分子的边儿也挨不上呀！

"锵采、锵采、锵、锵、采……"前面又听得锣鼓声声，围着一圈儿人，一帮小孩直往里钻，大概是耍武术的，要不就是变戏法儿的，再不就是卖跌打损伤的狗皮膏药的。这锣鼓声倒叫杨昌明的头脑清醒了一点。

谁是积极分子呢？

不能从一时一事的表现来看，那是表面的，靠不住的。思想解放没了边，就变成思想反动。钻研业务入了迷，就可能走上歧途。积极不积极，主要看对党的态度！靠拢组织，向党交心，这才是积极分子的主要标志。

如果用这个标准来衡量，张维应该是积极分子了。他从五十年代末就递交了入党申请书，因为有海外关系，哥哥在英国伦敦，一直没有批准。"文化大革命"中还因此被关了牛棚。粉碎"四人帮"以后，他又递了申请书。开十一大、开五届人大、开三中全会，每次重要会议过后，他都有书面的或口头的思想汇报，谈感想，谈认识，找差距，表决心。每次开会，他都第一个发言，并且都能联系自己的思想。这样一贯的积极分子，确实是很可贵的。可是……张维这人唯唯诺诺，甚至有些卑躬屈膝，在机关里谁也瞧不上他。他和大家也几乎没有什么往来。他，他像个积极分子吗？

杨昌明推着车，挤出人群。前边是家具市场了。卖沙发的，卖落地灯的，卖大衣柜的，站立两厢。杨昌明推着车缓缓而行，只见两边大衣柜的玻璃镜子里，都映出了他推车行走的身影。他索性站住了，探身朝镜子里端详着自己。老了，憔悴了，才四十多岁的人，哪来这么多皱纹？我怎么变成这样了？什么时候变成这样了？！瞧他，头发乱蓬蓬的，后脑壳顶上还翘起一大撮，脸色是黑里透黄，分明有一层晦气。当年那个精明强干的杨昌明哪里去了？

五十年代初，杨昌明还在大学中文系念书的时候，就是学生党支部书记了。那时候，他朝气勃勃，仪表堂堂，对党的思想政治工作是充满了信心，甚至是充满了感情的。

这与他自己的经历也许是分不开的。他幼年丧母，父亲工作忙，他只得朝夕和继母相处。虽说吃穿不愁，不打不骂，却没有什么家庭温暖可言。他有过少年的不慎，有过青年的荒唐。一次一次，都是团组织、党组织有力的手扶住了他。他在党的怀抱中成长，他也把对母亲的爱献给了党。他在高中毕业时申请入了党。

他热爱党的工作，全心全意做好这个工作。就在他当选为支部书记的那一年，他第一次以党支部书记的身份，同一位因为"生活问题"被取消了候补党员资格的女同学"个别谈话"。这种"生活问题"，如果搁在"文化革命"中，或者在今天，也许都不算什么问题了。可是，那时候党纪森严，一个候补党员发生这样的问题，还有什么资格留在党的行列里呢！

这位女同学和他不同班。平常很少交往。但是，在支部书记面前，她敞开自己的思想，悔恨自己的失足，解剖自己的灵魂，谈到了一些也许连她生母也不曾知道的心灵深处的隐秘。她忏悔，她伤心，她觉得"党不要我了"。

"不，党还是对你寄以希望的。"杨昌明说，"希望你改正错误，重新回到党的怀抱里来。"

那女同学先是一怔，随后，两行晶莹的泪水默默地淌了下来。这无声的眼泪倾诉了她对党的感激，召回了她失去的希望。

杨昌明第一次感到，从自己嘴里说出来的那么平凡的话竟有那么不平凡的威力。它抚慰了一个受伤的灵魂，甚至是给予了一个陷在深渊的弱者以生的力量。而这一切仅仅因为他是一个党的工作者。他感到，党是圣洁的。它伟大而又平凡，崇高而又亲切。党是温暖的。它有父亲般的严厉，也有母亲般的爱。党是透明的。在它的周围，容不得半点污秽丑行。

当杨昌明以优秀的成绩毕业而被留校的时候，他被分配到党委学生部去工作。老师和同学都惋惜一个很有希望的专业人才不能从事自己的专业工作。连党委人事部门的负责人，也准备用种种理由，去说服杨昌明服从组织分配。

出乎意料的是，杨昌明非常愉快地踏上党的政治工作岗位。

他的女友林佩芬——后来成为他的妻子，当时也劝他再考虑考虑。她说：

"你学的是文学，去搞政治，不后悔吗？"

"不！政治工作和文学工作是相通的。"杨昌明高高兴兴地说，"文学工作的对象是人，政治工作的对象也是人。文学工作陶冶人的心灵，使人变得美好起来。政治工作也是净化人的灵魂，使人变得美好起来。"

"瞧你，简直把政治工作说成一首诗了！"

"是一首诗，一首关于人的诗！或许正因为我是学文学的，我才更看重政治工作。它像文学一样是美学，是人学，是科学，是一门艺术。我愿意为这门综合性的科学，为这门研究人的艺术贡献一切。"

林佩芬被他的热情所打动，她表示赞同了。

在最初的年月里，杨昌明从自己的工作中，品尝到了别人难以理会的幸福。他不是普度众生的神明，但确给人带来了关怀和温暖，给人以新的力量。他也把每一个同自己谈话的人都当作一面镜子，从中照见自己、检查自己、提高自己。他感觉到获得群众的信任是一种多么巨大的快乐，就好像作家的作品得到了读者的信任一样。

然而，美好的时光过去了，过去得那样急促匆忙。在一次接着一次的政治运动中，批判、斗争、政治攻势、分化瓦解，他都被推到阶级斗争的第一线，不容分说，不容思考。等到十年动乱开始，这一切都颠倒了。他成了推行"反革命修正主义"的"急先锋""黑爪牙"，甚至更难听的："帮凶""打手"！

杨昌明对政治工作的信念开始动摇了，十分痛苦地开始动摇了。

粉碎"四人帮"以后，重新肯定十七年，他看到了一线希望。然而，很快地，拨乱反正拨到了反右倾、反右派，拨到了他曾经以那样的虔诚和热情投入的一次又一次保卫党的"圣战"。颠倒再颠倒，否定再否定，他又一次感到政治工作这首诗是多么深奥，多么难懂。

"算了，归队吧，还搞文学去吧！"他的妻子林佩芬劝说着。

这一次，他听从了妻子的劝告，申请调动工作，并如愿以偿地分配到外国文学研究室。他本来以为可以从此摆脱政治工作的苦恼。然而，偏偏事与愿违，他又一次被选为支部书记。现在偏偏又遇到老许的文章出了毛病，吉子宽又是一个非常认真、非常严格的老政工干部。他再次被置身于政治思想斗争的旋涡之中。

怎么办？他推着车穿过一段闹市，又接着朝前走。前边不远就是东小街，许明辉的家就在那边，还是先去看看老许吧！做了二十年政治工作，他很清楚，现在需要找的人是谁！

四

桌上稿纸摊开着，钢笔没戴帽儿，期刊翻开在一旁，那篇倒霉的文章就登在这一期上。

许明辉两眼呆呆地望着桌面，那期刊上的铅字忽而变成长条，忽而变成扁圆，忽而是模糊的一片，忽而又像一个咧嘴儿笑的娃娃脸，忽而又全都变得黑乎乎的了。他揉了揉眼睛，心烦意乱地站了起来。屋子小，转不开，他一转身又坐下了，愣愣地干坐着。

收到书面通知，接到传呼电话，许明辉就这般地坐卧不宁。他不是胆小怕事的人。从大学时代起，许明辉就以敢于独立思考、富有创见，博得老师的青睐。当然，五七年反右的时候，他因此栽了大跟头。二十年在艰难中过去，改正以后，他回到外国文学研究岗位。所谓"江山易改，本性难移"，他仍然是锋芒毕露，口若悬河，从不隐瞒自己的观点。

所不同的是，二十年的磨难，摘去了他一头的黑发，留给他一个秃秃的光头。他家庭经济情况不佳，妻子治家无方，他自己又有李太白之癖，机关里的人从未见他穿过一条好裤子；毛衣的袖口常有断线如蛛丝般挂挂牵牵；上衣的扣子不是颜色各异就是缺一少二；尼龙裤之普及在他身上是个例外；他从来不去皮鞋店，懒汉布鞋开了口也不送去缝两针。同事们称他是"名士风度""不修边幅”。溢美之词，当之有愧。不过，他倒真是钻在自己的外国文学研究中，无暇他顾。

可是，就这么一心扑在事业上，反而惹出祸来了。我错了吗？我没有错！他用拳头敲着光光的脑门，一肚子的委屈。

他腾地站起，又在屋里转来转去。往左走两步，碰到一张铺着破单子的旧木床；往右走两步，碰到一只堆满期刊书报的旧书架。在屋里太憋闷了，他抄起桌上的期刊，跨出门去，去找五七年一起被错划成右派的“五七战士”吴天湘。

吴天湘家里总是那么安静舒适。两间一套的单元宿舍，虽说面积小点，却是处处收拾得一尘不染，井井有条。这当然不是吴天湘的功劳，而是他那新近复婚的妻子温素玉怀着赎罪的心情留下的成绩。

许明辉一来，照例是钻到里屋吴天湘那间书房兼卧室里去。

这间小屋满是书。书架上排列的是书，桌面上摊开的是书，床头枕边上搁着的是书，墙角空地上堆着的是书。只在壁上挂有一幅吴天湘手书的鲁迅先生的名句：

横眉冷对千夫指，
俯首甘为孺子牛。

不到五分钟，小屋里已是烟雾弥漫。许明辉坐在一张折椅上，吴天湘斜靠在对面的一张藤椅上。烟灰缸放在桌上的一角，吴天湘用烟斗，许明辉抽纸烟，两人都忙不迭地把尼古丁往肺里吸去，谁也没有讲话。

吴天湘比许明辉大五六岁，看上去却好像比许明辉小五六岁。他穿一件法兰绒春秋衫，一条纯毛哔叽长裤，裤缝笔挺。脚上趿着一双洗得很干净的泡沫塑料拖鞋，露出一双黑红两色相间斜格子的尼龙袜子。他同许明辉一样，也经历了二十年的磨难，甚至还遭受过比许明辉更沉重的打击——他的妻子因此而和他离了婚。但，出人意料的是，他没有像许明辉那样消沉、颓废、酗酒，以至潦倒。而是极其冷静地，或者说十分理智地接受了这接踵而来的打击。如今，二十个春秋过去，他看上去还是那样年轻，那样精明，那样富有学者风度。仿佛他只是演完了一幕悲剧，并不曾损伤他的身心，反而从中得到了启迪。

"老吴，支部通知我，让我作检查。"许明辉终于打破了沉默。

吴天湘嘴里叼着烟斗，倾听着从烟斗里发出的嘶嘶的响声，并不答话。他把桌上的一包好烟朝许明辉手边推了推，示意他再抽一支。

许明辉沉着脸，低头点上了烟，脊背往椅上一靠，急急地吐出一缕缕的青烟。

五十年代，吴天湘和许明辉同在省里的一个大学任教。吴天湘是讲师，许明辉是助教，五七年同时被划成右派。但是，他们走向这条深渊的道路却是大不相同的。

许明辉可以说是失足落网。他热情、豪爽，容易冲动。党委书记动员鸣放的报告激动了他，鸣放会上的那些发言和掌声震动了他。他把大家的意见归纳起来，作了一次题为《对改善党的领导的十点意见》的发言，在全校出了名，也因此遭了难。

吴天湘却是自投罗网。在整个鸣放期间，他正好因病住院，一条"右派言论"也没有。病愈出院，回到学校，见到满墙的大字报，许多同事被戴上"右派分子"的帽子，他不理解。由不理解到抱不平，最后，不听温素玉的劝阻，去找校党委反映意见，成了"自动报名"的右派。

一支烟闷闷地抽完了，许明辉用被烟油熏黄了的手指一捻，把烟头掐灭了，抬起头来，瞪着大眼睛，说道：

"我真想不通。我们是搞外国文学研究的，介绍一下外国文学流派，本来就是我们业务范围以内的事，天经地义，这有什么错？"

吴天湘把烟斗拿在手里转着，还是没说话。

"老吴，我的那篇文章你看了吧？"许明辉直说了。

吴天湘这才点头答道：

"当然看了。"

"你凭良心说，文章里有什么越轨的地方？本来，这些年我们闭门锁国，对外面的东西一点也不了解。现在刚开了三中全会，提倡解放思想，我只是很客观地介绍了一下西方现代派文学，并没有说我们一定非学它不可。可是，你要介绍，总要把来龙去脉说清楚吧！"

说着，他顺手打开随身带来的那本期刊，急急翻到中间，用手指点着说：

"你看，这一段，我还特别指出现代派文学产生的历史条件。由于西方社会出现了比较普遍的幻灭，资本主义文明遇到了深刻的危机，这些国家的作家认为旧的传统已经不可信赖，这才有反叛传统的现代派文学，有未来主义、表现主义、超现实主义、象征主义。二次世界大战以后又有存在主义文学、荒诞派戏剧，还有黑色幽默，这，这不是有分析、有批判了吗？"

越说越激动，只见他的秃顶渗出汗来，那两只金鱼眼睛也鼓得更大了。不容别人说话似的，他自己又接着说：

"当然，这一段可能被抓住了。我说，现代派的文学，我们只是最近才开始接触，可有人并不了解什么是现代派，一提起它，就是颓废、堕落、反动、病态心理、稀奇古怪、晦涩难懂、荒诞不经，等等。我说，如果脑子里塞满了这种成见，就不可能客观地去研究现代派文学。赵部长讲话里说这是替西方现代派涂脂抹粉，接受西方观点，立场观点倾向有问题。可凭良心说，我讲的哪点不是事实？难道非要我把人家骂得一无是处，才算立场站稳了？这种谩骂式的文章，过去我们不是没有写过！"

吴天湘投过去一个探询的目光，好像在问：你这是指的什么而言呢？

"嗐，那还是六七年的事。"许明辉根本没朝吴天湘看，又自己取了烟点上说，"那时候，红卫兵要出版毛主席诗词，说是要同'资产阶级反动学术权威'争夺毛主席诗词的出版权、注释权。他们勒令我给《咏梅》原词写个注释。我原稿上写陆游是南宋诗人，因主张抗金而遭到投降派的打击和排挤。红卫兵不满意，说这是客观主义地评价陆游，没有加以革命的批判。"

"那该怎么批判呢？"吴天湘不无好奇地问。

"他们加了一句，说陆游是统治阶级的一员，他的抗金与劳动人民的抗金有本质的区别，当时统治阶级内部抗金派与投降派的斗争，是狗咬狗的斗争，最后来了个醒目的标题：'杀、杀、杀'，把'牛鬼蛇神'斩尽杀绝。真正叫人哭笑不得！为了留作纪念，这本书我还保存着呢！唉！"

"陆游地下有知，闭上的眼睛也要睁开！"吴天湘往藤椅上重重地一靠，叹息道。

"难道现在还应该用红卫兵的观点、方法和语言去研究外国文学？如果是这样的话，干脆，外国文学研究室改名外国文学批判室，岂不省事！一写文章，先来几个杀、杀、杀！"许明辉越说越气，拿烟的手指都微微地发抖了。

这时，吴天湘放下手上的烟斗，朝前坐了坐，才开口说：

"老许！何必这么激动！"

"唉！"回答只是一声长叹。

"你的文章一发表，我就拜读了。"吴天湘又说，"赵部长提出批评以后，我又仔细地看了一遍。我认为，你这篇文章不但很有分量，而且浅显易懂，可以说是在外国文学研究通俗化方面，作了一次有益的尝试。这是很不容易的。西方现代派文学那么庞杂，派中有派，旗号各异。如果从概念上去介绍，很难说清楚。你主要用作品来说话，通过作品看流派，这是一个路子。当然，我也不是说这篇文章无懈可击。比如，你对美国的'黑色幽默'，是不是肯定得多了一点？当然，海勒的《第二十二条军规》是一部很出色的作品。但是，'黑色幽默'的很多作品并不都具有这样的水平。有的甚至是很无聊的。在这方面，你有所忽视。"

"这，我承认。"许明辉点了点头。

"至于赵部长的批评嘛，作为一种不同的意见，听一听，当然未尝不可。"吴天湘接着说，"我们搞研究的，需要多听听各方面的意见。所以，我对他居然有时间读你这篇文章，而且提出自己的意见，倒不认为是一件坏事。它至少说明，我们一些从来不关心外国文学的领导人，也关心起外国文学来了。当然，他的那些见解，我是不同意的。按照他那种观点，确实，外国文学不需要研究，只需批判就行了。"

许明辉又叹息了一声，火气慢慢地消了。

"说到这次学习，"吴天湘顿了顿，又说，"我是有看法的。上午杨昌明来电话，让我主持明天的会，我拒绝了。赵部长的批评我就不同意，我怎么能主持这样的会？老许，你也不必紧张，这没有什么了不起的。现在不是五七年了，不会再抓右派了，也不会再无限上纲了。现在的问题是，拨乱反正还正在拨，有些人的脑子里还乱得很，'左'的那一套还在起作用。这大概也是产生我们这次学习的'历史条件'吧！……"

正说着，就听温素玉的声音从外边传来：

"天湘，吃饭了，留老许在这儿吃吧！"

吴天湘站起来，挽着许明辉的胳膊说：

"走，吃饭去！"

五

一盘绿油油的虾米炒油菜，一碗红殷殷的麻辣豆腐，一碟盐水花生米，一大碗榨菜肉丝汤。虽是家常便饭，素食为主，经温素玉精心烹调，却也色香诱人。

见有花生米，吴天湘笑道：

"老许，咱们喝两杯，我还有瓶五粮液。"

"不，不，我今天不喝。"许明辉无情无绪，真心推辞。

"来嘛！少喝一点儿！"吴天湘从五屉柜里拿出酒瓶说，"据行家们鉴定，五粮液的质量超过茅台。"

温素玉早已拿来酒杯，笑吟吟地说：

"老许，你先喝着，我去炒盘鸡蛋来。"

"不用，不用。"许明辉忙拦住说，"有花生豆足矣！"

吴天湘斟上酒，两人对饮起来。

呷了几口，许明辉心里就热乎乎的。他视吴天湘为良师益友，钦佩吴天湘的学识、胆略和为人，也羡慕他有这样一个和睦、幸福的家庭。真不容易啊！吴天湘夫妇破镜重圆，不似当年，胜似当年。吴老太太宽厚仁慈，对这位去而复返的儿媳妇没有半点抱怨。连那长到二十多岁才重返家园的儿子，也是彬彬有礼，很懂得"长幼有序"。

"老许，尝尝我炒的摊黄菜。"温素玉系着围裙，端来一盘黄灿灿的摊鸡蛋。

"好！好！"许明辉夹了一筷子，送进口里，连连称赞。

"过几天你再来，就有卤菜了。"温素玉笑嘻嘻地说，"我分期付款，买了个冰箱，明天就拉去。有了冰箱，搁点酱肉、香肠，喝酒就方便啦！"

"嗬！"许明辉颇有点惊羡地说，"老吴，你也搞起家庭现代化来了。"

吴天湘举杯喝了一小口，微微把头一摇说：

"素玉和孩子的主张。我对那洋玩意儿，亦可亦不可。"

老太太也在一旁插了话：

"听说那东西可费电呢！使上它，那电表就白天黑夜呜呜地走字儿。一月得多少电钱哪！"

大伙儿都乐了。许明辉笑道：

"伯母，俗话说，买得起马就配得起鞍嘛！您发什么愁，您儿子钱多着呢！"

"他有钱？！"老太太认真地说，"我还不知道他！钱到手就光，这还不全是素玉的……"

"妈！"温素玉忙给老太太舀了一匙豆腐，不让她往下说。

说是喝两杯，不知不觉已是四五杯下了肚。桌上别人都搁下筷子，只有吴天湘和许明辉还在慢慢地对饮对酌。温素玉又添了一盘花生米上来。许明辉渐渐觉得身上发热，索性脱掉了外衣。

这灰布罩衣一脱，许明辉就显得更寒碜了。他那件毛衣快成麻袋片儿了，原本漂亮的米色变成了黄不黄、白不白的，袖口上的断线都挂了下来。但许明辉毫不在乎，习惯地顺手把袖口往里塞了塞，又举起杯来。

温素玉一旁看了，笑道：

"老许，你这毛衣，该让你爱人织织了。"

许明辉打量了一下自己的毛衣，说："叫她织？我懒，她比我更懒！"

吴天湘笑道：

"老许是当今名士，哪管这些衣履小事。素玉，你给他缝两针！"

"快脱下来！"温素玉说着便站起来去柜里找毛衣针。

"不敢当，不敢当！"

许明辉连连推辞，禁不住吴天湘夫妇一片热心，只好脱下毛衣。温素玉立刻接过来，坐在桌旁，一边钩毛衣袖口，一边看他们两人喝酒。

正在这时，杨昌明进来了。他走访许明辉扑了个空。听他爱人说，准是上吴家喝酒去了。原想等他一会儿，又听他爱人说，一喝上酒可说不定什么时候回来。于是，便改变了主意，自己先回家吃饭，然后再到吴天湘家去拜访。

跨进门来，恰恰见到的是这样一幅"挚友对饮图"。杨昌明有些犹豫了。我来的是时候吗？他们欢迎我这个不速之客吗？人已进来，又不能退出去，还是笑笑地往里走。吴天湘倒是先打了个招呼：

"老杨，是你啊！来，来，一块儿喝一杯！"

温素玉忙让座，准备拿酒杯添筷子。

可惜，杨昌明不会喝酒。他第一次感到不会喝酒也是一个缺点，而且还影响工作。如果此时此地能喝上两杯，不就可以比较自然地同他们进入谈话吗？

许明辉一声不吭地坐在那儿，有些发愣，脸也红了，似乎确有什么见不得人的秘密被人在无意中窥见。

一个习惯性的意念忽然在杨昌明脑子里冒了出来：老许为什么这个时候来找老吴？是"共商对策"？是"攻守同盟"？抑或是"寻求援兵"？但，这念头只是一闪，很快地就打消了，甚至责备自己积习难改，怎么能这样想呢？现在明明白白不搞运动，不整人，不过是组织一次学习，人家有什么"对策"要商量？又有什么"同盟"需要订立？又不是兵临城下，何须救兵？

杨昌明暗自责备自己，脸上竭力做出很轻松、很随便的样子，在温素玉让给他的那张凳子上坐下。

"怎么，找我有什么事吗？"吴天湘干了杯中的酒问道。

"没有什么事，我顺路来看看。"杨昌明随口答道。继而一想，不对，我住在东城，他住在西城，怎么能说是顺路呢？他赶紧又补了一句："顺便也想跟你商量一下明天开会的事。"

"我在电话里不是说了吗？老杨，会，我参加；主持，还是你。"吴天湘端起饭碗来。

是啊，这是上午在电话里已经说了的，还有什么可说的呢？屋里只有吴天湘和许明辉咀嚼饭菜、勺子碰碗沿的声音。

"这次学习，是党委布置的。还是支部出面主持，顺理成章。"吴天湘又说了一句。

杨昌明赶紧接过话来说：

"虽说是党委布置的学习，但内容主要是老许的那篇文章，这就牵涉到我们专业工作的方向问题。吴主任，你是知道的，我归口才一年多，专业荒废很久了。由我主持这样的会，怕不合适。"

他说得很诚恳，很谦逊，他也确实是这样想的。

吴天湘停住筷子说：

"老许的文章，经赵部长一批，已经上纲到'毫无批判地贩卖西方的文学流派'，'崇洋媚外，拜倒在西方资产阶级脚下'，这已经超出文学的范畴，而是政治问题了。或者，像你刚才说的，是'方向'问题了。"

话中的弦外之音，杨昌明自然是听得出来的。吴天湘对赵部长的批评显然是不满的，对自己适才脱口而出的"方向问题"也颇有反感。许明辉黑脸沉得像块炭，一言不发。这样一种不说是敌意，至少也是相当冷淡的气氛，使杨昌明有点坐不住了。

近来林佩芬常在他的耳边叨叨："别老去找人家谈这个，谈那个的。你以为政工干部还是香饽饽呢？没听人说你们是耍嘴皮子的，打小报告的……"他自己也有不少这样的体会，只不过他不愿意说。他宁愿躲在被窝里抹掉腮边伤心的泪，也决不愿在爱人面前承认这一点。但是，像今天这样明显地遭到吴天湘和许明辉的冷遇，仍然使他感到伤心和委屈。他今天的来访，问心确实不曾有半点歹意！

他本想起身告辞，尽早结束这场不愉快的、也不会有什么结果的谈话。但是，多年政治工作所培养的特有的那种耐心和锲而不舍的精神，又使他觉得自己不该走。这种耐心和锲而不舍的精神同某些政工干部的素质结合起来，常常表现为一种盲目的自信心和优越感，甚至有一种居高临下、盛气凌人的味道，打通思想、交代问题、不达目的、誓不休止；同另一些政工干部的素质结合起来，则表现为不管在怎样困难的情况下，都有打破僵局、求得实效的决心和毅力，决不逃避困难、回避矛盾、草草了事。尽管杨昌明曾经下决心不想再搞政治工作了，但"在其位，谋其政"，他仍然觉得应该有政治工作者这种知难而进的作风。他没有走，而是说：

"吴主任，你们先吃饭吧。吃完饭，咱们再慢慢商量。"

吃完饭，吴天湘请杨昌明进里屋去坐。许明辉站起来说：

"我先走了，你们谈吧！"

许明辉脸上的表情很明显：我是被批判的对象，留在这里诸多不便。杨昌明立刻拦住他说：

"别走，别走，咱们一块儿商量。"

"不，不，"许明辉穿上毛衣，又忙套上褂子说，"我出来的时候，也没顾上跟家里打个招呼，说不定他们还等我吃饭呢！"

杨昌明赶忙说道：

"你爱人知道你在这儿。"

"啊！"许明辉不由得吃了一惊，鼓着的眼睛瞪大了。

杨昌明也觉得不妙，又赶紧说明：

"我刚才去你家里找你。你爱人告诉我，你在这儿。"

"哦！"许明辉脸上又是一个惊叹号。

简直是糟糕透顶！杨昌明心里懊恼极了。刚才说是"顺路来看看"，现在变成"跟踪追击，特意寻访"。既然是"特意寻访"，为什么进门时又说"顺便来看看"？这对老许来说，可能又增添了几分疑惑，几分不必要的精神负担。

三个人终于在里屋坐下。杨昌明觉得应该安慰一下受批评者，别让他背什么思想包袱，想了想，便说：

"老许，我找你也没有什么特别的事情，就想问一下，明天会上的发言你准备好了吗？"

"没有。"许明辉只硬邦邦地回了两个字。

就这么两个字的答复，使对方确实有点难堪。按照做深入细致的思想政治工作的原则，他当然还可以把谈话继续下去，还可以进一步提问："你什么时候能准备好呢？""你准备怎么办呢？""你还是应该抓紧时间准备一下。"或者索性捅开来问："你到底对赵部长的批评接受不接受？"然后，再根据对方的回答，讲一番道理，交代一下政策。但是，杨昌明没有再往下问，只说：

"也好。明天你先听听大家的意见，考虑考虑。"

吴天湘那里断然拒绝主持明天的会议；许明辉这里明确表示明天的会上不准备发言，杨昌明觉得今晚的谈话不可能再有什么进展了。想起刚才进门时他们对饮欢杯的景象，看看现在这种令人难堪的冷场，正应上了"酒逢知己千杯少，话不投机半句多"这句老话。他只好闲坐了一会儿，起身告辞了。

虽说刚刚入秋，晚上已经很有点凉意。杨昌明骑上车，心里还在想：为什么现在人们对政工干部这么冷漠？戒备如此森严？林彪、"四人帮"的干扰破坏，毁坏了政治工作和政工干部的声誉，这是确凿的，甚至是主要的。但是，就政工干部本身来说，习惯于教训别人，讲一些不着边际的大道理，运动来了就整人，逐渐把自己变成为一种高人一等的人，这恐怕也是一个重要的原因。

他想起五十年代初，自己还是一个普通学生，别人来做自己的思想工作的时候；想起后来自己当支部书记，去做别人的思想工作的时候，情况都不是这样的。那时候，不说党员和党员之间，也不说政工干部和业务干部之间，就拿同学和同学之间，乃至人与人之间来说，彼此的心都是相通的，透亮的。几乎没有什么隔阂，更不用说猜疑了。

啊，那时候政治工作多么好做！现在不行了，困难多了。什么时候政治工作才能恢复它曾经有过的信誉，怎样才能打开一个新局面？杨昌明脚下慢慢地蹬着车，心里苦苦地琢磨着。

人，政治工作要立足于相信人。政工干部要把自己摆在一个与别人平等的位置上，与人推心置腹，别人才能信任你，向你打开心扉。杨昌明似乎渐渐地悟出这样一个道理。可不是吗？我相信许明辉了吗？为什么在见到他的那一刻，就想起了"商量对策""攻守同盟"？这种潜意识说明，我仍然把自己摆在一个教育者、审查者的位置，而把老许摆在一个受教育者、受审查者的位置上。人都是敏感的、自尊的啊！

这个发现，反倒使杨昌明高兴了。他觉得，在现在这种情况下，把思想政治工作做好固然是很困难的，但总还是有办法的。而正因为有困难，能找到办法，闯出一条路子，才十分可贵。不知不觉中，他的脚下有了劲儿，车子也轻快多了。

六

清晨七点半，杨昌明就赶到了办公室。放下黑色的人造革旧提包，他立即打开窗户，透空气，洒水扫地，抹桌擦椅，倒痰盂，灌开水，紧忙活了一阵子。

他有多年没有这么勤快过了。学生时代，他是集体宿舍的卫生标兵。参加工作之初，他天天是第一个上班来打扫卫生的。但这些年来，思想松散了，手脚也懒了。今天，是什么神明唤回了他久已失去的精灵？是想博取吉主任对自己的好感，从而得到提拔重用？他暗自一笑。这种世俗的恶习，他从来是鄙薄的，何况摆在他面前的正是一种逆境。吉主任坐镇领导学习，没有相当的收获，不能班师回营。许明辉和吴天湘分明思想不通，未必甘心听人摆布。身处这夹板之中，避之犹恐不及，哪来的什么功名利禄可求？

然而，在他心里确实萌发着一种多年不曾有过的跃跃欲试的冲动。好像一枝绿芽出现在枯树的枝丫上，本以为绝不可能，它却发绿了。或许，正因为政治工作处在一种很困难的境地，他觉得有必要作一次新的尝试。或许，是因为在自己多年的政治工作实践中，有过不少意想不到的失误和不可宽恕的过错，他才觉得有可能吸取这些教益，唤回党的思想政治工作的霞光。

杨昌明感到一种少有的轻快。当他双手提了四个暖壶回到办公室时，朱盛已经来了。

"嚯，你真积极呀！"杨昌明高兴地说。

"我一向是积极分子，哪回学习我迟到过？"朱盛笔直地站在桌前，笑嘻嘻地说。

朱盛衣着入时。他上身穿一件上海出品的最时兴的米色拉链夹克衫，下身一条色调搭配得很相宜的驼色长裤，脚上一双擦得锃亮的皮鞋。他头发梳得光光的，略显苍白的脸上，一双闪着亮光的眼睛，神采飞扬。薄薄的嘴唇，一笑时露出洁白的牙齿，带着三分嘲弄的意味。美中不足的是，朱盛身材瘦小了些，因而他常是挺胸抬头的姿势，多少露着一点自以为是的聪明劲儿。也许是骑车赶路热了，他脱下外面的夹克衫搭在椅背上，单穿着一件花样复杂的鸡心领毛衣，衬着里面白色的硬领，更显得精神抖擞。

杨昌明历来认为，搞学术研究的人，应该把精力用在学问上，花很多时间去讲究穿戴，不足为训。这一点上，他倒觉得许明辉看来比朱盛顺眼些。但是，朱盛为人热情，业务能力也强，且聪明过人，才思敏捷，人称"江南才子"。他发表过几篇介绍日本文学的文章，都获好评。去年又去日本早稻田大学待了半年，俨然以新一代"日本文学专家"的面目出现。虽然也有人叫他"小滑头"，但他在研究室人缘儿好，和杨昌明处得也不错。今天杨昌明心情格外好，又想到看人要看本质，不应该去计较人家的穿衣打扮，便破例称赞起朱盛的毛衣来。

"朱盛，你这毛衣真时髦，是你夫人织的？"

"是呀！"朱盛颇为得意地说，"毛衣嘛，每年织织好。"

"真是家有贤妻，胜似良田千顷。"杨昌明冒出一句老话。

"听说你夫人也挺能干的。"

"她不行。北方人，就会包个饺子，烙个馅饼。"

"饺子嘛，"朱盛笑道，"吃起来很好，包起来就麻烦了。我家里吃一次饺子，简直是兴师动众。"

杨昌明想起昨晚在吴天湘家目睹的挚友酒醉灯下，觉得自己与群众之间缺乏这种友谊的交往，很不利于做好政治工作，于是说道：

"我们家包饺子最拿手，哪天我请你吃饺子。"

"好呀，我是有请必到，从不辜负东道主的美意！"朱盛笑容可掬地满口答应。

两人闲聊了一阵，开会的人都陆续到齐了。彼此都像久违的好友，问寒问暖，十分亲切。不一会儿，吉子宽也来了。他并没有故作姿态，摆出"首长"的架势，而是捧着一只保温杯进来。见了满屋的人，他赶忙放下杯子，转着圈儿一一握手寒暄。

见上下左右气氛融洽，杨昌明心中暗喜，这是一个好兆头，今天的会也许不至于弄得很僵。

等吉子宽握完了手，坐下来，屋里的人声也就渐渐地静寂了。

"怎么样？都到齐了吧？"吉子宽回头问。

杨昌明又抬眼把到会的人看了一圈说：

"都到齐了。"

"到齐了，那就开吧！"

杨昌明很客气地说：

"吉主任，那就请您先讲吧！"

"唔——怎么我先讲呢！"吉子宽捧着保温杯说，"当然是支部主持，你先讲嘛！你先讲，我是来听听的。"

杨昌明又请吴天湘讲，吴天湘摆手说：

"不是说好了吗？你主持。"

"那，我就先说几句吧！今天的学习，是院党委布置的。我到外国文学研究室时间不长，但据我了解，院党委直接过问外研室的学习，这还是第一次。吉主任，你说是不是？"

吉子宽点了点头。

"为什么院党委这么重视这次学习呢？"杨昌明接着说，"我想，是两个原因：一是省委赵部长批评了老许那篇文章。这个，上次听了传达，大家都知道了，我就不多说了。再一个原因，我认为也是更重要的原因，就是我们支部在赵部长批评以后，反应很迟钝，在很长的时间内，没有认真组织学习。"

杨昌明在这里把话停了下来，借以形成一种似乎有些沉重的空气，然后又说：

"这主要是我的责任。我对赵部长的批评，没有引起高度的重视，因而也就不可能认真组织大家学习。这说明我的政治水平不高，工作很不得力。我愿意接受组织上和同志们的批评。"

这个发言，是杨昌明昨天晚上就考虑成熟的。他知道许明辉对赵部长的批评思想上有抵触；他又很怕吉子宽态度生硬，会上卡壳，弄成僵局，以后的工作很难做下去。于是，他决定把自己放进去，分担一些许明辉的压力。其用心也可谓良苦。他认为，只要自己不站在群众的对立面，就能在群众中取得一定的发言权，就有可能对群众之中这样那样的思想问题给予有效的疏导。而一旦把自己放在一个整人的位置上，那就失去了群众，也就不可能去做群众的工作了。

"至于学习的方针和方法，党委布置得很清楚。"杨昌明从兜里拿出小本子看了看说，"第一，不搞运动不整人，坚持'三不主义'，不打棍子，不戴帽子，不抓辫子。第二，提倡敞开思想，畅所欲言。第三，对错误的思想要进行严肃的批评与自我批评，甚至必要的斗争。吉主任，是这三条吗？"

吉子宽点点头。

杨昌明把本子合上说：

"我就先说这几句，请大家发言吧！"

七

这样的开场白之后，是照例的冷场。

不过，这外国文学研究室的会与别处不同，只略微冷了一下，大家的视线就不约而同地集中到张维身上。果然，张维移动了一下身子，掏出手绢擤了一下鼻子，用带着广东味儿的普通话说道：

"我发言！"

"好，好。"杨昌明忙客气地点头，同时打开了记录本。

秦童童不禁扭头一笑，结在脑后的长发跟着一甩。其他的人脸上毫无表情，都正襟危坐地听着。

"第一点，我、我觉得，这次省委布置的学习，很、很重要。"他的口吃，平时说话还不太明显，一到开会发言，思想高度紧张的时候，就很引人注目。"刚、刚才，杨昌明同志的讲话，交、交代了政策。我、我一定，认、认真地领会，积、积极地参加，联、联、联系自己，提高思想。"

说的人费劲，听的人也不轻松。不过，与会者并无异样的反应，而是非常礼貌地聆听。只有秦童童凑到叶菲耳边小声嘀咕：

"听他发言，能把人急死！你不会说话，不会不说吗？"

叶菲只微微一笑，没有作声。

张维只顾自己艰苦地说下去：

"第二点，我、我再一次感谢党、党中央，一举粉、粉碎了'四人帮'，挽、挽救了党，挽救了革命，也挽、挽救了我。我的一个哥哥在英、英国。他是做、做生意的。困难的时候，给、给我寄过英、英镑，数目并、并不大。因、因为这个问题，'文、文化革、革命'中，我、我被打成特、特嫌。现、现在，问题都清、清楚了。我、我很感谢组织上为、为我平反。这是我终、终生难忘的。"

这是张维的"传统节目"。大会小会，有会必讲。每次讲时，或繁或简，或长或短，都是这个意思。今天讲时又略有不同。一个是他听了三中全会关于"少宣传个人的方针"的传达，把原先那句已经背得滚瓜烂熟的句子，改成了"党中央一举粉碎了'四人帮'"。再一个就是心情过于紧张，口吃得更加厉害了。

"第三点，学、学习了赵部长的讲话，我联系自己，作、作一个检查。"

张维刚说自己要作检查，会上的气氛马上轻松起来。有站起来沏水的，有跑过去吐痰的，交头接耳的人也多了。

秦童童撇着嘴，又小声嘀咕：

"什么呀！又没批你，你检查什么呀！"

朱盛趁倒水路过沈志业面前，悄声说道：

"救了驾了！"

吉子宽仔细听着张维的发言，先觉得他的态度还是诚恳的。后来听起来吃力，脸上表情就有几分松懈。待听到他要作检查时，精神又集中起来。

杨昌明也拿着笔，准备详细记录。

"到外国文学研究室后，我决心好、好工作，为党为人民做、做出贡献。"张维仍是那么两膝紧并，身子向前倾，目不斜视，认真地说，"可、可是，由于自己马列主义水、水平很低，学习很、很差，工作做得很不好。"

咳嗽了一声，他又接着说：

"我是研究十八世纪、世纪法国文学的。正像赵、赵部长指出的，我也有拜、拜倒在西方资产阶级脚下的缺、缺点和、和错误。我写过一篇介绍狄德罗的美学观、观点的文章。我这次认、认真检查了一下，这文章中就有吹、吹捧的地方。"

谈到十八世纪的法国文学，谈到狄德罗，张维的口吃症就好了。他顺顺当当地说下去：

"首先，我在文章中给狄德罗戴上了'杰出的美学理论家、艺术批评家'的桂冠，说他在美学、绘画、戏剧理论三方面有不少深刻的论述，构成了'狄德罗完整的现实主义文艺理论体系'。这，是、是一种无原则的吹捧。其实，狄德罗的美学理论，还是从资产阶级的利益出发，是为资、资产阶级服务的。他自己就说过：'美总是以实用为基础的'。"

吴天湘一直握着他的雕花烟斗，似听非听的样子。许明辉坐在张维旁边，一动不动，显得心事重重，狄德罗是否钻进了他的耳鼓，只有天知道。朱盛和沈志业开始不声不响地笔谈。朱盛写道："有狄德罗上阵抵挡，免去你我发言之苦。"沈志业回写道："躲过了初一躲不过十五。"只有秦童童初次听说狄德罗其人，甚感兴趣，听得很认真。

张维则越说口齿越伶俐了：

"我的文章的缺点，就在于只是纯客观地介绍了狄德罗关于现实主义创作论的思想。首先，他把'模仿自然'当作创作艺术的标准。在如何模仿自然上，他认为要选择现实生活中可能有和必然有的题材，而不能凭想象臆造现实生活中不可能的事物。他还主张不仅表现事物的一般情势，而且还要表现事物的个别特征，注意细节的真实和作品形象的丰富多彩。为了达到真实模仿自然的目的，他主张艺术家应该精心观察和研究自然，反对固定的格式。他甚至强调，如果艺术家对自然没有感受和体验，'那么，就请他搁笔吧'！"

吉子宽听着听着，有点糊涂了。他年轻时虽也读过一些外国小说，却从未涉足过文艺理论，这个狄德罗究竟要干什么？他这些理论的要害在哪里？这个张维是在批判狄德罗，还是以批判为名行贩卖之实？

只听张维又说：

"我介绍狄德罗的这些论点时，认为他是把哲学中的唯物认识论运用于艺术创作，得出了艺术美在于真实反映客观现实的深刻原理，建立了比较完整的现实主义创作论。也可以说，我是接受了他的观点。"

吉子宽眉头一皱，觉得这话有问题了。这还是没有接触问题的实质啊！究竟狄德罗的观点是该接受呢？还是不该接受呢？

张维还在说，吉子宽很希望从张维的发言中了解狄德罗的理论究竟错在哪里。令人遗憾的是，他只管说来说去，就是说不到点子上。

"特别是，狄德罗这些现实主义的主张，完全是针对着十七世纪以来统治着文艺界的古典主义的所谓'模仿自然'的口号，那是指封建贵族的物质生活和精神文明的自然。狄德罗针锋相对，他嘲笑在艺术中表现贵族阶级的繁文缛节和他们装腔作势的形象，他反对……"

吉子宽的眉头结在一起了。这分明是在吹捧这个"狄德罗"嘛！他很想打断这个"假检讨"，又觉得自己对外国文艺理论是外行，万一说错了，传出去就是笑话。权衡轻重，还是暂且隐忍不说为妥。

只有秦童童一直睁大了那双狭长的眼睛，听得极其认真。她早已感到，别看研究室的这些人一个个的其貌不扬，肚子里还真有学问。

张维还是那么两膝紧并、身子前倾的姿势，只是瘦骨嶙峋黑黄的脸上泛起了红晕。他兴奋地、犹自滔滔不绝地说下去。

别的人都无所谓，吉子宽终于坐不住了。不过，他考虑了一下，没有采取"中断发言"的方式，只扭头对杨昌明耳语了一句。杨昌明给发言的人递了一个条子。

接了条子在手里，张维这才刹住车，不安地抬头看了看会场，抱歉地说：

"我讲得太多了，占、占了大家很多宝贵时间，很对不起。最后，我还要表、表一个态。"

张维的口吃症去而复返：

"今天我的检、检查，还是很肤浅、很不深、深刻的。我有决心进、进一步检查自己的思想和文、文章。希望同志们，对我展开批、批、批评。下次会上，我还要作进、进一步的检、检查。"

八

张维发言结束，接着才是真正的冷场。会场上没有一点声音了。

吴天湘专心专意地攥着自己的雕花烟斗，吞云吐雾，埋下眼谁也不看。沈志业用心地剪手指甲，聚精会神地看着手指头尖儿，似乎这辈子头一回瞧见它。朱盛起身往茶杯里续水，又拿着暖壶给左邻右舍的几个杯子都一一加满，其服务态度之周到，平日少有。叶菲拉着秦童童身上的毛衣，翻来覆去十分认真地研究编结技法。

只有杨昌明停下手中的笔，心里像有蚂蚁爬，想说不好说，想坐坐不稳。作为会议的主持者，他甚至觉得与其这样沉默下去，不如让张维再接着说他的狄德罗。虽说结结巴巴让人听了难受，总还有个人在说话啊！

"说说吧！谁说说！"杨昌明脸上勉强露出微笑，向在座的人一一注目。

但，他目光所到之处，人们都把视线避开了。

吉子宽向他射来两道询问的、颇有几分严峻的目光，杨昌明又急切地说道：

"随便谈谈嘛，三言两语，谈谈感想也可以。"

他的声音，听起来近乎恳求了。

会场上还是一片沉默。

吉子宽也沉不住气了。他早已把目光专注在许明辉身上。这个会，你是中心人物。你怎么不发言？

许明辉低着头，仍然保持着一动不动的姿势，好像泥塑木雕的一般。

吉子宽终于憋不住，点起将来：

"许明辉同志，你是不是也讲一讲啊！"

一听吉子宽点了许明辉的名，杨昌明就紧张起来。两军对垒，一触即发。真要顶起牛来，这会怎么收场？

"我？"许明辉这才挪了一下身子说，"我还没有想好。"

吉子宽脸上露出不悦的神色，许明辉又补了一句：

"我跟老杨说过，我还要想一想。"

杨昌明忙接过话来，对吉子宽说：

"昨天晚上老许跟我谈过，他说他要好好想一想。"

吉子宽不便再说什么，又没有别人发言，只好自己来启发动员了：

"看起来，我们这个会开得匆忙了一些，很多同志还需要想一想，是不是呀？"

没有人答话。

"多想想也好嘛，发言的质量可以更高一点。"吉子宽口气缓和下来。

杨昌明不由得暗中松了一口气。他同吉子宽共事多年。在他的印象里，吉子宽是个精明强干的政工领导干部，对下级要求很严格，批评起人来不留情面，有时态度难免生硬。为此在"文化大革命"中吃过不少苦头。结合到"革委会"以后，吉子宽没有显著变化，甚至给人一种更严厉、也更有权威的感觉。粉碎"四人帮"之后，他蔫了一阵，以后得到重用，还是很神气的。特别是思想政治工作再次被提到日程以后，他更有一种"一贯正确"的派头。当杨昌明深感政治工作很不适应新的形势，甚至很难开展下去的时候，吉子宽的"自我感觉"仍然十分良好，好像凭他多年的老经验应付现在的工作绰绰有余。这种自信心，常常使杨昌明感到吃惊。他担心吉子宽故态复萌、态度生硬，把外国文学研究室的同志关系搞复杂了，自己更难做工作。现在，吉子宽箭在弦上，戛然而止。他虽不明白底细，总还是稍许放下心来。

"我这个人，在外国文学研究方面，可以说是个外行。"吉子宽越发谦虚起来，"外行能不能领导内行呢？五十年代批判过'外行不能领导内行'的说法。'文化革命'中那就不用说了，到处'掺沙子'，就是要'外行领导内行'。现在怎么看这个问题呢？我看，还是要讲一点辩证法。'外行领导内行'这是普遍现象。但是我们也不能甘居外行，是不是呀？"

这一篇话，在别人听来，或许还能有所启发。传到外研室这些高级知识分子耳朵里，就没有什么反应了。大家也知道，"是不是呀"是这位吉主任的口头语，并非真等着他人回答，因而也就没一个人开口，只是极其礼貌地恭听。杨昌明心里替他发愁，老这么讲下去，怎么办呢？

好在吉子宽又转了话题：

"这次院党委派我来过问一下外研室的学习，我就是抱着一种当小学生的心情来的。虽然知道托尔斯泰，咹，那不叫懂外国文学嘛，不懂就要学嘛，不能不懂装懂。比如今天的会上，张维同志的发言虽然长了一点，对我还是有启发的。起码，我就知道了一个狄、狄德罗嘛。"

听的人，一个个都没有表情。既不板着面孔也绝无笑容，既不表示赞同也绝没有反对的意思。只是那么彬彬有礼、若有所思地坐着听。只有张维听话中提到自己时，突然脸红了，表现出很受感动、也很感激的样子。

"至于老许的那篇文章，我以前没有看。当然，即便看了，也不一定能看出什么问题。赵部长批评以后，我才找来看了一下。我完全同意赵部长的批评。确实，这篇文章反映出来的问题，是比较严重的。咹，它，它，可以说，它是相当系统地、全面地介绍了外国的文学流派。当然哪，我们研究室是搞这个的，对人家的这个派、那个派就是要研究嘛！不过，赵部长说得很深刻，关键是一个立场态度问题。哎，就牵涉到，一个，对外国文学持什么态度，用什么观点去研究它嘛！说到底，那就是，是拜倒在西方资产阶级脚下，接受他们那些五花八门的观点，还是坚持马克思主义的立场、观点、方法。"

吉子宽端起保温杯，喝了口水，接着说：

"当然啰，我们是要解放思想的。现在解放得还不够。但是，思想解放总得有个限度吧，总不能没有个边吧！外国好的东西我们要学，先进的科学技术要学、要引进，好的管理经验，现在中央也讲了，也可以学。可是，外国的文学艺术，这个派，那个派，什么超现实主义，学它干什么？现实主义就是现实主义！"

会场的空气仍是那么严肃，与会者仍是那么一动不动地洗耳恭听的样子，只有吉子宽的声音愈来愈嘹亮。从外头打窗户底下一过，肯定会觉得是广播电台在放讲话录音。

说到这里，吉子宽淡淡一笑，又说：

"现在社会上，大家看一看，哎呀，又是邓丽君，又是喇叭裤，还不够乱的？我们搞外国文学的如果不注意，再引进这个派，那个派，那还成什么样子？不能不考虑后果呀，同志们！所以，我认为，赵部长的批评，应该说是很及时、很重要的。给我们敲了敲警钟嘛！院党委乘这股东风，部署外研室认真地学习赵部长的讲话，整顿外研室的工作，明确我们今后研究的方向，也是很必要的！"

这段话似乎使与会者想到了点儿什么，张维脸上的笑意消失了；叶菲淡淡的眉毛挑了起来；朱盛不眨眼地瞅着吉子宽；很多人低着脑袋不看说话的人；只有吴天湘仍旧叼着他的烟斗，只是烟斗里的火星已经熄灭了。

吉子宽又笑了笑，说：

"当然，我们党中央现在三令五申要落实知识分子政策。但这绝不是姑息，而是帮助。有了错误，就要批评帮助。犯错误的同志改了就好嘛！许明辉同志嘛，还是很勤奋的。这次写了一篇不好的文章，认真总结一下教训，下次再写好的就是了，也不要背包袱，不要有抵触情绪。这算不得什么不愉快嘛，是好事而不是坏事嘛！唉，总还是人民内部矛盾嘛！"

他望着许明辉说了这一番话后，又抬眼看着会场说：

"刚才杨昌明同志已经传达了省委的精神，院党委也是这个态度：决不搞运动！唉，这些年搞运动的苦头我们吃够了嘛！也决不整人，这一点同志们放心！我就坚决不整人！唉，我自己也是挨过整的嘛！整人是不得人心的，也解决不了问题。我们都是为了把工作做好，为人民做出应有的贡献嘛！"

最后，他看了看表，喘了口气，说道：

"今天就到这儿吧！下午、晚上都还有时间，同志们可以认真考虑一下，准备明天发言。大家也可以串串门，互相启发启发嘛！"

上午的会就到此结束了。

九

一下午，许明辉独自坐在他那间小屋里，字没有写一行，书没有看一页，"战斗"牌香烟已经抽了一整盒。

二十年来，他挨过多少次批，作过多少次检查，已经记不清了。反正是思想汇报、交代材料写过一大堆，其字数远远超过他的学术著作。粉碎"四人帮"以后，特别是三中全会开了，他本以为这一切强人所难的事情从此一去不复返了，一心做学问就行了，谁知又捅了这么一个娄子！

要说检讨吧，积二十年之经验，这并不难。"拜倒在西方资产阶级脚下"，"离开了马克思主义的立场、观点、方法"，"无原则地吹捧西方当代文学"，都是现成的词句，也确实算不得什么吓人的帽子。拿来往自己的文章上一扣就过关了。最多再提到"世界观"的高度来深挖一下。如此而已，还能怎么样？况且，不"还是人民内部矛盾"吗？往自己的文章上抹点黑，检讨几句不就完了吗？

他觉得心灰意懒。

问题是：我那篇文章真有错误吗？介绍西方当代文学，可不就得"这个派，那个派"都讲到。不讲这个派、那个派，还叫研究吗？说我离开了马克思主义的立场、观点、方法，这根本不是事实嘛！我还特别注意把西方现代派文学的兴起，放在资本主义社会危机重重这样一个大的历史背景下去阐述，这还不是马克思主义的立场、观点、方法？当然，这方面只是提了一句，但我的文章是介绍外国现代派文学，又不是去论述文学和社会的关系。难道要我一篇小小的文章，去承担本来不属于它的政治任务，那才叫立场坚定？

他觉得愤愤不平。

吉子宽说"不要有抵触情绪"！我有抵触情绪吗？有的。委屈、抵触，发展下去就是对抗，这是很危险的。对抗吉主任？对抗院党委？对抗赵部长？对抗……不，我没有这个意思，我只是想不通。想不通是允许的。我是否应该多方面地想一想呢！不仅想自己正确的一面，而且想自己错误的一面。吴天湘也讲了，我的文章不是没有缺点的。我只举了好的例子，没有举差的例子。颓废派、黑色幽默，当然有很多糟粕，我太偏重于介绍他们好的东西了吧？我的文学观点，也不能说完全没有受到西方的影响，这样看来，检讨几句也未尝不可。

他觉得稍许平静了一些。

然而，果真有需要检讨的地方吗？"商榷""探讨"都是可以的。"百花齐放、百家争鸣"嘛！再说，如果像这样客观地介绍西方现代文学都是错误的，以后还怎么研究外国文学呢？又回到当年批陆游那样去批现代派？

他又感到迷惘。

正在他百思不得其解、左右为难之际，朱盛和沈志业相约来访。

"老许，一人闷着干什么呢？写检查？"朱盛照旧是满面春风，好像从来没有失意的时候。

"脑子里一团乱麻，写什么哟！"许明辉答道。

此时此刻，能得一二知己来小叙片刻，让乱哄哄的脑子安宁一会儿，许明辉内心是很感激的。他忙转来转去地找茶叶，涮茶杯，沏了茶，热情招待两位同行。

"明天的会，咋个发言啰？"沈志业出身天府之国，满嘴的四川方言，就是改不了。他端起杯子，用两片厚嘴唇吹了吹浮在上面的茶叶末儿，也没顾上喝，就感叹起来。

"你发什么愁，又没批你！"许明辉点上一支烟，笑了笑说。

"批不批都一样哦！吉主任宣布的，人人都要说两句儿。"沈志业为人忠厚老实，心里的事，脸上全露出来。

朱盛跷着腿，侧身坐在床头，胳臂肘靠在床栏杆上，盯着许明辉，笑嘻嘻地说：

"老许，我们俩来，是来摸摸你的底。"

“摸我……”

“咦！看你定的什么调子呀！反正都得发言，我们调子高了，你岂不被动？来，先把发言稿给我们看看。哎，互相‘启发启发’嘛！”

望着朱盛伸向自己的白白的手掌，许明辉不由得叹了一口气，说道：

“哪儿来的发言稿，我一个字都没有！”

一时间，三个人都不说话了。过了那么几秒钟，还是朱盛精神抖擞地站了起来，冷笑道：

“嘻！也没什么了不起的。十年大风大浪都过来了，还怕一次学习会！小巫见大巫的事，随便也应付过去了。”

“说得轻巧，顶根灯草！”沈志业噘着厚嘴唇，不以为然，“吉子宽在你跟前盯到起，硬要你表态。你咋个说？不开腔，脱不得手！说嘛，又不能昧起良心胡扯！”

“哎呀！当了这么多年‘运动员’，身经百战，能攻善守。胡诌也能诌一套。”朱盛说。

“胡诌可不行。”许明辉挺认真地说，“咱们搞学术研究的，离开了科学性，胡诌一通，那怎么行？”

许明辉两只金鱼眼似乎显得更突出，光头上渗出了汗珠，嘴唇半张着，伸着脖子望着对方，似乎想说什么又一时说不出来。每到他激动不安时，或跟人争论什么问题时，总是这副模样。他比两位来客都大几岁，事业上的成就也多些。沈志业对他是很有些敬意的，听了他的话直点头。朱盛却反唇相讥：

“真是些书生！赵部长的批评讲科学性了吗？吉子宽的讲话讲科学性了吗？”

许明辉伸着脖子望着他，无言以对。

"他们不讲，我们怎么讲？"朱盛还没完。

"老杨还是比较实事求是的。"许明辉终于找出一点根据来。

"他说话算数吗？老兄，不管你怎么说，反正明天让我讲，我就来个避重就轻……"

"你有啥子'重'呢？"沈志业笑了起来。

这倒是！我有什么错误？我避什么"重"？朱盛摸摸后脑勺，觉得自己失言。不过，他只愣了一下，立刻把两手往裤兜里一插，挺着胸脯仰着头说：

"大会小会，鄙人身经百会，什么发言战术没见过？避重就轻、避实就虚、避近就远，实在不行，就豁出去，大帽小帽一齐往自己头上扣！"

朱盛那自鸣得意的样子，把个愁眉苦脸的许明辉都逗笑了，他说道：

"那你就叫'假检讨'！"

"假就假。这年头，谁不说几句假话！"朱盛愈来愈放肆了。

许明辉假装没听见，不敢回答这个问题。

朱盛又进了一步：

"咱们仨都算上，谁没说过假话？不说假话，你能熬过'文化大革命'轰轰烈烈这十年？"

正在朱盛步步进逼，许明辉难以抵挡之时，沈志业出来解围了。他慢腾腾地说：

"那个时候，硬是逼到人说假话哟！去年我回成都一趟，早起坐茶馆，听人家摆龙门阵，听到一个笑话，硬是笑人得很。"

沈志业平常轻易不说笑话，说起来笑死人。听的人笑得弯腰肚痛时，他仍然作古正经，不动声色，因而他的笑话最有吸引力。朱盛忙催他快讲。

"急啥子？性急伤肝，不合养身之道，都望五的人了，要学会点儿保养！"沈志业慢吞吞地说，又喝了一口茶，"那还是七六年初，'批邓'闹得凶的时候，机关学校都要开会，大人娃儿都要发言表态。成都有个工厂，车间里开大会，一百多人，围着机器坐到，硬是哑巴了半个钟头，没得人开腔。主持会的人急得抓耳挠腮，又不能掰开人家的嘴巴往外掏。你说咋个办哪？"

鬼知道咋个办？听的人自然无法回答，他自己不慌不忙地讲下去：

"正作难呢，忽然间，有个老工人一拍大腿，痛心疾首地大呼：'邓小平！喊他主持中央工作，他搞些啥子名堂啊！他不抓纲，不抓线，不抓阶级斗争，光提倡养猪。嘿，邓小平喊大家喂猪，还要喂大肥猪！那个大肥猪嘛，膘厚、肥肉多哟！蒸出来的扣肉、甜烧白、米粉肉，油汪汪的，人吃多了嘛，胆固醇就要高呢！胆固醇一高嘛，冠心病、高血压、心脏病、脑血栓，跟到起就要来哟！好恼火哟！你说，他毒不毒，硬是毒得很啊！'他的发言一完，大家沉默了一分钟之后，突然爆发出一阵经久不息的大笑，批判会就这么散场了。"

沈志业用四川方言把这个故事讲得绘声绘色，听的人不断爆发出笑声。末了，他却很冷静地说：

"你们想，七六年的四川，经济是个啥形势？连猪肉影子都难得看到，还怕啥子胆固醇高不高哦！"

"妙！妙！这老工人真棒！"朱盛禁不住连连称赞。

正在这时，有人敲门。推门而入的不是别人，而是主任吉子宽。三个人不由得一愣。

"啊哟，吉主任，您来得正好！"朱盛马上做出一副喜出望外的样子，连连让座，又说，"我们正来找老许谈呢！您在会上不是说，大家要互相多谈谈心吗？是啊！谈一谈就是好，好多年彼此不谈心了。唉！我们刚谈了一会儿，老许还真……他说他是准备好好检查检查。"

"那好啊！"吉子宽随便点了点头。

"您来了就更好了。您再跟老许谈谈吧。我们先走了。"

朱盛赶忙同沈志业一起告辞而去。

吉子宽亲切地问：

"怎么样？老许，是想通了吗？"

许明辉头上渗出汗珠，结结巴巴地答道：

"是，是想通了一点。不过……"

"那你明天就讲一讲吧！"

"那，好，好……"许明辉也传染上了张维的毛病，变结巴了。

十

这天晚上，在本书几位人物的家里，是如下几幅画面：

吴天湘关在自己的小屋里，手上握着烟斗，呆呆地坐着。

妻子和儿子在门厅里安放电冰箱，不时传来发自内心的嬉笑声和愉快的交谈声。仿佛他们母子平生最大的愿望已经得到满足。

"天湘，你出来一下，看看摆在这儿好不好？"温素玉招呼吴天湘来分享这难得的快乐。

吴天湘出来站了一阵，点头表示赞许。他接过儿子递上的一杯加了冰块的凉水喝了一口，带着透心的凉气坐到藤椅上，继续发呆。

他不明白，为什么老许一篇并没有什么大错的文章，竟会引出这样一场风波？

杨昌明双手沾满了肥皂沫，正在洗一床被单。他搓两下，停半晌，搓搓停停。

"你在想什么呢？"林佩芬斜坐在桌前，正批改一大沓学生的作文本。

杨昌明低头劳动，装没听见。

"又在想没人发言，是不是？要是我，我也不发言。本来嘛，文章是好是坏，自有公论。谁爱批评谁批评，干吗逼着人家检查？"

杨昌明只揉着被单，不答话。

"我劝你把支书给辞了。干吗受这份罪？"

杨昌明使劲把被单搓了几下。

"你要是听我的，集中精力写文章，挣他几笔稿费，买台洗衣机，也省得下班回来当劳动力！"

杨昌明这才停下手来说：

"你少说几句行不行？"

林佩芬觉得一肚子委屈，不说不行。她气呼呼地说：

"你出去打听打听，有几个说政工干部好话的。我真奇怪，你怎么还没当够？"

杨昌明拧着湿淋淋的被单，狠狠地说：

"我就是要用自己的行动……"

"什么？"

"改变人们一时的偏见。"

沈志业坐在帘子后面的三屉桌前。

帘子那边开着电视。他本想去看上两眼，又提不起兴致。心里总觉有什么事放不下。

明天的会怎么办？看来还是得发个言。可是，说真话还是说假话呢？唉，都难。"假批判，真表扬"，这确实很妙，可惜不太容易。他那宽宽的脸上，厚厚的嘴唇紧闭着，两道宽眉也不知不觉中皱在一起了。

约莫这样坐了半小时，他拿起一支圆珠笔，在一张纸上刷刷地写起来：

一、拥护。赵部长。学习重要。

二、外研室恢复不久。如何搞。应加强研究。

三、老许的错误（举例）。也写过好文章（举例）。

四、自己疏懒。主要是积累材料。未写出像样文章。有愧。

写完这备忘的发言提纲，他心里一点也不轻松。听见帘子那边穆桂英正在大唱：

"自幼儿学武艺深通兵法，

纵有那千万阵也能斩杀。"

想起十二岁的儿子明早还要上学，他一步跨出帘外，冲着荧光屏上那威武的女将喝了一声：

"你怎么还不睡觉？明天又爬不起来！"

秦童童懒洋洋地斜倚在茶几旁接电话：

"电影？什么片子？《冷酷的心》？哼，这年头，人心都够冷酷的了，还看它！不看！"

叶菲中年无嗣，从医院抱了个女孩儿，宝贝似的。可叹孩子天生的弱，三天两头闹病。这时，她刚带女儿打完针回家，对她爱人说："明天上午你请假，在家看着她。"

"你呢？还开会呀？"

"当然。还都没发言呢！"

"你发言谨慎点。"

"我又不会说话。你放心吧！"她扬起眉毛一笑，只管忙着喂孩子吃药，招呼孩子睡觉。

床头的小灯还亮着。柔和的灯光，给朱盛夫妇精心布置的小小卧室投下淡淡的幽静的光。

朱盛下半个身子已经钻进了被窝，上半个身子还靠在床头上。他已经失去了白天那股子精神劲儿，显得有些疲倦。他的妻子龚小燕拉过一张折叠椅，靠在床边，一边替女儿织毛衣，一边陪丈夫说话。

"真倒霉，明天还得去开会。"朱盛直叹气。

"不想去，就请假。"

"那怎么行？问题是还得发言。"

"那，你不会找个茬儿，晚去。等你赶到，会快开完了，还用你说？"

"对，你这个主意不错。"

找什么茬儿呢？朱盛略一思索，忽然扑哧一笑，歪着头，眯着眼，兴致勃勃地说了起来：

"到时候我就说呀：我可不是故意迟到。我昨晚上生怕迟到，早早就上了床。今天一大早就爬起来，啃了块干馒头就推车往外跑。谁知，刚骑到骡马大街，眼看着一辆公共汽车撞了一辆自行车。还好，人伤得不重，车可给撞坏了。一下子交通警来了好几个。"

龚小燕笑笑地望着他，饶有兴味地听着。朱盛越编越来劲儿了：

"就听那司机说，是骑车的撞了他的汽车。那骑车的说，是汽车撞了他的自行车。各说各的理，吵成一锅粥，围了一大堆看热闹的。也怪我多了一句嘴，说我看见自行车往汽车上撞的。得，交通警逮住我不放，说我是现场见证人，硬要我上交通大队去作个旁证。我心里这份着急呀，拿出工作证叫人家看了三回，还直跟人说我有要紧的会，还等着我发言呢，迟到了可不行。可人家说，再要紧的会，这儿人命关天的你能不管吗？那骑车的人更不干了，说我诬赖了他，拉着我，非上交通大队说理去。实在没办法，我只好推着车跟他们去了。这一下可好，一去就是两个钟头。这不，迟到了。这可不怪我！"

说到这儿，朱盛哈哈大笑，活像个淘气的孩子想出来一个得意的恶作剧。

龚小燕先是跟着笑，笑完后又正经地说：

"不行，不行！你们那个吉主任要往交通队挂个电话，人家说根本没这事，你可就糟了。"

朱盛一想，此话有理。亏得他脑子快，一计不成，又生一计。没过两分钟，又嘻嘻哈哈地编出词儿来：

"诸位，真对不起，我迟到了。责任可不在我。我一大早就出了门，骑上车就跑。谁知天有不测风云，人有旦夕祸福，跑半路，这鬼车子就放炮了。没办法，送车铺修吧！咱们这儿的服务行业实在跟不上形势发展的需要。串了几条街，愣找不着一个自行车修理铺。好不容易找见了一个，那老头说三天才能取。我只好把车搁那儿，转身去乘公共汽车。"

龚小燕手里的毛衣针也不飞舞了，只笑笑地看着他。

"我呀，多年没坐公共汽车了。那个挤呀，就没法儿提。眼看过了三辆车，就是上不去。我一想，要迟到了，第四辆车一到，我不顾一切，才死命挤了上去。谁知，这车老不停。到了站我想下吧，售票员直瞪我：'你不知道这是联运车呀！'糟，可真把我急坏了。好不容易到了站下来，我连东南西北都摸不清了。没办法，只好往回坐吧！我又挤上车，哎呀，这么来回一折腾，可不就迟到了。"

朱盛扮着苦脸，又发出笑声。

龚小燕一边笑，一边推他，啧啧地说：

"我看你，别研究什么外国文学了。有这份儿能耐，不如说相声儿去！"

"唉！谁愿意编瞎话？"朱盛一声长叹，脱了衣服，往被窝里一钻。

"什么会，把你吓成这样，胡说八道的？"

"怕倒不怕，主要是生气。开这种会，能把人气死！"

"算了，算了，"妻子温柔地安慰他说，"明天厂子里休息，我把副食本上的鱼买来，中午做几样好菜，给你消消气，好吧？"

妻子的知情体贴，略减了几分朱盛心中的不快。他在意念中的又酸又甜的糖醋黄花鱼的香味儿中入睡了。

十一

第二天，杨昌明又早早地到办公室，打扫卫生。

吉子宽也到得早。他捧着保温杯，笑模样地说：

"小杨啊，今天的会可要抓紧一点，别像昨天那样松松垮垮的了。"

杨昌明一边擦桌子一边说：

"不知道大家考虑得怎么样了？"

"这，你不用担心。"吉子宽喝了一口茶，很有把握地说，"昨天下午，我去找了许明辉，跟他谈了谈心，效果还是不错的。他说了，他今天要作检查。"

老许同意作检查？杨昌明将信将疑。昨夜，他又把许明辉那篇文章找出来仔仔细细看了一遍。越看越感到，文章并没有大错。作者也不是没有自己的观点，只不过他采取了"寓评于介"的写法，没有用过去那种"革命大批判"的惯技。老许他，他怎么检查呢？

九时前，开会的人陆续都来了。杨昌明用眼一扫，只差一个朱盛。从来不迟到的朱盛今天是怎么了？杨昌明望望门，考虑是等一会儿呢，还是按时开会。正在这时，朱盛推门而入。

"准九点。我没有迟到！"朱盛看了看表，笑嘻嘻地找了个座位坐了下来。

杨昌明宣布开会。

约莫半分钟，只见张维两膝并拢，上身前倾，又结结巴巴地发言了：

"昨天，我又考虑、虑了一下，自、自己的问题，觉、觉得昨天上午，我、我的检讨是、是很、很不深刻的。我、我只检查了吹、吹捧狄德罗……"

一提起狄德罗，与会的人都忍俊不禁。只有昨天还很想知道一点狄德罗底细的吉子宽，却不由得微微皱起了眉头。

每逢张维发言时，那一双目光总是扫射在领导坐落的方向。吉子宽的神态他尽收眼底，说话就更加不顺溜了：

"我、我、我今天，不讲狄、狄德罗。我、我检查前、前年我、我写过一、一篇文章，吹、吹、吹捧十六世纪法、法国……"

吉子宽一听，昨天还是十八世纪，今天索性追溯到十六世纪，愈扯愈远了，便客气地说：

"张维同志，你愿意检查一下自己写过的东西，这种态度是很好的。不过，在会上说恐怕没有时间了，还有很多同志要发言。是不是让别的同志先说说。"

"好，好……"张维只好住嘴。他嘴唇微张着，脸上还留下一个深感遗憾的表情。

张维二次检查一开始，会场上的气氛倒还轻松。朱盛以为今天又可以过去了。沈志业摸摸兜里的发言提纲，觉得不必拿出来了。秦童童也挺高兴的，准备再上一次法国十六世纪的文学课。许明辉也把提溜着的心稍许放了放。待到吉子宽打断了张维的发言，会场的气氛就不那么轻松了。

"大家不是都考虑了吗？抓紧时间吧！接着讲，谁发言啊？"不知不觉中，吉子宽已经夺走了杨昌明主持会议的权力。

见参加会的人并不积极响应，他点名了：

"许明辉同志，你不是准备要发言吗？说说吧！"

许明辉的光头上又渗出了一圈汗珠。他用手绢擦了擦，拿出一个小本，看了看，才说：

"这几天，我思想上一直是有斗争的。说老实话，我的文章究竟有什么错误？我是应该作检讨，还是应该申辩？这个问题，我想了很久。"

这几句开场白，把与会者都吸引住了。吴天湘把烟斗从嘴边取下来，注意地听着。吉子宽脸上露出淡淡的笑意。杨昌明先是呆呆地望着发言的人，后又忙低下头去翻开记录本。

"刚听到传达赵部长的讲话，我是很抵触的，情绪很激动，甚至有些反感。"他停了停，又说，"当时，我认为我那篇文章没有错误。各种文学流派的产生和发展，都有它的社会原因，作为一种意识形态，都是社会存在的反映。我在文章中已经指出了这一点，这就是马克思主义的立场和观点。因此，不能因为这篇文章没有用我们惯用的语言去狠批当代的现代派流派，就说是我'拜倒在西方资产阶级脚下'。如果非要用过去那种'大批判'的办法去评价外国文学才叫立场坚定的话，那我认为外国文学根本就无须研究。"

许明辉的声调越来越高，甚至有些慷慨激昂的样子，会场上鸦雀无声。

"而且，我那篇文章发表以后，听到的反映还是比较好的。一些作家，特别是中青年作家跟我说，读了这篇文章对他们有启发，开阔了视野，在他们的创作中可以从人家那里吸取一些有用的东西。评论界的反映，据我知道，也是好的。有的人说，这篇文章打开了外国文学研究工作的新路。当然，这样说过誉了，我也不认为自己的文章就那么好。"

朱盛津津有味地听着，心里佩服话中的真情。杨昌明手指不停地记，来不及思索。其他的人都静静地听，吉子宽心中有些疑问：这是自我批评，还是自我表扬？不过，许明辉把话锋一转，说道：

"经过这几天的会，还有，吉主任亲自找我谈话，"许明辉把"亲自"两个字咬得特别重，"我思想上有所触动。我的一篇文章受到了批评，给外研室带来不好的影响。大家的研究任务都很重，为了我的文章，拿出这么多时间来开会，干扰大家的工作，我心里很不安。"

这检查到哪里去了？吉子宽咳嗽了一声，语气非常缓和地插了一句：

"许明辉同志，你现在对自己的文章怎么看呢？"

"现在？"许明辉又擦着头上的汗说，"现在我认识到，我那篇文章，是、是有错误的。"

这句话一出口，他的脸就红了，不觉朝吴天湘一瞥，正碰着对方困惑的目光。他赶紧扭过脸，继续说：

"虽然在主观上，我并不认为，西方的现代派文学，对当今文学事业的发展，有什么杰出的贡献，但在客观上可能给人这样的印象，也就是说，我对西方现代派文学的肯定多于否定。从思想上来检查，我虽然没有拜倒在西方资产阶级脚下这种想法，但是由于肯定得多了，也可能客观上会给别人这种印象。"

秦童童觉得听他的话真费劲，但是、但是的没完，绕来绕去的。心里说，这帮高级知识分子就这德性，有话不痛痛快快说，真叫人没法儿办。朱盛觉得老许的检查在分寸上掌握得很好。沈志业感到，真够难为老许的。吴天湘先是一惊，继而就抽自己的烟，一副冷漠的神态。吉子宽稍稍点了点头。这种强调主观动机是好的，只是客观效果不好的说法，当然说不上是什么很认真的检查；但许明辉终于承认自己的文章有错误，这总算是个进步，自己的工作没白做。

"至于赵部长的批评，我现在认识到是对自己的爱护，也是必要的，及时的。"许明辉语调加快了，急急忙忙地说，"经过吉主任昨天个别谈心帮助，我觉得我的文章是起了不好的影响的。正如赵部长所说的，现在社会上崇洋思想很严重，喇叭裤、大鬓角很流行，我们的文学作品也已经有些不良倾向。我的文章再把西方现代派文学笼统地介绍过来，又没有进行有力的批判，是很不恰当的。"

吉子宽又点了点头，那颤动的幅度比刚才要大一些。因为他觉得许明辉的这一段检查比上一段有所前进，理应给予更多的肯定。

许明辉看了看手上的小本，擦了擦头上的汗，又说：

"我为什么会写出这篇有错误的文章呢？主要是我放松了世界观的改造。五七年的问题改正以后，总以为应该加倍努力工作，而很少想到自己世界观上的问题。我们研究外国文学的，整天接触外国的东西，'近朱者赤，近墨者黑'。不注意世界观的改造，很容易接受外国的影响。"

这回，吉子宽的头点得更频繁了。他觉得知识分子经过党的多年教育，大多数人确实还是可以改造好的。别的人都只听着，没有什么特殊的表情。只有秦童童在和叶菲咬耳朵："接触外国的东西就要变外国人呀，大研究员就这水平！什么呀！"

"不过，我现在思想上还是有些顾虑的。"许明辉把手上的本子合上了说，"主要是，我不知道以后介绍外国文学的文章该怎么写？像过去那样不管三七二十一，把人家臭骂一通肯定不行了，像我现在这样比较客观地去介绍，也不行，那以后我们该怎么研究？怎么写呢？"

吉子宽的头又微微地点了一下。这显然属于实际问题。解决了思想问题以后，实际问题也是要解决的。所以，也有必要加以首肯。当然，诸如此类的实际问题提多了，也会冲淡解决思想问题的意义，这是不能不注意的。

所幸许明辉并没有在实际问题上纠缠，就结束发言说：

"我今天的检讨肯定是不深刻的，欢迎同志们对我提出批评和帮助。"

吉子宽松了一口气，他心中的评语是"中"，或者"中下"。但他认为在目前情况下，有这样的初步检讨就不错了。思想改造得慢慢来，急不得。

"谁说？下边谁说？"吉子宽唯恐又出现冷场，顾不得多想，含笑号召起来。

十二

有了许明辉的发言，后边的发言就顺当多了。不只顺当，而且还相当热烈。有表示"赵部长的批评确实很重要，对自己震动很大"的，有说"崇洋媚外这股风应该狠狠刹一刹"的，还有批评青年奇装异服，痛斥电影胡编乱造的。当然，也有"给许明辉同志提一点意见"的。总之，会议开得相当的生动活泼。

吉子宽脸上时时露出微笑，插一两句话，掠一掠浓密的白发，很注意地听着发言。

"我说两句。"朱盛也发言了，"赵部长的批评，我同刚才几位同志也有同样的看法，确实是很重要，很及时的。赵部长的批评虽然是对一篇文章讲的，但是我认为，实际上是提出了一个带有普遍性的问题。对我来讲，也是很有教育意义的。"

平素嬉皮笑脸的朱盛，忽然变得一本正经，大家也就格外严肃了。

只有秦童童撇了撇嘴。

"另外，院党委亲自抓外研室的学习，我认为，也是很及时，很必要的。"朱盛眉头微皱，神情严肃，声音低沉，好像他吐出的每一个字眼都是经过深思熟虑的。

"我们外国文学研究室是个新恢复的单位，又是在仓促中成立。大家来自四面八方，各人有各人的专业。各自为文，互不通气，很少交流磋商，难免要出偏颇。因此，经常组织一些学习，研究一些存在的问题，我想，对我们的工作是大有好处的。当然，老许刚才讲了，开会要占去一些时间，不过，花费一些时间，有利于我们的工作，我以为也是值得的。所以，我希望今后像这样的学习会，最好做到经常化、制度化。"

这一段话，朱盛一口气说下来，当中都不带卡壳儿的。仿佛全是他积郁在胸中多时的由衷之言，今日终于得以一吐为快。只听他又滔滔不绝地说下去：

"外国文学研究，确实有一个立场问题、方向问题。粉碎'四人帮'以后，我们批判了闭关自守的锁国政策，特别是开了三中全会，提倡解放思想，这半年多来，各条战线的变化日新月异。现在，对于外国的先进技术，大家思想上都明确了，要引进。文化呢，当然也要交流。要向国内介绍外国文学，这也是毋庸置疑的。问题是应该怎样向我国的读者介绍？应该立足于什么来搞研究？这就是我们必须搞清楚的问题了。"

朱盛好像作起学术报告来了。

"我们有些同志，总以为外国什么都好，一提起美国、日本、西欧、北欧，就是小汽车排队、电冰箱、高速公路、摩天大楼，似乎他们那儿就是物质文明的天堂！其实，资本主义国家都有极其腐朽的一面。今年四月，我到日本去了一趟，我是有亲身体会的。"

扯到访日见闻，朱盛更是口若悬河。听的人也是津津有味。连吉子宽也有点入神。

"你比如说日本的超级市场吧，大家都以为好得不得了。一开门，经理率领一排漂亮小姐在门口向你鞠躬，嘴里还连声不断地说，'欢迎您光临！谢谢您啦！'日本商业界有句格言：'顾客是皇帝！'这还得了！你去买东西，他就拿你当皇帝一样伺候，这还不舒服？"

秦童童笑问道：

"这么说，你一定当过日本的'皇帝'啰？"

"那当然。没有当过，哪来的体会？"朱盛越讲越生动，"不过，这个'皇帝'也不好当呀！第一，你得有钱。第二，有了钱有时也犯难……"

"得啦，别蒙我们没出过国的！"秦童童说，"谁不知道呀，资本主义社会金钱万能！"

"是真的嘛！"朱盛反驳道，"有一次，两个日本朋友约我去一家露天咖啡店喝咖啡。登上电梯，到了房顶上，那桌子椅子真够堂皇的。我正站着欣赏呢，就见三个年轻漂亮的小伙子，长得一般高，穿着同样笔挺的西服，极其礼貌、甚至带点卑躬屈膝地请我们到左边入座。我们正准备抬腿向左走，又见三个人跳到了我们面前。一个奇胖，一个奇瘦，一个奇矮，打扮得花里胡哨、怪里怪气的，就像杂技团的小丑。他们跳到我们面前，点头哈腰，做出各种姿势，热烈邀请我们到右边入座。原来，这咖啡馆是两家老板，各霸一边。各自都雇了人去拉主顾。两边拉顾客的都竭尽全力，又喊又叫，加上乱七八糟的音乐，弄得我心烦意乱，不知该往哪边去才好。我猜想，他们可能是'计件'工资，一天拉几个'皇帝'分多少钱！这时候，去左边吧，右边失望；去右边吧，左边失望。我们三个'皇帝'站在那儿举棋不定，看着那六张笑脸，不知何去何从！"

"那，后来你们上哪边了？"秦童童好奇地问。

"后来？"朱盛摸着脑门儿说，"后来，我跟那两位日本朋友商量，咱们得一碗水端平，可不能因为中国朋友来访，挑起日本人民之间的派性。干脆，你们两位，一个请我在左边喝一杯，一个请我在右边喝一杯。这岂不就两全其美了。"

听的人哈哈大笑。

"这个'皇帝'硬是会敲竹杠啊！"沈志业笑道。

朱盛赶紧声明：

"你知道怎么回事？不但没敝，我还倒贴呢。"

"要你出钱？"秦童童又忙问，她对这事可感兴趣了。

"嗜！你知道在日本下顿饭馆有多贵吗？他们先请我吃了一顿饭，兜里也就剩下三杯咖啡的钱了。没办法，我只好把组织上给的零用钱凑上，正好，一边来一份儿。唉！为这事儿，我老婆埋怨我好几个月。她说，人家去外边逛一趟，谁不捎点洋货回来。你可倒好，拿着钱不会买点有用的东西，跑那儿去喝药水！你们不知道，我老婆纯属土包子一个，她一喝咖啡就要吐，真的！"

朱盛已经忘了是在开会，说得眉飞色舞，还捎带着做怪相，逗得人们捧腹大笑。这会儿要是有人打窗户底下一过，知道的是开会，不知道的还以为是在听姜昆的相声呢！

笑完之后，吉子宽才觉得朱盛扯得太远，不符合会议宗旨，收起了笑容。

朱盛自己也说累了，忙连声地道歉：

"哎呀，我说得太多了，就到这儿吧！"

吉子宽朝大家看了看，冲着叶菲笑道：

"叶菲同志，你是不是讲一讲呀！"

叶菲顿时满脸通红地说：

"大家说的我都同意。我没什么新的意见。"

十三

还在朱盛大谈其在日本当"皇帝"的趣闻时，沈志业就把兜里那张发言提纲揉皱了。等到叶菲的话音刚落，沈志业就不慌不忙地发言了：

"我讲几句。我同意以上几位同志的发言。赵部长的批评，确实是很及时、很重要的。院党委亲自抓外研室的学习，也是很必要、很及时的。"

表完这个态，沈志业又停顿了一下，看着杨昌明在记录本上记下来，才接着说下去：

"外国文学研究，到底该咋个搞？我们写文章的，到底该咋个写？硬是要坐拢来，开会、学习、商量讨论。赵部长说，不要拜倒在洋人脚下，我是完全赞同。洋人有哪点儿了不起嘛！又没有多长一个脑壳！"

众人一阵哄笑。其实，沈志业说起话来，缺乏朱盛的那种俏皮劲儿。他年纪比朱盛大几岁，又显得老成持重，也缺乏朱盛的那种幽默感。然而，他那种慢条斯理的学究气，特别是那一口拖长声调的川腔，常常引人发笑。《抓壮丁》的话剧开禁上演时，不知谁给他起了个外号"沈保长"。

"有啥子好笑哦？我说的，都是老实话嘛！外国，有其所长，必有其短。外国的长处，科学、技术、管理，我们要学。不学，就是井底之蛙，见识不高。外国的短处，那硬是学不得。学别个的短处，把别个的糟粕当精华，也是井底之蛙，分不清天日。一个'左'倾，一个右倾，误党、误国、误人民，是犯罪嘛！还不该批？"

沈志业伸出两手，拍上拍下，做出两个井底之蛙瞎扑腾的样子，又引人笑了起来。

"外国，我没有去过，我也不巴望去开那个洋荤！前两天，电视上头转播美国啥子地方的足球赛，我看了两眼。嘿，你看那些美国观众哟，一个个的牙巴骨都在动，从开头吃到收尾不歇气。那是公共场所哟！那种表现，我看硬是有点不文明吧！"

大家又笑了起来。沈志业挺认真地说：

"有啥子好笑，哎？要我说，那些外国人硬是还没有开化！我们中国人，一日三餐，规规矩矩，哪个还吃零嘴儿？又不是小娃儿。从这点看么，你说哪个文明？"

"老沈，你这个论点有点站不住哦！"朱盛笑道，"怎么能根据吃不吃零嘴，去衡量一个国家的文明程度呢？"

沈志业仍然慢悠悠地说：

"你听我说嘛。人类的进化，跟吃啥子、咋个吃，是分不开的，对不对？从茹毛饮血到烧熟了吃，这个是人类文明史的一大发展嘛！从不分场合、不分时间、不停地吃，到坐在桌边，早、中、晚一天三顿，又是一大发展。不信，你去动物园考察一下嘛，看那些猩猩、猿猴是不是一天到晚都在吃东西？"

这回是哄堂大笑了。

吉子宽忙笑着把话题往回拉：

"外国人开化没开化，咱们别管他了。哎，老沈，咱们谈咱们的。"

"对嘛，对嘛，我们说我们的。"沈志业接着说，"我们有些同志，崇洋媚外那个样子，硬是叫人看了恼火得很。按说嘛，中国老百姓都是守规矩的。你挂起个牌牌，'外宾休息室'！老百姓哪个敢进去？不过么，有些规定就是不合理，伤害中国人的民族自尊心。"

说到这里，沈志业有些愤愤然。不过，生来的慢性子脾气，他仍是不慌不忙地叙说：

"去年，我出差到重庆，正赶上八月十五。团圆佳节，孤身在外，总难免有些寂寞之感。听旅馆的人说，山城恢复了灯会，说是张家花园土坡坡上看灯最好。我就坐车去了。那旧日的张家花园，已经改成了公园。我买了门票，慢悠悠地走进去，抬头一看，皓月当空，月色如洗。多年没回家乡了，看着那圆圆的月亮，真有'露从今夜白，月是故乡明'之感……"

看着沈志业摇头晃脑地吟起诗来，秦童童歪在叶菲肩膀上，哧哧地笑了起来。

沈志业不管这些，径自侃侃而谈：

"我一步一步往上走。一看哪，站到山坡上赏月看灯的已经百十来个人了。我也忙爬了上去，登高一望，嘉陵江波光粼粼，山城上下万家灯火，真是好景致！"

杨昌明早已停了笔，这怎么往上记呀！

沈志业却叹了口气，沉下脸来说：

"可惜好景不长。大家正欢欢喜喜地等着看灯，突然，走来三四个穿蓝制服的人，气势汹汹地对大家喊：'让开，让开，都下去！'山坡上老老少少的人不晓得出了啥子事，默倒起是公园着了火。啥子火哟！一个三十多岁的往上跳了一步，理直气壮地向大家宣布：'都下去！外宾要来看灯！快走！快走！'"

"简直岂有此理！"朱盛憋不住插了一句。

"就是不讲理嘛！那么大个坡坡，可以站得下几百上千人。为啥子要把中国人赶走！当场群众就围了上去。唉！没得法！人家说是'上级的命令'，不服从也要服从。有的人嘛，拿出'阿Q'精神来哄娃儿：'走！幺儿，老子带你下头去看。这么大个重庆，哪里看不到灯！'有的说：'硬是八月节碰到鬼啰：出门耍一下都不得安生！'……"

"那你呢？"

有人问了一句。

"我？我完全是个旁观者嘛！等人都被撵走了，我又站在山下的一棵松树后头，接着看戏。果然，等一会儿，就见几个人端了四五把藤椅，拿着茶几、茶壶、茶碗上去。又过了一阵子，就见两个外国人由三个中国人陪着，说说笑笑地朝山坡走来。然后，陪同的人弯着腰，伸着臂，十分礼貌地让外宾爬上了坡，泰然地入了座，一边喝茶，一边观灯。就为了这么两个外国人，把一百多中国人撵走，你说气人不气人！你说这种崇洋媚外的风气要得要不得？"

大家听了都是满肚子气，也忘了这个会的主题是什么了。吉子宽正要把远去了的无轨电车拉回来，沈志业早已作了结束语：

"所以，我认为赵部长提出不要拜倒在洋人脚下，是非常及时、非常重要的。不仅是对我们外国文学研究工作，而且对各方面的工作，都是很有指导意义的。我，我就谈这么一点认识。有错误的地方，请同志们批评。"

十四

沈志业的发言，真可谓"一石激起千层浪"。参加会的人，七嘴八舌，胸怀强烈的民族自尊感，纷纷痛斥起"拜倒在洋人脚下"的歪风邪气来。有的叙说亲身经历的不平之事，有的转述亲耳听到的正道消息。杨昌明的记录固然是记不下去，吉子宽也感到会议的方向有些难于驾驭了。

不知是谁，痛斥了崇洋媚外的歪风邪气，又痛斥起这一代年轻人的缺乏教养和不争气。这一下，可踩了地雷，引起了秦童童的爆发：

"这一代怎么啦？甭一开会就骂年轻人！"

"小秦同志，你别多心，我说的不是你。"

"是我也不怕！又骂不掉我一块肉！谁不知道呀！现在最时髦的就是骂年轻人！'垮了的一代''迷惘的一代''受伤的一代''颓废的一代''信仰破灭的一代'！多着呢，要骂谁不会骂？可是，就没人想过，这是谁造成的？是我们愿意的吗？……"

开得蛮热闹的一个会议，眼看被"这一代"搞僵了，吉子宽忙出来圆场：

"好了，好了，不要说这些气话了。童童，该你发言了。"

"我说什么呀？我又没写文章，又不是批的我。没我的事儿！"秦童童还气呼呼的。

吉子宽原是秦童童父亲的老部下，虽说近来来往不多，逢年过节到秦家串门时童童都是叫"叔叔"的。见童童这副态度，不免拿出做长辈的口气说话了：

"童童，怎么能说没你的事？你也是这研究室的一员嘛！虽说现在做些具体工作，只要你自己努力学习：钻研钻研，将来也可以写文章嘛！"

"还写呢！谁写谁倒霉！……"

吉子宽早听到反映，说秦童童说话不知轻重，只是没有领教过。现在听她这个腔调，怕她再说出什么不好收拾的话，忙打断她说：

"那你就讲讲你对这次学习的意见吧！"

"要我讲真话，还是讲假话？"秦童童挑衅地问。

"当然讲真话，我们党历来提倡讲真话。"

"那好！我就说真话。像我这样的，一不懂外语，二不懂文学，走后门儿来的……"

"小秦同志，谁说你走后门了！"朱盛极其友好地说。

"得啦！我知道你们背后净议论我！"童童倒是嫣然一笑，随即又理直气壮地说，"议论我也不怕！人总得有碗饭吃，总得找个地儿领工资。说我不懂专业，我们院的领导干部有几个懂专业的？"

吉子宽有点听不下去，忙说：

"那也不能一概而论嘛！"

"反正好多是外行，自称大老粗。什么呀？赵部长，他懂外国文学吗？现代派、超现实主义、黑色幽默派的代表作，他看过几本？还不是坐那儿听底下文艺处的人汇报。一听带'黑'字儿，准不是好玩意儿，就该批呗！……"

谁也不敢搭茬儿，吉子宽不得不出来维护领导的威信了：

"小秦，你这么说也太武断了。你怎么知道赵部长没看过老许的文章？"

"谁不知道呀！"秦童童讥讽地一笑，"去年讨论'实践是检验真理的标准'，赵部长在会上怎么说的？'别有用心''砍旗''非毛化'，不是他说的？今年，传达三中全会的精神，他又说了，真理标准的讨论文章他没有看过。没看，他就敢批，我这是有根据的。"

吉子宽可真生气了，厉声问道：

"这么说，你根本不同意赵部长的批评啰？"

秦童童大眼珠滴溜溜一转，把在场的人一扫，忽然冲着吉子宽一笑，说：

"吉主任！您怎么扣帽子呀！我可没说不同意。哎，老杨，你可给我记上，我正式表态：我完全同意赵部长的讲话，完全同意院党委布置的这次学习，完全同意、同意……反正上头布置的什么，我都同意！"

吉子宽拿她没有办法，只好笑道：

"你呀，还真有点'造反派'的味儿。"

"我可不敢'造反'了。十几年前不懂事，跟着瞎'造反'，造了一身病，落了个半文盲。现在，请我去造反我都不去。什么我都看透了，反正是那么回事儿！"

"小秦哪，年轻轻的，你这思想可真成问题啊！"吉子宽皱眉叹气，摇着苍白的头。

秦童童却笑了，脱口叫道：

"吉叔叔，您别替我担心！我保证出不了问题。以后呀，我也学油点儿，'逢人只说三分话，未可全抛一片心'！"

吉子宽又气又急，又无可奈何。他看了看表，已经十一点半了，该吃饭了。去晚了可就没有甲菜了，便说：

"今天的会，开得很好，很活跃。明天上午九点钟，咱们再接着开。"

十五

散了会，各自回家去。

朱盛、沈志业、秦童童一路走。三个人嘻嘻哈哈的，说个没完。

"童童，今天你的发言最精彩，冲锋陷阵，痛快淋漓。"朱盛笑道。

秦童童把嘴一撇，长发一甩，说道：

"那也没你精彩呀！从'皇帝'扯到'一碗水端平'，从中国扯到日本，云山雾罩，什么呀！"

沈志业推着车走在前头，也回头说道：

"朱盛今天是另辟蹊径，独树一帜。"

哈，哈，哈，三人都笑了。

"我是抛砖引玉。"朱盛斜眼瞧着沈志业说，"那个玉嘛，还是

'外国人硬是没有开化'啊！高！太高了！简直把崇洋媚外思想批倒批臭了。"

沈志业摆摆手说：

"哎，哎，坦白地说，昨天晚上我真的考虑了半天发言提纲。左想右想，不晓得该掌握个啥子分寸。不说么不行；说么，又不能太违心。亏得朱盛的发言，像、像一盏明灯照亮了我。不然的话，还不晓得咋个过这一关哟！"

"我最讨厌张维了。"秦童童突然说，"你看那唯唯诺诺的样子。又没他的事儿，他检讨什么呀！每回开会都头一个发言，抢的什么头功呀！"

"人各有志！各人的路各人走。"朱盛说，"其实，张维有他自己的看法。我也弄不懂，他怕什么？"

沈志业又回头慢腾腾地说：

"这个，你们就不知底细啰！他有他的苦衷。说到底，还不是前些年被整怕了嘛！"

"也不至于怕成那样，从来不敢说一句真心话。"秦童童不屑地说。

"你是身在福中不知福，大小姐！"沈志业叹息说，"你在会上说三道四，扯东拉西，说怪话，骂部长，哪个能把你怎么样？张维，他就不行。"

"他大约是怕入不了党！"朱盛说。

"这种人，还入党？"秦童童一万个瞧不起的样子，嘴撇得像把勺儿，"前怕狼后怕虎，一个朋友都没有。一句真话也不敢跟人说，都留着回家跟他老婆说去！"

"童童，你可别碰人家的伤心事！"沈志业严肃地说。

"怎么啦？"

"他被打成'特嫌'的时候，他老婆就跟他离了。现在他跟前就一个女儿。唉，一个可怜人啊！"

"哎，悲剧！"秦童童长叹了一声，又说，"也真是，可怜的人必有可恶之处！"

沈志业望着她，摇摇头说：

"小秦哪，像你这样冷心肠的，也少见噢！"

"少见哪？时代的产物，您就见见吧！"秦童童飞身跨上一辆二八的男车，紧蹬了两下，回头招手，"明天会上再见，大研究员！"

朱盛冲着她远去的背影，对沈志业说：

"她倒是'解放型'的，什么都敢说，无忧无虑。"

沈志业也瞧着她飞车消失在人群中的地方，苦笑道：

"也不见得。二十八九岁的老姑娘了，哪能无忧无虑？"

"嘴也真够厉害的！"

"谁家摊上这么个姑娘，都够受的。"

两人不慌不忙地骑着车。朱盛想起家里的糖醋黄鱼，热情邀请沈志业去分享美味，沈志业欣然前往。两人边骑边聊。

"你说，这次学习怎么收场？"朱盛问。

"我看也就这个样子了。中央不是说了嘛！不搞政治运动，不整人。该检查的检查啦，该表态的表了态，还要咋个？"

"那就谢天谢地了！这种会老开个没完，我们还搞不搞专业了？"朱盛手头正在写一篇评日本历史小说家的论文。

"就怕吉主任不满意，杨昌明也不好交差。说不定嘛，还要个别做点工作，再发一下言。"

"哎哟！"朱盛忽然似有所悟地叫起来，"怪不得，杨昌明昨天突然请我到他们家吃饺子！他会不会是要做我的工作？"

"那是当然嘛！"沈志业笑道，"可能想让你当积极分子哦，哈！"

"我可受不了。"

"我看你已经当上积极分子了！"沈志业笑笑说，"你请我吃糖醋黄鱼，是不是接受了任务，来做我的思想工作哟！"

朱盛禁不住哈哈一笑说：

"老沈，你这人也不厚道了！"

十六

杨昌明没有机会听到秦童童等人如此辛辣地讥讽这次会议；也不可能知道朱盛和沈志业这样无情地嘲弄自己请人吃饺子的一片真情。

如果他知道这一切的话，肯定会伤心。

然而，也不一定。

当他调到外国文学研究室，又意外地重新走上思想政治工作岗位以后，他受到的冷落和打击，远远不止这些。

还是在他刚当选为支部书记不久，有一天晚上，下着雪，刮着风，天已经很冷了，他忽然想起应该去看看许明辉。听说老许两口子不善于治家，有人形容他们家跟"狗窝"一样。这么大冷的天，肯定还没有安上炉子。他们是刚落实政策调来外研室的，作为支部书记，应该关心他们的生活。说不定这位南方人还不会生炉子呢。于是，他加了件衣服就推车往外走。

"这么晚了，你上哪儿？"林佩芬把他拉住问道。

"去老许家看看。"杨昌明挺耐心地把许明辉家的情况作了一番介绍。

"你倒真操心人家的事！"林佩芬白胖的脸上，大嘴撅着。

"我一会儿就回来！"杨昌明不愿多看妻子的脸色，赶紧蹬上车就跑了。

可是，他万万没有想到，当他顶着风，骑了八里地，用冻僵的手去叩门时，许明辉只把房门开了一小半，并且用身子堵着门，眼睛上下打量着他问：

"哦，是杨同志，找我有什么事吗？"

"我，来看看你们家炉子安了没有？"

"炉子？安了，安了。"

当然，也还说了四五句别的寒暄的话，但都是站在门口说的。随后，在"再见"声中，许明辉把门闭上了。

杨昌明呆呆地在门外站了一会儿，感到一阵彻骨透心的寒冷。他被人彬彬有礼地拒之于门外了。而屋里的人并不觉得过意不去，倒好像是他自己多此一举。

回去的路是顺风，他本可以早早赶回家，暖和一下自己被冻冷的身子。但是，一想到妻子白脸上那讥讽的笑容，一想到从她嘴里吐出的嘲笑的话语，他不自觉地改变了行车路线，到人民广场绕了一个大圈子，才回家。

"怎么？把党的温暖送到群众心坎儿上了？"林佩芬已经钻进被窝里了。

杨昌明只看了她一眼，没有答话。

"你有多少温暖送给人家？"她嘲讽着。

"有一分，送一分！"他一边往炉子里加煤，一边狠狠地答道。

"现在，人心都跟冰块儿似的，你那点热气儿，能把人化了？我才不信呢！"

"我信。世界上没有不能化的冰！"

林佩芬听这话气就不打一处来，撇着嘴说：

"得了吧！我劝你把温暖给自个儿家送点吧！"

"这是我的工作！"杨昌明生气了。

"哟！你跟我撒的哪门子气！"

这一夜，杨昌明失眠了。这次的闭门羹，使他很有些灰心丧气。直到很久以后，许明辉跟他比较熟了，不再有很多戒备了，他才稍许得到一点安慰。

那时候，类似这种不愉快的事件，可以说是经常不断。有时，杨昌明也因此而失去信心。但过后，他又常常为此而感到内疚，责备自己的脆弱。

"这是历史的惩罚，没有什么可埋怨的。"他常想，"不断改善自己的工作，重新取得群众的信任，是政工干部在拨乱反正这个特定时期最重要的任务。"

他这么想，也这么做了。

别人写出一篇又一篇文章，他作为党支部书记、外研室的秘书，却把整天整天的时间花在跑各种领导机关，落实知识分子政策，做好极其琐碎的后勤工作。为了给吴天湘落实政策，争得一套两间居室的住房，他在上上下下有关单位之间奔跑了百余次，好话说尽，后门用尽，才好不容易拿到钥匙。

林佩芬听说吴天湘搬进了新房，不由她不恼，问道：

"你有这本事，为什么不给自个家跑一套！"

的确，他们家真够挤的。一间小平房孩子六岁时晚上起来尿尿，小脑袋碰在桌子角上，头破血流，抱医院去缝了三针，至今伤疤还在脑门儿上。难怪他夫人一提房子就火冒三丈。然而，在杨昌明心目中的住房困难户的名单上，却从来没有列入自己的名字。

唉！他真是迎着社会上的各种冷嘲热讽，担着妻儿老小的奚落埋怨，默默地，用自己一颗赤诚的心去耕耘外研室这一方小小的、久已荒废的田地，开拓着新时期党的思想政治工作之路。

他从来不认为自己把工作做好了。但是，党的十一届三中全会之后，他确实感到春风吹进了"大庙"。人们的思想开始从"两个凡是"的禁锢下解放出来，人与人之间的关系变得亲热些了，党和群众之间的隔阂逐渐在消除中。当然，问题还堆积着。对于同一个问题，看法往往相去很远。各种矛盾此起彼伏。杨昌明对这复杂的矛盾重重的状态并不以为怪。没有这样那样的问题，又何须去做思想政治工作？重要的是：信任已在艰难中恢复，心灵的窗户已随着春风敞开，思想的电路已经接通。有了这一条，今后的工作就好做了。

偏偏在这时候，出了许明辉的这篇文章，院党委又亲自坐镇领导学习，如果弄得不好，就难免使事情变得复杂了。吉子宽是个威有余而亲不足的政工领导干部。杨昌明最担心他态度生硬，把许明辉和其他的同志弄翻了，不好收拾。昨天第一次开会，就出现了令人难堪的僵局。所幸吉子宽毕竟还是有经验的，懂得有张有弛的领导艺术，也善于把会上会下的工作结合起来，避免了一场眼看不可避免的纷争。可是，今天这个会又算什么呢？字斟句酌的表态、千篇一律的拥护、不着边际的联系实际、热烈的废话……这错综纷繁、模模糊糊的局面，与其说是生动活泼的标志，不如说是一幅令人眼花缭乱，而又不得其解的抽象派绘画。

不，这幅画他是看懂了的。这是生活的扭曲的反映。故作小心的检讨，貌似真诚的坦率，离题万里的表白，眉飞色舞的谎言，都带有七十年代末的时代印记。趑趄之足刚跨出"两个凡是"的樊篱，余悸之心还藏在思想解放的彩衣之下。这不是党内生活和机关生活的常态，这不是思想政治工作的成功。

这一切，吉子宽是怎么看的呢？他满意他亲自主持的这个会？他满意会上大家的发言吗？

下午上班以后，杨昌明经过反复考虑去找吉子宽了。想跟他研究一下，或者说请示一下，明天的会怎么开，顺便也交换一下意见。

吉子宽正准备出去开会。他一边扣衣服上的扣子，一边听杨昌明说话，一边往外走。走到门口，他才说：

"我看，今天的会虽不能说好，也还不错嘛。"

"吴天湘还没有发言。"

"吴天湘嘛，他会发言的。"吉子宽很有把握地笑了笑，甚至还拍了拍杨昌明的肩膀说，"小杨，不要担心他了。下午没事早点回家，唉，我听说，他家的后院经常起火呀！"

十七

朱盛小宴沈志业，两人酒足饭饱，带着一种发言过关的轻松感，骑上车到吴天湘家串门儿来了。

吴家也是方才饭罢，婆媳两个正在收拾碗筷，进进出出地忙活。吴天湘叼着烟斗站在一旁，和一个六七岁的小男孩说笑。

"大舅，给我烟斗看看！"小男孩穿着一套浅黄色带白边的毛绒紧身衣裤，干净漂亮，胖乎乎的挺好玩儿。

"不行，不行，这可不是你玩的东西！"吴天湘退了两步，举着烟斗摇着手说。

"小弟，怎么尽跟你大舅闹！"老太太嘴里呵斥，脸上却堆着笑。她就这么一个外孙子，好不容易乘女婿出差的机会带了来瞧瞧，心里别提多疼，哪舍得骂。

"那！走！我给你画像！"小弟双手拽着吴天湘的衣襟，往里屋拉。

"好，好，好！"吴天湘无可奈何地进了里屋。

"瞧这小捣蛋儿！看我不把你送走！"老太太的话恰好应该反着听。

温素玉系着围裙，拿着扫帚进来，笑道：

"干吗送走？有个孩子多热闹！天湘可喜欢他了，什么都依着他！"

"嘻！一个孩子比十个大人都劳神！"老太太实系经验之谈，可这回心里可不这么想。

小弟进了屋，立刻爬到书桌前的椅子上，跪着就大喊拿纸来。吴天湘忙把自己的书本、稿纸移开，找出一张废纸来。小家伙不干，非要吴天湘平时写字作画的宣纸。无奈，吴天湘只好给他找了一张，又从笔筒里拣了一支旧笔递给他。

"拿墨来！"小家伙喊道。小鼻子翘着，那神气，真像一名大师。

吴天湘只好又给他打开墨盒。这小家伙才心满意足地安静下来，命令说：

"大舅，你坐着，不准动！"

吴天湘在写字台旁的靠椅上坐下。小弟并不像一般画家那么频频地看模特儿，只管自己下笔，小嘴儿里还念念有词：

"看，先画个圆圈儿。这是你的脑袋。这是你的头发。就这几根儿，就这样的。这是眼睛。我给你画大点。舅妈说，我的眼睛比你大。我比你好看！瞧，这边画个小圈儿。这是你的烟斗！这是冒的烟！……"

朱盛和沈志业来时，吴天湘正这么坐着受"画刑"。他刚站起来说了声：

"请坐，请坐！"

"不准动！"小弟叫了起来。

"好，好！"吴天湘只好又坐下。

客人一左一右地站在"画家"背后。

"嚯，抽象派！"朱盛笑道。

"要挨批哟！"沈志业拖长声说。

小弟仰起头来问：

"挨什么？"

"没啥，没啥，画吧，画吧！"

两位客人在小小的自制沙发上坐下。吴天湘被小家伙勒令不敢动弹，只好冲着外面喊：

"给倒点茶来！"

话音未落，温素玉早已端了两个盖杯进来，客气地放在小茶几上，又转身拿来了糖盒，再弯腰哄小弟出去。小弟扭着身子，坚持不画完决不离开。温素玉无法，自己走了出去。

小弟洋洋得意，挥动着手里的笔，噘着小嘴儿使劲，也听着大人讲话。

"怎么样？老吴，你对今天的会有何观感？"沈志业问道。

没等吴天湘表态，朱盛笑道：

"我看不错嘛。都表了态，发言热烈。基本符合要求。"

吴天湘轻轻叹了一口气，从嘴里迸出几个字来：

"有多少真话呢？"

朱盛剥着糖纸，满不在乎地笑道：

"是呀，说都是真话吧，真中有假；说都是假话吧，假中有真。反正是真真假假。"

沈志业接过话说：

"人嘛，有时候也挡不住说两句假话。"

小弟忽然回过头来，瞪起大眼珠儿，大声吼道：

"老师说，不准说假话！"

孩子的话使几个大人都一怔。还是朱盛反应快，忙说道：

"对，对呀，小弟弟，老师说得对，不准说假话。说假话，爸爸妈妈就不喜欢你了！"

待在外屋的温素玉，赶紧进屋把小弟拽了出来。

三个大人都似乎被这赤子的真言戳痛，一时说不出话来。半晌，还是沈志业打破了沉默：

"小娃儿嘛，不该说假话。大人嘛，有时候说几句，也是不可避免的，可以谅解。"

吴天湘叹道：

"中央三令五申，反对说假话。可是在我们这儿，还是假话连篇，违心之论盛行。这么下去，怎么得了？"

"老吴，你大可不必把问题看得这么严重。"朱盛安慰他说，"三中全会以后，提倡实事求是，说假话的已经少多了。就算我们现在还说一两句违心的话，那也只是在特定的环境下，不得已而为之。"

"其实，假话中何尝没有真情？"沈志业也跟着说，"所谓'话中有话'，所谓'弦外之音'。当领导的要是懂得'听话听音'，也就不难透过假话，看穿真情啰！"

吴天湘仍摇头，不表示赞同。

在外国文学研究这一行里，吴天湘年轻的时候，就以思想敏锐、论证严密而著名。但他的恃才傲物，孤芳自赏，也是出了名的。短短几句交谈，沈志业就感到吴天湘考虑问题比自己高，嘴上的话也就少了。朱盛毕竟年轻气盛，仍然好心奉劝：

"而且，老吴啊，我们说的这些假话，说穿了，也并没有坏心。这同资本主义国家相比，有本质上不同。他们那里才真是谎言世界。政客们不用说，尔虞我诈，没一句真的。资本家更是甜言蜜语，无非是把你口袋里的钞票掏走。就连人与人之间，也不得不戴上假面具。我们现在讲几句违心之言，不过是为了，为了过关吧！"

吴天湘这才从椅背上抬起身来说：

"照你这么讲，说假话是有理的。"

"不敢说有理，至少也是被逼出来的。"朱盛激动起来，"遇到这样的部长，遇到这样的会，你不这么说，怎么办？"

沈志业也憋不住发起感慨来：

"我看哪，人生在世，开会发言，真假并举，以真为主，以假为辅，也就不错了。"

看沈志业那摇头晃脑的样子，听他那煞有介事的概括，朱盛哈哈大笑，连连重复道：

"真假并举！以真为主，以假为辅！高！"

吴天湘也不禁微微一笑，又问道：

"看样子，你们是来劝我'真假并举'的？"

"不敢，不敢。"朱盛笑道，"你是主任，党内专家学者。我们两个党外群众，哪敢鼓动你说假话。"

"老实说，现在思想上还是轻松得多哦！"沈志业说，"倒退三年，三个人在一起，连这个话我都不敢说。一说嘛，又是'阶级斗争新动向'哦！算啦，这个会也开完啦，老吴，明天你发个言，吉子宽总结两句儿，我们就宣告胜利闭幕啦！"

吴天湘装了满满一斗烟，聚精会神地抽着。一团团轻烟罩住了他的脸。他没有说话。

十八

小小的台灯像往日一样投下柔弱的光束，整洁的小屋像往日一样给人以宁静，写字台的玻璃台面也像往日一样等待着它的主人伏案笔耕。然而，吴天湘却闭目仰坐在桌旁的那张靠椅上，久久不曾移动。他那长脸上颧骨高耸，双唇紧闭，额上的皱纹犹如刀刻，显得那么疲倦和苍老。只有那握在手中的烟斗仍飘出缕缕轻烟，散发着一种特有的香味。

吴天湘虽假寐在椅上，思绪却如大海的波涛，翻腾不已。这两天的会在他眼前活跃着。甚至于会场上的人一举一动都那么生动地在他脑中再现。吉子宽居高临下、颐指气使的神情，杨昌明委曲求全的焦虑，张维的口吃和他的"狄德罗"，许明辉言不由衷的检查，朱盛在日本当"皇帝"的趣闻，沈志业的"月是故乡明"，童童甩来甩去的电烫长发和嗤之以鼻的"什么呀！"……啊，多么像一部西方现代派手法的电影。各式镜头接踵而来，让人目不暇接，却仍有它内在的一条贯穿线。

外屋里正在拉桌子，抬柜子，给新买的冰箱腾地儿。这是儿子的主意。冰箱搁在厨房里太挤，也容易弄脏。不如挪到外屋里，也给这屋子增加一点现代化的色彩。妻是儿子的支持者和响应者，说干就干，立即行动起来。小弟跟在后边欢呼雀跃。他们都有惊人的、令人羡慕的活力与兴味，甘愿为这些许小事，耗费一个小时，甚至两个小时。

只有母亲是反对派。自从决定买冰箱，她就坚决反对。现在，她还在一旁叨叨：

"买这死沉的东西，干啥啊？拿不动、背不走，赶明儿再搬家，又得卖委托行！"

"妈，您怎么老念着搬家呢？"素玉在问。

"嘻！不是我念着搬家，我是搬怕了！算算，这二十多年，搬多少回了？从楼房往平房搬，从城里往乡下搬。闹一回运动，搬一回。搬一回，糟蹋一回东西。唉！可惜了的那大立柜，那木头够多好哇！拉委托行，一半儿的钱都没捞回……"

门是掩着的，说话的声音也不大，却一字一句、清清楚楚地传到吴天湘的耳朵里。

是啊！老太太总是不放心，总觉得儿子二十年之后居然得到改正，简直是不可设想的。就连搬进这幢新楼，她也觉得宛如置身梦境，不敢当真。从儿子落实政策以来，她心里没有笑过。她总是担心，担心到头来不过是一场梦！

心有余悸，连行将就木的老人也不能免，又何况还要在人生的道路上负重远行的中青年一代呢？大概也是余悸在心，许明辉才出尔反尔，前几天还说自己的文章没有错，今天就作出了颇似诚恳的检讨。朱盛和老沈，也不惜为此充当插科打诨的角色，把假话当作消灾免祸的灵芝草，甚至一片赤诚地劝他人服用这剂苦口的仙丹。我能咽下这苦水吗？

外屋的声音又传了进来，老太太还在叨叨：

"有钱，买点穿的、戴的、背得动提得走的。赶明儿再搬家，说走就走。别等到时候，说声运动一来……"

"妈，您放心吧，"素玉近乎哀求的声音，"不会再搞运动了！"

"唉！搞不搞的，由得了咱们？"老太太叹气了。

"奶奶，您得学着点儿朝前看。中央说了不搞运动，您还不信？"儿子笑嘻嘻的声音。

"有这话呀？阿弥陀佛！"

可怜的母亲！为了她，喝下这苦水吧！真真假假，自古皆然，何必那么当真？该说真话的时候一定说真话，不得不说假话的时候只好说假话，这不算大错吧？可是，党性呢？作为一个研究工作者的科学性呢？党是强调说真话的。党的事业不能建立在假话的基础上。研究工作掺了假，不可能有任何成就。

明天，将怎么发言呢？

外屋里，冰箱好像已经安置就绪。门响了一下，有人走了进来。那轻轻的脚步声，除了她，没有别人。她完全知道研究室的这次学习，也听见了刚才自己和客人的谈话。复婚以后，夫妻间好似订了协议，过去的事绝口不提，话题自然是今天和明天了。

她进来做什么？他不想睁开眼，不想和人说话，不想打断自己的思路。他需要安静。

"你累了，就早点休息吧！"

一个柔和的声音从上面传来。他不得不睁开眼，见她微笑着站在自己面前，他又不得不开口：

"不，我就这么歇一会儿。"说完，他又闭上了眼睛。

"妈也老说，你睡得太晚了。"她又说了一句。

"唔！"

她没有再说什么，拿了什么东西走了出去。门又响了一下，关上了。明明她是想说些什么。其实，吴天湘心里也很明白她要说什么。这样的话，二十年前，她早说过了。

那时，他从医院出来，回到学院看到许明辉已被定为"右派分子"。当然，同时遭到这厄运的，还有一批在吴天湘看来是很有才学的、很有前途的同事和青年。

他不解，不满，不平。一连几个晚上没有睡好觉。他决定到党委去直诉他的意见。

"你疯了！"她尖声叫喊，"别人躲还躲不及，哪有你这样的，自己找上门去当右派！"

"我是党员。根据党章规定，我有权利向党组织陈述自己的意见！"

"不，你不能去！"她哭了，"你想想后果！你这一去，毁了你，毁了我，也毁了我们这个家！"

他不听她的劝阻，还是去陈述了自己的意见。果然不出她所料："大右派吴天湘被揪出来了！"

大标语，大字报，贴了满墙。那毛笔似乎没有尖，写出来的字没有笔锋，一笔一笔都是撕裂的，那么难看。

她哭着，抱着不满半岁的儿子走了。

他劝过，拦过，拉着她的胳膊哀求过。

可是，她哭着喊了一句话，至今还让他心里发抖：

"你饶了孩子吧！"

他松开了手，颓然跌倒在地。

……

过去的不幸毕竟过去了。

复婚一年来，两人都小心翼翼，弥缝着旧时的伤口，从来不碰二十年前那幕悲剧。甚至，她这些年是怎么过来的，他也不愿去探问了。让时间悄悄地消除心头的隐痛，让惨伤的记忆随着时光的远去一点一滴地淡忘吧！

在吴天湘的眼里，温素玉的变化很大。除了容颜的苍老，身材的肥胖之外，她变得非常体贴、温顺，脾气比年轻时好多了。不仅如此，她还学会了做很多家务事，特别是学会了做菜。每当星期天，她在厨房里忙上半天，端出几样精美费工的好菜，一家人团团围坐时，吴天湘心里常冒出一句不知从哪本书上看来的话："烹调是通向家庭幸福的桥梁。"

在温素玉的眼里，吴天湘的变化也很大。以前，他精神十足，性情开朗，口若悬河，自信而又带几分狂妄，似乎天下事都可随他的意思安排。这次重聚后，他老了，瘦了，干了。更使她吃惊的是，他沉默了。这变化，使她心里酸酸的。转念一想，"祸从口出"。少说点话，多搞点学问，安安静静度过后半生，也不失为幸事。

她把全部的心思和精力，都花费在这个重建的家庭上。她操持着，安排着。这卧室兼书房，这床上崭新的被褥和鹅黄色的罩单，这小小的沙发，这满壁的书架，这新置的写字台、别致的小台灯，都凝聚着她一片负疚之心。

唉！为了她，为了这个带着苦味的家庭的安宁，或许，他也应该咀嚼假话的酸果？

以他对世事的阅历，以他豁达大度的胸怀，他能重新缝合这个外人看来已经完全破裂的家庭；难道他就不能同样地审时度势，以适度的变通、无伤大雅的圆滑，顺顺利利地度过这次的学习？

况且，这算得了什么假话？人云亦云。几千年的中庸之道，宣扬的就是随大流。更有那种"在特定的历史条件下"，"顾全大局"，"讲究方式方法"等新的道理，难道还不足以开脱自己吗？

然而，他不能，他不甘心。

中国人吃说假话的亏已经吃够了。假汇报、假积极、假情况、假揭发、假交代、假检讨……坑害过多少人？毁坏了多少家庭？时至今日，党中央大力提倡说真话，反对弄虚作假，仍然是多么艰难啊！直言不讳，多年不曾有过了。似乎"会上不说，会下乱说"，方显出英雄本色。似乎"事不关己不开口，一问摇头三不知"才是最好的处世哲学。长此下去，何以端正党风，重振社会风尚？

二十年前，在势如暴风骤雨、能陷人于灭顶之灾的政治运动中，他鄙薄假话，敢吐真言，显示了一个真正共产党员的本色。二十年后，党已经切实改正了自己的错误，奉行"三不主义"，声明不再搞"政治运动"了，自己反而噤若寒蝉。这同一个真正的共产党员相去太远了。

不，我是相信党的。不是党中央，五七年的错案怎能改正？不是党中央，我还能有今天？对这样的党中央，我怎能不相信，怎能不讲真话，怎能用谎言去敷衍！

也许，我倾吐的真话并不全是对的。人的认识都有自己的局限啊，难免有错，难免片面，难免主观。但，错了可以改。修剪过的草地更平整，也更美丽。说假话，是品质问题；而真情中的谬误只能是水平问题吧！二十年凄风苦雨，白发和眼泪换来的该是这样的结论啊！

吴天湘突地睁开眼。他那深陷的眼眶里，顿时射出火一样热烈的光彩，在灯光照不及的暗影里显得格外晶亮。他迅速地坐到桌前，打开一方端砚，开始挥臂磨墨。

这一点他很守旧。认真写字时从来不用墨汁。他认为用墨汁写字简直是对书法艺术的亵渎。磨墨、凝神、静思，而后方能提笔。他全神贯注地握着一柱圆墨，在砚台上磨着，磨着……

轻轻的，有节奏的磨墨声传出屋外……

她在外屋方桌上裁剪衣裳，比划了多时，总不敢下剪子。她心神不定，几次想转身走进去，和他谈一谈，劝劝他。可是，往事如针刺，好不容易合拢的家庭，难道再因此而破裂？往事不堪回首，她怕再分离。她从不敢回想那二十年的寂寞孤单！

她犹豫了。一阵阵的磨墨声终止了她的犹豫。他想写什么？

他要干什么?！她来不及思索就推门进去了。

推门的声音是响的，她急促的步履也是重的。但是，他却丝毫没有察觉似的一动未动。瘦削弯曲的背影映入她的眼帘。他俯身在一张宣纸上，握着一支蘸满了墨的大笔，正悬臂疾书。

她悄悄地在他背后站定，直到他搁下笔，舒出一口气，两行龙飞凤舞的大字已经落在纸上了：

    愿听逆耳之言

    不作违心之论

他回过头去，轻轻地问了一句：

"写得好吗？"

"好。"

一个"好"字出口，泪水就涌上了眼眶。她说不清是感动，是委屈，还是伤心。

直到他的手搭在她的肩上，轻轻地抚摩着。这久已生疏的温馨，使她颤抖。泪水顷刻湿透了她的面颊。

十九

"怎么样，今天谁先讲？"

第三天的会上，吉子宽仍然自行代理主持。

照例地，张维又结结巴巴发言了：

"我、我、我昨天，又、又、又想了很、很久。我前、前两次的检、检查是很、很不深、深刻的……"

"张维同志，你不要讲了。"这回，吉子宽直截了当地打断了他的发言。

"我、我有几句，很、很、很重要的话。"张维涨红了脸，更加口吃了。

听说是很重要的话，吉子宽不便再加阻拦。只见张维仍是双膝并拢，身子前倾，脸红到脖颈，浑身使劲似的，说道：

"我、我、我决心，在、在这次学习中，用、用党员的标、标准，严、严格要、要求自己。党不搞整、整风，我要自己整、整自己的风，要自、自、自我整、整风。党不、不搞运动，我要自己搞、搞、搞自己的运、运、运动。"

张维的"自我整风"和"自己搞自己的运动"，提法奇特，有人忍不住要笑。但，他提到党员标准，这是一件很严肃的事，张维又是这样一个老实巴交的人，谁也没有敢笑出声来。

吉子宽怕张维再啰嗦下去，便插进话说：

"好嘛，张维同志，你决心用党员的标准要求自己，这很好嘛。至于你说的'自我整风'，'自己搞自己的运动'，那就不一定这么提了。哎，这种提法，如果完全出于自觉自愿……"

张维赶忙声明：

"我是完全自、自觉自愿、愿、愿的……"

"那当然很好啰！"吉子宽又忙截住他，"不过，这种提法传出去，别人不了解情况，难免会有一些误解。所以，最好还是不要这么提。"

"提、提不提，都、都可以。我、我、我的意思是，决心系、系统地检查自、自己的思、思想。"

"好，好，那好。"吉子宽用一连串的"好"字，堵住了张维的嘴，然后把目光扫到吴天湘脸上，嘴里却说，"是不是请前两天会上，还没有发言的同志，先谈一谈，哎，叶菲同志，是不是讲一讲？"

叶菲一听，胖胖的脸立即红得像块大红布似的，淡淡的眉毛几乎都从脸上隐去了。她喃喃地说：

"大家说的我都同意。我没有什么新的意见。"

吉子宽笑着点了点头，又含笑问道：

"天湘同志，就剩你了吧！哎，讲一讲吗？"

吴天湘取下嘴角的烟斗，看了看会上的人，又冲吉子宽点了点头，说道：

"那，我就谈一谈吧。"

会场上安静下来。

"首先，我也应该检讨几句。对这次学习，我没有过问。杨昌明同志曾提出让我主持这个会，我没有同意。为什么没有同意呢？坦白地说，因为我不认为赵部长的批评是正确的。我也不认为院党委布置这样的学习是必要的。"

尽管吴天湘说话的声音很轻，这两句话却有千斤重的分量。吉子宽的两道浓眉马上竖起来了；杨昌明呆呆地看着吴天湘，忘掉了记录；许明辉的金鱼眼睛突得鼓鼓的，望着说话的人；张维的嘴巴张得很大；童童的"马尾巴"也不摇晃了；叶菲淡淡的眉毛挑得老高；朱盛嘴角的笑意一扫而光；沈志业干脆低下脑袋，不敢望吴天湘的脸。

"我是外国文学研究室的负责人之一，是共产党员。"吴天湘接着说，"本来，我有看法，有意见，应该跟杨昌明同志谈一谈，商量商量，也可以跟院党委商量一下，甚至还可以直接找赵部长提意见，这都是允许的。可是，我没有这样做，而是采取了自由主义的态度。我对杨昌明说：'会，我参加。主持，还是你。'这就很不对。明明自己有意见，而且明明知道别的同志也有意见，就是不提出来。也可以说，是把难题推给杨昌明同志，这种做法是很不好的。我觉得应该向杨昌明同志表示道歉！"

杨昌明手在发抖，鼻子也在发酸。如果不是很多人坐在一起开会，如果不是吉子宽脸上露出难以掩藏的愠怒，他恨不得站起来和吴天湘紧紧握手。两句话，使他的心热了。

"其次，我谈一下，为什么我不同意赵部长的批评。赵部长在讲话中提出'不要拜倒在西方资产阶级脚下'，这个精神是对的，我是同意的。作为一个研究外国文学的单位，确实应该注意这个问题。我们整天接触的是外国文学，所谓潜移默化，如果不保持清醒的头脑，很容易盲目地推崇一切外国文学。但是，赵部长的批评是针对许明辉同志的文章讲的，而许明辉同志的文章，我以为恰恰是比较好的。"

许明辉埋下鼓眼睛，脑袋也低了下来。

"老许的文章，好就好在对西方现代派文学作了实事求是的分析和评介，而没有采取简单粗暴的态度，更没有使用谩骂的语言。如果像这样的文章，就算作'拜倒在西方资产阶级脚下'，那我们外国文学研究室的工作确实很难开展了。"

吴天湘停了停，似乎在使自己稍许平静一些。

会场鸦没雀静，气氛是沉重的。

"当然，我也不认为老许的文章没有任何缺点，或者是不能批评。我跟老许当面也说过，我认为他的文章在列举西方各种派别的代表作品时，偏重于介绍其中比较有社会内容、有文学价值的作品，而对那些确实很低下的作品没有怎么谈到。我以为，这也算是一种片面性。当然，老许可能有他的考虑。他可能认为，既然是介绍外国文学，总是要介绍一些有参考价值的，没有什么价值的就略去不提了。也许，他这种考虑倒是对的，我那种想法反而不合适。"

他看了一眼许明辉，又说下去：

"这些，都是可以讨论、商榷的。包括赵部长的那些意见，如果是提出来和作者商榷，我觉得也没什么不可以。文学研究需要批评。没有批评，研究工作怎么发展，怎么深入？可惜的是，赵部长不是这样提出问题。"

吉子宽的脸色铁青了。他原来估计，吴天湘这个人虽然高傲，同许明辉的关系又很深，但许明辉已经自己检讨了，吴天湘也就不会有多少意见了。万万没有想到，这个自命不凡的吴天湘，居然采取"直言不讳""以攻为守"的策略，向赵部长进攻起来。这太过分了！

"第三点，因此，我对院党委布置的这次学习，一开始就有不同的看法。特别是这几天的会，实际上变成了人人过关。大家都为在会上怎么发言，怎么表态发愁。现在，大家都发过言了，都表了态，拥护赵部长的批评，拥护党委布置的这次学习。可是，这究竟是真的，还是假的？我看，起码，有一半是假的，半真半假，甚至假的更多一点。首先，许明辉同志的检查，我看就不那么真。他前两天还认为自己的文章没什么错，怎么还没过四十八小时，就认真作起检讨来了？"

许明辉头垂得更低了，只露出那光光的头顶。别的人也眼不看发言的人，只有秦童童扬起乌黑的细眉，目光里透出明显的惊奇。

"别的同志的发言，是真是假，我就不说了。但是有一点，我还想说一下。粉碎'四人帮'以后，特别是三中全会以来，无论是社会上，还是在我们研究室，说假话的风气已经有了很大的改变。是没有这个必要了嘛，又不搞政治运动，又不搞'高指标'，何苦还要说假话？特别是批判了'两个凡是'的错误观点，群众的思想得到很大的解放，应该说，整个形势是很好的。但是这次学习，又把空气搞得很紧张，这对于发展我们的外国文学研究事业，是不利的。"

苍白的头发下，吉子宽的脸由青变红，似乎突然显得苍老了。他几乎已经到了无法容忍的地步。他心里愤愤不平地想：难道是我逼着你们说假话的？难道说了假话还有理？这时，在他心里几乎已经决定：等吴天湘发言结束，让在场的人一一表态，你们到底说的是真是假？可是，万一……

"我就讲这三点。"吴天湘说，"第一是我的自我批评；第二是对赵部长的意见；第三是对这次学习的意见。我的发言，如果有错误，欢迎大家批评。"

这时，吉子宽的脸色又由红色恢复到日常所见的淡淡的黄色了。他用手指轻轻地叩着桌沿，立即接上去说：

"好嘛，吴天湘同志的发言很直率，有什么说什么，这很好嘛！今天的会就开到这里，下次的会什么时候开，再通知。好，散会！"

说完，他端着保温杯，走了。

二十

吉子宽走后，会场先是一片沉寂，接着就像开了锅似的，沸腾起来。有批评赵部长讲话太主观的，有批评吉子宽盛气凌人的；也有批评不该在会上说假话的。

杨昌明听了，心头却感到一阵轻快。他并不完全同意这些议论。但，所有这些畅发的肺腑之言，都没有背着他说。这使他感到，作为一个新时期的政工干部，他已经迈出了很重要的一步。

"高！老吴！你的发言真高！"朱盛跑到吴天湘面前，竖起大拇指说，"你这一番话，把我憋了好几天的闷气都出了！"

秦童童把挎包往肩后一甩，翻着眼皮儿说：

"现在叫好来了！早干吗去了？什么呀！"

沈志业冲着吴天湘拱手赞道：

"刚正不阿，直言不讳，可敬，可敬！真正是听君一席话，胜读十年书哦！"

吴天湘连连摆手，把烟斗装进提包准备走。在桌子对面坐着的杨昌明，把记录本塞进抽屉里，抬起头来望着他说：

"老吴，这几天的会没有开好，主要是我没有……"

"不，这怎能怪你！"吴天湘拦住他的话，"你有你的难处。"

杨昌明叹了口气，笑了笑说：

"我应该多找吉主任谈谈，把研究室的情况多向他反映一下。"

"你可别给我打小报告去！"朱盛嘻笑着说。

"这，你放心。"杨昌明笑道，"现在不是那些年了。"

人们陆续散了。等吴天湘走出"大庙"，才发现许明辉站在门口。

相识二十多年，同命运、共患难，吴天湘和许明辉可算莫逆之交，彼此的脾气秉性都是知道的。一见许明辉那双突出的眼睛直直地盯着自己，吴天湘就知道这位老友有话要对自己说。

两人默默地走着，许明辉却不开口，只是低头走路，甚至不看身边的人一眼。眼看离汽车站近了，吴天湘索性说：

"走，到我家里去，把上回剩的五粮液喝了它！"

"不！"许明辉郁郁不乐地答了一个字。

穿过了热闹的市场，到了大街上。两旁宽阔的人行道上，新栽的一行行小白杨树，枝头的树叶在阳光下熠熠发光。正是中午下班时间，街上车水马龙，乱哄哄的。人们大概是赶回家去吃饭吧。只有吴天湘和许明辉两人，饿着肚子，在人行道上慢慢走着。

"说吧！"吴天湘一手插在法兰绒春秋衫的口袋里，一手提着一只新式的提包，前后晃动着。

"老吴，你……"许明辉吞吞吐吐。

"怎么啦，说嘛！"

"你今天，不该说这番话的。"许明辉扭过脸来说了一句。

吴天湘默不作声，脚下的步子放得更慢了。

"你倒是说了真话，可是，你想过没有，这会产生什么样的后果？"

"我想过。"吴天湘望着人群，很平静地说，"我相信这不会带来什么严重的后果，只会使说真话的风气得到扶植。而这对任何一个单位开展正常工作来说，都是一个必不可少的条件。"

"你啊，你……"许明辉直摇头。

"我怎么？"

许明辉叹了口气，朝前走去。前边是一座小学校。刚刚放学，系着红领巾的男孩子，扎着小辫儿的女孩子，熙熙攘攘，打打闹闹，像潮水一般涌上街头。许明辉站住了，让过这些活蹦乱跳的孩子们，对吴天湘说：

"我也不主张说假话。我的发言，并不是假话。它是我心里矛盾的忠实反映。我也佩服你敢说真话的勇气。可是，你说了这一番真话，我们这个会怎么收场呢？"

"这，我没有考虑。"吴天湘低头走路。

"你应该考虑的。你是外研室的主任，你怎么能不考虑呢？"

吴天湘不答话。

"讲真话，也有个时间、地点、条件的问题。"许明辉急切地说,"是在会上当着这么多人讲,还是会后个别讲;是当时讲,还是过后讲。这都要从效果上考虑。"

难道是我唐突了?吴天湘陷入了深思。

他们默默地走着。大街向远处伸展去,一座座高楼正在兴建。邮电中心、外贸大厦、旅游宾馆、职工住宅,争相竞长。巨臂吊车抓着预制构件冉冉上升。这座古老的省城正在勃发着新的生机。轰鸣作响的各种建筑机械的合奏曲,淹没了吴天湘和许明辉的脚步声。

二十一

经过了一夜的考虑,第二天上班,杨昌明还是去找吉子宽了。

"我觉得我们的会,不能这么开下去了。"杨昌明说。

"怎么啦?"吉子宽的眼睛肿着,眉头皱着,显然是没有睡好觉,心情也不大好。

"与其在会上说假话,不如让大家把心里想的统统都倒出来。"

"谁让大家说假话了?"吉子宽满脸的不高兴了。

"当然,我们没有鼓励说假话。"杨昌明口气缓和了一下,又说,"可是会场的那种气氛,那种压力……"

"适当的压力,对促进思想转变,是完全必要的。杨昌明同志,我们断断续续共事二十多年,难道你还不明白这层道理?我要劝你的倒是,不要迁就群众的落后情绪。一个政工干部把自己降低到一个普通群众的水平,那还做什么思想政治工作?!"

眼看很难说服吉子宽了,但杨昌明不甘心,他又作了一番努力:

"落后情绪我们当然不能迁就。但是群众的合理意见,我们还是应该考虑的。况且,老吴不是一般群众,他是行政领导,党内专家。"

吉子宽冷冷地问：

"你认为，他有哪些意见是合理的？"

杨昌明想了想说：

"比如，赵部长的批评究竟有没有道理，这个问题是要考虑的。"

吉子宽看了杨昌明一眼，说道：

"现在的问题，不是讨论赵部长的意见对，还是不对；有理，还是没理。而是要批评吴天湘这种、这种、这种起码是很不健康的情绪，以及他的发言在外研室造成的不好的影响。"

二十二

三天以后，吉子宽通知继续开会。会上，他作了总结发言：

"我们开了三个半天的会，学习了三次。今天，我只是把这几天的学习，作一个、一个小结吧！"

"第一，通过这次学习，绝大多数同志提高了觉悟，认识到赵部长的讲话很重要，很及时，不仅是对我们外研室的同志们敲了一次警钟，而且对其他方面的工作也具有普遍的指导意义。对院党委布置的这次学习，同志们也认为是很有必要的，很及时的。许多同志谈到，外研室恢复建立不久，成员来自五湖四海，各人研究的专业不同，有的同志说是各自为文，平时很少交流磋商，难免总要出些偏颇，因此，很有必要经常坐在一起互相学习、交流经验，取长补短，展开批评与自我批评。有的同志还积极建议，今后这样的学习应该经常化、制度化。这个意见很好！我建议支部认真研究一下。唉，我看每星期一、三、五下午，安排三次学习，行不行呀？啊，一个礼拜三次，是不是多了一点？为了保证研究工作有更充裕的时间，能够产生更多的成果，一个礼拜两次也可以。每星期二、四下午怎么样？哎，小杨，老吴，你们再具体商量一下吧！

"第二，这次的学习，是围绕赵部长对许明辉同志的文章的批评进行的。会上，许明辉同志虚心接受赵部长和同志们的批评，认识到自己的文章是有错误的；认识到文章中只把西方现代派文学笼统地介绍过来，没有进行有力的批判，是起到了不好的影响的；也认识到赵部长的批评是对自己的爱护，是必要的，及时的。许明辉同志表示今后还要继续努力写出更好的文章，这个态度是很好的。特别是，许明辉同志谈到五七年的问题改正以后，只注重业务，不注意自己世界观的改造，'近朱者赤，近墨者黑'，整天和外国文学打交道，很容易接受西方的观点。许明辉同志能进一步从世界观上挖根源，检讨还是比较深刻的。会上，除了许明辉同志，很多同志都谈到应加强自己的马列主义、毛泽东思想的学习，进一步改造世界观，更好地用马列主义的立场、观点、方法去研究外国文学。有同志还联系自己发表过的文章，认真地进行了检查和自我批评，如张维同志。这是严格要求自己的态度，是值得欢迎的，应该肯定的。"

丁……零……零……零……

吉子宽的发言被一阵电话铃声打断。秦童童拿起话筒，"喂、喂"了两声，就把话筒递给了杨昌明说：

"老杨，你夫人来的。"

杨昌明皱了皱眉，接过话筒。

电话里一个尖尖的声音不知说了些什么，杨昌明压低声音很不耐烦地说：

"我这儿正开会呢。"

那边的声音高了八度，一屋子人都听见了：

"开完会带馒头回来，中午家里没主食。"

"知道了，知道了。"杨昌明连连应着。

那边还不放心，又叮咛了一句：

"你可别开完会又去找人谈话！"

屋里的人都假装没听见，谁也没乐。杨昌明赶忙放下话筒，拿起钢笔。吉子宽继续讲：

"第三，在这次的学习中，许多同志都认为搞外国文学研究，确实有一个立场问题，方向问题。对于我们应该站在什么立场搞研究，为谁研究，研究的目的是什么；怎样才能有利于人民，有利于我们文学事业的发展，有利于'四化'建设，等等，同志们发表了很多很好的意见。这次学习会上，同志们还比较深入地谈到了现代派文学之所以产生，是由于西方社会出现了比较普遍的幻灭，资本主义社会遇到了深刻的危机。一些去过国外的同志，以自己亲身经历，生动地说明资本主义社会有其极为腐朽的一面。很多同志还联系当前社会上存在的一些崇洋媚外的现象进行了有力的批判。这充分说明，我们党理论联系实际的优良学风正在得到恢复和进一步发扬。

"第四，特别要指出的是，这次的会，同志们真正做到了知无不言、言无不尽，敞开思想，畅所欲言，初步形成了'又有集中又有民主，又有纪律又有自由，又有统一意志又有个人心情舒畅，生动活泼那样一种政治局面'。有的同志敢于提不同的意见，敢于谈自己的真实思想，敢于讲真话，这是很好的。我们党历来提倡讲真话。现在，中央又一再号召我们，力戒假话、空话、大话，提倡实事求是的思想路线。我们就是要提倡讲真话。讲假话的亏我们已经吃够了。同志们要相信党，相信院党委。我们是决不打击报复、决不整人的。我们党历来相信，绝大多数知识分子是好的和比较好的。现在，党对知识分子的政策正在逐步落实，正在创造条件发挥他们的一技之长。对我们这里也是一样。外研室成立以来，同志们还是勤勤恳恳，做出了很大的成绩的。至于一些错误、缺点，那在工作中是难免的。有些问题，个别同志还有不同的看法，那也是正常现象。人的认识总是有差距的，十个指头还不一般长嘛！只要我们严格要求自己，注意自己的思想改造，树立全心全意为人民服务的世界观，是会把工作愈做愈好的。

"通过这次学习，我们也有一些体会。第一是要坚持党的领导。没有院党委亲自部署和领导，这次学习不可能取得这么大的成绩。第二是要充分发动群众。大家都来做思想工作。光靠我和小杨是不行的。第三是会内会外相结合。会外谈心很重要。通过会外交谈，才能有的放矢地开展政治思想工作。

"当然，这次学习也有一些不足之处。主要是组织得比较仓促，学习文件的时间安排得少了一点，会上的发言还不够紧凑，这主要是我的责任。"

说完，他扭头问杨昌明：

"小杨，你还有补充的没有？"

杨昌明摇摇头。他又问：

"同志们还有什么说的没有？"

大家都不说话。吉子宽忙说：

"那好，我们这次学习就圆满结束了。散会！"

一九八〇年初于北京

杨月月与萨特之研究

一

阿维：

暮色苍茫中，安抵 S 市。下榻全省最高级的柳江宾馆，四周翠竹环绕，小楼中卫生设备齐全，条件真不错，远非历次"深入生活"所能媲美的了。

对于这次能参加中央的工作组下来查案，我是挺高兴的。遗憾的是，你对我这跃跃欲试的心情缺乏共鸣。口中虽不曾说，那内心的凄凄然，我是早已觉到。甭管怎么说，我还算个写小说的，时时刻刻在研究人物嘛！然而，说老实话，每次离家外出，一种负疚之情总是沉重地爬上心头，作为人妻，作为人母，我是欠了那么多的债。我不该刚从戈壁归来，又登上南行的航线。

但是，查问冤假错案，又是多么吸引着我啊！我多么希望抓住一个典型案例，通过那骇人听闻的迫害和坚忍不拔的斗争，去塑造一个英雄人物的形象，挖掘那主人公崇高的内心世界。

在京学习时，我们组长陈基华已同意把"凌晓云案件"交我"办理"。这位女会计同贪污、违法分子斗争了三十年，写了近三百份控告信，历尽艰辛，备受打击，始终不退缩，这该要有多么大的勇气和毅力啊!

这次我们带去三十几个案子，工作组只有十二个人，每人要经办二至三个案件呢! 这对我来说，虽觉得振奋 (有点像手握重权的钦差)，也颇有些压力。别听作家们常喜自诩为"干预生活"的勇士，其实这些哥儿们都是生活中的弱者，只能从旁观察生活，真要去解决生活中的问题，就满不灵了，更何况是解决这类疑难大案啊!

不过，我还是以百倍的勇气去迎接这任务。唱一句高调: 我应该在生活中经受锻炼和考验! 我不信作家除了写"死"书，就不能为人民做一点切切实实的"活"事了。当然，你不免又要讥笑我过于天真。然而，都像你那样地老于世故，凡事三思而后不行，中国就不会有什么"希望"了。

这次既出来，没有一两个月，是回不去的了。你有萨特为伴，想不致寂寞。我只担心强强。他明年要考中学了，正是关键时刻，你一定要抽空帮他补习一下数学。不要让他看电视太多，睡得太晚。每天晚上要他洗脚。

来信寄省办公厅转交。

阿璋　一九八○年七月二十日

二

阿维:

今天，省委书记徐明夫同志接见了我们。

"欢迎啊，欢迎! "他站在省委大楼一间摆满了沙发的大会议室门口，同我们一一握手，面带笑容，像我以往见到的很多省领导一样，给人以和蔼可亲的印象。

宾主坐定之后，陈基华同志把案件分类向徐明夫作了大略的汇报。有些案件，他好像听说过，甚至过问过，不时补充一些情况；有些案件，他也愕然，只是连连摇头，表示惊讶与同情。

这里贯彻执行"实事求是、有错必纠"的方针是比较好的。徐明夫在这里有"徐青天"之美誉。他在省委分工抓平反冤假错案的工作，省里落实政策较好，当然是同他的努力分不开的。不过，从外表上看，他同当年裘盛戎在京剧舞台上扮演的"包青天"绝无共同之处。此人身高、体肥，面色白皙，但不红润，似有些浮肿。抬手举足，略显老态。若不是对他有所了解，仅凭他的外貌，完全可以把他打入当官有术、职高位尊而有负民意的"公仆"之类。可见，人不可貌相。

从北京出发时，我们就预见到，有徐明夫这样的领导干部主持正义，起码在省委这一级，我们的工作不会遇到什么阻力。用陈基华的话说则是："我们一定能在省委的正确领导下，把这项工作做好。"

果然，待那三十几个案例介绍完，这位省委书记就说：

"好啊！你们这次来，给我们吃了一服清醒剂。我们有些同志总以为自己工作抓得不错，说什么我们这里的冤假错案已经平反了百分之多少多少。我常说，千万不要相信这些莫名其妙的神仙数字，这纯粹是骗人的。你们带来的这几十个案子，正说明我们的工作还有很大的差距。"

他讲了一通，不骄不傲，不亢不卑，用词准确，语气得体，显得对进一步落实政策很有信心，但又绝无夸夸其谈的意味。接下来就研究具体工作部署。我们组长提出：工作组成员每人带几个案子分头下去一抓到底，并且希望省委派人参加。

"省委就不派人参加啰！"徐明夫说，"一来我们没有思想准备，一时抽不出那么多人来；二来嘛，这些案子之所以不能解决，恐怕有不少是同省里的人有关系。我们派去的人如果有派性，不但帮不了你们的忙，反而是一种干扰，还是不去的好。"

陈基华又讲了一些省委派人共同办案的好处，徐明夫却执意不肯。他说：

"你们放心大胆地下去，省委保证全力支持你们的工作。如果你们到了下面，认为有必要借用省委的名义，那也可以。人嘛，我们就不派了。"

事情就这样定了。随后，组长给了徐一份名单，开始分配任务。他每念一个名字，就说明准备到哪里去，解决哪几个案子。徐明夫拿着那份名单，每听到一个名字，看一下名单，再看一下被叫了名字的人，然后点一下头，好像非常赞赏这人的能力，相信他、至少也是期望他能够圆满完成任务。

唯独念到我的名字，宣布我去怀梦市，查处"凌晓云案件"和"李小山案件"时，徐明夫一愣。他也看了一下名单，也看了我一眼，但是并没有很快地点头，好像他对我能否胜任这项任务还有保留意见。

阿维，你知道我这个人自尊心是很强的。他的迟疑，尽管是很隐蔽的，我已察觉，并且心里有些不快。我同徐明夫素不相识，他凭什么怀疑我的工作能力呢？难道因为我是组里唯一的女同志？我想不会吧！

很快我就明白了，问题出在那张名单上。我们这个工作组的成员，不是司局长，就是处长，最低也是个科长，名字后面都挂着衔。只有我是个不带"长"字的"民间人士"。或许，正是为了这个？

不过，这只是一瞬间的事情。徐明夫好像很快就意识到自己的失礼，连忙点了点头，并且附加了一句赞语：

"好，好，你是作家？好，好。"

我不明白他这"好"指的是什么？是说当作家好呢，还是说由作家去查处那两个案子好！——管他呢，反正这总还算是善意的表示吧！

会见结束时，徐明夫又站在门口同我们一一握别。当他握着我的手时，我觉得同刚一见面的轻轻一握稍有不同。那稍稍加重的分量，似乎是一种歉意，又似乎意味着一种嘱托。

不去管他了。明天我就要去怀梦当"钦差大臣"了。想起来有些好笑，也有些兴奋，还有些得意呢！盼接到你的来信。

阿璋　一九八〇年七月二十二日

三

阿璋：

二十日来信收到。祝愿你这回借"中央大员"之光，深入到各式各样的人物中去，写出社会主义新一代英雄人物和典型来！而且我看你调子够高的，肯定会抛出一个高调子的作品，对不对？

你的天真，正是你的热情，是你的可贵之处，我学习犹恐不及，岂有讥笑之理？然而，我的老于世故，也不是从娘胎里带来的。如果中国不能强盛要由我的"世故"来负责，也未免有些冤哉枉也，欠些儿公平吧！

独守空房，自然是寂寞的。借来几本萨特的书，被人说成是

"以萨特为伴"，也真是强加于我了。我对萨特其人原本没有什么兴趣，对存在主义更是一无所知。令我吃惊的是，这位被右派咒骂为左派，被左派痛斥为右派的"狂人"之死，竟会在法国形成一个"虔诚的啜泣大合唱"，以至出殡之日，灵柩所过之处，万人空巷。这确实令人费解。我不过是想利用工余时间去探知一二。

噢，我该去督促令郎洗脚了，再谈！

阿维　一九八〇年七月二十三日

四

阿维：

今晚坐火车来到怀梦市。

走出车站，已是晚上八点多钟了。地委的一辆小车停在车站出口处，一直把我送到地区招待所。

招待所大院里，正在大兴土木。一幢七层的大楼即将竣工。车子绕过崭新的大楼，穿过两旁堆着建筑材料的小路，驶进一座小院，才停了下来。出现在我面前的，是南方中小城市里常见的那种木结构的旧式两层小楼。我踩着吱吱大声作响的木板楼梯，来到二楼，又空隆、空隆地穿过木板长廊，来到一个专为我留着的单间。可见，"钦差"自有受优惠之处。

看来，这幢楼是很有些年头了。由于没有注意维修，天花板、地板和四壁的墙板都已腐朽。地板高低不平，隙缝绽开，或露出窟窿。我轻轻地在屋里走动，楼板就发出呻吟和晃动，这真可谓"危楼"了。然而，作为一个南方人，自小生活在这样的木楼里，我对这"危楼"仍有一种亲切的感情，更何况屋子收拾得非常干净。床上挂的帐子，铺的篾席，连同一对藤制"沙发"和写字台都一尘不染，给人以一种清新凉爽之感。你假如有机会到南方来走走，相信你也会喜欢这种传统的木板小楼的。

这里的一位女服务员，引起我极大的兴趣。（你大概又要嗤之以鼻，心里说：写小说的人就喜欢大惊小怪，看什么都新鲜好奇。）不过真的，她真有些令人难以捉摸。她五十开外，面容枯槁，眼窝深陷，高个子，全无江南妇女那种小巧秀丽。我刚放下行李，她就端着一盆洗脸水进来，用地道的山西口音说：

"同志，擦把脸吧！"

就是这山西口音，令我暗自吃惊。在这里，虽然也有不少山西干部，他们大都是当年随军南下，现在都身居要职的。她这山西人是怎么回事？再看她身上那一件白布衫，一条蓝围裙，一双旧布鞋，样子确实不像当今的老干部。

我不由得打听起来：

"大嫂，你是山西人吗？"

"是啊！"

她爽快地答道。

"山西哪个县啊？"

"汾阳。"

"啊！汾阳。我去过，是个好地方。"我意外地高兴，汾阳我可是太熟了，"你是哪个村的？"

"杏花村。"

"哎哟，杏花村！我也去过！"

她简直是高兴极了，黄黄的脸上顿时泛起了红晕，好像年轻了好几岁似的。她也忘了招呼我洗脸，索性在方凳上坐下，和我聊了起来。

从杏花村的酒谈到汾阳县城的天主教堂，又谈到晋东南的风土人情。她谈吐大方，言语直爽。她身上有一种——怎么说呢？一种对人的信任，一种非常善良的令人亲近的素质。我凭直觉对她产生了好感，不由得想知道得更多。

"你怎么到这儿来的呢？"

"我是四九年南下的。"

一九四九年南下，她确实是个老干部了呀！可是，她怎么，怎么还在这里端洗脸水？这样的年纪还在一个招待所里当服务员——尽管我对服务员的工作没有任何不敬的意思。

"那你——"我很想问个明白，但考虑到毕竟是初次见面，不便启齿。这种事，十之八九总有什么难言之痛。于是话到嘴边，便改了口："那你是哪一年到这招待所来工作的？"

"早啰！"她笑了笑，好像早已猜中我想问而没有问出口的话，自己又补了一句，"我文化低，干这工作挺合适，都是为人民服务嘛。"

我抑制住好奇心（尽管你常讥讽我的好奇心，而我已不止上百次地告诉过你，一个写小说的人没有好奇心就完了），改变了话题：

"你南下三十多年，回过汾阳吗？"

"没有。"她又笑了笑，"真想回去看看啊，做梦都梦见哪！"

"那还不容易，现在交通挺方便呀！"

"不行呀，工作走不开。"她似乎叹了口气，又笑了笑说，"回去家里也没人了。在这里也很好。领导、同志们都挺照顾我。"

大概是觉得再谈下去可能会影响我的休息，她向我交代了每天开饭的时间，便告辞了。等她推门出去，我才想起问她姓什么，又忙追了出去问：

"大嫂，你贵姓？"

"我姓杨。"她回过头答道。我看到那张鸭蛋形的干瘪的脸上露出一个非常慈祥的笑容。

我用杨嫂打来的水洗了脸，尽管火车上闷热劳累，却丝毫没有睡意，信手给你写了这些不相干的事。看看已写了好几张纸，假如写起小说来也这么神速，那真要感谢祖师爷赏这碗饭吃了。不过，杨嫂总是在我脑子里转。她怎么会从南下的老干部变成了一名招待所的服务员？难道她犯了什么错误？或者是某一冤假错案的受害者？（身为工作组组员，你要笑我又得了一种职业病吧！）不过，我想这种可能并不是绝对没有的。虽然，从她安详的神态，爽朗的谈吐之间，一点也感觉不出她有什么委屈。这大概也是我们这些写小说的人的通病，自以为有一种洞微察幽的本领，自以为对生活和对人物的观察高人一等，以致常常自以为是，自作聪明，自寻烦恼。或如你常教导我的：其后果是被人骂为骄傲自满，不可一世。呜呼，哀哉！

要叮嘱强强游泳当心。煤气总开关一定不要忘记关上。

阿璋　一九八〇年七月二十三日

五

阿维：

"钦差大臣"也不好当，这几天可把我累坏了。

地委的态度还是不错的。出来接见我的是副书记张桂芬（听口音同杨嫂有些相似，说不定也是晋中一带的人）。她态度诚恳，看上去年近花甲，却很精神，给人一种精明强悍的感觉。这在像她这种年纪的女同志里还不多见。她坦率地告诉我：

"我们这里，平反冤假错案的工作做得比较差。像凌晓云的申诉，地委讨论过几次。有的同志抓住她在'一打三反'运动中贴过领导的大字报，就说她跟'四人帮'有牵连。认识统一不起来，就搁下了。最近根据省委徐书记的指示，才重新研究这个问题。"

她告诉我，地委已经组织了一个五人小组进驻凌晓云所在的百货批发站，她希望我去"挂帅"。

"挂帅不敢当（我这回答太不像个工作组，可当时就这么说的），我跟他们一块儿干吧！"

当天，我就去到百货批发站。五人小组正同凌晓云一起埋头查账。他们的组长说：

"这案子的阻力，主要是一些同志认为凌晓云一贯爱告状，诬陷好人。所以，关键问题是查账。如果经过查账，证明她告的有根据，那么，平反的问题就好办了。"

我下车伊始，不了解情况，对于这样的部署，很难表示反对。

凌晓云知道我是奉命为她而来，自然是万分高兴。她双手紧紧地握住我的手，一再表示感谢党中央对她的关怀和支持。听口音，她是本地人，虽近五十岁的人，仍很苗条，狭长的忧悒的眼睛，细细的眉毛，甚至可以说还很漂亮。她穿着却非常朴素，甚至有些狼狈。灰布制服的衣领中间打了补丁，但却干干净净。很利索的一个女人。她正满头汗珠地和五人小组在浩瀚的账簿和单据中奋战，领着上级派来的人去搜寻那些人犯罪的证据。她滔滔不绝地和我谈到哪年哪月哪一笔账有问题，等等。我对财务方面的制度一窍不通，对数目字更是头疼。或许是这个缘故吧，凌晓云的谈话使我稍稍有些失望。她同我心目中所设想的英雄形象不是一回事。

在以后的几天里，我总想找个机会单独跟她谈谈，不谈那些单据和数字，而是谈她的思想，她的遭遇，她的动机，以及她所受到的打击。但，她的心思全在账上，简直抽不出时间来。她似乎认为，只有那些不会说话的账本能替她说明一切。

我也抽不出时间了，那几个被她控告的"领导"把我包围了。他们向我展开了车轮大战。有的说凌政治品质恶劣，一贯爱打小报告陷害别人；有的说凌跟"四人帮"的帮派骨干分子有联系。我这工作组的身份，不能不洗耳恭听他们反映情况。几个回合搞得我疲劳不堪。只有回到招待所，坐在杨嫂收拾得窗明几净的房间里，沏上一杯热茶，才感到稍许的松弛。

杨嫂真是个一丝不苟的好服务员。每天，我出去或回来的时候，都可以看见她拎着一个水桶，拖了房间地板拖走廊，拖了走廊拖楼梯，从来也不歇着。特别是遇到下雨天，客人把两脚泥带进楼，她拖得更勤快了。好像把这楼梯、地板、走廊、房间拖得一尘不染是她神圣的职责，也是她生活的乐趣。

查案可不像想象的那么有趣，我已疲惫不堪。你二十三日的信我收到了，你可真是惜墨如金，写得太"精练"了。

阿璋　一九八〇年七月二十七日

六

阿璋：

廿二、廿三日信先后收到。

贵地的木楼令人向往，可叹我们办工厂的人，不能像你们那么自由自在地满天飞。等我退休了，再搞点"经济基础"时，我一定去周游全国，开开眼界。

目前，我只得坐在家里看我的萨特。

在当今世界上，像萨特这样集毁誉于一身，左右而不能逢源，既令人喝彩又令人憎恶的"怪杰"，是独一无二的。作为政治活动家，萨特享有盛誉。他是抗击法西斯侵略者的战士；是阿尔及利亚民族解放运动的积极支持者；是审判美国侵越罪行的"罗素国际法庭"的执行主席；是苏联入侵捷克斯洛伐克和阿富汗的坚决的反对者。特别可贵的是：他不只是言论家，而且是行动家。他的身影出现在雷诺汽车厂工人的示威行列里，他的声音震撼了苏联驻法国使馆紧闭的铁门。他在生命的最后十年里，研究知识分子如何与革命相结合；革命的群众运动应该如何加以引导和组织；特别是在现代资产阶级强大的专政工具镇压下，西方资本主义国家的革命左派应当如何进行革命。他一生都在战斗，都在探索。他被誉为"当代卢梭""当代伏尔泰"。他不断地否定自己，也不断地被人否定。他被斥为"法国的、西方的和自由世界的顽敌，受蛊惑宣传所保护的煽动罪恶的人"。

应该一提的是：萨特对中国的态度特别友好。他是最早访问中国的西方名人之一。我查阅了当年《人民日报》登载的萨特访华特稿。他对中国革命的盛赞令人感动。你看，他这么说的："在保守人士的心目中，一系列困难是紧随革命而来的"，但是，"中国的革命却是从把通货膨胀、物价飞涨、苦难、动荡、无政府状态、地方割据等排出中国开始的"，"胜利的军队在人民群众中扎根，把任何革命政府都不可能一下子拥有的东西——安宁，给予人民"。这是多么中肯的评价啊！

甚至在十年动乱期间，萨特也没有参加反华大合唱。一九六八年，当他被记者问及对中国"文化大革命"的看法时，他说："作为一个知识分子，要宣布自己支持还是反对中国人是不可能的。理由很简单，直到目前为止，我所阅读到的关于中国问题的东西还未能给我带来满意的、全面的知识。"一九七五年，萨特在《七十岁自画像》里又谈到中国。他说："我很尊重毛泽东，最低限度直至几年前是这样。我对'文化大革命'不很理解，但也不会怎样反对，只是我搞不清楚它的意义。我认为一些事实不很清楚。我想进行的最后一次旅行之一是到中国去。我在它的某个历史阶段，即一九五五年，见过它一次。后来，'文化大革命'来了。我现在希望再见它一面。我想，我将会更理解它。"

应该承认，在当时的历史条件下，萨特持这种谨慎的态度是完全可以理解的。可惜的是，他没有能实现重访中国的夙愿，也无从知道他对中国粉碎"四人帮"又是怎样一种看法。但是，无论如何，对于萨特的逝世，我们的报纸只用几行字作了纯客观的新闻报道，我以为是失礼的。

强强的数学我每天都严加督促，无奈令郎缺乏陈景润的天资，收效甚微，看来难以立竿见影。

阿维　一九八〇年七月二十六日

七

阿维：

告诉你一件气人的事，杨嫂被调走了。

昨天傍晚，我从外面回招待所，正赶上下雨，踩了两脚泥。我低头在台阶上蹭了蹭鞋底，希望不至于把杨嫂干净的楼梯弄脏。可是，当我走到楼梯口时，我愣了。往日一尘不染的楼梯，怎么今天这么脏？我一边心里埋怨那些客人太不自觉，一边也犯疑，杨嫂呢？为什么不见她来拖地？一整天不见她露面，楼梯上、走廊里泥迹斑斑，已经不像样子了。

今天早上，听见楼梯隆隆响，我以为是她来了，谁知推门进来的，却是一位年轻漂亮的姑娘。她的头发卷得高高的，穿一件洁白的的确良衬衣和一条蓝色的百褶裙。那衬衣的右上角还印有"怀梦宾馆"的字样。

只见她提了一壶水，拿了一块抹布，把水瓶灌满了，又蜻蜓点水似的用抹布把桌面拂了几拂，扭身就往外走。往日，杨嫂可不是这样，她几乎要把每一件家具和桌面上每样东西都擦到，连倒净的烟灰缸都要擦干，窗台、床栏杆自是不必说的了。可今天？我把那不睬人的姑娘叫住，进行了以下的对话。（她时时做出要走的姿势。）

"今天怎么换了你来做卫生，杨嫂呢？"

"杨嫂？噢，她呀，调洗衣组去了。"

"为什么把她调走了？"

"你没看见我们的大楼马上就完工了吗？将来这里改叫宾馆了，专门接待外宾、港澳同胞，还有中央来的首长。我们领导说，杨嫂这样的，太老了，也太土，（莞尔一笑）不适合干这个工作了。"

你听了作何感想？我是真生气，为杨嫂深感不平。怎么可以这样对待一位勤勤恳恳、尽心尽力、不顾劳累，甚至以此为乐的服务员，况且还是一位老同志呢？再看面前这位脸蛋漂亮、说话并不懂礼貌的姑娘，我憋不住又说了：

"所以，就换了你们这批年轻的、漂亮的！"

"我才不愿意干呢！"她白着眼往外走，边走边说，"要不是领导说有迎外任务，还叫我们到省里学了三个月，谁爱干呀！"

我跟着她走出门外，似乎还有许多话想问，可又无从问起，见到满楼板的泥，我顺口说：

"这地板，该拖一拖了吧？"

"拖它有用吗？一会儿就踩脏了。"

"你们学了三个月，没教你们拖地板？"

"没有。"她理直气壮，也没有听出我话里的不满与嘲讽，"我们学的是怎么使用吸尘器，将来那边全铺地毯。"

"可这个楼没铺地毯呀。"

"这个楼？这楼早该拆了当劈柴烧了。"

说完，她又白了一眼，径自走了。

我心里很不是滋味。是的，这座楼也许是该拆了。但是，在它还没有拆以前，在它还在使用、还有使用价值的时候，总不能这样对待它呀！由楼及人，我仿佛觉得杨嫂也像这座年久失修的旧楼，正在被废弃。一种悲凉之感油然而生。

只接到你一封信，查账进展也慢，我真有点心烦意乱了。

阿璋 一九八〇年七月二十九日

八

阿维：

总算接到你第二封信了。不过，我对你那个糟老头实在不感兴趣。我简直不明白，你一不搞哲学，二不搞文学，你研究萨特干什么？你还是研究研究你儿子的数学为什么不及格吧！趁现在放暑假了，让他抓紧时间补一下，这实在要比萨特重要得多。

我决定明天去昆县。

五人小组查账，我插不上手。找凌晓云谈话，毫无收获。她脑子里装的全是账本和数字，讲起来枯燥无味。几个"被告"加强攻势，整天围着我，弄得我狼狈不堪。于是，我决定来个"金蝉脱壳"，先把凌晓云的案子放一放，待他们查完账再说。趁这个空隙，去昆县把李小山的案子了解一下。此人是个小青年，因在悼念毛主席那几天打架斗殴，被公安局拘留，拘留期间又说了些顶撞的话，以"恶攻"罪被戴上"反革命分子"的帽子，判了十年徒刑，关押在昆县劳改农场。现在本人申诉，要求重新处理。

下午，我特意去看了看杨嫂。

我找到洗衣组去，那是一个很小的跨院。院子里晾满床单、被单。杨嫂正坐在一只大木盆跟前，使搓板洗着一大堆毛巾、枕巾一类的东西。她坐在小板凳上，只顾低头使劲搓洗，并没有看见我。直到她偶尔抬起沾满肥皂泡的手臂去擦拭额上的汗珠时，才发现我站在她身旁。你知道我当时是什么样的心情啊！我问她累不累，她只是笑笑，说：

"不累，一点都不累。力气活我能干。"

她愈是这么说，我愈觉得心里不是滋味。她可好像有大事在身，一刻都不能耽误的样子，一边洗，一边对我说：

"天热，你不要太累了。"

我蹲在她的洗衣盆旁边，找些话说，但心里想说的又不便说出来。就告诉她我要去昆县了，暂时要离开几天。没想她听到这个消息，却眼睛一亮，忙问我能不能给她捎点东西。我自然是非常乐意地答应了。

晚上，她兴冲冲地提了个旅行包来找我。她把包打开，我一看哪，里边装的尽是一些麦乳精、巧克力、水果罐头等高级食品。这些瓶瓶罐罐都搬出来之后，底下是几件包装讲究的男式衬衣。只见她把这些东西一件件拿出来，鉴赏着，微笑着，又一件件小心地放回去。我有些吃惊，这位衣着简朴的老同志，怎么舍得花钱买这些贵东西？而且也不像下班后临时去买的。她要带给谁呢？直到我笑着问她带到昆县交给谁时，她才笑着骂自己老糊涂了，从兜里掏出一个信封递给我。那信封上一笔一画歪歪斜斜地写着：

> 交
> 昆县农场生产科
>   徐庆生　儿收
> 　　　母托

啊，原来是带给她的儿子。天下慈母的心啊！这也巧了，昆县农场不正是我要去的那个劳改农场吗？她的儿子怎么会在那儿工作？我问她有几个孩子。她叹了口气说，就剩这一个了。早先生过两男一女，都是打仗的年月，没有养活。只有这个庆生是进城以后生的。她抬头望着窗外，想起了什么似的，又说：

"就在行开国典礼那天生的他，他爹说，就叫庆生吧！"

第一次听到她说起孩子，也第一次听她提起孩子"他爹"。我对她的经历不知为什么有种特别的兴趣，就问她的丈夫在哪儿工作。她吞吞吐吐半天，才答了三个字："在省城。"我感到有点奇怪，这家子一共三口人，干吗分三个地方？按照咱们如今不成文的规定，可以留个子女在身边，于是，我问她为什么不要求把孩子调在身边。她又是那样笑了笑，回答我说：

"这孩子有志气。毛主席号召上山下乡那阵，他就下乡去了。现在在农场当了干部，每月挣三十多块钱，自己都花不了。"

"他常回来看你吧？"

"他忙得很，回不来。"

"那你常去看看他啰？"

"我也是走不开呀！"

她的样子挺认真。我记起那个年轻服务员的话来，心里直替她抱屈。

到昆县后再给你写信。

阿璋　一九八〇年七月三十日

九

阿维：

昨天下午抵昆县，当即去农场，一位姓金的场长接待了我。

我交了介绍信，说明了来意，向他提出了调阅李小山档案等要求。他都点头答应，并且主动表示，这个犯人的情况他们已经了解了，确实属于错判，也已经请示领导，准备给予平反。

看来，这件案子不难统一认识，我心里很高兴。正事谈完了，我就问他：

"你们生产科，有个叫徐庆生的同志吧？"

"生产科？"金场长愣了一下说，"噢！有，有这么个人。"

"有人托我给他捎了点东西。"

"是他母亲捎来的吧？你把东西交给我，我负责替你转交。"

"我想，我还是亲自交给他好。"

"那也行，我们另外安排个时间吧！"

"安排时间？"普通干部会客，何须谁来特地"安排时间"

呢？金场长的态度，使我模模糊糊地感到：徐庆生根本不是什么生产科的干部，而是个劳改犯。但我没有说出口，只是同意等他"安排时间"。

会见安排在今天上午，地点还是场长办公室，"陪同会见"的就是金场长自己。

当我走进办公室时，徐庆生已经坐在里边了。他显然是经过了一番打扮，上身穿一件淡灰色的确良衬衫，下身套一条蓝色的三合一西服裤。可惜他那光头是无法打扮的，更证实了我的猜测。

金场长显然已经向他交代了若干会见注意事项。见我走进去，他直愣愣地坐着，一动也不动。

"他就是徐庆生。"金场长先把他介绍给我，随后对徐庆生说，"这位同志是从怀梦来的，你母亲托她给你捎了点东西。"

这样的介绍我听着觉得挺别扭，不过我没说什么，只把杨嫂的信和旅行包递给了徐庆生。他双手伸出接过包，脸上毫无表情。他的第一个动作是打开旅行包，把东西一样一样地拿出来，很明显是让金场长检查。

我觉得金场长有点慌乱似的，盯了他一眼，又笑着冲我这边说：

"收起来吧，收起来吧！"

我冷笑一声说：

"当面点一点，也好嘛。"

金场长看了我一眼，敷衍地冲我笑了笑，也跟着说：

"对，点一点也好。"

徐庆生把东西装回旅行包之后，又规规矩矩地坐着，一句话也没有。还是我问他：

"你在这儿好吗？"

117

"好！"他像背书一样地说，"我在生产科当干部，每月挣三十多块钱，自己都花不完。"

"你妈很想你，为什么不回家去看看？"

徐庆生好像忘了台词，答不上来。他把两个大大的眼睛转到金场长身上，过了一会儿，才忽然省悟过来说：

"哦，我工作很忙，抽不出时间。"

望着徐庆生这种拙劣的表演，我真感到难受，也感到气愤。他们为什么要演这么一场戏给我看？这样蹩脚的活报剧没有必要再演下去了。我单刀直入地对金场长说：

"您很忙，请您忙您的，我想跟徐庆生单独谈谈。"

"这……"金场长没有料到这一着。他看看我，又看看徐庆生，显然是既不敢得罪我，又不放心他手下的这位"演员"。

我是一不做，二不休，索性说：

"那也好，既然您愿意监听，我也欢迎。"

"不……"金场长一听"监听"两字，十分尴尬，我不容他想出对策，马上提高了嗓门对徐庆生说：

"徐庆生同志，我是专门从北京来处置冤假错案的，你有什么话，都可以对我说。"

徐庆生倏地站了起来，我从他的眼里看到极其复杂的感情：希望、疑虑、恐惧……

这眼神分明告诉我，站在我面前的是某一件冤假错案的受害者。以我现在的身份职责，我有权了解他而不会被人赶出门外。天哪，这时我心里想，当工作组这该是多么好的事呀！

"不要怕，你有什么冤枉都可以说。"我表现得很有一点"包青天"的气势，而在内心深处我想到的却是杨嫂，她可只有这么一个儿子呀！

　　然而，事情的发展可大大出乎我的意料，徐庆生望着我，忽然说了一句"我没有冤枉"，便冲出了办公室，连那旅行包都忘了拿走。

　　这对我来说，无疑是浇了一盆冷水。

　　再看黑脸的金场长，他像刚放下了一个大包袱，松了一口气。接着，他倒主动地讲了起来：

　　"同志，您的心情我是理解的。不过，您先应该听我解释一下。徐庆生确实不是我们生产科的干部，他是个劳改犯。这，您看准了。但是，我要说明一下，并不是我们要替他隐瞒罪犯的身份，是上级交代我们这样做的。"

　　这真是奇闻！又判他的罪，又不公开他的罪犯身份，这是哪家的法律？什么地方的上级规定？

　　"这是为什么呢？"我忍住气问。

　　金场长先吞吞吐吐的，后来还是说了：

　　"因为他妈就这么一个儿子。如果知道他这样，怕老太太一时想不开，出事儿。"

　　这可太有"人情味儿"了！然而，也太蹊跷点儿吧？杨嫂是何许人？她想不想得开，何劳劳改农场的"上级领导"如此关怀？再加上，刚才徐庆生喊着"我没有冤枉"夺门而出的神情，分明说明他是有冤枉的。我才不会为场长的巧言令色所动呢，一定要"干预"一下生活，何况手中有三天半的权啊！金场长听说我要过问徐庆生的案子，就忙说要请示上级领导。好吧，让他们去请示吧！

　　阿维：你也许又要说我多管闲事了。但，我郑重其事地告诉你：这绝非闲事。真的，我非常同情杨嫂。可以说，作为她的朋友，我不能不管。而且，我对徐庆生的印象不坏。既然像李小山这样蒙受不白之冤的青年，都有劳中央检查组过问，徐庆生的冤枉（我断定他有难言的委屈），为什么不可以过问呢？

当然，我不会忘记我的正事是查明"凌晓云案件"的真相。

阿璋 一九八〇年八月二日

十

阿璋：

接到你二十七日的来信。我早就跟你说过，办案子，或云为民伸冤可不那么容易。现在你开始尝到滋味了吧？

你时而是"凌晓云案件"，时而是"李小山案件"；而你信中"刻画"得最多的却是一位女服务员，她似乎是那样牵动了你柔弱的心（咱也来一句文学语言）！这大概就是你们文学界常嚷嚷的"意识流""生活流"吧？不过，我还是奉劝阁下牢牢掌握住"大方向"，不知可对？

这些天，我还在继续"研究"萨特。现在，人们习惯把萨特的名字同存在主义连在一起。这回我才搞清楚，萨特其实不是存在主义的祖师爷。存在主义的故乡在德国。一九三三年，年轻的萨特留学德国，接受了存在主义的影响。他是把存在主义思潮介绍到法国去的第一个人，如此而已。这可就使他成为法国存在主义的代表人物了。

我读了萨特的《存在与虚无》，以及他后来发表的几篇为自己哲学思想辩护的文章，基本上搞清楚了"存在先于本质"和"自由选择""责任承担""界定"等存在主义理论的内涵。

"存在先于本质"，是存在主义的首要命题。萨特说："首先是人存在、露面、出场，后来才说明自身。假如说人，在存在主义者看来是不可能给予定义的话，这是因为人之初，是空无所有；只有后来人要变成某种东西，于是人就照自己的意志而造成其自身……所以说，世间并无人类本性，人不仅就是他所设想的人，而且还只是他投入存在以后，自己所志愿变成的人。人，不外是由自己造成的东西。这就是存在主义的第一原理。"

怎么样，你弄明白了没有？在这里，我以为有两点值得肯定。第一，它是反对有神论的，不是上帝按照自己的意志创造了人，而是人按照自己的意志造就了自己；第二，它是反对宿命论的。人不是命运的奴隶，而是按自己的设想塑造自己的形象的。

萨特还说："人首先存在，后来才成为这样那样的人。总而言之，人必须创造自己的本质；人在投入世界，在世界里受折磨，在世界里挣扎之后，才逐步界定自己。而人对自己的界定是没有尽头的。人们在一个人死亡之前，绝对不能肯定这个人是怎样的人，人们也不能在人类消灭之前肯定人类。"

除了最末这句话有点"不可知论"的味道，而且十分荒谬，（试想，人类消灭之后，又由谁去界定人类呢？再说，人类会不会消灭呢？）就通篇的意思来说，还是耐人寻味的。比如说你吧，你现在"界定"为作家，这是社会承认的，也是你自己承认的。但这种界定，不是上帝的意思，也不是命运的安排，而是你按照自己的意志投入世界、深入生活的结果。当然，你生活的道路还很长，也许将来你对写作厌倦了，又会从事别的工作，甚至成为一个政治活动家，所以说，你的"界定"也没有到头。界定，又非界定，这里边好像有辩证法。

再拿强强来说，他属于人生起步之年，空无所有。他将成为怎样的人？他喜欢天文，还是热衷佛学，这要看他自己的意志，绝非爸爸妈妈的意志所能左右。（请不要误会，我只是按萨特之观点比喻而言。丝毫没有逃避给儿子复习数学的意念。)

稍稍令人感到遗憾的是,若拿萨特的理论应用在我身上,就说不通。我现在"界定"为一个千余人工厂的党委书记,这并非我自己的选择。年轻的时候我想当海军上将,那纯属异想天开;后又梦想成一名演员,结果是连剧院的大门也没迈进。命运使我变成一个整天忙忙碌碌的"大管家",这哪里有什么"自由选择"?可惜那老头儿死了,否则我真想同他本人辩论辩论,他又该怎么解释我的存在?

如此看来,存在主义的存在并不是普遍的。在更多的情况下,存在主义的存在并不存在。这个萨特可真能故弄玄虚。

时间不早,就此打住。

阿维 一九八○年七月三十日

十一

阿维:

在这封信里,我将告诉你一个惊人的消息。

昨天,金场长听说我要"过问"徐庆生的案子,面有难色,表示要"请示领导"才能决定。不料,今天一早他就跑来通知我说,领导同意了。哈,请示得这么快,批复得这么快,可真令人出乎意料呢!

不但同意,而且金场长还把一包档案材料郑重其事地交给我,告知我这是徐庆生全部材料,"你可以研究,也可以找他本人面谈",然后他黑黑的脸上带着微笑,非常有礼貌地告辞而去。

他一走,我立即关上门,迫不及待地打开卷宗,首先看了省高级人民法院的判决书。看完不由得倒抽了一口冷气。徐庆生是一九七五年省城兴隆街反革命抢劫案的主犯之一，因受"四人帮"帮派分子的包庇，长期逍遥法外。一九七八年五月，经我公安机关侦破，省高级人民法院终审，全部案犯六人分别被判处有期徒刑三年至七年。其中徐庆生被定为主犯之一，判有期徒刑六年。

然后，我又翻阅了其他审讯材料。原来，徐庆生是全省中学红卫兵造反组织的头头之一。他对自己的全部罪行，包括参与兴隆街反革命抢劫都供认不讳。

"完了！"我心里不由得叹息一声。不是为这个徐庆生，而是为杨嫂。徐庆生恶行昭著，罪有应得。可怜的杨嫂呢，她还蒙在鼓里，以为自己的儿子怎么怎么"有志气"呢！

最后，我已对这个案子全无兴味，而且暗怪自己做事太冒失了。可是，总有一个不解的问题回旋于我脑际：为什么"上级领导"这么关心小小的杨嫂？判了刑的劳改犯瞒得住人吗？我一边疑惑不解，一边手里还连连翻着那些发黄的纸页。突然，真是突然，我看到两行小字：

父名　徐明夫　省委书记
母名　杨月月　招待所服务员

我大吃一惊！原来，徐庆生是徐明夫的儿子，杨嫂是徐明夫的妻子。他们的儿子是个劳改犯。这简直像是编出来的故事了！那么，徐明夫和杨月月毫无疑问是一起南下的老干部。却为什么一个飞黄腾达，身居高位；一个含辛茹苦，贫为百姓（这个词用得不当）；他们的儿子又披枷戴锁，身陷囹圄？

这一切，究竟是怎么回事呢？

我决定找徐庆生面谈一次。这次"会见"，他没有化装，而是囚徒本色了。金场长也没有旁听。我因为已知道他的罪行，言语也谨慎些了。

"你参加了兴隆街的抢劫案吗？"

"是。"

"你的那些供词都是老实的吗？"

"是。"

"我上次已经跟你说过，我是中央工作组的，如果事实有出入，或者你觉得有什么冤枉，可以跟我说。"

他低头沉思良久，忽然抬起头来说：

"我没有冤，我只有恨！"

"恨？你恨谁？"

"恨我自己！恨我那个爸爸！"他大声喊着，两个大眼睛里滚着泪花，咬着嘴唇，又叫道，"我决不替自己鸣冤叫屈，我要替我妈伸冤！"

你知道吗？当一个人因不平而愤怒到极点的时候，那神情是非常可怕的。此时的徐庆生，他好像可以用他的双手去捣毁一切。我禁不住非常同情他。（你看，多没有立场啊！）我给他递过一杯水去，劝他冷静一点，慢慢地说。

他谈了很久，一直谈到吃晚饭，晚饭后又接着谈，直谈到十点钟。现在，我刚回到住处，心情仍不能平静。先简略把这事告诉你，然后准备整理一下他的谈话记录，陆续寄给你。你如有兴趣，可以看看；如果没有兴趣，就搁一边权当我的资料。不过，我劝你还是看一看的好，这是在活生生的人身上发生的事，比你那糟老头子玄妙的理论实在得多。

强强的数学复习一定要抓紧！

阿璋　一九八〇年八月三日

十二

徐庆生的自述（一）

我是个罪人。对祖国、对人民犯了罪。我是罪有应得，没什么好说的。

我同新中国同年同月同日生，我是吸吮着新中国的乳汁长大的。为什么我会对母亲犯下罪行呢？

我痛苦，我迷惘，我无数次地回顾自己短短的一生，检点其中每一个导致我走上犯罪道路的过失。终于，我发现了迫使我走向犯罪的祸首——我的爸爸徐明夫。

我的爸爸，对我来说是陌生的，又是亲切的，甚至是高大的。从我懂事的时候起，我就听说，我爸爸是省里的大干部，干着为人民服务的大事。尽管我从来没有见过他，不记得他的模样，但我从心里爱他、景仰他。

我常问妈妈："爸爸为什么不回家？"妈妈总是说："爸爸工作忙，走不开。"

我又常问妈妈："你为什么老不带我去看爸爸？"妈妈总是说："我有工作，走不开！"

慢慢地，我习惯了这种父子分居的局面。在我幼小的心中始终有一个高大的形象，那就是我的爸爸。特别是当我能勉强看懂报纸，经常在报上看到他的名字和照片，知道他出席了这样那样的会议，作了这样那样的"重要指示"，我更以有这样一个爸爸感到自豪。

唉！如果当时我就知道徐明夫早把妈妈和我遗弃了，我没有爸爸，徐明夫和我毫不相干，也许我会变得坚强些，不至于在以后遭到的一连串的打击中手足无措，精神崩溃！

在小学毕业那一年，我瞒着妈妈，一个人跑到省里去找爸爸，不，去找徐明夫。那年我十三岁了，对于爸爸总不回家，对于妈妈总不带我去看他，心里早就有怀疑了。那时，徐明夫每月给我妈寄二十块钱，有时也托人给我捎一些学习用品和糖果点心。每逢收到汇款和那些乱七八糟的东西，妈妈都很高兴，要跟我唠叨半天，好像这一切都证明我们生活在徐明夫的关怀之中，我们是幸福的。可是我不这么想，我想见到爸爸。那年刚放暑假，我瞒着妈妈坐上了火车，半天时间就到了省城，找到了省委大楼。

"你找谁？"传达室的老头问我。

"我找我爸爸。"

"你爸是谁？"

"徐明夫。"

老头打了电话。可出来见我的不是徐明夫，是个小伙子，他的秘书。

他说徐明夫在开会，让我上楼去等一会儿。我跟着他走进了省委大楼，走进了我爸爸的办公室。那还是我有生以来第一次走进这样的大楼，就像走进了宫殿一样。那办公室非常宽敞，真舒服，我坐在沙发上，心里说不出的高兴，也有点害羞。那个秘书还给我端了一杯茶来。

快下班的时候，徐明夫来了。他比报上登的照片还要年轻，还要漂亮。他见到我，好像也很高兴的样子，又拍我的肩膀，又摸我的头，又拉着我同他比高矮。我的头齐他的胸口。他说我"像个男子汉大丈夫"了，接着就问我：

"庆生，你怎么来了？"

　　现在回想起来，这个徐明夫真是个很出色的演员。明明是他无情地抛弃了我，可在这父子相见的一刻，他却扮演了一个好爸爸的角色，并且一下子就把我征服了。听见他问我："怎么来了？"我也不知为什么一下子就扑在他怀里，还差点哭了，我说：

　　"我想你。"

　　"爸爸也想你啊！"他拉我在他身边坐下，问了我好多话：学习、生活、爱好、兴趣都问到了，好像这些都是他时刻挂在心上的事。后来，他又问我："你跑来，妈妈知道吗？"

　　我摇摇头，心里还很得意。

　　"这还不把她急死！你呀你呀！"说着，他马上站起来，要通了怀梦市的电话，找到地委的张书记说，"老张啊，我的儿子跑来了，老杨还不知道呢！你赶快去找一下她，告诉她，庆生在我这儿，叫她放心。"

　　我那时候还是太小了，根本没听懂这话里是什么意思，只怕妈知道了要骂我不听话，到处乱跑。徐明夫见我很注意听，看了我两眼，又改变了主意说：

　　"这样吧，老张，就请你派辆车，把老杨送到我这里来。让她陪庆生在省里住几天，玩几天。"

　　听他这么一说，我可真高兴极了。放下电话，他拉着我往外走，说请我吃饭去。当我跟在他高大的身子后边，走出办公室时，那个秘书也从另一间办公室出来了。我看见他歪过身子小声地嘱咐秘书：

　　"你给我家里去个电话，说我不回去吃饭了。另外，给招待所打个电话，我有两个客人，让他们搞间房。"

　　尽管他声音很低，但这几句话我听得清清楚楚。原来他在省里有家！原来我不是他的儿子，只是他的"客人"！

他领我坐上小卧车，到一家很高级的没什么人的饭店，后来长大了才知道是内部餐厅。他一点头，服务员就拿来不少菜，还有一瓶酒。他一边吃，一边喝，还一边问这问那。但是我很少开口了。他发现了，问我怎么回事。我鼓起勇气，最后问他：

"你为什么不回家？"

"回家？"他瞪眼看着我发愣。

"回我们家呀？"我把"我们"两个字说得特别重。

"爸爸工作忙呀！"他忙点上烟，还叹了口气。

"不，不是这么回事。"我哭了，哭着还说，"你不回家，也不让我妈妈来，都十几年了，这是为什么？"

他沉思了很久，才说：

"等你长大了，你会明白的。"

"我现在已经长大了。"我哭得更凶了。

他举起酒杯，发红的眼睛望着我，半天才说：

"我和你妈，早就离婚了。"

老实说，这件事我早就猜到了。但是，第一次得到证实，而且是由他嘴里讲出来，对我来说，仍然是一个晴天霹雳。我坐在那里，哭都不会哭了，像个傻子一样。

"可是，你还是我的儿子，是我唯一的儿子。我几次想把你接到省里来。在这里，你还有三个妹妹。你会和她们处得好的。每当我看见她们高高兴兴玩的时候，我就想起你……"

说到这里，他竟哭了起来。

我的心软了，爸爸，可怜的爸爸啊！

一会儿服务员来请他去接电话。他接完电话回来对我说，妈妈不肯来，让我在省里玩几天再回去。他还这样对我说：

"你妈是个很好的同志，文化低一点，觉悟很高。你要听她的话，不要惹她生气。你现在是她唯一的亲人，是她的命根子。为了她，所以，我不能接你到我这里来。你应该理解爸爸的苦楚。爸爸心里想着你的。"

他还说了我妈不少好话。但是，他越说得多，我心里越反感。既然妈妈这么好那么好，你为什么抛弃她？他对我说的那些好话，也叫我反感。既然你那么想着我，为什么又抛弃我？如果你真为我着想，你有千万条理由也不能跟妈妈离婚的呀！

当天晚上，我一个人冷冷清清在招待所住了一夜，第二天一早，我就回市里了。这次寻找爸爸，好像在我心上扎了一刀，我知道自己是个不幸的弃儿了。见到妈妈，我憋不住大哭了一场。妈妈搂着我只是哭，只是呜呜咽咽地重复一句话：

"孩子，你不该去的呀！"

这以后，我好像从天上一个跟斗栽到地下，再也站不起来了。从前的一切美好的希望都不见了。我觉得生活对我来说是虚伪的、冷酷的、没有意思的。每当再在报纸上看到他的名字和讲话，我都把它撕得粉碎。我不愿意见到他，不愿意听到他，我认定他是一个伪君子。

过了几年，"文化大革命"开始了。徐明夫被揪了出来，各种小报都登了他的罪行材料，在"反党反社会主义反毛泽东思想""走资派""阴谋家、野心家"等吓人的大帽子后边，还有一条是"当代陈世美"。据这些材料说，徐明夫生活糜烂，一贯玩弄女性，进城之后就和一个叫刘玉玲的女人鬼混，威逼原妻杨月月离了婚。

我拿着这份小报给我妈看，问她是不是真的，她说：

"不，这是造谣。"

"那他为什么和你离婚？"

她不回答，只一口咬定说：

"你爸爸是个好人。"

后来，省里造反派到我们家来串联。他们要开一个批斗徐明夫的大会，动员妈妈上台去控诉"当代陈世美"。没想到，一向随和好说话的妈妈，这次一反常态，断然拒绝，她说：

"他不是陈世美，我也不是秦香莲。我们过去是夫妻，现在是同志。我没有什么好控诉的。"

那些造反派又煽动又威胁，但是我妈妈一点也不动心。没办法，他们就找到我头上了。那时，我也是我们市中学红代会的一个小头头，他们给我看了很多揭发徐明夫的材料，其中有几封是徐明夫给刘玉玲写的信，据他们说是抄家抄出来的。这些信里，有一封写得很露骨。徐明夫说他和我妈根本没有爱情，是在战争环境下由组织包办的婚姻。还说什么他一见了刘玉玲就产生了强烈的爱慕之情，他一定要冲破旧的家庭，永远同自己心爱的女人生活在一起。看了这封信，我肺都气炸了。二话没说，我就跟这些造反派战友一起到了省里。

在批斗徐明夫的大会上，我的发言被当作重型炮弹，安排在最后。当我念了那封肮脏的"情书"时，我看到在一旁坐"喷气式"的徐明夫浑身发抖。主持会的造反派头头问他：

"这信是不是你写的？"

说心里话，当时我真希望他起来否认，说这信是假的，是对他的诬陷。可他，没有任何争辩，只说：

"是我写的。"

"你是不是当代陈世美？"

"是，是。"

站在台上，我真恨不得痛哭一场。我的爸爸，那个年轻、漂亮、风度不凡的领导干部，到哪里去了？他只是一个卑劣的小人。

我不记得当时我是怎样结束自己的控诉的。我只记得，从那以后，我成了全省有名的敢于"大义灭亲""反戈一击"的"革命小将"。

十三

徐庆生的自述（二）

我的"革命生涯"并没有持续很久。转过年来，造反派内部分裂，我参加的那个组织被对立面打垮了。我在省城闲荡了一阵子，"复课闹革命"以后，我回到怀梦上高中。我也想好好念书，可是，那时候的学校根本不是读书的地方。一晃就毕业了，什么也没学到，我就去农村插队劳动，接受贫下中农再教育。

我插队的那个村很穷，一天的工分只够买根冰棍，每个月都要靠我妈给我寄钱花。没过三年，通过各式各样的门路，同学们都走光了，只有我们这几个"黑五类"无处可走，留在村里喝酱油汤吃窝头。

一九七五年徐明夫就被"解放"了，结合到省革委会去当副主任。他的名字又见报了。我那些"黑五类"的伙伴向我祝贺，说我熬出来了，很快就能脱离苦海。也有几个知道我和徐明夫关系不好，劝我去找他赔个不是，趁他官复原职，大权在握，赶紧离开这个鬼地方。

去不去找他呢？我思想斗争很激烈。在批斗会上，我揭过他的底，公开声明过同他"脱离父子关系"。现在我"造反"造得连个吃饭的地方都没有，而他这个"党内走资派"又变成了"革命领导干部"。就算我愿意低头，他能认我这个儿子吗？可是，不去找他，我又有什么别的门路呢？

这年春耕过后，我请假回到怀梦，告诉妈妈我准备到省里去找徐明夫。妈妈听了连连摇头，还说她愿意养我一辈子。

靠妈妈养我一辈子？不，我有两只手，我能自食其力，我需要的只是一个合理的就业机会。看到妈妈那副伤心的样子，我不忍多说，只是像小时候那样轻轻地问她："您老了，怎么办？"

"我老了，就跟你到乡下去。我帮你做饭，洗衣服，喂猪，养鸡……"

"那会把您累死的。"

"妈是农村人，不怕干活儿。"

"不累死，也得饿死。我干一年还要倒找队上一毛五分钱！"

"那妈就带你回杏花村去。"

她笑眯眯地讲起杏花村。说那儿土肥水甜人也好，家门前还有一棵大杏树。每年春天，满树的杏花开了，可香啦！她说小时候常蹲在树下，傻呵呵地数树上的花儿朵儿，总也数不清。她回忆着，跟我说着。对她来说，这是一幅美丽的画；对我来说，这不过是一个虚幻的梦。我已经不是一个小孩子了，我需要的不是母亲的梦，而是自己真实的生活。

十四

徐庆生的自述（三）

后来，我还是瞒着母亲去找徐明夫了。

一路上，我的思想斗争很激烈。我骂自己没出息，骂自己卑劣。如果徐明夫是"革命领导干部"，那么，我伤害过他，当众羞辱过他，我还有什么脸去见他，求他赐给我一碗饭？如果他是"当代陈世美"，我和他有冤有仇，我又怎么能去求救于他？

可是，我要工作，我要生活。社会不给予我生的权利，为什么我不该去争得？况且，那是多么微不足道的一点权利！

这次见面，很费了一些周折。先让我在传达室坐了两个钟头的冷板凳，后来又让我在"革委会"的接待组等了一个多钟头，最后才把我引进了他的办公室。

他看起来还是那么精神，那么自信，只是额上的皱纹深了，头上的白发多了。见了我，他还是那句话：

"庆生，你怎么来了？"

只不过，那语气之中已经没有了初次相见时的那种兴奋和喜悦，而是带着一种很严厉的口吻，甚至有一种冷漠的责备的意味。

我本来是做了准备，像大人之间"谈问题"那样，跟他进行一次严肃的谈话。可，万万没想到，我是那么没有志气。一见了他，我自己先就矮了半截。当他向我走来时，我竟失声哭道：

"爸，我对不起你！"

如果我事先能知道，这次见面会这样开始，我绝不会来的。多少年来，我已经把他从我的心中驱逐出去了。在这个世界上，我没有爸爸。我真恨自己，我是多么软弱啊！"会谈"还没有开始，我就举手投降了。他可镇静得很，拍着我的肩膀，不让我往下说。

"过去的事情，不要再说了。运动嘛！"

他问了母亲的身体，问了我的近况。我向他提出了帮我调回怀梦的请求。他沉吟了很久才说：

"这种事，我也无能为力呀！"

我向他解释，按照政策，我是应该留在怀梦分配工作的。按照我插队的表现，贫下中农多次推荐，我是应该回来上大学，或者当工人的。仅仅因为当时他没有"解放"，我才成了"黑五类"，才落得这个天不收地不留的下场。

"我相信，你说的都是事实。可是，要我把你弄回来，这不可能。我没有那么大的权力。就算有那么大的权力，我也不能滥用。"

"这怎么是滥用！这是落实政策！"我叫了。

他叹气了。

"庆生啊，你要知道，我现在的处境也很困难。别看我又被安排了工作，上上下下，多少双眼睛瞪着我。我只要一不小心，马上会被人拉下来。这点你明白吧？你在农村，既然表现不错，就好好干吧！以后总有推荐的机会。我的问题不会再影响你了。"

"会谈"就这样结束了。我不知道是他有理，还是我有理。我只感到失望。不知是一时的疏忽还是故意的冷淡，他也没有安排我住下，只让我赶快回农村去。

十五

徐庆生的自述（四）

我没有回农村，在省城的一个朋友家住下了。这个朋友叫吴卓成，是大串联时候认识的。他曾是一个造反派组织的头头，后来在一个机械厂当工人。他很热情地接待了我，听我说了"见父"的经过，他拍着桌子骂开了：

"听他胡说！不滥用权力，说得多好听。他的三个女儿怎么回城了？"

真有这样的事！我又生气又惊讶，忙向吴卓成打听。别看他早已被拉下山头，"关系"可仍旧不少，消息也十分灵通。他告诉我，徐被斗之后，那三个"狗崽子"都插队去了；等徐官复原职，她们也叽里咕噜都回来了，而且都上了大学。

"伪君子！"我口里咬牙切齿地骂，心里决定采取一个报复行动。

向谁报复呢？向徐明夫，我没这个能耐。想来想去，我想到那三个"妹妹"，是她们夺去了本应属于我的父爱。我决定拿她们中的一个"开刀"。

第二天，我打听到徐明夫住的地方，就在他家门口不远的地方守着。那是一幢老式的房子，院墙很高，大门紧闭。一会儿，我看到大门敞开，徐明夫坐着小卧车上班去了，大门又关上了。我等啊等啊，足足等了两个钟头，大门再也没有开过。我心想，大概是老天爷不批准我的"复仇计划"吧！我准备走了，可是又不甘心。我决定数数，数到一百，再没有人出来，就算她运气。

我闭着眼数，数得很慢，说来也巧，当我数到九十九时，门开了，一个年轻的姑娘推了一辆新车从门里走了出来。里边还传来另一个女人的声音：

"小妹，爸爸的话你记住了。"

一听这话，我火极了，心里骂道：

"不要脸，谁是你爸爸？"

那个小家伙把车推出门，大门从后边关上了。她左脚蹬着车滑了两步，正要上车，我从一棵大树后边蹿出来，大喝一声：

"站住！"

她吓得脸色煞白，慌慌张张地说：

"你，你干什么？"

"叫你站住！"

我跳到她面前，一手按着车把，一手向她脸上挥去。正当我的巴掌马上要打在她脸上的时候，我看见她的眼睛，她的鼻子，她的嘴巴，那么像我。啊，她怎么着也是我的妹妹呀！我的心软了，抬起来的手在半空中停住，自己也搞不清为什么叫了一声："妹妹！"

她一听，吓得哆里哆嗦，又哭又叫地喊："抓流氓！抓流氓！"

忽然来了许多人，不容分说就把我打倒在地。我失去了知觉。

十六

徐庆生的自述（五）

当我醒来时，我发现自己躺在吴卓成的床上。他告诉我，多亏他和几个"哥儿们"的仗义，救了我一条命。要不，我非得给打个半死，还要被公安局拘留。吴卓成还说我太傻了。他说，你想回怀梦分配个工作那还不容易，只要弄几百块钱，上下打点打点就行。我说没钱，他笑了笑说包在他身上，过两天他去"金库"给我提点款子。

果然，过了三天，他拿了三百块钱回来。又过了两天，他又拿回一百五十元来，还说：

"今天运气不好。会计卡得紧，只让提一百五。不过，也凑合。"

我就住在他家里养伤，听他安排。慢慢地，我打听出来了。他所说的"金库"，就是兴隆街的一些商场。他所说的"提款"，就是去偷。我吓坏了，劝他不要再干了。我还说我不愿意用偷来的钱去"赎身"。可他说：

"这年头，就那么回事，不偷白不偷，不拿白不拿！你别冒傻气了，到时我陪你回怀梦办事。"

我妥协了。我手上的钱，超过了一千，又超过了一千五。当然，有进也有出。这些"哥儿们"不时要提取一些"奖金"，大吃大喝。兴隆街的一些商店连连被盗，一时成为街头巷尾的头号新闻。经过人们的渲染，窃贼被描述成来无影、去无踪的蒙面大盗，搞得兴隆街人人自危，惊慌不安。

后来，有一次吴卓成的一个小兄弟作案失手，被公安局抓了进去。吴卓成决定到外地去避避风，我也脱身回到怀梦。那一千多元赃款可是他带走了。

这就是轰动一时的兴隆街抢劫案。我不知道"四人帮"里面有什么人包庇过这个案子，只知道那个"小兄弟"抓了没几天就放了。因为那时他还不满十八岁，而且，也没有偷到什么东西。当时，我以为事情就这么了了。

粉碎"四人帮"以后，清查"四人帮"的帮派骨干和打砸抢分子，把吴卓成查了出来。兴隆街抢劫案也给抖搂出来了。我作为窝主被缉拿归案，由于我们这些人都是造反派大大小小的头目，所以这宗抢劫案也带上了政治色彩，被定性为"反革命抢劫案"。这样就从重处理，判了我六年徒刑。

我承认我是造反派，但这不是我的罪过。一九六六年，我还只是个孩子呀！从小学到中学，我受的教育就是听党的话，跟党走，做一个党的好孩子、好学生。我不可能知道党也会犯错误，更不可能知道党内还有这样一种以指责别人为阴谋家、野心家而把自己裹在"革命"的画皮里的真正的阴谋家、野心家。学校没有教给我这样的识别能力，党也没有教给我这样的识别能力，家庭更没有教给我这样的识别能力。这能怪罪于我吗？

十七

徐庆生的自述（六）

在审判的那些日子里，我的心情很坏，很阴暗。我觉得社会对我太不公平了，一步一步把我逼上了犯罪的道路。我甚至想死。我这个同新中国一起诞生的罪人，不为社会所需要，还活下去干什么？

我反正独自一个人，死了就死了。但是，一想到妈妈，我的心就颤抖。在这世界上，她是我唯一的亲人，她把我当成命根子。她要是知道我被判了刑，该多么伤心啊！

在从省监狱转到农场劳改以前，我提出希望能见我母亲一面，监狱的领导同意了。我急切地等着妈妈的到来。我要向她倾吐心中的苦水。我要请她原谅。天底下我只对不起她一个人。她生我，养我，把生活的希望寄托在我身上。我辜负了她的希望，我不配做她的儿子。我要请她相信，她的儿子不是坏人——我想，在世上只有她才能相信我。我已经失去了生活的自由，失去了做一个公民的权利，失去了一切，我不能再失去母亲的爱。只有母亲的爱能缝补我那颗破碎的心，只有母亲的爱能给我活下去的勇气。我要对她说，我不回城了，不要求分配工作了。等我出来了，就跟她回杏花村去，回到她的那棵大杏树下，数那树上的花儿……

可是，妈妈没有来。

直到来农场的前一天，忽然通知我，有一位"首长"要见我。我被带到监狱办公楼二楼的一间会客室。推开门，我看见一位身高体胖的"首长"倒背着双手站在窗前。他没有察觉有人进屋，两眼仍望着窗外。我随着他的视线望去，窗外是大片荒地，一无所有。他在看什么呢?

等他回过身来，我才认出他是徐明夫。

这是我第三次见到他。前两次会见，在我心的深处都有一股翻腾着的热流，情不自禁地叫他爸爸。但这一次，我发现自己冷得像块冰，就好像根本不认识他。这是我生平第一次体会到冷漠确实是一种最大的蔑视。我为自己的冷漠而高兴。我不会再有感情冲动。我不会再扑倒在这个伤害了我、伤害了我那可怜的妈妈的伪君子面前。我觉得这一次我胜利了。

他见了我，一步一步向我走来。我看着他，站在那儿一动不动。

我感到，我的冷漠使他发抖。他不敢像前两次那样走过来摸我的头，抚我的肩。他在我面前三步远的地方停了下来:

"庆生，我是来看你的。"

"……"

"我知道，你恨我。如果七五年我替你安排了工作，也许你不会走到今天这一步。"

"这是我自作自受。"

"好吧，过去的事情就不谈了。让我们来谈谈今后的安排。"

"不是早安排好了吗? 劳动改造。"

他望望我，无可奈何，沉默了很久才说:

"听说，你想见一见你妈妈? "

他怎么会知道? 我不禁愕然了。难道有关我的情况都向他报告过? 甚至，有关对我的惩处，也经过了他的批准?

我继续冷漠地盯着他。但是，我感到自己的心在颤抖，不知道是愤怒还是委屈，我差点又哭了起来。我强忍着泪水，仍那么盯着他。

"我想，你还是不见的好。"

哦！我明白了。我见不到可怜的妈妈，又是他在从中阻挠。他真是法力无边啊！无论在哪里，他都主宰着我的命运。我在他面前，永远是个失败者。我可怜自己的愚昧无知，几分钟之前，居然还想扮演一个胜利者的角色！但是，我不甘心，我要挣扎，我要反抗，我大声喊道：

"你凭什么剥夺我最后一点小小的权利！"

"庆生，你冷静些。我是替你妈妈着想。"

我侧身站在墙边沙发旁，尽量离他远些，叫道：

"你遗弃了我妈妈，伤了她的心，害了她一辈子，你还有什么资格说替她着想！"

他无力地仰靠在沙发上，眼睛也不看我了。

"我对不起你妈妈。跟她离婚，在我一生中是一个无法弥补的过错。可是，庆生，这些年，我无时无刻不在责备自己，无时无刻不在想方设法补偿她的损失。现在，她年纪大了，身体也不好，我只希望她安安静静地过日子，多活几年。她还不知道你犯了法，判了罪，你要见他，让她知道了这一切，她，她怎么受得了？"

又是他说得有理，又是他考虑周全。我还能说什么呢？他出了这样一个主意：

"我已经跟农场打了招呼了。你可以给你妈妈写信，就说你在农场生产科找到了工作。你们可以通信，也可以捎点东西，但是暂时不要见面，不要让她伤心。"

就这样，我们订立了"君子协定"。我同意了。我记得临分手时，他又对我讲了一大段话，那些话那么使我感动。他说：

"我知道，你恨我。但是，我还是爱你的，你是我唯一的儿子。我会尽可能照顾你的——当然是在党的政策允许的范围内。

听说你很喜欢读诗看小说，我可以定期寄些刊物给你，还要给你寄些新出版的小说、诗集。你安心去改造自己吧！在你感到孤独的时候，在你灰心丧气的时候，希望你能够想起我，记得你在这个世界上不是孤独的，你有爸爸。他是关心你的。"

他讲得非常诚恳，我相信是真心的。当时我几乎控制不住自己，又要喊他爸爸，和他抱头痛哭了。但是，我忍住了。我没有喊他，也没有哭。

后来，每当我给妈妈写假信，说我在农场当了干部，生活怎么好的时候，我内心是很痛苦的。我失去的太多太多，连给自己的母亲写信倾诉衷肠的权利都丧失了。我欺骗了我的妈妈，使她生活在徐明夫布下的一张虚幻的幸福之网中。如果这种欺骗真能使她幸福，我愿意永远欺骗下去。

可是，欺骗是不会给人带来幸福的。一旦骗局拆穿，将给人带来更大的痛苦，更重的打击。一想起这些，我就害怕，真的，非常害怕。

十八

阿维：

"徐庆生的自述"已陆续寄给你，想已收到。我没有经过调查，不敢说他讲的都是事实。他可能有为自己洗刷的一面。比如说，他参与兴隆街的抢劫案，真是那么被动的吗？我怀疑。他的一些看法，也有偏激的地方。他把徐明夫斥为伪君子，至少是证据不充分的。但总的来说，我认为他的话基本可信。他走上犯罪道路，同他家庭生活的不幸是有联系的。而他的家庭生活的不幸，又不能不说是徐明夫一手造成的。（当然，你又要说我是站在妇女的立场了。）

你的第三封信，我收到了。我真奇怪，你为什么对萨特那么感兴趣？除了那个老头子，你好像不知道还有什么好说的。我要警告你，这是一种危险的研究。"萨特热"，出现在八十年代初中国的一部分人中，我认为纯粹是一种历史的误会。存在主义没有给生活在资本主义社会的人指明方向，更不可能给生活在社会主义社会的人指明方向。"萨特热"之出现在中国，只不过是十年动乱的结果。其实萨特早已不是什么时髦人物了，你又何必去凑这个热闹呢？再说，你作为一个共产党员，而且是管辖千余人的工厂的党委书记，不好好去研究马列主义，反去研究存在主义，这似乎有点不合乎常规。请慎思之！

我不跟你说萨特了。这几天，我已把李小山的案子了结了。省高级人民法院已经发文，改判李小山无罪释放。我本来以为这小伙子会耍无赖，提出赔偿经济损失、安排工作等难题。结果，李小山通情达理，什么话也没说就走了。

这样，我在昆县的工作就告一段落。明天，准备回怀梦去。下午，我又去找了一次徐庆生。我只是想劝劝他，不要悲观，不要愤世，好好劳动，好好学习，喜欢读书就多读点书。书会教给人怎样去生活。没想，他听了我的一番话，却很伤心地说：

"可我，书看得越多，心里越感到空得可怕。'书中自有颜如玉，书中自有黄金屋'。我是拿看书来麻醉自己，解脱自己。好让我的灵魂离开这现实的世界，飞到书中去寻找一点人世间没有的安慰。有时候，我真恨不得把这些书统统撕掉。"

或许，他看的是一些反映阴暗面的书吧？我又劝他多看一些讴歌光明的书。他微微一笑（这是我三次见他时的唯一的一笑），说：

"讴歌光明？雪莱称得上是一位光明的歌手吧？我很喜欢他写的《明天》那首诗。他在诗中描写的简直就是我的心情。"

说着，他用一种同他的年龄很不相称的苍凉的声音念道：

你在何处，我们所恋慕的明天？

……

我们无休止地寻觅着你的笑颜——

但是在你的位置上，啊，可怜，

找到的总是我们所逃避的：今天。

十九世纪初的英国诗人，难道唱出的竟是二十世纪末一个中国青年的心声，这是多么荒唐啊！我不得不纠正他了，我说：

"我们的时代同雪莱的时代完全不同了。我们的今天是不应该逃避的，应该用全部的热情去对待它。至于明天，一定会比今天好。"（我也开始老了，竟学着去为人师表了。）

"这对你们来说，是正确的，而我，是个囚徒。"他说。

在他这样的处境，三言两语何济于事？我又问他，需要我帮他做点什么？也许因为他的妈妈，对这个年轻人，我格外心疼，总希望能帮他一点忙。

他沉默不语。

"如果你认为判刑太重，可以写一份申诉材料，我负责给你转交……"

"不。"他打断了我的话。

"如果你母亲认为徐明夫犯了重婚罪，只要她提出……"

"不。"他又打断了我的话。

"那么，我还能为你做些什么呢？"

他淡淡地说：

"看来，您只能参加我们的'骗局'了。麻烦您从我这儿拿点钱，给妈妈买点土特产，还有那几句话，您都知道的。"

我望着他露出嘲讽的痛苦的脸、大大的眼睛，心里一阵发冷。是啊，还是他说得对：看来我也只能如此了。此时，灯下给你写信，我才感到，下午我对徐庆生讲的那些建议是多么愚蠢，多么天真，用你的话说，就是那种一钱不值的"童心"吧！夜已深，不多写了。

阿璋　一九八〇年八月七日

十九

阿璋：

你的"惊人消息"并不惊人。夫贵妻不荣，父尊子不贵，这种事多得很；况且，你说的那一对双方又是离了婚的。何必大惊小怪呢？我只想劝你：一定要注意改掉"偏激"的毛病，不要一头就扎在一边。俗话说，"清官难断家务事"。你竟然"鼓动"人家离婚多年的人写"申诉"，这可真有点异想天开。这是生活，可不是你写小说，想怎么来就怎么来。

当然，我将很有兴趣地阅读你寄来的有关徐庆生的谈话记录。

这几天，我找了一本《辩证理性批判》来读，是英文本。以我的英文水平来啃这种大部头的哲学著作，当然是很费劲的。但借助字典，连蒙带猜，也能看懂十之五六。

我在其中发现了这样的句子："马克思主义仍然是我们时代的哲学，它是不可超越的，因为孕育它成长的境况仍未过去。"看来，萨特在写这部著作的时候（五十年代）研究过马克思主义，希望能把存在主义与马克思主义结合起来。他甚至说，存在主义可以是马克思主义的一个组成部分，是马克思主义哲学的一个"暂时的自治区"，并因而从内部复苏马克思主义。

这当然是荒谬的。从本质上说，存在主义强调自我意识，通过自我意识体验自身的存在，是一种主观唯心主义的东西，因而同马克思主义的历史唯物论是绝不相容的。但是，萨特的存在主义不同于他的宗师。他是无神论者。他的存在主义是无神论存在主义。这就使得他为有神论者所不容。也许这也是萨特的悲剧所在。

强强近几日表现不错，你放心吧！

阿维　一九八〇年八月六日

二十

阿维：

回到怀梦招待所，已经是晚上八点了，可我还是立刻去找了杨嫂。

老实说，我的心情是很复杂的。我痛恨骗局，可我又不得不参与骗局。生活竟是这样地捉弄人。它常常逼迫你去做你不愿意的事！

我还一个劲儿为自己解脱：对欺骗也要具体分析。以损人、害人为目的的欺骗是可恶的；以助人、救人为目的的"欺骗"是允许的，甚至是必要的。然而，如果这个结论能够成立，那么设置这个骗局的徐明夫就不是一个伪君子，而是一个大善人了。带着这种矛盾的几乎是负疚的心情，我走进了她的小屋。

那是一间不到八平方米的小木房。一副铺板，一张方桌，一条板凳，小柜上一个箱子和一顶补了多处的旧蚊帐，就是这屋里的全部摆设了。

杨嫂正端着一个铝饭盒在吃饭。见我来了，她很高兴，搁下饭盒，张罗给我沏茶，可暖水瓶是空的。她放下吃了半截的饭就跑到锅炉房去打开水，我拦都拦不住，只好一个人在屋里等她。墙上钉着好几张奖状。原来她是怀梦地区直属机关连续几年的先进工作者，今年还荣获地区妇联授予的"'三八'红旗手"的称号。

锅炉房离她的小屋不远，她该回来了，却迟迟没有回来。我又转到桌前，看到她吃了一半的晚餐，那是一点米饭，还有一点炒洋白菜。像是从食堂打来的。显然，她自己不开伙。我又"侦察"了一番，角角落落锅碗瓢匙一概全无，桌上只有两个小杯子。这确实不像一个家，更不像一个南下老干部的家。

她终于回来了。一手提着暖瓶，一手拿着个盖杯，手心里还攥着一点茶叶。她连声让我坐。我在靠床的一把老式旧木椅上坐下来。她还在满面笑容地向我解释，说她这小屋平常没有人来，什么也没准备，待不了客人，等等。我怕听她这些话，忙把我买的土特产拿了出来，当然是以徐庆生的名义。她摸着小包，只是说：

"这孩子，花这些钱做甚！"

"你儿子挺好的。"我鹦鹉学舌似的按照他父子的"协定"，不，应该说按徐明夫定下的口径说，"他长得真精神，大眼睛像您。他工作挺不错，就是忙，抽不出时间来看您。"

她两个大眼睛盯着我，生怕漏掉一个字似的，全神贯注地听着。

望着她脸上慈祥欣慰的笑容，我心里一阵阵发酸！可怜的杨嫂，我这是在骗你、骗你呀！

我完成了欺骗的任务，本可以告辞了。但是，一种对于杨嫂的同情，甚至于坦白地说，也包括对于那个囚犯的某些怜悯，使我不忍猝然离去。既然我已经被卷进这个骗局里去，为什么不深一步去探个明白呢！

当然，我必须严守一道防线：绝不能泄露徐庆生犯罪判刑的秘密，不能让善良的杨嫂伤心。除此以外，我没有什么顾虑，也没有什么需要回避的。于是我说：

"杨嫂，这次见到庆生，才知道他爸是你们省里的徐书记。"

啪的一声，筷子从杨嫂手中掉落在地上。她赶紧弯下腰去捡。尽管她背冲着我，我还是感到了她的惊讶和不安。但我还是说下去：

"他还说，小时候，他瞒着你，自己跑到省里去找他爸。"

杨嫂慢慢地从地上拾起筷子，显然是要使自己镇静下来。等她抬起头时，我看到她脸上是一种略带歉意的笑容：

"这孩子，咋甚都跟你说？"

"我们很谈得来呢！"我忍不住还是抓紧机会问了，"杨嫂，你和徐书记怎么结的婚，后来怎么又——又分开了呢？"

"过去的事了，说它做甚！"

"可是庆生对你们夫妻分开意见很大。"

"他，不懂事。"

"他说徐明夫是伪君子。"

"不，不，他是好人。"

"可是你为他，吃了一辈子苦。"

"不，不，这都是庆生不懂事，他还是个娃。"

她坐在方桌角边，一双大手不知该往哪里放，慌慌张张地说："老徐是好人。我不怪他。"

我自以为很善于同人交朋友，能和人痛诉衷肠的。可是，这回在杨嫂面前，可不行。后来，她好像是为了不失礼，才勉强地说了一段话：

"我和老徐结婚，是张大姐给介绍的。那时候，我刚从村里出来，在区妇救会做工作。张大姐是区委组织部长。我跟老徐本来也不认识，他那时在部队上。结婚以后，跟着他跑来跑去，尽生孩子，也没做甚工作。我本来文化就低，政治水平也不高，南下进城，更不跟趟了。下乡开展工作，我这一口山西口音，老乡都听不懂。老徐他行，文化高，领导水平高，在怀梦没几年，就调到省里去了。慢慢地，我们就分开了。分开，也是张大姐给办的手续。"

她说得非常平静，好像不是在说她自己从结婚到离婚的悲剧，而是在叙述同她生活毫不相干的极其平常的事情。看来，她只愿意谈这些了。"知情人"只有一个张大姐。

"张大姐在哪儿工作？"

"她就是我们地区的张副书记。"

哦，原来就是张桂芬。张副书记给我的印象不错。我觉得完全可能从她那里了解到事情的原委，也就不再去为难杨嫂了。唉！这使我第一次感到，我这该死的好奇心，有时是多么自私啊！

当我下决心抛开这事不谈时，屋里的气氛顿时缓和下来。她原来是很喜欢讲话的。也许是她太寂寞了，没有人听她的缘故。她显然把我当作知己，说了好多她目前的生活、想法：

"我现在生活得很好，工作也好，心里挺高兴。我文化低、水平差，别的干不了，干点力气活还行。组织上也很照顾我，又选我先进生产者，又选我'三八'红旗手。我做甚工作了？我心里过意不去呀，只有多干点活，让同志们铺的盖的干干净净。"

听得出来，这不是敷衍的话。我敢说，像她这样具有一颗水晶般的心的人，是从不会去敷衍别人的。但是，一想到她使劲搓被子的那情景，我总觉得于心不忍，还有些愤愤然，话没考虑就脱口而出：

"像你们这样的招待所，为什么不买洗衣机呢？"

不料，杨嫂立刻笑道：

"我就是洗衣机。前天我们所长还说我是怀梦牌洗衣机。洗出的被单，比洗衣机洗的干净多了。"

我心头一颤：八十年代了，还把一个五十多岁的老人当洗衣机使用，并加以颂扬。这，这该怎么说？

可是，杨嫂啊，却分明陶醉在这种可悲的赞扬声中。

世界上最不幸的人，是那种不知道自己不幸的人。难道她也属于这种人？

我准备明天去找张桂芬。

这两天疲于奔命，更加心情不好，暂不多写。

阿璋　一九八〇年八月八日

二十一

阿维：

今天，我见到了张桂芬同志。她告诉我，经过五人小组查证，凌晓云的揭发基本属实，几位前任领导对凌的指控是没有根据的，有的甚至是明显的报复行为。

张桂芬很称赞这位大义凛然的会计，她说：

"这个同志不简单！她每揭发一个问题就受到一次打击，但是她不屈不挠，三十年如一日。而我们有些同志，就是不敢斗争，不讲原则。这是多么大的差距啊！"

她从卷宗里拿出一封信来给我看。这是"四人帮"横行时发动"一打三反"运动，凌晓云写给怀梦地区"新党委"的一份揭发材料，揭发批发站一个造反派头头的贪污行为。信中除了列举的事实外，当然也有一些当时流行的政治套话。

"就因为这些材料，我们有些同志做了多少文章。'批邓'的时候，把它说成是刮'右倾翻案风'，'诛少正卯'的铁证；粉碎'四人帮'以后，又把它说成是凌晓云参与'四人帮'阴谋活动的铁证。而对于这样的是非颠倒，很多同志不敢表明态度。平反冤假错案，难就难在这些地方。'实事求是'讲了这么些年，真要'实事求是'办事又很不容易。"

我除了赞同她的这些意见之外，心里还格外高兴。因为，如果让我自己来对付那些账本和数字，简直不可想象。现在我没费什么劲，就完成任务，得胜回朝，岂有不高兴之理！

在和张桂芬促膝而谈，十分友好的气氛中，我把徐明夫和杨月月离婚的事提了出来，向她请教。你知道，女同志在一起，谈这些事可以比较随便。

不料，张桂芬圆脸上顿时笑意全无，说：

"这是领导同志的私生活，不大好随便议论吧！"

"不是议论。"我解释说，"我见过徐书记，认识杨嫂，也见过庆生，我知道他们之间的一些情况，但是知道得很有限。我听到有人说徐书记进城以后抛弃前妻，另结新欢，是一个伪君子。张书记，你能把这件事的真相告诉我吗？"

她点了点头。就这样，我们两人一直谈到凌晨。

阿璋 一九八〇年八月九日

二十二

和张桂芬夜谈（一）

我和杨月月，都是汾阳人。她是杏花村的，我是贾家庄的，过去并不认识。我比她大八岁，参加工作比她早。我认识她的时候，她还是个梳着大辫子的姑娘，性情开朗，上进心强，也很好胜，什么工作都干在头里。一听说打鬼子，打狗子军——我们那里把阎锡山的军队叫狗子军——她特别积极。叫她干啥就干啥，同志们都挺喜欢她，说她像一弯新月，就顺口叫她"月牙子"。后来，她长成大姑娘了，入了党，又到乡里来工作了，我们叫她"月月"。她的名字就是这么叫出来的。

月月从小没有爸爸。她爸爸被地主老财逼租逼死了。她娘就剩下她一个闺女。一九四三年，她娘得病死了，就剩下她一个人，是我把她带到区上来的。我觉得她是一棵好苗苗，慢慢地培养，会成为一个很好的妇女干部。

那时候，徐明夫同志在部队里当团参谋长，他们团的政委和我爱人是老战友。老徐和我爱人也在一起工作过一段时间。我爱人因为战争中负伤，转到地方工作。那阵子，像老徐这一级的部队干部，有个很大的问题是：年岁大了，还没有结婚。其实用现在的标准来看，根本谈不上年纪大，不过二十七八岁吧。可这个问题，在部队内部很难解决，一般都到地方上来找，要求地方党组织帮助物色对象。因为和老徐有那样一种老关系，我当然很热心地接受了这个任务。

当时，在地方上工作的女同志也不是很多。我一考虑给老徐找对象，马上就想到杨月月。她年轻，脾气好，又是党员，政治条件好。文化程度低一点，只念过两年初小，工作锻炼少一点，这都可以在以后补上。我跟我爱人一商量，他也觉得挺合适。

我就去找月月。起先，月月是不愿意的。她说她还年轻，想多干点工作，多学习，不想结婚。应该说，她的这些考虑是对的。我把她提上来当脱产干部，也是为了给党添一名有培养前途的干部，而不是为了给老徐找一个老婆。

可是，当时我只从老徐的需要考虑，硬说结婚、生孩子哪个女人都逃不了，只要处理得好，同工作、学习并不矛盾。但是，说老实话，在通常的情况下，特别是在战争条件下，这种矛盾是很难处理好的。很多女同志，由于过早地结婚、生孩子，很快就走了下坡路。这样的事情，我不是不知道。但是，我没有这样说。我还劝月月，你们不一定马上结婚，先去看一看，把关系定下来也好嘛。

月月是很尊重我的，她答应了。有一天，我们弄了两匹马，一起到老徐他们的部队去。那时，军政关系、军民关系是非常融洽的。部队上看见地方上的同志来了，特别是来了两位女同志，更是热情得不得了。特别是他们的政委和团长，听说是老徐的对象来了，几个人一起哄，就来了个闪电战，马上布置新房，第二天晚上就让他们成亲。

老徐当然没有意见。月月对老徐的印象也还不错，老同志，老革命嘛！年龄也不很大，她一个新参加工作的同志，能有什么意见呢？况且又是我这个她信得过的老大姐介绍的。但是，对于马上结婚，她毫无思想准备，急得都在我面前哭了。我呢，左右为难。作为老大姐，我知道过早结婚的害处。但是，作为老徐他们的朋友，作为他们的介绍人，当新房已经布置好，就等新娘进洞房了，我怎么能袖手旁观呢？

于是，我又一次去做说服工作。月月见事已至此，只好点头了。他们就这样结了婚。

结婚以后，部队打仗时，老徐就把月月送到我们区里来；部队休整时，又把月月接回去。我到现在还记得，月月第一次回来的时候，还是老样子，像个孩子似的跳到我面前，水灵灵的一双大眼瞧着我："报告，大姐，我回来了，给我分配工作吧！"又悄悄地靠近问我，她是不是应该把辫子剪了，因为她已经是个小媳妇了。月月年轻的时候挺好看，刚结了婚那阵更俊，谁见了都喜欢。

我心里可真高兴，我的"月牙子"没有变，还是那么要强上进。可是谈到工作，我就不能像过去那样使用她了。一来她是我们的客人了；二来许多工作也不能老换人。特别是不久以后，她就怀孕了，更不便参加工作了。

为这事，月月是很苦恼的。有一次，她回到区里问我："大姐，我这算啥呀？算干部，还是算家属？"我跟她说："当然算干部。"是啊，她还像干部一样吃公粮，拿津贴，可她已经不能像干部那样工作了。

那天她那个样子，一辈子我都记得。大眼睛里没有泪，只有一种说不出的失望。我真为她伤心，可又没办法。后来，老徐他们的部队转移到冀东去，月月也跟着部队走了。有很长时间，我没有见到她，只听说她在部队当了卫生员。生了几个孩子，都死了。

唉，如果说月月一辈子的日子过得不舒心，那首先是我的责任，我时常觉得对不起她。

二十三

和张桂芬夜谈（二）

南下以后，老徐转到地方，当怀梦的地委书记，我们又在一块儿了。那时我在地委组织部当干部处副处长。月月正怀着庆生，没有安排工作。为这事，月月找过我几次。算起来，她那时不过二十三四岁，看起来倒像三十好几的人了。这也难怪，战争年代东奔西跑，三个孩子一个也没养活，身体和精神上都受到很大的打击。

她每次来找我，都给我一种心情很压抑的感觉。她迫切想要工作，说自己多少年都没工作了。这时我才知道，她在部队的那些年，挂名是个卫生员，其实什么也没干。有时，她跟着老徐，替他缝缝补补，弄点小灶。有时，她被安置在老乡家，坐月子，奶孩子。由于长期脱离工作环境，政治水平、文化水平不但没有提高，反不如以前了。她早就走下坡路了，只不过比我估计的，走得还要快。

看到她这种样子，我心里很难过。我知道，这是我的错，至少这里有我一份责任。我不该那么早就让她去嫁人。幸好她还不甘心当一名干部家属，她急切要求工作。我还有机会来弥补自己的过失。我准备把她安排在地委农村部工作。我认为根据她的情况，经常到下面去跑一跑，做点群众工作还是很合适的。那时候，农村工作的任务很重，发动群众、清匪反霸、组织农会、减租减息，是很锻炼人的。她对这些群众工作也是比较熟悉的。

可是，老徐不同意。他说她都快生孩子了，哪能下乡？我说服他，暂时可以先不让她下乡，在机关里熟悉熟悉情况，等孩子生下来，断了奶再下去也行。老徐还是不同意。他说她没什么文化，干不了什么工作，让她在地委机关里搞点行政工作就行了。后来我才闹明白，老徐根本就不想让她工作，他关心的是孩子。只要能把孩子保住，带好，他就心满意足了。至于月月的工作，在他看来是很次要的问题，在机关挂个名就行了。

就这样，月月被安排在地委机关的行政科，管一些零碎事儿。不久，她就生了孩子，那正是开国大典那一天。从那以后，她就很少来上班，一心在家喂孩子了。

我很清楚，这样下去，月月就给毁了。老徐不关心她，我这个管干部的人应该关心她，给她创造机会。一九五〇年冬天，地委决定组织五百人的工作队分赴各县去搞减租减息。老徐在台上作了大报告，动员机关干部、学校师生、厂矿职工报名参加。我那时还兼地委机关的党委书记，我背着老徐动员月月报名。那时候，庆生已经断了奶，家里又有保姆，月月可以走得开，她也很想去，但也有顾虑：一怕老徐不同意；二是有点不放心庆生。我跟她说："你要是顾虑这么多，一辈子你也脱不开身了。"她听了我的话，报了名。

我把名单在机关公布了，老徐才知道这件事。这回，他倒没有拉月月的后腿，只是把我叫了去，跟我开了几句玩笑，说我是将他的军。我心里可挺高兴，这一军，将得对。

这次下乡，月月情绪很高。她给我写过一封信，尽管错字不少，她那种回到群众斗争中去的兴奋心情还是表达出来了。她信上说，她好像又回到了杏花村，回到了当姑娘的时候，人也年轻了。

可惜，好景不长，一个多月以后，庆生得了病，老徐又着急又生气，跑来找我，好像这是我给他惹的祸。我知道老徐和月月不能再失掉这个孩子，这个责任我也担不起，只好把月月调回了机关。

一九五二年，省里办了一个工农速成中学，专门培训老区来的一些文化较低的干部，给了我们机关五个名额。我第一个就想到月月，这个机会太难得了，应该让她去。

我当天晚上就跑到月月家，正好老徐也在。还没等我把话讲完，老徐就打断我说：

"不行，月月不能去。她走了，孩子怎么办？"

"不是有保姆吗？"

"保姆有自己经心吗？"

"那不还有你吗？孩子又不是月月一个人的。你起码有一半责任。"

他可跳起来了，脸红脖子粗地说：

"我工作这么忙，你还让我回家带孩子！"

"那有什么不可以？都像你这么大男子主义，把老婆拴在家里，妇女怎么解放？"

我这人本来说话就直来直去，加上真气不过，也不管什么上下级关系，就冲他开了一通火。不过，那时的领导干部官气还小，同志之间说话都比较平等，有意见还可以当面提。那天闹得很不愉快，老徐转身就出去了。

月月看着我跟老徐吵，在一边一句话也插不上。可我知道她心里是赞成我的意见的。等老徐走了，她才说：

"大姐，你一直关心我，培养我，我都知道。可你看，老徐他……算了吧，我不上学了。"

"不行。这次机会多难得。你不学点文化，跟不上形势，将来……"

将来怎么样，我没说下去。我本来想说，将来思想落后了，和同志们差距越来越大，不但别人看不起，老徐也看不起。可，我没把这话说出口。月月的心可是太好了，她好像怕我生气，又怕我怪老徐，还直劲儿说：

"老徐的工作太忙，让他照顾孩子，哪行呢！再说，我也不放心。算了，他的工作重要。我把家照顾好，少让他操心，也算为革命尽了一份力。"

就这样，这次机会又失去了。后来，我常常想，如果当时我更坚决一点，不顾老徐的反对，把月月送到学校去，也许以后的一切祸事都能避免。可惜，我们掌管干部工作的人，在决定干部命运的关键时刻，常常因为目光短浅，铸成大错。

二十四

和张桂芬夜谈（三）

一九五三年，第一个五年计划开始了。我们省里也安排了几项重点工程。老徐过去学过工，算懂一点行。他工作又有魄力，被提到省里去当工业书记。本来他是想把家搬去的，可是月月说，在地区她还能在机关有个工作，到了省里，人生地不熟，还不如在这儿有熟人照顾。其实，我知道月月是心里害怕，她那么点文化，你叫她到省里去干什么？怎么安排她？

老徐也觉得暂时这样好，就把月月托付给我，一个人到省里上任去了。没想到，他这一去，就再也没有回来。

开始，只听说老徐工作很出色。后来，就听说他和一个叫刘玉玲的女人打得火热。再后来又传说，他和这个女人生了一个女儿。我听了很生气，又不敢把这个事告诉月月。我也很为老徐惋惜。他是一个水平很高、群众威信也很高的领导干部，怎么能干出这种事情来？

五十年代的党风是很好的，党纪也是很严的。有几个南下的老干部，进了城就闹"改组"，都被开除了党籍，降级使用。一想到老徐也可能落到这样的下场，月月今后又该怎么样，我简直不敢想下去。

一九五四年的秋天，我收到老徐的一封信，他让我务必到省城去一次。我不知道他找我干什么事，但我感到这事一定同月月有关。

我去了。老徐派人把我接到他的办公室。两年不见，他人瘦了，也显得老了些。他让我坐着，自己在屋里转，转了半天也不开口。我连问了他三遍，找我什么事，他都没回答，只是像热锅上的蚂蚁一样，不停地转个没完。最后，他狠了狠心，把一封信塞在我手里。

那是一封他写给月月的信。信上说，他犯了错误，他对不起她，他没脸去见她，请她把他忘了，跟他离婚。

看到这封信，我气得浑身发抖，我说：

"你交给我干什么？要离，你自己跟她说去！"

"我，说不出口。"

"你说不出口，我就说得出口？！"

"你去帮我做做工作！"

"做工作？我还没学会做这样的工作！"真是把我气糊涂了，我还说了好些骂人的话，让他跟那个女人一刀两断，说他对不起共患难的月月，等等。他什么也不争辩，只是翻来覆去地说：

"我知道对不起她，可我没有别的办法。"

后来，我满腔怒火地去找分管组织工作的田书记，问他这事怎么办。我把老徐的那封信也给他看了。田书记光摇头，说这是件难办的事，可又让我去找月月谈谈，看看她的态度。

你想，我怎么去找月月谈！我真怕月月受不了这样的打击。想来想去，我来了个"两步走"。第一步，先让她知道老徐跟别的女人"相好"了，让她有个思想准备；第二步，再把那封信给她。

你知道我第一次告诉她时，她怎么说？唉，女人哪，都是那么傻！她说：

"不会的。老徐不是那种人。"

我狠了狠心，只好说：

"连孩子都生下来了，省委正在开他的会，让他作检查呢！"

她才将信将疑。

第二次我去，是一天晚上。天已经黑了，庆生在床上睡着了。那时候他才五岁，长得浓眉大眼的，又调皮又招人喜欢。月月坐在床头上，正在纳一只大鞋底。看到她这模样，我好像又看到了当年的月牙子。那时候，她常常打夜工给部队上做军鞋，也是这种一心一意的样子。唉，我只得没话找话：

"给谁做鞋呢？"

"老徐呗！"

"唉，你呀！"

"他穿惯了我做的鞋。"

我望着她那样子真心疼，把这封信交给她，这不是要她的命吗？不交给她，又怎么办呢？我自以为是她的老大姐，保护人。可是从一开始，我就没能很好地保护她。现在，事情都到了这地步，我还能再骗她吗？不能啊，我把那信拿出来，走到她身边，一把夺过她手中那鞋底，说：

"别给他做鞋了。他不配！"

"你这是怎么啦？"

"你自己看吧！"我把信塞到她手里。

她望了我一眼，打开了信，信纸在她手里簌簌地响，她愣愣地看了一遍，又看一遍。双手捧着那张纸，就那么呆呆地坐在床上，半天一点声儿都不出。后来，她又从我手上拿过鞋底，一针一针地纳起来，那么使劲地一针一针地纳着……

我害怕了，怕她出事。我搂住她的双肩，按住她的手，翻来覆去地说："到省里去跟他吵！到省里去告他！"她没有吭声，只是眼泪悄悄地流了下来。

那时候，这样的事是常有的。有些老区来的媳妇，把男人盯得紧紧的。只要他们跟别的女同志稍微接近一些，就大吵大闹，甚至跑到组织部去告状。

可是，月月没有去闹，也没有去告。三天以后，她自己跑来找我说，她同意跟老徐离婚。我真是大吃一惊啊！看看她那发黄的脸变尖了，大眼睛更大了，我知道这三天她是怎么熬过来的。我心疼她，又劝她：

"这是一辈子的事，你可要想好啊！"

"我想了。离了好，他可以找一个比我强的。我……也解放了。"

她说话时，泪水在眼圈里转。我问她：

"老徐常欺侮你？"

"老徐是个好同志，是我水平太低，配不上他。我们在一起，没有多少话说。他的心思我摸不着。他的工作，我不能问。我的事呢，件件都要听他的。这些年，我想过，我是党员，我活着总要为党做一点工作，不能，不能……光当个生孩子的女人。大姐，我想好了，你就给办吧！"

作为离婚的条件，月月提出把庆生留在她身旁。她还要我向省委转告她的一个愿望：不要处分老徐，他能力强，还能为党做许多工作。

就这样，月月和老徐在结婚十年以后又离婚了。作为月月的老上级，老大姐，我为她难过，也为她高兴。难过的是，她再也没有年轻的时候了。如果那十年她不是老徐的附属品，她可以去学习，可以去锻炼，可以成为优秀的党的干部。高兴的是，她到底还是解脱了。她可以走自己的路，又是从前那个争强好胜的月月了。唉！

二十五

阿维：

你不知道听了张桂芬同志的介绍，我的心里是多么激动。月月的形象在我眼前变高了，变美了。那个身材瘦弱、脊背佝偻的老妇消失了，站在我面前的是一个沉着、坚定、倔强的女人。我很难设想，遇到她那样的境况，需要多么坚强的性格，才能作出这样理智的判断！想来，只有把事业看得比婚姻更神圣、把工作看得比丈夫更重要的人，才有胆略作出这样果敢的抉择！

多少年来，婚姻关系对于一个女人来说，就是一种依附关系。"三从四德"的阴魂不散，仍依稀笼罩在中国妇女的上空。"嫁鸡随鸡，嫁狗随狗"，"嫁汉嫁汉，穿衣吃饭"更不知损伤了多少妇女独立的人格。月月好比嫁了一条青云直上的龙。她可以攀龙而去。然而，她终于挣脱了那束缚她的一切，自己去主宰自己的命运。我为她庆幸。她应该是属于人民的，不是属于徐明夫的。

至于她后来的路，据张桂芬告诉我，是这样走下来的：

"离婚时，月月已经快三十岁了，又带了一个孩子，上学是不可能的。我考虑给她换换工作，让她在实际工作中锻炼成长。她文化低，写个材料什么的很吃力，我先把她安排在地委农村工作部，后来又安排在地区妇联，都是想让她有机会下去跑跑。用现在的话说，也是'扬长避短'吧！

"月月是很愿意到下面去工作的，但这几次的安排都没有得到好效果，首先是语言问题。也不知咋闹的，我们山西人总是乡音难改。月月的山西口音比我还重。到了乡下，她的话当地人至多听懂一半。这对她开展工作太不利了。再就是孩子的拖累。当然，还可能有别的因素，使她不能像年轻时工作那么泼辣大胆。她总是一个在生活中受过挫折的人啊！

"换了几次工作，我觉得还是要实际一点，我们调她到地区招待所当所长。当时的考虑是：一方面，她是个老同志，应该安排一定的职务了。另一方面，招待所工作比较简单，送往迎来，让客人吃好、住好，没有多少政策性的问题。月月为人正派，勤勤恳恳，也能联系群众，估计还是可以胜任的。

"到了招待所以后，月月工作很努力。她很注意参加劳动。每天帮服务员一起搞卫生、帮厨。可是，全面工作，她抓不起来。我跟她谈过几次，总是无济于事。她学习了毛主席的《为人民服务》，还对我说：'毛主席讲了，一个人能力有大小。我能力小，干不了什么领导工作。我有力气，把我的力气使出来，为人民服务，我也就满足了。'

"'文化革命'中，她也被当作走资派斗倒了，免了她的职，让她到服务组去。从那以后，她就当了服务员。后来给干部落实政策，曾经想恢复她的职务，我找了她几次，她都拒绝了。说是自己年纪大了，好些事闹不明白，还是留在服务组干点活，心里踏实。

"就这样，她一直干到现在，把服务工作干得很出色。凡是在我们招待所住过的同志，都反映她是一个不辞劳苦的优秀服务员。每年她都收到很多表扬信。每回评先进工作者、'三八'红旗手，她都榜上有名。"

我感到张桂芬对于月月得到的许多荣誉特别高兴，甚至还有一种如释重负的轻松感。这似乎也是可以理解的。作为杨月月的领路人和保护者，她终于引导她走过了最艰难的航程，也算完成任务了。然而，我总感到有些遗憾和茫然。那个年轻的、上进的月月哪里去了？那个果断挣脱男人束缚的倔强的月月哪里去了？而现在这充当着"怀梦牌洗衣机"的杨月月，果真是幸福的吗？按照张桂芬的说法是：她有过不幸，但现在她是幸福的。我则不信。我总认为，婚姻的不幸给她带来的创伤是无法弥补的。在中国，离过婚的妇女还谈得上什么幸福？要说徐明夫现在日子过得美美满满，那倒令人相信。

可是，张桂芬却告诉我，徐明夫很苦恼，他的日子过得很不愉快，一点也不幸福。

这就使我困惑了：为追求自己的幸福而亲手破坏了原有家庭的徐明夫是不幸的；遭到遗弃的杨月月却找到了自己的幸福，这究竟是怎么回事？这大概就是生活吧！

　　　　　　　　　　　　　　阿璋　一九八〇年八月十一日

二十六

阿璋：

寄来的"徐庆生谈话记录"及八日来信都收到了。也拜读了。

徐庆生和他母亲的遭遇确实是令人同情的。不过，也真奇怪，你为什么对这件事这么感兴趣呢？这既不能称之为冤案，也不能称之为假案，更不能称之为错案！根本不存在任何平反问题。何劳你这位"钦差大臣"过问？再说，这里也看不到什么社会主义英雄人物的高大形象，你又何必穷追不舍，费那么大劲，还自寻苦恼呢？

深谢你对我的警告。我同意你的论点，存在主义没有给生活在资本主义社会的人指明出路，更不可能给生活在社会主义中国的人指明方向。不过，我不认为研究萨特有什么危险。马克思主义是在同各种社会思潮、包括反马克思主义思潮作斗争中发展的。要斗争就要有研究。我们不研究那个萨特，不懂得存在主义，又怎么能战胜它呢？我也不同意你说的"萨特热"在中国的出现是一种历史的误会。历史固然常常产生误会，但是作为一种社会现象，它都不是偶然产生的。各种社会思潮的出现，是一种历史现象，也大都可以找到其原因。

你放心，我这个人绝不会拜倒在萨特脚下，马克思主义是一门实实在在的科学，存在主义不过是一种连萨特自己都解释不清的虚无缥缈的唯心主义哲学。但是，我不同意用一种极其简单的、粗暴的方法对待萨特（且不说此公对中国是如何的友好）。最近我看到一篇文章，说存在主义"只是现代资产阶级哲学家打着'马克思'的旗号，用主观唯心主义攻击和否定唯物主义、诋毁和诽谤马克思主义的一个工具罢了"。这种说法，就未免太简单了，也有点冤枉了萨特。萨特虽然不是无产阶级革命哲学家，但是萨特的哲学绝非"资产阶级的工具"一语就能囊括的。

我认为，萨特是一个矛盾的混合体。唯心和唯物兼而有之；无政府主义和社会主义搅和在一起；存在主义与马克思主义冶于一炉。这才有点像萨特这个人的面貌。正因为这样，他遭到来自左、右两个营垒的非难和咒骂。他这人非但不是"八面玲珑"，简直可说是"八面挨打"了。他主张"自我超越"，自己却始终不能超越。可惜，我找不到他临终前最后一次与人对话的记录（晚年萨特失明，所有论述都用对话的方式，由他人执笔）。不知道他在那篇题为《希望，现在……》的"对话"里说了些什么。

管不住笔，又写了一通萨特。没办法，就像阁下一样，放着案子不尽心竭力地去查，天天是杨嫂呀，她儿子呀一样。望你保重身体！北京天气热得反常，不知你那里如何？我看，大约是地球上的人类折腾得太厉害，以致影响到大气层的正常运转，老天爷也搞晕了头！

强强和我都好，你乃大忙人一个，大约也无暇念及我们爷儿俩吧！

阿维　一九八〇年八月十一日

二十七

阿维：

为向省委汇报，昨天奉召回 S 市。

徐明夫已成为我心目中的一个人物。我原想乘汇报之机，找个机会单独和他谈谈，"了解了解"这位书记。不料，他没露面，而是派了省委办公厅一位兼管信访工作的副主任来听汇报。

你别幸灾乐祸，以为我没"辙"了。不然，第二天晚上，我们组长通知下来，说徐书记请我到他办公室去一下。陈基华是个老实人，他直为我担心，怕省委对我经办的两个案子有意见。我

165

心里是很有底的，这两个案子的平反有根有据，无可指摘。但是，他找我干什么呢？

推门进去，只见他独自坐在迎门的一张很大的办公桌前，手拿红铅笔正批阅文件。他的秘书弯腰站在身边指指点点，不时低声说些什么。一幅首长办公图。

"你坐，坐！"他抬起左臂伸向沙发，示意我坐下，右臂仍不离桌面，手上的笔只管在文件上画着。

那是一本很厚的文件，看样子不是一时半会儿能改完的。我坐在沙发上，一颗敏感的心不免有些屈辱之感：你既然没空，何必打电话把人找来？既把人叫来了，就应该给予起码的接待，也算礼貌吧！

"对不起呀，作家同志！"他埋首文件，朗朗地送过一句话来，"我马上就完。"

"没关系，您忙您的。"可怜我如今也学会了应酬，非真心话也能脱口而出。

可是，他的文件并没有马上就完。我的耐心也有限度（毕竟不到炉火纯青的地步），正想挪动一下坐的姿势，让沙发产生一点声响，给他传递一个不满的信息时，他又像未卜先知似的送来一句安抚的话：

"你们这次来，对我们帮助很大啊！"

我除了假客气，还能有什么词儿？

这种一心可以二用，两眼并不看你，却能洞察你心理活动每一瞬息的变化，并及时给以引导的领导干部，我见得多啦！我常常认为这是一种令人反感的"自我表现"。即便你有一心二用的本领；即便你有洞幽察微的功夫，又有什么必要当众表演呢？

好不容易等他办完了公，把秘书打发走了，他才点上一支烟，在我对面的沙发上坐了下来。

"两个案子都解决了？"

"解决了。"

"见到老杨了？"

"老杨？"我愣了一下，没转过弯儿来。

"杨月月。"他轻轻地吐出三个字来。

"见到了。"

"同我儿子谈了谈？"

"谈了。"

"大概，也同张桂芬同志谈过了吧？"

"是的。"

他一连串的问话我答得很干脆，不过，心里对他那仰着头、莫测高深的面部表情却很反感。难道我在怀梦和昆县的一举一动，都有人向他汇报！甚至于，我的这些活动都是得到他批准的？可能，完全可能。劳改农场的金场长不是说他要"请示领导"吗？莫非就是请示了他？

这一切，我简直无话可说。我们的检查组，是在省委领导下进行工作的。他作为主管这项工作的书记，当然有权过问我的工作！可是，他拿这些来问我，又有什么必要呢？这不过是显示自己的权力，表明我这小小的工作组员始终在他的眼皮底下和股掌之上罢了。

如此情势之下，我突然记起鲁迅先生"沉默"的教导来，于是，坐在那里，一言不发。

他看了我一眼，似乎又知道了我心里想些什么，微微一笑问道：

"你不想问我一些什么吗？"

"徐书记，是您命令我来的，我还以为您想问我些什么呢。"

我也笑了，敷衍着，话中带刺，这又是我的毛病：抗上。

他一笑，站起来开始在宽大的房间里踱来踱去。我只看见两条笔直的派力司裤线和一双锃亮的皮凉鞋。

"我找你想说什么呢？对了，你是个文学工作者。"他边走边说，"你们常引用高尔基的话：'文学是人学'。是啊，文学作品离不开人。你们是研究人的。从这一点来讲，我们应该算是同行。我的工作对象也是人，不知你承不承认我这个同行？"

当你不知如何回答问题时，最好是笑笑。我常如此，此时又只得笑笑，算作回答。

"作为一个文学家，你们喜欢研究人的性格，人的本质，人的幸福，人的悲剧，等等；还有一些从西方引进的新词儿，什么人的存在，人的界定，人的价值，我学不上来。作为一个党的工作者，我所研究的课题是人的解放。我的责任是提高人的觉悟，关心人的成长。当然，也包括解脱人的痛苦，诸如平反冤假错案之类。也许，在你们看来，我们这些工作太古板、太琐碎、太缺乏诗意，更谈不上任何文学价值，但是，我认为从根本点来说，我们是相通的：工作对象都是一样的——人；工作的目的也是一样的——比如说，为了人类的解放，或者说，使人们的灵魂变得更美好。"

他站定，把两道深邃的目光射向我，似乎希望得到我的赞同。我正在想如何对他的高论作答时，他并不等待，只管自己滔滔不绝地说下去：

"第一次见到你的时候，陈基华同志分配你到怀梦去，我本来是有点犹豫的。"（啊，我倒要听听了。看来我一来时的感觉并没有错。）"不因为别的，只因为你是个作家，你到了怀梦市，就会住进招待所，就会见到老杨——月月。如果是别人，不会注意到她，顶多给她留下一封表扬信。可是你不同，你是研究人的。月月身上当然有一种与一般服务员不同的素质，单凭她的山西口音和老同志的做派就会引起你的好奇，从而你会研究她，势必研究到我。当时，我的确想过，不让你进入我这个'禁区'。但是，我还是同意你去了，因为——我已经说了，我们是同行。我希望你研究我和我那个破碎的家庭。并且告诉我，你研究的结果。"

他变得严肃起来，浓浓的双眉皱在了一起，浮肿的眼睛显得格外疲倦，松弛的肌肉使他整个的脸那么没有了生气。他好似一座年久失修的城堡，失去了当年的雄姿。特别是此刻，他那种居高临下的盛气消失了，一阵深重的忧伤罩在他的脸上。

他这一番话，立即改变了我对他的印象。我觉得他是诚恳的。甚至于，我从他的话中，听出他心底的痛楚。这一点也是我要命的毛病：太容易轻信别人，太容易轻信自己。常常因为人家的一个看不顺眼的动作，一两句动听的言辞，就轻易地下这样那样的论断。

"明夫同志，您分析得太对了。"我几乎顿时解除了心理上的不快和防线，完全像对老朋友、老上级似的说，甚至是微微笑着的，"可，我没法回答你的问题啊！我甚至闹不清楚这一切不幸是怎么发生的，甚至，坦白地说，月月到底是不幸的，还是幸福的，我也说不上来。"我好像同他在讨论别人的事情了。

他的回答也怪，现在回想起来可是太理智、太理论性了。他说：

"这并不奇怪。人是社会的产物，是极其复杂的，所以才值得研究，才有那许多值得研究之处。如果人可以简单地归结为两类——像小孩子所分的坏人与好人，或像你所分的不幸的与幸福的，那也就无须花那么大力气去研究了。幸福和不幸，在一个人身上往往交织在一起。甚至正因为他是不幸的，所以才是幸福的；或者相反，正因为他是幸福的，所以他是不幸的。"

"难怪老子说：'祸兮福所倚，福兮祸所伏'了！"我对这位书记开始佩服了，也觉得跟这样的聪明人可以吵架，于是想也没想又脱口说道，"照这么说：月月是不幸的，所以才是幸福的；您是幸福的，所以……"说到这儿，我才突然意识到，初次交谈，况且坐在面前的是位大领导，不可太冒昧，把张桂芬告诉我的话咽了回去。

他苦笑了一下，又低头抽出一支烟，很直率地说：

"我的苦恼只有我自己知道。"

"您能跟我讲一点吗？"

"不，我找你来，不是想向你——如你们小说中常说的——敞开心灵的不幸。我只想告诉你，我不准备回答你将向我提出的问题……"

"哎呀！"我不禁惊讶了，我心里真有许多问题想问他的。没想到，他找我来，不为别的，就为对我把"心灵的窗子"关起来。他真够料事如神的了。不过，我还是说了："明夫同志，我真是有好多问题想问你啊！"

这些聚集在我脑子里的问题是：你同月月结婚是自愿的吗？你们的婚姻一开始就是不幸的吗？你为什么要同她离婚？你同刘玉玲的结合给你带来了什么？……不过，这些他当然是估计到了的。

"我不会回答你的。"他叹了口气。

"为什么？"我甚至有些气愤了，"难道你找我来，真是为了对我说，不能回答我的问题？"

"我说不清楚。"

"明夫同志，坦率地说，对于您个人生活问题，外面确实有些非议，有些话很刺耳，难道您不想辩白一下吗？"

"一个人活在世界上，要让所有的人都理解，那是不可能的，起码是困难的。况且，我确实做过不应该做的事。虽然组织上没有给我处分，但我自己从来没有原谅过自己。别人对我有些议论，这是很自然的，我何必去辩解呢！"

望着徐明夫坦然的、悲凄的神色，我不忍再问下去了。

不过，我并不甘心就此了结，我将进一步去剖析。正如你常讽刺我的：常干白费力气的事。

阿璋　一九八〇年八月十四日

二十八

阿璋：

寄来的"张桂芬夜谈"收到了。从这介绍来看，杨月月同命运进行过多次搏斗，她的勇气值得钦佩。但是，她的结局（如果可以称之为结局的话）究竟是她的胜利还是她的失败，则值得深思了。或许，她既是一个强者，也是一个弱者。她强，因为她始终追寻自己的价值，并最终在"怀梦牌洗衣机"中找到了自我。她弱，因为这一切并不全是她自愿的。

不过，我还是闹不清，你对杨月月的研究有什么必要？像这样的人太多了。可以说，几乎我们每一个人都不是按照自己的意愿来塑造自己的形象，走向自己的结局的。从这一点说，杨月月的故事，正是对萨特存在主义的一种批判。事实上，萨特在《七十岁自画像》对话里（一九七五年发表），也否定了他所谓的"自由选择"。他承认一九三九年他被征入伍，第一次意识到自己的自由受到否定，认识到自己是一个社会存在，并且认识到把人与社会的联系割裂开来是错误的。他说："在战前，我只把自己看作一个个人，我完全看不到我的个人存在与我所生活的社会有什么联系。

171

从高等师范学院出来，我的理论就完全建立在这样的基础上：我是一个'单个人'，即由于思想独立而与社会对立的个人。我对社会无所欠负，社会对我也无可奈何，因为我是自由的。显然，我在一九三九年以前的一切思想、写作和生活都建立在这样的认识上。"

那么，晚年的萨特对这个问题又怎么认识呢？他说："任何人的存在都必定构成一个不可分割的整体。内在与外在，主体与客体，个人与政治都必然互相影响，因为它们是同一整体的不同面。不管是怎样的一个个人，人们只有把他作为一个社会存在来观察，才可以了解他。"从这段话里，我以为，萨特的思想是前进了一大步，甚至于接近了马克思的著名论断："人的本质并不是单个人的固有的抽象物。在其现实性上，它是一切社会关系的总和。"

没办法，由你的杨月月又引我讲了大段萨特。你那么有主见的人，当然可以不必被这些闲聊干扰。

家中无事，请勿念。

阿维 一九八〇年八月十四日

二十九

阿维：

这两天工作组继续向省委汇报。徐明夫仍未来听，他真的那么忙吗？对他的不照面，我心里很不以为然。

从上一次和他谈话以后，我对这个人物更感兴趣了。不过，他已经向我宣布不"敞开心灵的不幸"，是不会再说什么的了。

我本可以丢掉这一切，管他们是幸福的还是不幸的？管这幸与不幸的生活之酒是怎样酿成的？没有人委托我研究这个吓人的人生课题啊！但是，那年轻的囚徒，那肥皂泡中干枯的手臂，总是在我眼前，使我欲罢不能。好几个晚上，我都失眠了。有一晚，我还梦见月月挨打……

怎么办呢？我能不能打个迂回战，去找刘玉玲谈谈？我太想入非非了，徐明夫肯定不会同意的。算了，我自己否定了这个诱人的念头。可，我是多么想到他家里去看看啊！

省委已批准了怀梦地委关于给凌晓云彻底平反的决定。我明天准备返回怀梦，参加为她召开的平反大会，我心里真为她高兴啊！

你十一日的信，我十四日收到。再一次声明，我不想跟你研究萨特。使我感到气愤的是，你读了徐庆生的谈话记录，竟是那样无动于衷。难道你认为除了能称之为"案"的受害者之外，世上再也没有不平之事；再也没有压得人透不过气来的恶势力；再也没有值得人同情、需要人帮助的弱者了吗？

你的冷淡和轻蔑绝不会丝毫动摇于我，我坚信在我们社会主义社会里，一切不公正的事情，都将得到纠正；一切善良的人们，都将得到合理的对待。当然，这一切需要人们自己去争取，而不是等待。

阿璋　一九八〇年八月十七日

三十

阿维：

今天上午凌晓云的平反大会开得还不错，只是凌晓云本人的发言太令人失望了。她被冤屈三十年，斗了三十年。现在总算胜利了。我原以为她会有一篇很动人的讲话，结果她只照事先准备好的讲稿念了念就下来了。而这篇讲稿，不过是些套话的堆砌。

下午，我又单独找凌晓云谈了谈，想谈出一点闪光的思想来，结果还是徒劳。看来，世上确有这样一类拙于言辞的人，他们干出了非凡的令人钦佩的事情，却不善于表达自己的思想，真令人遗憾。

不过，谈话中也有一个意外的收获。原来凌晓云认识杨月月；甚至可以说，是杨月月点燃了凌晓云的生命之火。

事情是这样的，当我一再问她，是什么信念支持她三十年如一日坚持同不正之风作斗争时，她总是说："我相信党，相信群众。"我希望她说得具体些，她想了很久，才说：

"我刚参加工作的时候，认识一个老同志。从她身上，我学到很多东西。那时候，我才十几岁，高中还没念完，什么都不懂就踏入了社会。有一年冬天，我参加地委工作队到农村去搞减租减息，我同一个南下的山西女同志住在一起。白天一起去访贫问苦、发动群众。晚上我们睡在一个床上，她给我讲了很多革命道理。"

这个细节立即吸引了我。我问：

"她跟你讲了些什么呢？"

她想了想说：

"我记得，她常说，一个参加革命的人，无论遇到什么困难，都要相信党。"

这句话当然是真理，但说不上有多少闪光，我不想再问下去了。她也似乎为我的失望而感到内疚，狭长的眼睛瞧着地面，细细的眉毛皱在一处，显然在苦苦地思索，企图从记忆的长河中搜寻出些什么来"满足"我的"愿望"。她早就知道我是干什么的，还说她的事就够写一部小说了。我呢，则希望赶快结束这种僵局，随便问了一句：

"这位老同志叫什么名字呀？"

"她叫杨月月。"

是她！原来指引着凌晓云坚持这场持续三十年的斗争的启蒙老师竟是杨嫂——杨月月。

"你后来常跟她联系吗？"

"没有。"

"你一直不知道杨月月在哪儿吗？"

"不知道呀！"

"你想去看看她吗？"

"想啊！"

"好！我带你去。"

我兴致勃勃地立即把凌晓云带到招待所，原以为这将是一场极为动人的富有戏剧性的重逢。结果，完全不是这么回事。我带着她走进晾满床单被单的跨院，走到两手沾满肥皂泡的杨月月跟前时，叫道：

"杨嫂，你看，谁来了？"

杨月月抬起头来，用胳膊撩开额头的乱发看了看来人，满脸茫然的神色。她根本不认识她了。凌晓云也迟迟疑疑地，走上半步试探似的问：

"你是杨大姐——杨月月吗？"

"是呢。"

大概是这浓重的山西口音增添了凌晓云的信心，她又跨上前一步，拽住杨嫂的袖子，说：

"杨大姐，我是凌晓云啊！"

"凌晓云？"杨月月的声音还是怯怯的，充满了疑问。

"那一年，我们一起在乡下减租减息。"

"啊，啊！"

"我们在一个床上睡。"

"噢——是呢,是有个学生娃相跟着。"

杨月月总算记起来了,她把我们让进了屋。坐下之后,她们相互问了一些工作情况,就没什么话说了。我忙说:

"听晓云说,那时候,你常给她讲革命道理!"

"我会讲甚?甚也不会讲哟!"

"杨大姐,那时候你常跟我讲呢,你说,不管遇到什么困难,都要相信党。"

"啊,啊!"杨月月一双大眼睛久久地望着对方,显然啥也记不起来了。

这次极不平常的重逢,就这样极其平常地结束了。我开始确实感到失望,但细细想来,生活常常是这样的。那些曾用自己的智慧和力量去点燃了别人的生命之火,照亮了他人一生的路程的人,随着时光的消失,自己的智慧和力量也会消失。就好似一根火柴点燃了一支蜡烛,当烛光照得正亮的时候,那火柴早就被弃置于地上。人们讴歌烛光,何曾去赞美那小小的火柴呢?想起许许多多曾指引我们在生活的路上迈进的前辈,我很伤感。

明天我准备回S市了。

阿璋 一九八〇年八月十九日

<h1 style="text-align:center">三十一</h1>

阿维:

今天回到S市。工作组继续向省委汇报,我请了假,躲在宾馆里。不是因为身体不好,而是因为心绪不宁。

离开怀梦前，我去向杨嫂告别。我本不想再跟她谈什么，以免她伤心。我已经参与了那个"骗局"，就在这骗局中把角色扮演到底吧。然而，我万没有想到，这次和她的谈话是那样强烈地震撼了我。

开始，她只笑笑地问我：

"你去过山西，你还会再去吗？"

"会的。那里是我的'根据地'，人熟地熟。"

"下次你去，顺路的话，麻烦你到杏花村看看。"

"好好，我一定去。"

"看看我家的房子还在不？还能住人不？"

"行，行。"

"我家在村南，院墙外有一棵大杏树……"

我一边满口答应，一边看着她。只见她呆呆地坐在床边，说着说着，声音越来越小，她好像已经忘了是说给别人听，又好像她的心已经飞出她的躯体，回到了她朝思暮想的出生地。

"……听老人说，我家那棵大杏树有上百年了，长得可大了，村外几里远就能看见它。见到这大杏树，顺着小路往前走，见到一口井，再往左一拐，就到我家了。"

"好……"

"过几年，等我洗不动了，我就……回家去。"她的声音颤颤巍巍的。

"那庆生呢？"

"把庆生也带去。那时候，他也该出来了。"

出来了，三个字使我暗自吃惊，难道她已经知道庆生的处境？我按捺不住，问道：

"你说他该出来了，怎么回事？"

"我都知道。庆生判了刑。他们瞒着我，我都知道啊！"杨嫂突然低下头，用双手捂着脸，失声痛哭了。

"不，不……"我慌了，语无伦次地说，"我亲眼见了庆生，他很好，他……"

"你不用，不用……"她使劲闷住自己的哭声，边哭边说，"……帮他们瞒我，我都知道啊！"

"谁告诉你的呀，杨嫂？"

"我，亲眼看见的。"

原来是这么一回事！开始的时候，庆生来信说他在农场生产科当上了干部，她信以为真。后来，庆生总说工作忙，老不回来看她，她就想不通。农忙不能回来，农闲时也不能回来吗？平常不好请假，春节、国庆也不能回来探探亲？去年春节，她思子心切，就买了张汽车票去了昆县。

到昆县一打听，才知那是个劳改农场。到农场一问，生产科没有徐庆生这个人。她正待在传达室不知如何是好时，就见十几个犯人拉着几辆大车，正往农场运砖。那时农场正在扩建房屋。她从窗户里看得清清楚楚，迎面第一辆车前低头驾辕的小伙子正是自己的儿子。他穿着号衣，剃着光头，分明是个囚犯啊！

"那，你就没跟他见面？"我问着她，心里想着当时对她的打击，哪个母亲能承受得了！

"没有啊！"杨嫂慢慢抑制住抽泣，两手无力地放在膝上，眼睛直直地看着面前的桌子，好像不是在回答我的话，"庆生不想让我知道，我也不想违他的心愿。他是为我想呀，我躲在窗户后头，等他进了门，看不见他了，我就，回来了。"

过了好久，她才恢复了常态。那是我见惯了的安详的神情，慢吞吞的温和的声音，怯生生的像叙述一件别人的事的样子。

我呆呆地听着她诉说这一切，我的心潮起伏不已。啊，这是怎样的一个女性！她坚强的灵魂是否用苦涩的汁液浇成？她吞咽下的桩桩件件不幸，都化成了她无比的力量了吧！我真不知该怎么来认识她的心平如镜、她的安于现状、她的豁达处世态度了！

你简直想不到，告别的时候，她对我说的话。她说：

"同志啊，你回省见到老徐，千万可别跟他说我知道了。"

我大概是瞪着眼睛望着她，一副不能理解的样子吧，她双手拍着我的手，又说：

"这样，他会好受些。"

他会好受些！这是什么样的语言啊！这言辞的背后意味着些什么！她那么高大地站在我面前，我心里可矛盾极了：始而，我参加了徐明夫的"骗局"；现在，我又必须参加杨嫂的"骗局"了。

难道，生活就离不开欺骗？尽管，这骗局都出于善意，也不伤害他人。然而，生活难道必须经过这样的伪装才能使人"好受"些吗？我真的非常痛苦，情绪坏透了。我真想痛哭一场，为她，为自己，为所有的人。什么时候，人们才能撕下假面具，坦然地去享受真诚的生活啊？！

你十四日的来信收到了。又是萨特。唉，你倒是真诚的，心里想什么纸上写什么。可惜，你那老头子离我的痛苦的心太遥远了。

阿璋　一九八〇年八月二十日

三十二

阿璋：

十四、十七日信拜读了。阁下英明，两件错案都已平反，实在功德无量，理应高兴庆功，何郁郁不乐如许？你对杨月月、徐庆生的同情是无可非议的，这种感情是很美的，我岂敢有半点轻蔑之意？（你干吗那么愤愤然呢？）至于剖析徐明夫，当然是可以的。作家嘛，有权剖析任何人。我不就常常被您剖析得不留余地吗？不过，事情牵涉到个人的"隐私"，就不便去探听了，更不宜于用"打迂回"的战术。万一打出什么事儿来，怎么收拾？（请千万不要误解，我这也是一片好心呀！）

至于萨特，我也不想再去研究了。（其实哲学家的萨特是借文学家的萨特红起来的。他和你是同行，你为什么这么讨厌他呢？）而且，我确实也没有时间去研究了。我们局将于本月底在太原开一个现场会，厂里决定我去参加。我们开会离不了材料，我得准备一大沓，所以，不得不把萨特冷落在一边儿了。

不过，既然我已经跟你说了那许多对萨特及其存在主义的看法，那么，不管你愿意不愿意听，还有一点（别害怕，就这一点），我必须说一说。否则，我的看法就是不全面的，不客观的。

存在主义哲学大师萨特并不喜欢存在主义。一九四三年，萨特就说过："我的哲学是存在哲学；存在主义，我不知道是什么东西。"一九七五年，有人问萨特是否还接受存在主义这个标签时，他回答："这个词笨透了。这不是我自己选的。人们给我贴了，我只好接受下来。今天，我不再接受它了，但也不再有人叫我作'存在主义者'，除了一些教科书还那么叫，那是没有什么意义的。"

存在主义者的萨特，否认存在主义的存在，这是多么有趣的现象，又是多么勇敢的自我否定。遗憾的是，就在这次谈话中，当别人追问他"标签换标签，你喜欢存在主义还是马克思主义"时，萨特竟说："如果一定要有什么标签的话，我宁可要存在主义。"

看，这就是萨特，这个叫人捉摸不定的老头子。他存在的时候，没有界定自己的存在。现在，他不存在了，人们还是不能界定他曾经有过的存在。

你何时归来？我一走，家里就唱"空城计"了。强强并不是个令人放心的人物。

阿维　一九八〇年八月二十一日

三十三

阿维：

像看小说一样，请你看这一章吧！

昨天我去徐明夫家了。

像许多省委领导同志们的宅第一样，他家在省里绿化得最好的一条街上的一个独门独院里。我乘小车到达，立即有一位五十来岁粗壮的保姆来开门。跨进门去，院子并不大。走过两棵梧桐树和一块草坪，登上四层台阶，迎门是一间会客室。

会客室面积不小。沙发、书柜、酒柜、圆桌、躺椅、折椅，应有尽有。甚至还有一些没什么用处的小桌子、小柜子挤在一堆。家具不少，只是新旧掺杂、颜色各异，摆得都不是地方。可以看出，主人没有把心思用在陈设上。

"欢迎你来！老徐说你要来找我。"刘玉玲一边招呼我坐下，一边忙着找杯子替我沏茶。

我细细打量她，不由得拿她与杨月月相比。她个子比月月矮半个头，身材比月月胖，有点发福的样子。不过，以她的年龄而论并不算臃肿，仍旧可以让人依稀辨出年轻时她的身材是修长苗

181

条的。她的穿着打扮当然比月月时兴。因天热，或因来客，她穿一件前边一扣到底的浅蓝碎花旧连衣裙。那一溜蓝色的玻璃扣已经掉了两个。其中一个用绿色的扣子代替了，另一个还空着。电烫的头发下，一张圆脸胖胖的，鼓鼓的，细端详并没有杨嫂经看。特别是那一双眼睛，更比不上月月的清澈明亮。也许这里有我的偏见。客观一点，应该说她的外貌还是漂亮的。

"茶叶呢？阿姨！你把茶叶搁哪儿了？"刘玉玲拿着杯子在屋里转，转到门口，朝屋外喊了一声，但是没人应声。我忙说：

"您别忙，我一点都不渴。"

"唉，你瞧我们这个家，乱哄哄的，什么都找不到。"

终于，她东翻西摸，在小圆桌上的报纸堆里找到了茶叶桶。当她打开热水瓶时，我看到她用手试了试，似乎有点犹豫。大概是水不太热了。但她还是用这水泡了茶，没有再去喊人。

这一切，都使人感到，女主人是个很能"凑合"的人。

忙了好一会儿，她才在一张小沙发上坐了下来，挺客气地说：

"老徐打了电话，说你要来。你找我，要说些什么呀？"她望着我的样子，显然有些紧张。

我本来是想通过随便聊天的形式，慢慢向她提出一些问题的，没有想到她这么开门见山。我忽然觉得，我何苦要千方百计"深入"人家的家庭呢？也许，这对人家是很尴尬的，特别是对这样一个家庭。这种感觉一产生，我几乎坐不住了，真想立刻站起来就走。

没想到，这位刘玉玲倒挺坦率，自己侃侃地谈了起来：

"我猜到了，你是想了解老徐现在的家庭吧！"她一笑，腮边露出两个浅浅的酒窝。倒退二十年，那一定是很迷人的。说实话，这张脸并不让人觉得讨厌。

我点了点头，心里不知为什么，对她产生了一种负疚之情。我有什么权利去搅乱人家的心呢？

"唉！有什么可说的。就你看见的这个样子，过日子呗！我这人也不善于理家，身体又不好。老徐工作忙，也顾不上。唉！"

她连连的叹气和淡然的口气，使我感到一种潜在于这个家庭的冷漠空气。

"听老徐说，你到怀梦去了。老徐以前的妻子，你见到了吧？"

她这一问更是我没料到的。我不知道老徐到底对她讲了些什么。不过，你知道我这人的脾气，我还是决定坦诚相见：

"见到了。"

"大概也听到一些闲言闲语。"

"听到了。"

"唉，这事儿呀，反正你也是女同志，我们可以敞开谈。当初，我跟老徐好的时候，我真没想那么多。那时我是个高中生，刚参加工作，对老同志由衷地敬仰。那时，老徐还年轻，是啊，可不像现在这个样子。他很能干，风度也很好。我可以说，怎么说呢，疯狂地爱上了他。那时，我父母坚决反对，给我施加了多大的压力啊！你不知道，我觉得不跟他生活在一起，我就活不了。后来，外面传说是老徐引诱了我这不懂事的女孩子，其实，不是那么回事。是我爱他。当然，爱情是双方的，他也真心对我。可他，考虑就比我多了。因为他有妻子，有儿子。唉，你不知道，当时我心里好苦！人家谈恋爱，大概都是欢欢喜喜的，唯独我，不知哭了多少场。是的，我们在没有结婚之前就发生关系了。这，这……我没有别的办法，我不能离开他。那是我的初恋。我，现在我自己的孩子也大了，需要一个巩固的家庭了，我才感到，我太自私了。我把自己的幸福建立在别人的痛苦上……"

　　说到这儿，她眼圈红了，停下来，屋里静得很。她急促的呼吸声都可以听见。我很惊奇，第一次见面，她怎么能和我谈这些极隐秘的感情问题？冷静一想，也不奇怪。像她这样的处境，这些话平常大约很难找到人说。

　　到最后，她几乎把家庭的秘密全说了：

　　"说老实话，我们并不是那么好。或者说，好日子时间不长。我心里老觉得他不是全心全意对我。他老想着他那个儿子，老觉得一辈子对不起的人只有他们娘儿俩。当然，我也听说了，她，她是个很好的女同志，从来没有跟他闹过……"

　　说到这里她突然哭了。接着她极力克制住自己，把不断涌出的泪水忍了回去，抽泣着，轻声喊道：

　　"我宁愿她闹！可她，一句话都没有，把老徐让给了我，使我一辈子都觉得欠了她的债。唉，你不知道，我心里觉得多委屈！我有什么不对？我追求我的爱情。这些年来，我付出的代价也够了！我在人前总觉得抬不起头，人们都向着她。老徐心里一直放不下她，他是对不起她，可，可我，你想想……我真受不了……"她颠三倒四地说着说着，再也控制不住，放声哭了起来。

　　我真不知该怎么对她说了。谴责她吧，我不能。规劝她吧，我不知该从何说起。而站在一个女人的立场，我甚至从心里开始同情她……

　　已是快下班的时间了，她留我吃饭。我不愿再见到老徐，执意要走。我觉得，不能再在这个"复杂"的家庭中待下去了。我突然意识到：清泉下的泥沙是不宜搅起的。就让这清水潺潺地流淌吧，何必定要搅个水落石出呢！我不愿意看透人家的不幸。这，太残酷了。我坚决告辞了。

阿璋　一九八〇年八月二十三日

三十四

S 市至北京长途电话

"喂，喂！"

"喂，我是北京呀，我是阿维。"

"喂，你的信我收到了。你什么时候到太原去？"

"马上，明天就走。"

"喂，喂，你一定到杏花村去一趟！"

"什么？"

"你一定到杏花村去一趟！"

"阿璋，我是去太原开会，哪有时间掺和你的事儿。你研究你的杨月月，干吗拉上我？"

"你这个人怎么回事？连一点同情心都没有了？我看你是给萨特搞得冷冰冰的。"

"要打架咱们见了面再打，好吗？这是长途电话。"

"你去不去？！"

"看吧，有时间……"

"你一定抽时间去一趟。喂，听见没有？杏花村……喂，喂，你看看她家的房子还在不在？喂，记住，她家门前有棵大杏树……"

"好吧。"

"喂，你打听一下，她如果以后回去，行不行？"

"好吧。"

三十五

阿璋:

遵命去了一趟杏花村。现将简单情况"汇报"如下:

杏花村倒是不难找,见到酒厂,沿着一条土路就进了村。我先找到党支部,他们都说不知道有杨月月这么个人。后来,他们找来了几位老人一起回忆。有个白胡子老大爷想了半天才说:

"是月牙子吧?"

我连忙点头。这下就热闹了,大家七嘴八舌地告诉我:这姑娘长得水灵灵的,就是命不好。爹妈早早就死了,留下她单身一人。幸亏遇见好人,跟八路军走了。

我忙打听她家的房子还在不在,老人们说房子早拆了。我又问她家门口那棵大杏树还在不在,有个老大娘说,那年早砍了。我又问村干部,假如杨月月想回来,能不能给她盖几间房。

"咱山西的老干部多,盖了好几处高级干休所,人家哪肯回咱这小村?"他以为我在开玩笑。

接着,好些人乱哄哄地问我:

"她在外头当的甚大官?"十分羡慕的声音。

"把老乡亲都忘了。"友好的埋怨的口吻。

"先派你来看看,她啥时回来?"把我当成她的"秘书",口气里有讨好的成分。

我能说什么呢?我什么也没有说。

> 阿维　一九八〇年八月二十八日

散淡的人

一 "一醉解千愁"

头两位应邀来临的客人，是杨子丰先生及其夫人罗云青教授。

在过道里，胖胖的罗云青一边脱那件黄色的欧式紧身薄呢大衣，一边忙不迭地向主人致歉：

"对不起，我们来早了。子丰老了……"

"我不老，我才六十七。"杨子丰正忙着协助夫人脱大衣，也忙着反驳夫人的话。他体态清瘦，虽然年近古稀，却耳不聋，眼不花，动作敏捷。这时，他像个年轻人似的屈身帮夫人脱下大衣，又伸臂接过夫人的围巾。

"他不食人间烟火……"罗云青略微理了理稍有银丝的黑发。她看上去绝不像六十多岁的人。

"我只饮天上的琼浆。"杨子丰答道。

"我对他说，惠中请吃晚饭，六点钟到比较好。去早了，人家正忙着呢，既不好把你晾在客厅里，又没工夫陪你聊天。可他，简直是迫不及待，才五点，硬把我拉来了。"

"早来了好呀！"田惠中笑吟吟地说，"我不怕请客，就怕请了客迟迟不到。"

田惠中的夫人章淑娴，矮小纤弱，动作麻利。她从杨子丰臂上接过大衣和围巾说：

"子丰，你也宽衣吧！"

杨子丰这才腾出手来，脱下一件长过膝盖，腰宽尺余，又肥又大，式样陈旧的呢大衣，露出里边一身半新不旧的藏青色涤卡中山服。若不是脚上穿一双英国式的黄色皮便鞋，人们或许会误以为他是哪一个基层单位科长、副科长一级的干部，谁敢相信这就是著名的莎士比亚专家、诗人、作家、翻译家、历史学家，学贯中西的杨子丰。

女主人把客人的外衣堆在一间小屋的床上，随手关上房门，一行人步入客厅。

先行一步的罗云青首先叫道：

"哎呀，才两个月没来，你们家又变样了！"

"惠中喜欢赶浪潮，"章淑娴指着排成一圈的宽座矮背灰色沙发说，"这么矮的靠背，我坐着就嫌别扭。"

"样子真时髦，我看挺好嘛！"罗云青已坐下，环视着沙发赞道。

沙发是新式的，客厅的布置颇为现代化。两壁是顶天立地的书橱，间隔着横七竖八、长短不一、有方有圆的小格子，陈列着世界各地的手工艺品。窗前摆满了盆景：月季、海棠、君子兰、倒挂金钟……宛如一个小小的花展。客厅中间，一方白色黄花的地毯上，摆着一张用树根雕琢、配以玻璃台面的长方茶几，并几个软坐垫。

"为他这个穷折腾劲儿，我几次要跟他离婚。你不知道，有多烦人！"章淑娴侧身在沙发背后说，"卖旧的，买新的。买新的，卖旧的。他这点稿费，全送给委托商行了。"

"知识更新！设备更新！家具更新！"田惠中矮矮胖胖，光亮的圆脸上几乎不见皱纹，他总是笑呵呵的。圆滚滚的身上穿一件皮夹克，裤线笔直。他是一位很有造诣的美学家，兼民间工艺品收藏家。

"就是老婆不能更新！"杨子丰板着脸说。他进屋看也没看一眼，就在茶几边的一个圆垫上盘腿坐了下来。

"假如老婆可以更新的话，我恐怕换了十个了。"田惠中冲着自己的夫人哈哈大笑。

"这对活宝，都当爷爷了，还老不正经，到一块儿就胡说八道。"罗云青把章淑娴从沙发背后拉过来，在自己身边坐下。

一个身姿窈窕、长着一张瓜子脸的年轻女子，迈着轻盈的步子，站在门边问道：

"妈，沏茶吗？"

章淑娴招招手说：

"来，来，真真，见见杨伯伯，杨伯母！"

真真脸上带着几分羞赧，向客人一一鞠躬行礼。

"这是我的小儿媳妇，过门才一个月，话剧演员。"田惠中脸上露出由衷的高兴。

"喝茶，还是喝酒？"章淑娴这才想起招待客人。

"当然喝酒！"杨子丰首先叫道。

"今天我备了十种名酒，随你挑，点吧！"田惠中指着酒柜上一大堆奇形怪状、五颜六色的瓶子兴高采烈地说。

杨子丰把那些瓶子扫了一眼说：

"给我一点威士忌，加两块冰。"

田惠中倒好两杯酒，一杯自己拿着，一杯递给杨子丰，两人举了举杯，各饮了一小口。

"你还让子丰这么喝酒？"章淑娴问罗云青。

"我有什么办法，他是个酒鬼，从早喝到晚。"罗云青叹了口气。

"不对，我是酒仙。"杨子丰举着酒杯，眯着小眼睛说，"爱喝酒的人，通称酒徒。喝多了，发酒疯的，俗称酒鬼。像我这样，不管喝多少，从来不醉的，可称酒仙。这是酒徒中最高的称号。"

真真抿嘴笑道：

"杨伯伯，那您就是当今的太白了。"

"不，我跟他势不两立！"杨子丰肃然道，"李太白是我们杨家的宿敌，你怎么能把我同他相提并论？"

真真不禁愕然，这是从何说起？

"我姓杨，杨贵妃也姓杨。"杨子丰一本正经地说，"据考证，杨贵妃很可能就是我们杨家的老姑奶奶。又据电视剧《天宝轶事》揭露的最新史料，李太白跟我们家老姑奶奶有那么点不清不白的关系。他敢调戏我们家老姑奶奶，你能把我跟他搁一块儿吗？"

田惠中夫妇哈哈大笑，真真也咯咯地笑个不停。

罗云青瞪了杨子丰一眼说：

"你胡说些什么，人家真真还是新媳妇呢！"

"我还没说完呢。"杨子丰对老伴的规劝置之不理，又接着对真真讲起来，"如果你一定要拿我跟太白比，那他可不是对手。太白喝酒有醉的时候——有一出昆曲叫《太白醉写》，就是演他醉后的狂态。他既醉还能称酒仙，我杨子丰从来不醉，就应该称特级酒仙，或者超级酒仙了！"

杨子丰晃着身子，摇着脑袋，做出一副飘飘然的样子。

"真讨厌！"罗云青也憋不住笑了。

"老婆骂你真讨厌，就是真可爱！"杨子丰坐在垫子上，比周围的人都矮一截。他仰着头扫视了众人一圈，接着说："我们姓杨的都能喝酒。我们家老姑奶奶酒量也不小。高力士，裴力士，左一盅，右一盅，她真醉了吗？没有。《贵妃醉酒》那是假醉。醉的是梅兰芳，不是我们家姑奶奶。"

真真捂着嘴笑得直不起腰，罗云青却打断他说：

"不听他胡扯了，扯起来没完。惠中，今天都请了些什么客人？"

没等田惠中答话，杨子丰又抢着说：

"你放心，不会有什么新人出现。我清清楚楚，就是惠中想喝酒了。淑娴哪，我还是劝你放宽政策，你这个戒酒法可赔了钱——平常不准喝，只有请客才准喝。这下可好，惠中酒瘾犯了，就打电话请客。我一接电话，准知是这么回事。所以，我是每请必到。这不是我好吃，而是成人之美，救人于危难之时啊！"

"不过，今天真有一位稀奇的客人。"田惠中插话说。

"谁？"杨子丰问。

"密丝林。"

"密丝林？"

"朱丽叶呀！"

"朱丽叶？"

"你的情人。"

"哦——那不也是你的情人吗？"

两个老头相视一笑。

"当着儿媳妇，简直不像话。"章淑娴说，"我也该去厨房指挥一下了。"

"都准备好了，"真真说，"客人齐了就炒菜。"

"要相信群众嘛！"田惠中叫道。他举了举手中的酒杯，对杨子丰说："今天吃的是八仙过海。我把两个儿子、两个媳妇、两个女儿、两个女婿全招来了，一人一个菜，咱们吃现成的。"

"好！干！"杨子丰一饮而尽。

"干，一醉解千愁！"田惠中一仰脖，把酒倒进嘴里，还把杯子颠了颠，连最后一滴都没漏掉。

"这话就不挨边儿了。"杨子丰等田惠中把杯子放下，说，"你是个乐天派，把你关进'牛棚'，你倒头就睡，呼噜打得震天响。如今新式沙发也买了，你还有什么愁？"

"我是无忧无愁的，我这话是替你说的。"

杨子丰不言语了，他有哪一愁呢？他没有说，却吟了两句打油诗：

> 人过花甲未入党，
>
> 事非经过不知难。

二 天对地，南对北，高山对流水

一辆锃亮的洋车，在幽静的小巷里飞奔。

车上坐着一个肥胖的女人和一个瘦瘦的小男孩。那男孩约莫六七岁的样子，头戴一顶白布遮阳帽，上身穿一件蓝色夏威夷短袖衫，下身穿一条白帆布短裤，脚上是一双黑色皮凉鞋。他站在车上，轮换地用脚使劲踩得车铃叮当乱响。

在小巷深处，车夫放慢了脚步，沿着一截磨砖对缝的高高的青墙缓缓而行，在两扇朱漆大门前停下。门边挂着一块木牌，上写"杨宅"。

还没有等车停稳，那穿着白短裤的男孩子立即挣脱了胖女人——他的奶妈的双臂，跳下车去，像子弹出膛似的蹿到门前，跳脚伸手去摸门铃。

"别跑，别跑，你够不着哟！"体重足有一百六十斤的奶妈，气喘吁吁地跨下车，扭动着滚圆矮胖的身子赶了上来，虽只初夏天气，她那一身香云纱的黑裤褂都被汗水湿透了。

大门吱呀一声开了半扇。一位身着中式对襟衫裤的男仆，毕恭毕敬地侧身站着叫道：

"大少爷回来了！"

他的话音未落，大少爷已从他胳肢窝下边一溜烟蹿进门去，只留下小皮鞋在鹅卵石甬道上发出的噼里啪啦的声响。

"别跑，别跑，看摔着！"胖奶妈竭尽全力在后边紧追。

刹那间，那瘦瘦的孩子已经跑过前院，消失在"二龙戏珠"的大影壁背后了。孩子跑进花草飘香的中院，噔、噔、噔地跨上石阶，直奔迎面的大屋。当他弯着身子跨过那一尺高的门槛，进入窗明几净的中间穿堂，不由自主地放轻了脚步。他顺着一排乌亮的紫檀木太师椅，踮着脚尖，一步一步朝前迈，直到穿过全屋出了后门，才嘘了口气，准备拔腿再跑。

这时，只见一个系着花边白围裙的年轻女人在廊檐下朝他招手笑道：

"大少爷，回来了！太太正等着你呢！"

大少爷立刻缩住了步，乖乖地跟着她走进一间闹哄哄、香喷喷的屋子。女佣刚打起绣花门帘，孩子刚迈进房间，几个女人的声音就同时喊了起来：

"哟，长得这么高了！"（其实他并不高。）

"哎呀，多白多胖呀！"（其实他又黑又瘦。）

"瞧，多规矩哟！"（其实他一点不规矩。）

这是太太的房间。满堂的硬木家具，都是娘家的陪嫁，质地

193

好，式样老，闪闪发光。那雕花镶贝的大铜床、嵌着椭圆形大镜的梳妆台、高大的衣橱、条桌、高几、花架都靠墙站立，当中大块的空地是一张方桌，桌上铺着专供打麻将牌用的白台布，四角紧紧地拴在桌腿上。四个衣着华丽的女人正围桌而坐，四双白白的手臂伸向那一百三十六张做工精巧的骨牌，搓得噼噼啪啪作响。

与这套古色古香的家具不协调的，是窗下的一张西式美人榻。一个长脸长牙的女人，叼着烟卷儿，斜靠在榻上，五人打麻将，四人上场，一人"做梦"，此时，这位太太正在"梦"中。见了孩子，她稍微抬起身子，伸着胳膊示意，孩子忙走了过去，规规矩矩叫了一声：

"妈！"

这一声叫，太太顿时笑逐颜开，伸手把他揽在怀里，用戴着碧绿的翡翠戒指的长手指抚着他的头，在众人面前不无骄傲地笑道：

"瞧，我这亲儿子！"

其实，并非亲儿子。这位杨府的大太太不能生养，虽然常以"不能生养是前世修来的福气"夸耀于人前，背后却遍求名医，烧香念佛，但求一子。可惜无济于事，到了四十岁仍不见动静。老爷畏惧太太娘家的权势，从不敢提及此事。然而，纵然娘家有钱有势，也替不了姑太太的肚子。"不孝有三，无后为大"。抱一个孩子吧，怕长大成人之后不服管；过继一个吧，又怕亲戚们侵占家产。万不得已，太太只得应允老爷再娶一位如夫人，以延续杨家宗祧。

唯一的条件是：这位小夫人必须由太太亲自挑选择定。于是，娘家的亲戚们四面出动，各处探寻。城里的姑娘怕太刁；乡里的姑娘怕太笨；挑来选去，最后在姑苏一带的小镇上物色到一个贫困潦倒的穷教书匠张家的女儿。女孩子识得几个字，针线女红都来得，相貌又姣好。因为穷，姑娘十分听话懂事，脾气也温柔和顺。太太亲自去察看了，确实中意，就给了钱，半买半娶地带了家来，摆酒请客，正式称作杨家的人了。这张家的女儿低头进入大宅门，自然是俯首帖耳，事事任凭太太做主。

杨家的这位老爷已到了不惑之年，因曾留学东洋，满肚子中西合璧的学问见解，并不十分腐朽。他不但精于商务洋行，也颇识诗书古训。他时而着长袍马褂，时而着西服皮鞋。他既能长跪于祖宗牌位前三拜九叩；又能吃生鱼片，喝白兰地。在这座杨家宅子里，除了中式客厅之外，他特备了一个西式小客厅，专待一些崇尚西洋风气的宾朋。他的名字叫杨继宗，字颂尧。在日本留学时，他的名片上印着"杨开明"三个字。

对于自己这位娇小秀美的如夫人，他表面上淡淡的，实际上爱如珍宝。他曾在夜深人静时反复对她说："这是前世的缘分。"等第二年她真为他生了一个儿子之后，这情分就渐渐地显露出来。张家女儿的穿戴一如大太太不说，又因大太太日夜尽卧烟榻，除打麻将玩乐吃喝之外百事懒管，家中的财权也就渐渐地落在大少爷的亲娘——张家女儿的手里。不过，名分上头是差不得的。少爷管大太太叫"妈"，管姨太太叫"姨娘"。少爷满百天的相片上，是大太太坐正中把穿着开裆裤的孩子脸儿朝前抱在怀里的。

复杂的环境，易于锻炼人的思维。这位聪明的大少爷，从记事起就闹明白了这三角的关系。小小年纪，左右逢源，而他感情上最依恋的却是他的胖奶妈。

这位夫死子亡的胖女人，凭着良善的本性和孤苦无依的寂寞，竟把杨家大少爷当成自己的命根子，直到孩子五岁，还是背着抱着，晚上吮着奶入睡。如今孩子七岁了，她自己也因奉命吃喝过量而体重猛增，行动缓慢，但她仍像一条忠实的狗一样，整天汗流浃背地追随在他左右。

一转眼工夫，她也急急忙忙地跟进了屋，十分恭谦地弯腰站在门边，等候太太的问话。她知道，每次带大少爷出门回来，照例少不了这一关，特别是在客人、亲眷多的时候。

果然，太太发话了：

"他在外头吃东西了吗？"

"没有。遵您的吩咐，外头东西不干净。"

"哼，他未必那么听你的！"太太冷冷一笑，更露出黝黑的长牙。

"回太太，今儿少爷可听话了。"

大少爷也插话了：

"我想吃刨冰，奶妈不给买。"

"我的乖儿，那什么冰呀冷的，吃不得，伤胃。"太太皱起了弯弯的细眉，又扭头对客人们抱怨说："你们是不知道呀，为我这儿子，我可真是操碎了心。"

"您真好福气，老爷博学多才，少爷赶明儿还得出人头地！"

"龙生龙，凤生凤嘛……"

太太在一片赞叹声中得到了满足。

这时，一个年轻的男佣悄悄走进门，侧身在美人榻旁垂首侍立，欲言又止的样子。

"什么事呀？"太太问了一句，眼皮都没抬。

男佣忙躬身笑道：

"回太太，前边来了客人，老爷请大少爷去见见。"

"瞧瞧，还拿他当个人使呢！"太太极为得意地叹了口气，下令说："奶妈，给他洗洗脸，别叫人看见像个泥猴儿似的。"

奶妈忙连声答应着，把这位"展览"完了的大少爷领了出去。

西式小客厅陈设雅致，一切都仿照外国的规矩。高背的沙发在屋中央摆成月牙儿形，上面是绣工精巧的黄缎子靠垫。墙上挂着西洋油画；自鸣钟正叮当作响，从那镀金铜架里边蹦出一只报时的小鸟。一架质地上等的钢琴斜立在房间的一角，上边摆着个银制的帆船模型。一个洋式玻璃柜上摆满了各式外国名酒，柜里是全套的西洋瓷器：咖啡用具之间杂以小爱神瓷像之类。室内只有地上的两个大瓷花盆是中国青花瓷的，当然，里边齐人高的棕榈树和万年青亦是国产货。

杨开明身着白色西服，跷着腿斜靠在迎门靠边的一张小沙发上，体态清瘦，十分潇洒。两位客人，年老的一位，面目清癯，长长的白胡子，飘洒在蓝色的绸夹袍上，别有一种风度。年轻的一位，矮胖敦实、油光光的脸上笑容可掬，身穿质地上好、但并不合身的西服，再配以五颜六色的领带，更显得有些儿土包子开洋荤的劲儿。两人面前是两杯冒着热气的咖啡。杨开明手上端着一个大玻璃杯，杯中是少许威士忌酒。

一见杨家大少爷大大方方跨进门来，那年轻的一位忙欠身含笑道：

"公子这一身，好气派！"

那年老的一位，也上下打量着孩子，一手抚着胡须，点头称赞，说道：

"子承父业嘛！这一打扮起来，像东洋孩子一样！"

夸了一番孩子之后，那年长的客人微微一笑，问做父亲的：

"不知令郎是进哪一所学堂？"

"那还用问，一定是洋学堂了。"年轻的那位说。

"现在吗，暂且不打算让他进学堂。先请老先生在家教他点古文。"杨开明谦逊地答道。

"好！好！"年长的客人不住地捋须点头，"读点诗书，打好底子，这很重要，很重要！"

杨开明微笑着说：

"正好，请晋公考考他吧！"

"不敢，不敢！学了些什么呀？《论语》想必念了吧？"

"念了。"杨家大少爷痛痛快快地回答。

"了不得，了不得！"那矮胖的客人用短短的胖手指敲着椅把，哈哈笑着。

"会对对子吗？"老的又问了。

这孩子忽然眯起小眼睛，不屑地一笑，童声稚气地答道：

"不就是'天'对'地'，'上'对'下'，'风'对'雨'，'南'对'北'，'高山'对'流水'吗？"

"好，好，不用考了，不用考了！"被称作晋老的高声叫好，点头弯腰，五体投地的样子。

孩子觉得完成了任务了，他几步走到父亲面前说：

"爸爸，我要喝点酒！"

客人为之一震，做父亲的习以为常的样子，笑嘻嘻地问：

"丰儿，你想喝点什么呀？"

"白兰地！"孩子老练地答着。

"哎呀！了不得，了不得！"矮胖的客人大声叫着。

"这么点岁数就喝酒呀！"那年老的对此不敢恭维了。

杨开明已经站起身为儿子倒酒了。一边倒一边说：

"晋老，这也是从小培养嘛，将来，如果这孩子仕途社会，免不了交际的。"

"说得对，说得对！"矮胖的客人简直是心悦诚服。

"就怕愚子顽劣，将来成不了才。"

"哪里，哪里，青出于蓝胜于蓝，青出于蓝胜于蓝哟！"晋老连连地捧场。

那孩子不管大人的议论，旁若无人地只管接过高脚酒杯，像喝白开水似的，几口就把小半杯白兰地灌了下去。客人们又啧啧地称赞不已。这时，父亲才把手一挥，下令说：

"好了。乖乖跟先生念书去！"

这孩子一溜烟跑了出来。他可没去念书，急急忙忙回自己的卧房拿起一杆气枪就跑进了后院。

后院是个大花园。树上枝头不时有小鸟跳跃，叽叽鸣叫。他躲在假山石后，瞄准吵闹的枝头，嘣地开了一枪。只听扑棱棱一阵乱响，鸟雀四处飞去，树枝儿摇晃了一下，什么也没打着。他生气了，嘣、嘣、嘣又朝天乱放了几枪。大少爷拿着枪穿过浓荫，跳过花坛，直跑到东边角上。忽然发现，一只黑色的大兔子正呆呆地蹲在那里，一动也不动。他盯了一刹那，抬手就是一枪。只听得吱的一声，兔子跃起翻滚了一下，又跌倒了。

孩子的心嘣嘣乱跳。

这是一九二二年。这一年，中国共产党才一岁。出身于买办资产阶级和封建地主阶级的杨家大少爷，同这个"穷棒子党"，可以说是绝无关系的。他不可能料想到，多少年以后，他的命运会同中国共产党那样紧密地连在一起。

三　我跟莎士比亚无亲无故

又有两位客人光临。

一位是专攻英国文学的陈中雅教授。他早年谢顶，如今六十开外，脑袋更是光溜溜的。但他却是一身年轻人的打扮，鼻上架着一副金边眼镜，上身是一件时兴的意大利秋装，下身是一条灯芯绒紧腿裤子，脚上是一双厚底旅游鞋。那光光的脑袋，那明亮的镜片，那上装闪闪的金属扣子，使他通体发光，不同凡响。

另一位倒真是个年轻人。说年轻，也有四十一二了。他名叫赵逊，是个很有活动能力的文学编辑。为人热心，笔头子也快，在报纸上辟有一个颇受注意的栏目，专门撰写文化名人趣闻轶事和名著版本之类的札记。他身着一套廉价的化纤西服，脖子上还系着一条金龙领带，看上去时髦中透出寒酸。

这时，赵逊屈身在杨子丰一侧，完全以一种晚辈的口吻说：

"杨老，您什么时间有空，我想请教您几个问题。主要是想谈谈您的治学经验。"

杨子丰刚又斟满了酒，回身在大沙发一头坐定。他跷着二郎腿，一手拿着酒杯，一手抚着膝盖，笑嘻嘻地说：

"我有什么治学经验？不过是学而习之，胡乱地翻点书，胡乱地拼凑两篇文章，胡乱地找个地方发表。"

"杨老过谦了。"赵逊笑道，"您学贯中西，这是大家都知道的。前些日子，我在一个朋友家，还看到四十年代您在重庆出版的一本书，是关于中国戏剧史方面的论著，我真钦佩您的博学。"

杨子丰不笑了，腿也不晃了，眯起眼问道：

"四十年代我在重庆出的？中国戏剧史方面的书？"

"对呀！"赵逊忙说，"'群益'的版本，土纸印的。"

"不记得了，大概是有这么本书吧！"杨子丰淡然地应了一句。

"所以，我很想了解一下，你涉及面那么广，又研究莎士比亚，又搞翻译，又写诗，又精通历史，您是怎么研究学问的？"

赵逊还是抓住不放。

"胡乱研究嘛！"杨子丰又喝起酒来。

陈中雅正和田惠中小声说话，这时大声插进话来：

"'胡乱'二字，就是学问。"

"假如我也算有学问的人，或者叫学者，那么中国有学问的人就遍地都是了。"杨子丰又晃着腿，滔滔不绝起来，"我写过两篇有关莎士比亚的文章，其中有一篇还算有点新意；另一篇是东抄西抄、七拼八凑起来的，居然就被称为'莎翁专家'！中国人别的本事没有，捧场是拿手的好戏。我赌咒发誓说是抄的，人家就说你抄得好，抄得妙，换了别人，哪抄得出这样的水平！你说，有什么办法？"说到这里，他冷冷地一笑。

赵逊只得陪着笑了两声。

"我写过一些破诗，出过一本诗集，卖了一千本。当然，这个发行量在四十年代也不算很少。不过，其中至少有四百本是我自己掏腰包买下的，那时候我有两个钱。于是，我又被戴上诗人的桂冠。其实，从那以后，我一首诗也没写过。我是个四十年没写诗的诗人。"

田惠中笑道：

"子丰现在是专攻打油诗。"

"打油诗嘛，那是人人都会写的。耳之所闻，目之所见，肤之所受，心之所感，于是乎，打油诗就出来了。我最有名的打油诗代表作是在干校写的，题目叫《冬夜上厕感怀》，是首五言绝句。"

罗云青忙中断同章淑娴的耳语，摆手说：

"算了，算了，子丰，别出洋相了！"

"有女士们在场，这诗吟起来不太方便。"杨子丰笑道，"然而，风雅如林黛玉者，也不免要上厕所，只是曹雪芹思想不解放未敢涉及，咱们又何必忌讳呢！"

"愿洗耳恭听！"陈中雅叫道。

其实，陈中雅即便不愿洗耳恭听，杨子丰也还是要吟的。他虽然六十有七，却仍然十分任性，他想说的话非说不可，他想干的事谁也拦不住。这时，他摇头晃脑，拉长声吟道：

> 大风吹屁股，
> 冷气入肛门，
> 板斜尿流激，
> 坑深屎落池。

众人哈哈大笑，女士们也笑得前仰后合，只有杨子丰正襟危坐，笑而不露。

"我这是典型的现实主义作品。"他说，"写的是我的切身感受。要不是深入到干校的生活中去，而是整天坐在大楼里同抽水马桶打交道，哪里写得出这样有真情实感、有生活气息的好诗！"

赵逊见杨子丰兴致挺好，又来问他是怎么开始研究莎士比亚的。

"怎么开始的？那完全是偶然的。我对莎士比亚本来一无所知，也毫无兴趣。他是十六世纪的英国人，我是二十世纪的中国人，我跟他非亲非故，我研究他干吗？他是个戏剧家，其实，这也是他死后人家恭维他的话。生前，他可没有这份荣耀。他是个缺少表演才能的戏子，后来改编别人的剧本，被伦敦戏剧界的雅士们攻击为偷窃'孔雀的羽毛'来装饰自己的'老粗'。我呢？我又是何许人？小时候我是个花花公子，吃喝玩乐之余，喜欢打枪，梦想当总司令。长大参加'一二·九'，想救国救民。后来，很偶然地到了伦敦，当了留学生；很偶然地在牛津大学图书馆里看到莎士比亚的第一部戏剧集；又很偶然地听到老师讲莎士比亚早期的作品充满了'学校剧'的传统，就是说由学校师生创作和演出的戏剧。牛津大学就曾经演过《哈姆雷特》。于是，我很偶然地想到，我也是牛津的学生，也义不容辞地应该拜读拜读他的作品。这就是我研究莎士比亚的起因。"

"杨老，您真会开玩笑。"赵逊搭讪着。

"哪里是开玩笑啊，真是这么回事。"杨子丰正经八百地说，"莎士比亚可研究可不研究。你研究他干什么？俄国人喜欢从社会学的角度去研究他，说来说去无非想说明莎士比亚是伊丽莎白王朝危机的产物。这当然很正确。因为正确，就没有必要再死乞白赖地研究了。英国人研究莎士比亚，最热门的题目，是否认莎士比亚的戏剧出自莎士比亚之手。这未免荒唐。因为荒唐，又何必没完没了地去研究？美国人研究莎士比亚喜欢挖掘新意。去年我参加一个戏剧节，就看了美国三台不同的《哈姆雷特》。有一台，帷幕拉开，舞台上出现的不是丹麦古堡，而是奥菲利亚的葬礼，整个情节全打乱了，完全按照所谓哈姆雷特的意识流动，一会儿流到这儿，一会儿流到那儿，颠来倒去，让观众摸不着门。还有一台，干脆把丹麦国王改成南非独裁者，让奥菲利亚穿上超短裙大跳摇摆舞。莎老头儿地下有知，非再气死一回不可！"

杨子丰自顾自地侃侃而谈。除了那些奇闻趣事还能招来几只耳朵，其余的就没什么听众了。只有赵逊出于礼貌或写作的需要，还在听或做出听着的样子。

"子丰，你别说了好不好！"罗云青又一次中断同女主人的耳语，插进话来，"你不知道你有多讨厌，就听见你一个人说话，你为什么不让别人说呢？"

"各说各的嘛！"杨子丰毫不在意。

"没有人听你的。"罗云青又泼了一瓢凉水。

"我不怕你打击。"杨子丰又呷了一口酒，"一个人想说话，你不让他说，他也得说；一个人不想说话，你让他说，他也不会说。我现在就处在想说话的状态，拦也拦不住。"

"说，说，今天在我这里，一定让你说够！"田惠中好像一直都在认真聆听的样子。

"我说到哪儿啦？哦，你刚才提到中国戏剧史，其实，我那些文章，是起哄起出来的，是抬杠抬出来的。我哪里研究过什么戏剧史？那年，我在北碚教书，住在乡下，晚上没有电灯，什么事也干不了。我和几个朋友，天天晚上坐在黄桷树下摆龙门阵。其中有几个朋友是搞戏的。有一位说，中国戏剧起源于古代的巫觋，他的根据是王国维的《宋元戏曲考》。有一位则认为，《史记》上记载，春秋时优孟扮成孙叔敖同楚庄王相问答，是中国戏剧的开始。我本来没有什么固定的看法，偏要跟他们抬杠，就说中国戏剧传自西域。这当然也并非毫无根据。自从丝绸之路开辟之后，西域的歌舞流入中国，对中国戏剧的发展，不可能没有影响。我们天天晚上抬杠，后来被好事的编辑知道了，约我们分别著书立说，就出了你说的那本书。惭愧，惭愧！"

赵逊听得很认真，甚至脑子里已经闪出一个题目：《龙门阵中的学术著作》。

杨子丰却戛然而止。

田惠中站起来说：

"子丰在我们这一辈人里，是佼佼者。他的特点是，专和博兼而有之。"

"我的特点是浅尝辄止，虚有其名，什么都想搞，什么都没搞好。搞了一些半吊子的学问，留下了一大堆未了的心愿。"

杨子丰眼皮耷拉下去，颇有些抱恨终天的样子。不过，只一眨眼工夫，他又举起酒杯，兴致勃勃地说：

"唯有一样，我是锲而不舍，一专到底的，那就是喝酒。由酒徒，而酒鬼，而酒仙，连升三级。如果将来政策再放宽一点，允许成立中国饮酒协会，你们选举我当会长，我是绝不会推辞的。"

龙门阵还在无边地摆着。真真已经几次过来探问可不可以开饭了，田惠中却说等等密丝林。这时，门铃响了，真真跑去开门，顿时传来一个娇滴滴的女人的声音：

"真对不起，我——来晚了。"

一屋子人，除了杨子丰稳稳地坐着，都挪动了一下身子，做出准备欢迎的架势。田惠中叫了一声："密丝林来了！"第一个迎出门外。

只见一位头发染得乌黑，面颊细嫩、身段灵活、穿着入时的老太太，快步出现在门前。她伫立在门口，并不解衣，也不进屋，却向屋里的人连连颔首微笑。那神情，好像她不是站在一间小屋的门口，而是站在一个大舞台上；不是面对几位老朋友，而是面对成百上千倾倒在她脚下的观众。

"我这个人，真该打，"密丝林说，"让这么多人等我。不过，我想，你们不会怪我，因为我的过失是可以弥补的。你们看，我把谁请来了！"

说着，密丝林像献宝似的把身子一闪跳在一边，腾出门口那一小块空地。一位身高体胖、气宇轩昂的长者出现在门口。

"黄老，欢迎，欢迎！"田惠中首先叫了起来。

满屋的人都站了起来，连杨子丰也慢慢地离开了座位。黄老站立不动，由密丝林和田惠中帮他脱下大衣，只用很洪亮的声音问道：

"屋里都是谁呀？"

田惠中赶紧上前答道：

"子丰、中雅、云青，还有……"

黄老脸上毫无表情。他虽然身体健壮，无奈耳朵已经听不见什么，眼睛也几近失明了。他只是习惯地点点头，算是打招呼。然后就由田惠中和密丝林搀扶着走进屋内，在离门最近的一个小沙发上坐下。沙发矮了些，他坐下去觉得不大对劲，又低下头去，把鼻子凑着沙发扶手看了两个来回，才慢慢地抬起头来问：

"是人造革的吧！"

"是。黄老，还敢喝点酒吗？"章淑娴挤过来弯腰笑问道。

这回，黄老听见了，说：

"喝呀。"

田惠中已经转身从酒柜里拿出了杯子，又问：

"您喝点什么？"

"我不懂你那些洋规矩，什么饭前要喝开胃酒。就给我一点白葡萄酒吧！"

这时，密丝林已经脱下大衣，露出里边那件红色对襟丝绒小袄和雪白的开司米挑花披肩，更显得婀娜多姿。她也要了一小杯葡萄酒，呷了一口说：

"你们简直不能想象，黄老的晚景多么悲凉。我去看他的时候，他正一个人坐在藤椅上，手上拿张报，可他没有看呀，他看不见。屋里录音机放着音乐，他也听不见。他就那么呆呆地坐着，他外甥女说，他一坐就是半天。多么可怜的老人啊！"

听密丝林一说，大家再看黄老，不由得心头一紧。果然，黄老呆呆地坐着，什么也没看见，什么也没听见。

在一片沉寂中，黄老忽然大声问道：

"今天请吃什么？"

四　救亡青年

古老的蒸汽机车，拉着一列晚点的客车，在平津线上咕隆咕隆地行走。

这是一九三五年十二月九日，一个异常寒冷的早晨。

头等车厢的包房里冷冷清清，只在靠窗口的位置上坐着一位神情抑郁的富家子弟。他穿一件藏青色隐条细呢面的衬绒夹长袍，下面露出裤缝笔挺的西服裤子，脚上是一双直贡呢兔耳大棉鞋，胸前佩戴着"清华大学"的校徽。身旁的衣帽钩上还搭着一条长长的围巾。

这就是杨家大少爷杨子丰。光阴荏苒，杨家大少爷早已由一个"东洋小孩"，变成一个由教会学校造就的"西方少年"，再变成一个由民族灾难孕育出来的"救亡青年"。

他是富有的，也是贫穷的。

他有两个"母亲"，却又似乎连一个母亲也没有。把他叫作"亲儿子"的太太早已瘫痪在床，只需要烟灯陪伴她安度晚年，其他就什么也不需要了。生身之母"姨娘"接替了太太的位置。她德容兼备，工于筹划，善于周旋，早已成了杨开明先生不可缺少的贤内助。偌大一个杨宅，全在她指挥调度之下。事无巨细，都需要她安排。对于大少爷，她委实照顾不到。何况这时，她又为杨家生育了子盛、子昌两位小少爷。

他的国家地大物博，却又千疮百孔；历史悠久，却又处于危难存亡之际。东三省已落入日寇魔掌之中,"华北特殊化"闹得正凶,"何梅协定"无异于助桀为虐,殷汝耕公开投敌,冀东成立了"防共自治政府"……国难日深,清华园不再是平静的书斋,抗日救亡运动席卷北平的大中学校。国文系一年级新生杨子丰热血沸腾了。

就在这时,"姨娘"来了两份电报。召他回家为杨开明先生六十诞辰祝寿。

国家将亡,还做什么六十大寿?!他不愿意回去。但在接到"姨娘"第二封加急电报后,他还是回去了。

结果,祝寿是假,训子是真。

"有人告诉我,你在北平很不守本分。"杨开明在他的西式小客厅召见长子。他原来丰腴的脸显得有些苍老,原来精干的体态也显得臃肿了。

杨子丰低头不语。

"还有人告诉我,你整天同共产党学生混在一起……"

杨子丰这才回了一句话:

"我不知道谁是共产党。"

"你不知道?"父亲狠狠地说,"我知道!有人看到一张共党分子名单,里边就有你!"

杨家大少爷笑了起来,问道:

"您真相信我是共产党?"

杨开明仰靠在沙发上,叹了口气说:

"这,我倒不信。共产党要共我的家产,我的儿子怎么会当共产党?"

在杨子丰眼里,父亲是位开明的实业家,不同于一般醉生梦死的商人。父亲主张振兴实业,也有实行民主政治的要求,是可以争取到抗日统一战线里来的。他把国难当头、团结抗日的大道理讲了一番，不料父亲不为所动，反而不以为然地说道：

"抗日不抗日，这是政府的事情。你们当学生不好好念书，整天开会喊口号，只会授人以柄！"

杨子丰正要反驳，父亲已经走到酒柜前倒了两杯酒，一杯自己拿着，一杯递给儿子，说：

"再说，真要抗日，谈何容易？没有飞机大炮能抗日吗？！所以，我认为当务之急，还是实业救国。等我们的工业发展、国家富强了，日本人不攻自退。"

听到这里，杨子丰把酒杯搁在茶几上，急切地说：

"爸爸，日本鬼子已经打到家门口，你还在做'实业救国'的梦？华北这么大，已经没有一个放书桌的地方，哪里还能让你的工厂冒烟？"

杨开明好像没听见，只把酒一饮而尽。

"反正你们这么闹后果不堪设想！你们闹得越厉害，日本人越容易找到借口，一不小心就会燃起华北的大火。"

父子展开了激烈的论战。杨家大少爷从小就是个不受拘束的孩子，能言善辩，现在参加了抗日救亡运动，新道理更是成本大套，杨开明哪是他的对手！

父子俩声音越来越高，直到杨开明叭地摔碎了酒杯，男仆见事不好，忙把新太太请了来。

"开明，你这是干什么？这两天正头晕，医生不是说了，叫你千万不能动气吗？""姨娘"给杨开明抚着胸脯，回头又对儿子说："别只管傻站着啦！还不吩咐他们，给你爹沏碗热茶来！"

自然是没等大少爷去吩咐，男仆早已把热茶端了来。杨开明喝了几口热茶，定了定神，推开了"姨娘"的手，直眼望着儿子叹气。"姨娘"见这光景，忙说：

"丰儿，你坐下，听你爹的话！"

杨子丰只好坐了下来。

"国难当头，民族危亡之际，你有这些激进的想法，我也不以为怪。"杨开明放下茶杯，郑重其事地说，"老实讲，我对局势看得清清楚楚。司马昭之心，路人皆知。日本人侵吞满洲，染指华北，下一步的野心是并吞整个中国，大灾大难啊！"

看到儿子瞪起眼睛，似有反驳的意思。他一摆手止住，自己仍说下去：

"我不是亡国论者。中华民族是不会亡的。只不过要遭一场大劫难罢了。念书，是念不下去了。丰儿，我已经和汇丰银行的哈里曼先生讲妥，送你到英国留学去。待你学成归国，中国的局面就不会是这样了。到那个时候，你就可以干一番大事业了。"

国难临头，匹夫有责，作为一个爱国青年，岂可远走异地，寄身海外？可他见父亲已是面色苍白，气喘吁吁，不想多说，只说了一句：

"我再想想吧！"

他什么也没想；或者说，他已想得很周到了。几天后，杨子丰不辞而别，重返北平。

此刻，他凝视着车窗外飞快掠过的田野，心里仍不能平静。多么宁静的早晨，多么宁静的原野！贫瘠的土地被薄雪覆盖，显得庄严美丽。柔弱的晨光刚刚从灰色的天空中散开来，给人以希望的遐想。村舍仍在酣睡之中，只有一两户茅屋升起淡淡的炊烟。一个农妇牵着小孩赶早出门，走在黄土的小道上。一个老农背着荆筐在路边拾粪。一条忠实的黄狗站在家门口望着驰去的火车。逼近的战火暂时还没有波及这些穷乡僻壤。但是，隆隆的炮声已经不远了。

"醒来吧，华北！"他想起往日开会时常说的这类话，更感到自己负有一种责任，也更后悔在这紧要关头跑回去为父亲祝寿。他默默一忖，离开北平四天了。这四天里，救亡运动有什么发展，清华园里有什么变化？他恨不能马上赶回学校。

列车终于喘息着抵达前门车站。杨子丰围上围巾，提着一个棕色的小皮箱，快步走出站台。街上静悄悄的，他坐上一辆人力车，去清华园。

坐在车上，杨子丰才觉得街上的气氛不对头，越看越不对头。前门大街、长安街上，保安警察林立。三三两两的青年学生在胡同口张望。有些电线杆上已经贴出红红绿绿的标语。市民们用惊恐的目光去迎接这不平常的早晨，连车夫也几次回过头来，黑瘦的脸上满是讯问和惊疑。

新华门前更是警卫森严。几天前，几个日本浪人和汉奸，邀集一群地痞流氓，在这里"请愿"，高呼"中日提携"等汉奸口号，受到国民党军事委员会北平分会代理委员长何应钦的接见。同学们义愤填膺，早就在酝酿，要发起一次大规模的请愿，表明华北青年的意志。

莫非这次请愿就在今天？

杨子丰催促车夫快跑。他要赶回清华园去，参加自己的队伍。车子拉到新街口，还没有出西直门，就听见街上行人议论纷纷：

"关城门了，出不去了！"

"为什么？"

"说是学生要冲进城请愿！"

杨子丰跳下车，快步来到西直门脸儿。那里果然是大门紧闭，军警把守。挑担的，驾车的，赶路的，统统拦在铁丝网外，不得靠近城门。杨子丰只好转身往回走。请愿，肯定是在新华门前，何不赶到新华门去呢？他寻找那车夫，早已不见踪影。只得自己步行朝前走去。

走到劈柴胡同，杨子丰看到了东北大学的请愿队伍。这些流亡关内的子弟。高唱"九一八，九一八，从那个悲惨的时候……"挽臂而行，吸引了路旁许多城区同学和市民。杨子丰只觉得热血沸腾，迈步挤进了这个悲壮的队伍，唱起救亡歌曲。

西四牌楼下，把守着几百名全副武装的警察和士兵。

"中国人不打中国人！"

"欢迎抗日的军警！"

学生们呼喊着口号。但是，军警已经排成纵队，拦住了学生们的去路。

"冲啊！"学生们喊着，手挽手开始了冲锋。

皮鞭、警棍、钢刀。呼喊、跌倒、流血。队伍冲过封锁线，带着累累伤痕，来到新华门。这里，早先洞开的大门也关闭了。军警之外，又排列着架有机枪的摩托车。何应钦拒绝接见请愿代表。他早已闻风而避，躲进西山去了。

广场上聚集着数千名学生。交通中断，群情沸腾。优秀的中华儿女终于冲破了"救国有罪""抗日犯法"的铁网，喊出了积郁在心底的吼声：

"武装保卫华北！"

"打倒日本帝国主义！"

浩浩荡荡的游行示威开始了。

五 群贤会？群魔会？

"请入席吧！"

女主人在厨房和临时拆掉床铺改成"餐厅"的儿子卧室之间奔跑了一阵，终于站在会客室门前，发出诱人的邀请。

一行人各自拿着酒杯，以黄老为首，鱼贯进入"餐厅"。走在最后的是杨子丰。他一边走，一边审视着酒柜上那些花花绿绿的瓶子，到了近前，从中挑了一瓶泸州特曲抱在怀里。

照例候在门边的男主人拍着他的肩膀笑道：

"子丰，今天特备'加饭'一坛，顶好的绍兴名酒，鲁迅先生赞不绝口的。"

"我这个人不迷信，鲁老夫子说好，未必我就要说好。"杨子丰晃了晃手上的特曲，说，"我还是喜欢这个。"

陈中雅也回身说道：

"还是特曲别有风味。"

"餐厅"正在安席让座。黄老首席，这是理所当然的。下边该谁坐呢？女主人请密丝林坐在黄老的右首，密丝林连连笑着摆手：

"不行，不行，我怎么能坐那儿呀！"

"哎，坐，坐，"田惠中挤进来叫道，"密丝林，你是我们的明星，又是远客，你不坐谁坐！"

田惠中的叫嚷，连黄老也听见了，就说：

"坐吧，你招呼我，离我近点好。我现在吃饭也要助手了。"

密丝林这才侧身坐下，嘴里连说"恭敬不如从命"。她刚刚坐下，杨子丰就一个箭步跨上前去，抢先在她身旁坐下说：

"这个位置是我的。四十年前，我第一次有幸同密丝林同桌共席，就想挨着她坐。可惜，迟了一步，被惠中捷足先登。今天我一定要如愿以偿。"

"别瞎说！"密丝林拿一方手绢捂着嘴笑道，"我怎么不记得了？四十年前，我们好像没有在一起吃过饭。"

"他胡诌呢。"田惠中说。

赵逊刚刚坐下，心里马上活动开了：这能成为一篇札记的开头吗？只听罗云青还在连笑带骂地说：

"密丝林，你千万别把他的话当真。他越老越放肆，整天瞎编乱说。别说四十年前的一顿饭，四年前的一顿饭他也不可能记得那么清呀！……"

"也可能有这回事；也可能只是我的一种幻觉，根本没有这回事。"杨子丰一副超凡脱俗的样子，接着说他的，"不过，这都无关紧要。重要的是，幻觉有时候非常逼真。四十年前，就因为没能挨着密丝林坐在一起吃饭，而感到深深遗憾。我甚至受到良心的谴责——当然，我刚才说过，可能没有这回事，只是幻觉。我觉得，我有那么一刹那的工夫，对我的爱妻在感情上不那么忠实。不过，我不是今天才坦白的，四十年前就坦白了。云青，你可以作证。"

"别丢人现眼了。"罗云青拿眼瞪他。

"当然，也不排斥，我是在幻觉中坦白的……"杨子丰晃动着灵巧的身子，十分得意，四周闹哄哄的声音对他毫无影响。

赵逊句句听得清清楚楚，只好在心里放弃这篇札记了。

主人尚未祝酒，客人不便动箸。一桌子人都只得听着杨子丰谈他的幻觉以及他在幻觉中曾经有过的坦白。而杨子丰的话匣子一打开就收不住。好不容易等他告一段落，田惠中举着杯子站起来，想说些什么，还没说出来，黄老的声音却响在他前边了：

"给我夹点菜呀，密丝林！"

密丝林站起来，端过黄老面前的小盘子，指着一盘白切鸡说：

"鸡，咬得动吗？"

"行。"

"鸭子要不要？"

"要。"

"松花呢？松花胆固醇可高呀！"

"快八十岁的人，还怕什么胆固醇哟！"

"那，花生米呢，嚼得动吗？"

"给几颗，慢慢嚼。"

密丝林把满满一盘子凉菜放在黄老面前。黄老旁若无人，撷起一块酱鸭，就大嚼特嚼起来。

田惠中一看这局面，只好改变主意，先不敬酒了。他用筷子点了点满桌的凉菜说：

"吃，吃吧！"

女主人和女客人们互相撷起菜来。

黄老吃完一块酱鸭，慢慢说道：

"人老了，特别的馋。我自己都感到害羞，怎么会变成一个馋嘴老头儿了。七四年，我还关在秦城监狱，蒙专案组开恩，允许家属探亲。我孙女儿来看我，买了一盒酥八件和几个橘子。我像从饿牢里放出来的一样，抓过点心就往嘴里塞，吃得身上、地下都是渣儿；又掰开橘子啃，啃得脸上、身上都是汁儿。我的孙女儿瞪着眼望着我，好像不认识我这个爷爷了。她一定在想，爷爷怎么会变成这样了？我自己也是一边吃一边流泪。我也在想，我怎么变成这样了？"

黄老不动声色，听的人心都酸了。密丝林眼泪汪汪，直拿小手绢擦眼角。赵逊则把这情节在心中默念。这可是一篇很好的札记啊！

"这几年，好一点，可还是馋。"黄老接着说，"人这部机器，各种零部件的老化参差不齐。有的老化得早，有的老化得晚。拿我来说，耳先聋了，眼先花了，脑子也不行了，记不起事来。刚才惠中说到子丰，我就想不起是谁。后来他跟密丝林说话，我才想起杨子丰，留英学生，莎翁专家。你看看，我这个记性！四十年前，我们在重庆还是很有些交往的。"

"你是我们的领导。"杨子丰说，"虽然那时候我还不是党员，而且我还要补充一句，至今我仍然不是党员。"

"不是领导，是朋友，共事的朋友。"黄老脸上泛起了一丝笑意，"或者，可以说是党与非党的联盟。"

"黄老，您耳不聋啊！"陈中雅嚼着一块鸡骨头说，"子丰说的，您都听见了。"

黄老笑了一笑，吃了块松花，才说道：

"一般的话，听不见了。专心去听，或者感觉到你们的话同我有点关系，就能听见一句半句的。所以，我劝你们对于聋子要提高警惕，不要因为他耳聋就说他的坏话。"

众人一笑。

"我刚才说什么了？"黄老又说，"这也是老年健忘症。说着说着，就开了无轨电车，不知说了些什么，也不知道原来要说什么！"

密丝林凑在黄老耳边大声说：

"你刚才讲，人老了嘴馋，机器零件……"

"喔，喔，"黄老点头说，"是这个意思。耳聋眼花，记忆力衰退。可是，消化功能特别的好，牙齿也还行，这架机器就光剩下能吃了，假如脑子也像肠胃那么好使，那就好了。"

"胃口好就是您的福气呀！"陈中雅自己正搛了块鸡肉，忙着安慰老人。

"黄老，我不敢赞同您的意见。"杨子丰说，"脑子好使管什么用？越好使越烦恼。记忆力衰退才好呢，最好是什么也记不起来，一片空白。"

黄老听不见了，专心地对付一只鸡翅膀。

田惠中抓紧时机，笑眯眯地举杯祝酒：

"来，来，今天各位光临寒舍，蓬荜增辉。我代表我自己，也代表我美丽的夫人……"

"去，去，去！"章淑娴扬着手，那样子像轰一只苍蝇。

田惠中视而不见，还接着说他的：

"……还代表我全家，对各位表示感谢。特别要感谢尊敬的黄老，在百忙中来参加我们这个小小的家宴……"

"外交辞令，不必了。"黄老还在费力地对付鸡翅膀。

"……再就是，我们美丽的密丝林远道而来。今天，也是为她洗尘……"

"什么密丝林，都老太太了。"密丝林又笑又摇头，不住地用小手绢捂着嘴和下颏。

"你不要听他的甜言蜜语。"杨子丰叫道，"他哪里是替你洗尘，是洗他自己的酒瘾呢，不过拿你做个幌子。"

这时，田惠中却把酒杯伸过来，举到杨子丰的面前说：

"当然，还有子丰，我们是好朋友，'一二·九'的时候就是好朋友。如今快半个世纪了，我们是老朋友……"

"酒友，酒友！"杨子丰也举了举杯。

"再就是中雅，"田惠中转向陈中雅，"中雅最近入党，老年入党，可喜可贺。"

陈中雅赶紧把嘴里的鸡骨头吐出来说：

"不敢，不敢，我还要继续努力。"

密丝林看了看坐在对面的罗云青，笑道：

"田先生，您可失礼了，您旁边还有一位女宾呢！"

"哦，哦！"田惠中赶忙把杯子举到罗云青身边，"请原谅我的失礼！我提议，为智勇双全的穆桂英干一杯！"

赵逊不知这话出自什么"典故"，悄悄地问身边的陈中雅：

"怎么又出来个穆桂英？"

杨子丰听见了，抢先答道：

"要知道为什么她叫穆桂英，首先得弄明白我为什么叫杨宗保。"

"这跟你没有关系，你别往里掺和。"田惠中笑道。

"怎么会没关系？没有杨宗保，哪有穆桂英！"

"行了，行了，你别起哄了。"罗云青又隔着桌子冲他摆手。

"喝酒就要起哄。没有人起哄，喝闷酒，没劲。"杨子丰又说开了，"我们老杨家，包括《白毛女》里的杨白劳，寻'根'可以寻到杨贵妃那里，也可以寻到杨家将那里，反正都是'木、易'杨。"

"还可以寻到杨国忠那里。"田惠中笑道。

"没错，那是我们老杨家的叛逆。"

"这个社会关系你交代了没有？"田惠中又笑道。

"交代了，'文革'当中都交代了。"杨子丰急忙转入正题，"我为什么当了杨宗保，她为什么当了穆桂英呢？这里就有一段传奇色彩的罗曼史了。'一二·九'以后，学运低潮，我跟云青谈恋爱解闷，就私订终身于清华园了，而且还租了一间房子非法同居。不料有人告密——可见打小报告之风那时也很流行。我们老太爷一听大怒，一封电报把我召回去，虽然没有'辕门斩子'，也把我锁在家里不给予自由了。过了两天，云青闻讯赶到，随身带了八只箱子的嫁妆，吹吹打打，大摇大摆进了杨家门。老太爷一看，儿媳妇都进门了，还有什么说的！其实，那八箱子的嫁妆，都是我们的书。"

"勇敢、沉着、大胆，坚贞不渝，真不愧为穆桂英！"田惠中又把杯子举了举说，"不过，我不愿意为杨宗保干杯，杨宗保实在不可爱。子丰，我说的是舞台上的杨宗保，不是说的你，你是很可爱的。"

"我可爱？你的美学观点跑哪儿去了？"

"惠中，你快点吧！"女主人拦住正要反驳的男主人。

"马上就完了。"田惠中把杯子举向赵逊说，"这里还有一位，是我们当中最年轻的人，你，是第几梯队呢？"

"恐怕是第五梯队吧！"赵逊说。

"好，为第五梯队，干！"田惠中这才把杯子搁到唇边。

"不行，不行，天下哪有你这种敬酒的！"杨子丰拦住他说，"咱们一对一地喝，你这么'一勺烩'不行！"

"有分有合嘛！"田惠中先喝下半杯"加饭"。

杨子丰的抗议，没什么人响应。大家都随着主人喝了点酒，分头搛菜，交谈。

在杯盘叩碰声中，黄老用筷子敲了敲桌面，叫道：

"大家静一静，我讲一句话——"

一屋子人都安静下来。连在厨房里轮流掌勺的八位年轻人，也都凑到门旁听黄老发表宏论：

"我有个提议，给今天这个聚会命个名。"

众人一致叫好。

"京剧有一出《群英会》，我们今天不敢自称英雄，但在座诸位都是贤人名士，真可谓'群贤毕至'。我提议，今天的聚会可名'群贤会'。"

屋里的人，屋外的人，都鼓掌赞同。

"我反对。"杨子丰眯起小眼，严肃地说，"在座诸位都是贤人、名士，这是没有疑问的，不过，我不在其列。我虽然不是恶人，但也确实不是贤人。在干校的时候，有一次到生产队去劳动，我偷吃了贫下中农的一个萝卜，而且是至今没有坦白的。客观上说，那时候天气太热，我很渴，急需解渴的饮料，那地方既没有可口可乐，也没有橘子水、酸梅汤之类。当然，我不应该推客观上，应该从主观上去深挖。那就是我出身资产阶级，从小不劳而获，吃喝惯了。像我这种喜欢小偷小摸的梁上君子，怎敢跻身贤人之列？"

又是一阵笑声。

"因此我提议，"杨子丰慷慨激昂地大声说，"今日此会可名'群魔会'。"

大家一怔。杨子丰却头头是道：

"在座诸公，包括鄙人在内，哪一位不曾当过'牛鬼蛇神'？今日此会，正是'群魔'聚会是也。黄老，您当过哪路'鬼神'？"

"我是'叛徒''走资派'，还当过'牛鬼蛇神的保护伞'。"

"你呢？你呢？"杨子丰一一询问。

"我是'资产阶级反动权威'。"

"我还跑得了——'资产阶级太太'！"

"你呢，密丝林？"

"我，我是——哎呀，难听死了，我说都说不出口。"

"还有你，赵逊，你可能是唯一'干净'的人。"

"我也不'干净'。我是'刘少奇反革命修正主义文艺黑线的黑苗子'。"

"那就齐了，统统都在里面了。"杨子丰高声叫道，甚至有些兴奋，"至于我，不用介绍了，'反动文人''英国间谍''阴谋叛国投敌未遂犯'……'英国间谍'，这是毫无疑问的，谁让我父亲把我交给哈里曼呢？'阴谋叛国未遂'，可就不是想叛逃英国而是苏修了。何以为证呢？原来是关在监狱的时候，有一天我心血来潮，唱了一句苏联歌曲《祖国进行曲》里的'我们祖国多么辽阔广大'，这下自食其果，闯大祸了。他们说我心向苏修，要定我'叛国'罪。经我力争，才加上'未遂'二字。"

"你还有一顶帽子。"田惠中提醒说。

"对，我还有一顶桂冠——'文霸'。据说因为我这个人很霸道，只许自己写反动文章，不准别人写，所以叫'文霸'。其实，我不是'文霸'，是'话霸'。我一喝酒，就只准自己说，不许别人说了。"

罗云青逮住机会又来管制他了：

"知道自己话多，就别说了。"

杨子丰这才闭上嘴。

"群魔会？好，那今天就是群魔乱舞了！"黄老大声笑了起来。

"舞，舞，吃完饭就跳舞！"田惠中高兴得很，他就爱热闹。而且说是为了"减肥"，他学会了迪斯科，跳得有模有样的。

"那么，现在呢，现在也应该来点节目。"杨子丰又喊了起来。

"又是你起哄！"罗云青的管束毫无力量，可她还是一个劲儿地要干涉。

"不起哄就没意思！"杨子丰大声叫道，"密丝林，来，表演一段。"

众人鼓掌欢迎，密丝林忸忸怩怩。

站在门旁窥探的年轻人也鼓起掌来。他们从来没有想到，这些当了公公婆婆、爷爷奶奶的老人，而且都是当今中国的学界名流，平常一本正经、不苟言笑，却原来也有一颗童心，也会变得那么活泼，也能像年轻人那样胡闹，也是些"个性解放型"人物。

六 异国愁肠

"密斯特杨，你的信！"

"谢谢，艾伦夫人。"

"看这花一般的字迹，我猜想一定是你美丽的夫人寄来的！我不能让你等到吃早饭时才见到，我必须先给你送来。"房东太太用母亲般的温柔，对待这位阔绰的中国留学生房客。

"非常感谢您，夫人！"他接过沉甸甸的信，再次礼貌地说了声"谢谢"。艾伦夫人也微笑着说了句"愿为你效劳"的客气话，告辞下楼去了。

密斯特杨回到房内。他拉开褪色的窗帘，打开百叶窗，一缕秋日的阳光，混合着一股潮湿的空气，透进这间也许是十六世纪造就的结实、古老而又陈旧的楼房里。狭窄细长的窗子透不进许多光亮，这间屋总显得黑黑的。在小小的几个窗台和迎门的壁炉架上，一摞摞书挤在一堆。桌上、椅上，甚至地上和一张高背雕花的双人沙发上，都堆满了散乱的书籍报刊。屋子中间是一张笨重的椭圆形大桌，六把维多利亚时代的老式高背椅围绕在四周。屋角安放着一张摇椅，摇椅旁的矮桌上，堆放着酒瓶、杯子和盘子，盘中有吃剩的面包和水果。屋里通向卧室的两扇又高又窄的门关着，那门上的白色油漆已经脱落，泛出了黄色。

密斯特杨在摇椅上坐下。他把手里的信放在小桌上，顺手倒了一杯酒拿着，两眼朝黑洞洞的壁炉凝视了一阵。

身边的信，像一阵阴云在他的脑际盘旋。不拆开看他也能猜到：自己那"美丽的夫人"用墨汁化成的潺潺细语，在怎样地诉说……

莫非真是人生如梦？

三年前，他还是抗日救亡的活跃分子。如今，抗日的烽火燃遍了大半个中国，他却躲到这海外的小岛上，埋首于故纸堆中。是被迫的吗？不，凭良心说，屈从父命的成分是有的；但逃避艰苦的斗争、贪图安逸的生活，也是有的。

三年前，他和她花前月下，山盟海誓；如今却远隔重洋，天各一方了。他记得，那是怎样的离别。他和哈里曼先生登上了"伊丽莎白皇后号"，汽笛发出刺耳的鸣叫，他回过头，看见她那模糊的身影。他什么也没看见，只看见她竭力扬起一只手臂，看见她那墨绿色旗袍下隆起的大肚子。她的脸呢？时间太久了，像隔着一层浓雾，像隔了一个世纪，那脸模糊不清了。

留学生涯并不安逸。三年中，学什么专业就费了两年周折。哈里曼先生并不是一位尽责的保护人，他脑子里只有金镑。他把杨家大少爷引荐到一个公立学校的金融管理系，就以为把他领进了金库的大门。可惜的是，杨家大少爷自小会花银子，却从来不理财政。他对会计账目之类的学问，简直深恶痛绝，无法忍受。半年之后，他自动退学，改习机械。那时候，老太爷还在世，很为他立志学工，日后能继承父业而高兴。无奈，从杨家大少爷到密斯特杨，他积习难改，朝三暮四、见异思迁，没有长性。学了一年机械，他觉得金属实在太乏味，打开图纸就头晕，于是又自动辍学。现在，他是牛津大学文学院的学生。这可是英国的最高学府，他似乎应该在这里安心求学了。

然而，又怎能安下心来？大英帝国并不是炎黄子孙的庇护所。欧洲的天空也是阴霾密布。希特勒登上了德国元首的宝座，墨索里尼进兵阿比西尼亚，张伯伦心绪不宁，慕尼黑协议不啻是"何梅协定"的欧洲版。英国绅士的脸上僵硬愁苦。有一次在泰晤士河畔漫步，一位英国人竟然向他射来那样一种眼光，似乎他是一个逃兵！

啊，不是逃兵，也是逃兵。

他喝了一大口酒，望了望那封远方来信。他把信拿到手里，正待拆时，忽听得门外有人大叫：

"密斯特杨！"

"请进！"他忙站了起来，把信塞进衣兜。

进来的是三位同学。学文学的陈中雅，学法学的朱先明和学历史的于少雄。

"有什么消息吗？"杨子丰问道。在那个年代里，海外学子相见，第一句话就是这个。

"武汉失守了。"陈中雅颓然坐下。他穿着一套皱巴巴的西服。

"怎么会这么快呢？消息可靠吗？"杨子丰简直不能相信，中国军队竟是这样的不堪一击。曾几何时，日寇已经长驱直入，侵入我中原腹地。

"绝对可靠。"于少雄穿着一套做工很讲究的西服，在屋里踱着方步，"我给大使馆的洪武官打过电话，核实了。"

于少雄神通广大，大使馆里有他很多朋友，他的消息一般都是准确的。

"完了，中国完了！"朱先明慨然长叹，跌身倒在那张乱糟糟堆着书报的沙发上。他身高体弱，面色青黄，不断地咳嗽；身上套着一件薄呢大衣，仍然好像在发抖。

"我们怎么办？"杨子丰不由得叫道。

"怎么办？读书，在这里安心读书！"于少雄说，"政府送我们出来留学，唯一的希望就是要我们将来学成归去，为国尽力。"

在这些留学生中，于少雄消息灵，关系多，学业优秀，谈吐儒雅，能言善辩，无形中成了领袖人物。

杨子丰摇摇头，痛心疾首地说：

"国家将亡，叫人怎么能安心读书？"

"那你打算怎么办？"

"回国去！"这是杨子丰考虑很久的事了。

"学业未了，这么回去，何颜见江东父老?!"于少雄不以为然。

"还谈什么学业？去当兵！我宁愿战死疆场！"杨子丰悲愤地说。

"英雄气概！英雄气概！"于少雄笑了两声，"可惜的是，中国缺的不是兵，而是将。要兵，中国四万万人，多的是；要找将，难矣哉！"

"我们这里，不就有一个'将才'吗？"杨子丰刺了他一句。

于少雄哈哈大笑，胸脯一挺，足跟一转，很有风度地说：

"子丰兄，你误会了。我说的'将'，泛指人才。包括你、中雅、先明，也包括我。我们这批牛津学友，将来必定是国家的栋梁之材。这是天命，切不可感情冲动，因一时时局的不利，而迷误自己的前程。"

杨子丰从来不认为于少雄是什么"栋梁之材"，更鄙薄于少雄那一副少年得志的样子和自以为高人一等的谈吐。他从鼻子里哼了一声，不搭理他了。

于少雄对杨子丰却是另眼看待的。杨子丰家学渊源，中文、英文底子都厚实；学识渊博之外，加上那股说不出、学不到的傲气，使人不敢小视。如果说，在这批镀金的学生中，于少雄谁也不放在眼里的话，那么杨子丰却是一个例外。这时，他见杨子丰不说话了，就转向朱先明，问道：

"先明兄，你有何高见？"

朱先明双手枕在头下，慢吞吞地说：

"日寇进逼，欧战又迫在眉睫，海路不畅通，就算回国去，恐怕也只能当亡国奴了。与其赶回去当亡国奴，不如在英伦当'白华'……"

"你太悲观了。"杨子丰说。

"我从来没有乐观过——对国家民族的前途，对自己的健康，对暗淡的人生，我都是个悲观主义者。"朱先明又咳个不停。

"你呢，中雅兄，有何打算？"于少雄又转身向陈中雅。

陈中雅摊开双手，做了一个"洋式"的无可奈何的表情说：

"我跟你们都不一样。我是个穷学生，家贫如洗。我现在回国，一不能抗日——我手无缚鸡之力，哪能扛起大刀去杀鬼子。二不能就业——我学了个半吊子，既没有后台，也没有有钱的亲戚，怎么养家糊口？我只有一条路，学，学到底。"

"三比一，子丰兄，你只有服从多数了。"于少雄有点得意地说，"走，走，走，不要整天忧国忧民了，我们打网球去。"

"国内打日本，国外打网球。"杨子丰冷冷地说。

"我的大少爷，何必这么尖锐呢！"于少雄有些不高兴了，"你爱国，我也爱国，只不过爱的方式不同。你，太偏激了。难怪有人说你的言论同共产党如出一辙。我是主张凡事三思而后行的。"

"怎么，难道蒋介石剿共要剿到伦敦来？"杨子丰并不示弱。

陈中雅赶紧出来当和事佬：

"好了，好了，大家都出于好心，好心！"

"走，打网球去！"于少雄的神气中带有挑衅的意味。

朱先明一骨碌爬起来说：

"我不奉陪了，身体不好。"

"身体不好，才要运动锻炼嘛！"于少雄说。

"我是'东亚病夫'的活标本，还练什么？"朱先明又咳嗽起来。

"那么，你呢，中雅，去不去？"于少雄打开了房门。

"去，去，我陪你打一会儿。"陈中雅一边往外走，一边又回过头来说："子丰兄，少雄的见解也是有一定道理的，你要考虑好哟，千万不要贸然行事。"

三个同学都走了，杨子丰找到那杯喝剩的酒一饮而尽，倒身在摇椅上。

他觉得心烦意乱，不知所措。自从来到英国，一种莫名的空虚与寂寞就时时缠绕着他。他非常怀念在清华园生活的那些年月，尽管当时年少、幼稚、冒失，心里却是明朗的，目标很明确——抗日救亡。天天议论政局，天天作宣传，生活也很充实。有时，他简直不能想象，自己怎么会有那么充沛的精力呢！

那时候，不知道什么叫迷惘，不知道什么叫苦闷。今天干什么，明天干什么；这一步干什么，下一步干什么，自己似乎并无考虑，却又清清楚楚，非常明确。当年，父亲说他"整天同共产党学生混在一起"，"吃了共产党的迷魂汤"，他觉得可笑。都是些同自己一样的爱国青年，哪里有什么共产党？今天，于少雄也居然说他的言论"同共产党如出一辙"，他更以为荒唐。如果积极主张抗日就是共产党，那么，共产党不是越多越好吗？

他现在相信，"一二·九"运动中他接触的那些同学中，是有共产党的。否则，"一二·九"运动不可能组织得那么好。从"一二·九"到"一二·一六"，从南下宣传团到总罢课，这么多学校，这么多学生一致行动，没有很高明的指挥者，是组织不起来的。谁是共产党呢？谁在指挥学生运动呢？他把认识的同学数了一遍，都是平平常常、像自己一样的大学生，不像有那么大神通的人。

或许"老黄"是共产党？那时开会，常常提到一位"老黄"。或者是"老黄有一个意见"；或者说"老黄认为"；而后来的一些事情，常常就是按照这位神秘的"老黄"的意见去做的。看来，"老黄"可能是共产党。可是，"老黄"从来没有露过面，不知是男是女，是老是少。有一次，他问过田惠中。田惠中认为，"老黄"可能不是一个真人，而是共产党某一个组织的代号。

此刻，他倒真希望认识一个共产党，问问自己该怎么办。可，在这雾伦敦，到哪里去找中国共产党？想起方才于少雄的话，杨子丰暗自好笑：说我是共产党，我还在找共产党呢！

他从衣袋里把妻子的信掏了出来。云青善写，一写就是几大篇。自从工厂被毁，父亲病故，家里就一蹶不振了。"八一三"以后，两位母亲带了两个弟弟躲到了上海法租界。妻子背着女儿颠沛流离，历尽艰辛。那故国来书，字字都是血和泪。

　　我们一路逃难，真是惨极了。从南京走的时候，除了几身换洗衣服和一个小首饰箱，什么也没有来得及拿。到了芜湖，原以为可以在那里住下，后来听说日寇进逼，国军早就溜跑了，芜湖不过是座空城，我们只好仓皇西行。长江浩瀚，舳舻相继，可惜没有我们母女立足之地。大小船只都征归军用了。内迁的工厂只能把机器拆下来放在木排上拖运。我们这些难民呼天号地，无人理睬。万幸在这里遇见了惠中夫妇，他们在一条木船上弄了一块地方，我们才到了九江。

九江也很乱，人心惶惶，谣言四起，物价贵得惊人。惠中说，九江决非久留之地，而且他认为这么一程一程地逃难没有尽头。他们准备到重庆去，也劝我去。我这次真没有勇气了，我不知道该上哪里去。中国到处都在燃烧，已经没有安身之地了。妈妈的意思，原来也是希望我到上海去的，我不愿寄洋人篱下，做"二等公民"。虽到如此地步，我还想为抗日尽一点微薄之力。没有想到，抗日并不需要我。我现在真是走投无路了！

昨天晚上，我下了决心，跟惠中夫妇到重庆去。他们觉得重庆起码比较安全一点，不至于再如此疲于奔命。惠中还说，他有几位同学在重庆教育界，可以介绍我去教英语。这对我很有吸引力，因为我现在可以说是个无产阶级了，我需要钱。不然，我拿什么来养育我们的女儿啊！

你离得那么遥远，我坐在油灯下给你写信，就像在对天国倾诉。什么时候你才能回到我们的身边？我现在多么需要你给我力量呀！没有你的臂膀，我不知道自己还能支撑多久。可是，你还是不要回来吧，你就是今夜能绕过半个地球走入这间小屋，除了我们一同陷于灾难和不幸，又会有什么别的结果呢？如果这是上帝对我们的惩罚，就让我一个人承受吧，只要你是安全的……

"回去！回去！"杨子丰攥紧拳头，捶在小桌上，把一个酒瓶震倒在地。

艾伦夫人闻声上楼，问了一声：

"密斯特杨，有什么需要我帮助的吗？"

杨子丰摇摇头，说了一声"谢谢"。

可是，那一年他并没有回国。直到一九四〇年，他取得牛津大学学士学位，才踏上了回归的旅程。

七 又怕又不怕

"香酥鸡！"

第一道热菜端上桌，暂时替密丝林解了围。品尝这绝妙的烹调精品，是比观赏任何出色的表演都实惠的。

只有杨子丰没有动筷子。他只要有酒，随便扒拉一点什么豆腐干、炒白菜之类的，也就打发过去了。对于吃，他似乎没有什么欲望。

"来，来，喝酒，"他举杯寻找进攻的对象，一下子就把杯子对准了田惠中，"咱们得干一杯！"

"我先要罚你一杯！"田惠中笑道。

"这从何说起？"

"'文革'中我替你挨过一次批斗，今天咱们该算算账了，喝！"

"这酒我不能喝！"杨子丰反把酒杯放下了，"你的确替我挨过一次斗。不过，这种张冠李戴的事，不是我搞的，我一概不负责任。"

"还有替人挨斗的事？"赵逊不胜惊奇。

"是这么回事，"杨子丰得着机会，就详详细细从头说起了，

"六八年……惠中，是六八年吧？文化系统开了个庞大的联合批斗会，站在台上弯腰挨斗的有几十人，其中有我，有惠中，还有中雅。主持会议的人点到谁的名，就由两名雄赳赳气昂昂的'小将'押上前去坐喷气式，接受'革命造反派'的批斗……"

"那个滋味可不好受。"田惠中插了一句。

"那也是难得的生活体验嘛！"杨子丰又接着叙述，"等喊到'田惠中，滚出来'的时候，我心里还琢磨，这家伙搞了一辈子美学，自命美得要命，这回挂黑牌子撅屁股，可就不美了。可田惠中有什么问题？斗他什么呀？我在那儿意识流，那位造反派小头目正直着嗓子大喊：'田惠中是"一二·九"运动的逃兵。他对抗日救亡运动的大好形势早就丧失信心。别人在奔走呼号抗日救国，他却和他的臭老婆非法姘居，干着见不得人的勾当！'我一听，这哪儿是田惠中，分明是我嘛。再往下听，还有：'田惠中，你老实交代，你是怎么到英国去的？英国特务哈里曼同你是什么关系？别以为我们不知道，解放后，你是怎么给间谍机关提供情报的！说，老实交代！'哈！哈！真是阴错阳差，活该惠中倒霉，把我的那点'罪行'都移植到他名下，把他狠狠斗了一场。"

"真是今古奇闻！"赵逊说。

密丝林却笑不迭地问道：

"惠中，你怎么这么老实，你不会说呀？"

"我说了，他们不听呀！"田惠中笑道，"我说我没有逃避'一二·九'运动，他们说我拒不认罪，按着我的脑袋就喊：'顽固到底，死路一条！'我说我没到过英国，他们就说我隐瞒历史，极不老实，拧着我的胳膊就叫：'敌人不投降，就叫他灭亡！'你说，叫我怎么办？我只好不说话。"

密丝林又问杨子丰：

"你为什么不出来说话？你就眼看着惠中替你受罪？"

杨子丰做出十分委屈的样子说：

"我怎么好出来说？第一，当时没叫我'滚'出来，我不便自己'滚'出来；第二，我也不能说我是'一二·九'的逃兵、英国间谍呀，没有的事嘛！这第三么，反正大家都要挨斗，帽子一大堆，他戴我的，我戴他的，都一样，何必那么认真呢？"

赵逊又问道：

"那轮到斗您的时候，用的又是谁的材料呢？"

"什么材料也没有了。"杨子丰说，"他们大概把惠中的材料弄丢了，轮到我是最后一个，我看见那个造反派头头手里一张纸也没有了。"

"那他们就不斗您了？"赵逊又问。

"天下哪有那么便宜的事！"杨子丰微微一笑，"那些造反派站在麦克风跟前愣了一阵，就冲我叫开了：'杨子丰，你认罪不认罪！'我说，'我没有罪。'他说，'你罪大恶极，你的材料我们都掌握了，就看你交代不交代！'我说，'让我交代什么呀？'他说，'哼！你想来摸底。实话告诉你，你们这套反革命伎俩我们早就领教过了。今天我们把你摆在最后一个批斗，而且故意不公布你的材料，就是要揭穿你的阴谋……'就这么空对空批，也搞了二十多分钟呢。"

密丝林一会儿啧啧地摇头，一会儿咯咯地笑。她又扭头问陈中雅：

"你呢，也挨斗了？"

"怎么不挨斗？"陈中雅抹抹嘴唇说，"不过，我这人胆子小，他们说什么，我都承认。开始还闹了个'态度较好'。后来，他们找出我写的几篇文章，要我交代写作动机，我就说，这篇是'妄图复辟资本主义'，那篇是'攻击党攻击社会主义'……反正他们准备的帽子我都抢先自己戴上了。这下他们不干了，说我是'头戴高帽，脚底抹油'。唉！"

"像中雅这样的老实人也挨斗！"杨子丰举杯笑道，"来，为老实人挨斗干一杯。"

陈中雅举了举杯子，说：

"我不是老实，我确实是害怕。子丰知道我，在牛津的时候我就不问政治，离政治斗争远远的。一听同学们辩论国事，我就当和事佬，要不就干脆躲开。我怕辩论，怕斗争。"

田惠中给他夹了一块香酥鸡，问道：

"现在你入党了，不怕了吧？"

"还是怕。"陈中雅脱口而出。

"这，你就不对了。"田惠中说，"你害怕斗争，你又参加共产党，不老实，不老实！"

陈中雅满脸通红，忙辩解说：

"也不是什么都怕。有的怕，有的不怕……"

"你不要紧张嘛，我们不会打小报告的。"田惠中拍拍他的肩膀，"在座的，你是新党员，黄老是老布尔什维克，其余都是党外人士。黄老，你不会去揭发中雅吧？"

黄老什么也没听见。

杨子丰自己喝了口酒，又对田惠中说：

"你不要欺侮老实人。中雅说得很有道理。有怕有不怕，或者叫又怕又不怕。这是为人之道。一个人从小到大，从大到老，都应该是又怕又不怕才好。小时候，怕父母，怕老师，都是又怕又不怕。太怕了，战战兢兢，没什么大出息；一点都不怕，为所欲为，准是个顽童。长大了，结了婚，怕老婆，也是又怕又不怕才好，太怕了，活受罪；一点都不怕，没有意思。"

"云青，子丰和你就是这样吧？"章淑娴指挥了一阵火头军又回来坐下，推了推罗云青说。

"算了，我根本不理他了。"罗云青说。

"入党嘛，也是一个道理。"杨子丰只顾自己发挥，不在乎人家理不理，"党有党规，党内还有斗争。虽然没有'文革'那种残酷斗争，温和的斗争总是有的。太怕了，唯唯诺诺，不符合党员标准；一点都不怕，胡作非为，也不符合党员标准。中雅介乎又怕又不怕之间，所以他就入党了。"

"那么，你为什么没有入党？是太怕了，还是一点都不怕？"密丝林问道。

"我嘛……"杨子丰举杯饮酒，没有下文了。

"惠中，你呢，你为什么没有入党？"密丝林又问田惠中。

田惠中笑眯眯的，用手抚着胖乎乎的脸说：

"我不知道怕，也不知道不怕。我是个满足现状的人，不知进取，所以入不了党。"

杨子丰忙接过话来：

"他这么一说，我恍然大悟了。我是个不满足现状的人，牢骚满腹，所以入不了党。"

赵逊今天还是第一次"打入"这些老知识分子的"巢穴"，仿佛进入了一个特殊的与外界不同的宝库。对这些人的语言、用词、情绪、似真似假的争辩，他都感到极大的兴趣，便不时地在旁边"敲边鼓"。这时他问道：

"我怎么越听越糊涂。满足于现状的不能入党，不满足现状的也不能入党。那么，什么样的人才能入党呢？"

杨子丰把杯子放下，瞧了他一眼，解答道：

"这还不明白吗？介于满足与不满足之间，才能入党。你问中雅，是不是？"

陈中雅连连摆手说：

"不要问我，不要问我。我今天喝多了，酒后失言，很多话是不该说的。"

不料这时，坐在那儿好像什么也没听见、什么也没想的黄老忽然发言了：

"我现在很想请客吃饭。请你们这些长期同我们合作共事的党外朋友吃饭。子丰，你还记得吗？我们头一次见面是在哪里？"

"重庆。"

"是我请你吃饭的吗？"

"对头！毛肚开堂！哪个不记得哟！"杨子丰说了一句四川话，引起哄堂大笑。这一屋子人，除了赵逊，抗战时都吃过四川的辣椒，也懂得四川话的妙处。

"可惜，这种想法现在晚了。"黄老有点悲凄地说，"我现在无职无权，说话也不管用了。如果我还在台上的时候，能够想到请党外的朋友到家里来吃顿便饭，哪怕没有香酥鸡，没有四冷盘、四热盘，只是萝卜丝、萝卜条，大家在一起热闹热闹，说点心里话，我的工作可能会做得比较好些。"

黄老说得很动感情，声音都有些嘶哑。

"黄老，不要你检讨。这些年，你的处境，我们都知道。你为我们这些'牛鬼蛇神'吃了不少苦。"杨子丰举杯说，"来，来，不说这些了，咱们喝酒。不，咱们起哄！"

"对了，密丝林，表演一段！"田惠中立即响应，带头冲密丝林鼓起掌来。

一时掌声四起。

密丝林红着脸，样子显得更年轻了。老友们善意地哄闹，勾起了她对自己昔日风采的骄傲。那时，她的美丽，她的聪明，她的才华，她的教养，使得她在那一群落难的小伙子中被视为女皇。望着杯中的酒，她忽然摇头一笑，下了决心似的轻声说道：

"好吧！我念一段……"

话音未落，早又被热烈的掌声打断，全场兴奋起来。厨房的年轻人也围拢过来。

"哪一段呀？"田惠中瞪着鼓鼓的圆眼睛认真地问道。

"嗯——"她仰头想了想，娇声细语地答道，"就是第三幕第五场，在朱丽叶卧室里……"

"啊，啊，好，就是他们幽会的一场！"杨子丰闭眼说道。

密丝林似乎已进入了角色。

全屋静静的。

顷刻，一个充满激情的略带沙哑的声音响起：

"天已经亮了，天已经亮了，快走吧，快走吧！……"

这满盈着爱的声音，使在座的每一个人心头颤动。他们忘记了四周的一切，全神贯注地聆听着：

"……有人说云雀曾经和丑恶的蟾蜍交换眼睛，啊！我但愿它们也交换了声音。因为那声音使你离开了我的怀抱，用催醒的晨歌催促你登程。啊，现在你快走吧，天越来越亮了。"

一大段朗诵完了，密丝林悲哀地低下了头。沉浸在各式各样复杂思潮中的听众们如大梦初醒，正准备鼓掌——就在这时，响起了杨子丰喑喑作哑的声音，念着接下来的罗密欧的台词：

"天越来越亮，我们悲哀的心却越来越黑暗！"

全桌一震——几乎就在同时，爆发出雷鸣般的掌声，叫好声，开怀的笑声……

八　雾重庆

嘉陵江在晨曦的雾气中混混沌沌的，一艘小火轮发出刺耳的叫声，即将起锚，驶离这"陪都"北侧的小镇北碚。

码头上匆匆走来一位身着西服的青年。他就是当年牛津大学的高材生、如今在中央大学分校教授英国文学的青年教师杨子丰。

他跳上窄窄的踏板，挤进这艘载满了身背箩筐、头缠白帕的四川佬和操异乡口音的"下江人"的轮渡，心里还在纳闷：惠中找我干什么？

就在前天，他收到惠中一封信："一位你从未见过面的老朋友有要事相商，务请星期日上午来寒舍一叙。"杨子丰百思不得其解。既是"老朋友"，又是"从未见过面"，这是怎么回事？

田惠中在上清寺的一幢木板楼里租了一间小屋。那时，他们已经有了一儿一女，都在襁褓之中，屋子挤得没有立锥之地。他们是站在房门口谈话的。

"谁找我？"

"老黄。"

"哪个老黄？"

田惠中神秘地笑道：

"'一二·九'的时候，咱们不是常听说'老黄'如何如何吗？——就是他！"

杨子丰脸上还布满疑团：

"那时候不是说老黄不是一个人，是一级组织……"

"也许，他是'老黄'之一，我也不便打听。"

杨子丰伸头看着那间无法下脚的小屋，问道：

"就在这儿等他？"

"不，他约你下馆子，吃毛肚火锅。"

"你也去吗？"

"他好像只想找你，我就不去了。"

于是，杨子丰按照田惠中给的地址，走进了一家餐馆二楼的雅座。

"杨先生，幸会，幸会。"一位身材颇高的中年男子，身着长衫，拱手相迎。

跑堂的幺哥端上木炭炉子，搁上火锅，摆上几碟牛肚、鳝鱼、豆腐、豌豆苗，又拿来一壶酒，就退身出去了。

"我们虽然没有见过面，可是，我早就听说过你。"那位中年人说，"你大概有点奇怪吧？其实，没有什么。'一二·九'的时候，我担负一点组织工作。很多人，我都知道，可是没有机会见面，也不便多见面。"

"是啊，那时我也常听说老黄，没有想到今天能见到啊！"杨子丰兴奋地说，"那时候我年轻、热情，也很幼稚。"

"我们一直在找你，后来才知道你出国了。"老黄望着这个精干的年轻人笑了。

"是呀，我到了英国。"

"你在英国的情形，我们从你夫人那里略知一二。好像是三九年吧，你急于回国，是不是？尊夫人和我们一个同志谈起这件事。后来，我们商量了一下，认为根据你的情况，还是在英国上完了学回来好些。我们那位同志向你夫人讲过这个意思，她给你写信时大概说起过……"

杨子丰心里热乎乎的。他寄居异国，形单影只，国内却还有这样的朋友在关心他。难怪后来云青的来信比较有主见了。正是接到她的来信，他才打消了马上回国的念头。根本没有想到，这后边竟有"老黄"他们的意思。

"可是，也真怪，云青从来没有跟我说起过你。"杨子丰笑道。

"我知道她，并不认识她；正像我知道你，并不认识你一样。"老黄见锅里的汤开了，一阵麻辣的香味飘散出来，举起筷子招呼说："来，你能吃辣吧？这是地道的川菜。"

他仔细端详这位"老黄"，也就三十五六的样子，戴着一副玳瑁边眼镜，慈眉善目，文质彬彬，普普通通，完全不像他想象中的共产党员。特别是不像一个做秘密工作的共产党员。他想象中的是什么样子呢？他说不清楚。似乎应该比他高些，比他魁梧，比他神秘。

自从来到重庆，他有机会去过红岩村，见过大名鼎鼎的周恩来。面前的这位共产党员当然不是周恩来那样的大人物，但似乎也太寻常了一些，寻常得同自己差不多了。倒退几年，算起来"一二·九"的时候，他大概还不到而立之年。在那样的年纪，又在那样险恶的环境下，他能够组织起那样规模的学生运动，该有怎样的才干呀！

"老黄，'一二·九'的时候，你究竟是什么身份呀？"杨子丰克制不住好奇心问道。

"我跟你一样，也是个学生，真正的学生啊！"老黄笑了一笑说，"不同的是，我做点联络工作，上传下达。"

或许是他谦虚，或许真是这样？

"好，咱们言归正传吧！老弟，"老黄给杨子丰斟上酒，亲热地说，"这次我们找你，是想请你帮助我们翻译一些文件。"

"什么文件？"

"毛泽东先生的一些重要文章。我们急需译成英文。现在有几位外国朋友也在帮我们做这项工作。但是，不能把担子全部都压在他们身上，我们自己也得翻一部分。"老黄说得很诚恳。

"这没有问题。"杨子丰满口答应。

老黄涮了几块鳝鱼，放下筷子，擦着头上的汗，望了望杨子丰，问道：

"另外，还想向你打听一个人。"

"谁？"

"于少雄。你认识吗？"

"当然认识，牛津的同学。他比我高一级，回国比我早一年。"

"这个人，回国以后娶了国民党一个元老的女儿，当上了那个党棍的乘龙快婿，靠裙带关系，一下子飞黄腾达，现在是国民党宣传部的一位处长了。"

"这是意料之中的。这个人野心不小，什么事都干得出来。"

"最近听说，他跟小蒋勾得很紧。"

"这倒不知道，我根本不理他。"

老黄把酒杯举在半空中，笑眯眯地直等杨子丰也举起了杯，两人对饮了半杯酒，他才放下杯子笑道："所以，他拉你去编《新报》副刊，你也不干。"

杨子丰不由得看了老黄一眼。心想这个人看似寻常，并不寻常，他知道得很多啊。于少雄确实给他来过一封信，约他替《新报》编一个副刊。他看过信，随手就扔进字纸篓去了。这件事，没有任何人知道，在云青面前都没有提过，这个老黄他怎么会知道的呢？

好像要释消杨子丰的疑问似的，老黄说道：

"于少雄创办《新报》，是想培植自己的势力，扩大少壮派的影响。为了减少些党报官方的色彩，他到处宣传《新报》七大副刊，统统由无党派的专家学者主编。你没理他，他可早把你列入主编之列了。"

"太卑鄙了！我才不给他抬轿子呢。"

老黄看了看杨子丰气呼呼的脸，稍停又说：

"你想听听我们这方面的意见吗？"

"你们这方面？"

"这就是说，不是我个人的意见。"

"啊，请说，请说吧！"杨子丰急切地说。

"你应该答应下来。现在，进步舆论的阵地还很小，圈子也不大。我们要利用一切合法的报刊，团结更多的民众，扩大抗日民主的宣传。"

杨子丰点了点头。他想起"一二·九"初期也有这种情况。唱救亡歌，开救亡会，讲救亡话，做救亡人，情绪激昂得很。稍有一些犹豫，就被斥之为"投降派"。后来，扩大了圈子，救亡运动才蓬勃发展，有了以后那样的声势。

"好，我遵命就是。"杨子丰举杯，一饮而尽。

可是，答应容易做起来难。

当杨子丰沿着临江门的石阶一步一步往下走时，他的心也一点一点往下沉了。从伦敦到重庆，于少雄飞黄腾达，杨子丰却落得个"穷教书匠"的下场。如果说在伦敦的时候，于少雄对他还有某种敬重，那只是因为杨子丰学问比他好；如今这年头在重庆，学问是很不值钱的东西，于少雄现在究竟怎么看待杨子丰？这样的交往，对他这心高气傲的人来说，简直就是有辱人格。

出乎意料的是，于少雄以极大的热情接待了他。连他那位娇滴滴、面貌平常的爱妻也亲自为他端茶、送点心。

"杨先生，久仰了。"年轻的太太又客气又尊敬地说，"常听少雄说，你是他在英国最好的朋友，为人正派，专心学问。他呀，常说起你，又要请你主编副刊，又要请你吃饭。我说，像杨先生这样专门做学问的雅士，哪里会看得起我们这些俗人！"

"哪里，哪里。"杨子丰客气了几句。

"我早说了，子丰会来的。"于少雄兴致勃勃地说，"别看我们政见不尽相同，可真称得上好朋友。吵架归吵架，喝酒归喝酒。回国以后，我才知道子丰的很多见解是对的。中国太落后，太黑暗了，必须要有一个彻底的改造。我这次想办一个报纸，就是想在开迪民智方面做点启蒙工作。"

"杨先生，喝杯白兰地吧！"于太太又拿出一瓶"空运物资"来，还表白说："这是个朋友送的，也不知道怎么样。唉，国难时期哟！"

杨子丰扫了一眼酒瓶，心想：不做投机生意或手眼通天的人物，在"陪都"能喝上这种酒，那是梦想。

"来，为我们的重逢！"于少雄早已递过酒来，无限诚恳的样子说，"唉，我是国民党员，现在又当了个处长，别人以为我踌躇满志。其实，我何尝志满？正因为我是国民党员，知道一点内情，我才敢说，国民党里黑暗得很，改造中国先要改造国民党。子丰兄，你总该相信，我不是一个党棍，也不是一个官僚，我是要干一番事业的。当然，在现在的中国要办一点事业是很难的。在这种时候，中雅兄、先明兄答应帮忙，你也来助我一臂之力，太感谢了，我得敬你一杯！"

这杯酒能喝吗？陈中雅是个胆小的糊涂虫；朱先明是个宁可当"白华"的颓废派；我怎么能跟他们混在一起，来替这个国民党的"后起之秀"捧场呢？杨子丰拿着酒杯并不举起来，却说：

"不敢当。恕我直言，国民党如果能改造，共产党也就不会有今天这么大的势力了。"

于少雄夫妇不由得一愣。

"杨先生真幽默。"于太太打圆场似的笑道，"你讲这种话，不怕请你去警备司令部！"

"这就是子丰兄的为人，"于少雄哈哈笑道，"刚直不阿，直言不讳，可敬，可敬！"

杨子丰自知失言，也转口说：

"当然，少雄想办点文化事业，我是赞成的。不过，我也有一个条件，我不能在一个骂共产党的报纸上办副刊。"

"这一点，老兄放心。"于少雄轻松地说，"我虽是党内的人，我办的这个报纸是无党派色彩的。特别是请你主事的《古今天地》，无非是些史地风光的介绍，绝不涉及党派纷争，所有的稿件都由子丰兄审定，报馆不加过问。"

杨子丰这才喝了一口白兰地。

于少雄是信守诺言的。报纸创刊后，杨子丰每周交一期稿件，从恺撒大帝到丘吉尔、从克里姆林宫到唐人街，他都结合时事予以介绍，于少雄从不过问。只有一次，他发表了一篇介绍延安宝塔山的短文，于少雄才对他说：

"子丰兄，你太过了一点吧？"

"这有什么！"杨子丰振振有词，"宝塔山也是中国的一处名胜，介绍一下，有何不可？"

"我个人倒是无可无不可，我怕的是上峰过问起来，宝塔山在共产党手里呢！"

"是在共产党手里呀，现在不是国共合作吗？"杨子丰从来不饶人的。

"合作？"于少雄一笑，"明里合作，暗里斗法。中外古今的政治，概莫能外。"

后来，杨子丰见到老黄，把这件事告诉了他，老黄笑笑说：

"不管他，能登出来就是胜利。"

"就怕以后这种稿子登不出来了……"杨子丰不无忧虑地说。

"那也不要紧，"老黄笑道，"只要这块地盘还在你手里，也是胜利。"

九　殡葬改革初探

红烧海参、糖醋鱼块，相继端上桌来。

客人们对吃似乎已经不那么热烈了。杨子丰酒兴正浓，左右挑衅，大有一醉方休之意。田惠中也开怀痛饮。笑语欢声，充满了这间小屋。

话题不知怎么一转，就扯到"死"上去。由"死"，又扯到殡葬改革上去了。

"我是主张彻底改革的。"黄老首先表态，"人一死，什么都不知道了，还瞻仰什么遗容，开什么追悼会？一把火烧得干干净净，就完了。"

"我不同意。"杨子丰似乎是照例要唱反调的，"我主张改革，但不同意一烧了事。我就喜欢人家瞻仰我的遗容，隆重地来开我的追悼会。不过，我建议这一切提前在生前举行。"

"这你就不通了。"田惠中又笑又叫地抬杠，"人还活着，怎么能瞻仰遗容，开会追悼？"

"这是你思想不够解放！"杨子丰高兴地提高嗓门说，"外国杂志经常有提前出版的。杂志可以提前出版，瞻仰遗容，开追悼会为什么不能提前？比如我吧，假如我死了躺在那儿，你们一个个来瞻仰，绕场一周，我什么也看不见，有什么意思？开追悼会，悼词评价再高，我一句也听不见，岂不太遗憾！如果提前举行，那就大不相同了。你们想，我舒舒服服躺在那里，双目半睁半闭，看你们一个个走上前来，都抹着眼泪……可，谁是真情，谁是假意，我心里一清二楚，那多有意思！惠中肯定是真伤心，不过，那多半也是因为失去一个酒友。哈，哈，中雅嘛，可能擦擦眼泪，想起我们在上海解放前的一夕话，心里说，老杨是个好人。赵逊嘛，你心里可能想，这老杨头死得太早，要不然还能从他嘴巴里掏出几篇札记来！密丝林，你呢？你会来吗？"

"你说些什么呀！"密丝林大概觉得谈"死"很不吉利，因而不正面答复。

"至于追悼会，那更应该在生前开。"杨子丰对于密丝林是否出席不予深究，还接着大发议论，"悼词是什么？盖棺论定哟！组织结论，尚且要同本人见面；盖棺而论定岂可不经本人同意？现在那些悼词，千篇一律，缺乏个性，尽管好话连篇，都是官样文章。有这么多好话，生前说上一半，也好啊！噢，非要等人死了，才把他说成一朵花，这么香，那么美，没劲透了。我申明：我拒绝这样的悼词！"

他又自己斟上一杯酒，喝一口润了润喉咙，说：

"我的悼词，我自己写。我早就想好了，不要套话，实事求是。唔，可以说：我国翻译工作者杨子丰，于某年某月某日病逝。杨子丰出身资产阶级家庭，青年时代参加过'一二·九'运动，有抗日民主思想，无共产主义觉悟。略有译著，不精不深，好高骛远，眼高手低，不足为训。杨氏生平，嗜酒如命，自称酒仙，自任中国酒友协会会长。杨子丰的逝世，是我国酒友界的一大损失。我们要化悲痛为力量，继承杨子丰的遗志，继续喝酒。"

说到此，杨子丰蛮严肃地举起杯来，一饮而尽。

满屋的人都笑个不停。八位年轻人早就关掉煤气，挤在门口，听这令人捧腹的"悼词"。

"遗体呢，如何处理？"赵逊笑问道。

"自然是火化。"杨子丰答道，"骨灰嘛，寄放在八宝山也非长久之计。装在盒子里供在家里，又怪吓人的。再说，烧死人怕也是大锅烧，未必会给你'单炒'。随便舀一勺灰放在盒子里，你知道谁是谁的？不要，骨灰坚决不保留。"

"那就撒在什么河里好了。"陈中雅说。

杨子丰望着胖胖的田惠中，忽然笑道：

"有了，我立下一条遗嘱：我的骨灰请田惠中背到喜马拉雅山，撒在西藏高原上。"

众人大笑。田惠中叫道：

"你这不是要我的命嘛！"

"绝无此意，"杨子丰赶紧声明，"我是一片好心。惠中太胖了，他把我的骨灰背到喜马拉雅山上，一定能减肥。"

"那我也只好立一条遗嘱了，"田惠中说，"我死后，请……（他把在座的人扫视了一番，选中了最年轻的赵逊）请赵逊把杨子丰和我的骨灰一起背到喜马拉雅山，撒在西藏高原上。"

似听非听的黄老笑道：

"你们这是出难题。我看还是学周叔弢，撒在海河，以饱鱼虾。"

"我不干。"杨子丰反对说，"为什么偏爱鱼虾？还不如揉在面里蒸馒头，馈赠诸亲好友。"

"哎呀，越说越不像话，吓死人了！"密丝林用手绢捂着嘴，背过身子连连地摇手。

"你们不要？那好吧，就把遗体捐献给医学院，供教学用。"杨子丰想象力极丰富地描绘说，"老师用教鞭随便往我身上一指说，这是杨子丰的头盖骨，比别人的小0.05厘米，这说明了他智力不够发达的生理因素。这是杨子丰的心脏，比别人脆弱，这是因为他喝酒喝多了。这是……"

"你说的根本不对！"田惠中驳斥道，"到那时候，你就剩下一副骨架子了，还有什么五脏六腑？"

"我是说泡在药水里。"杨子丰又取过酒瓶子。

"干脆泡在酒瓶子里。"陈中雅也笑着插了一句。

"对，泡在特制的透明大玻璃酒缸里！"田惠中一拍手说，"上面注明'酒仙杨子丰'生于一九××年，死于一九××年。如何？"

"好！妙，绝！"杨子丰叫道，"毕竟是人多主意多。不过，把我脱得光光的，泡在酒里展览，似乎不大雅观，有点'精神污染'之嫌！"

他话音未落，田惠中接口叫道：

"那还不好办，给你穿上一条游泳裤衩！"

十　去？留？

上海。施高塔路。大陆新村。

陈中雅急匆匆地登上三楼，用手帕擦了擦光秃秃、汗淋淋的额头，敲开了杨子丰的房门。

"子丰，我怎么办？少雄让我跟他去台湾！"

杨子丰穿着衬衣，套着件西服背心，正坐在英文打字机前。手边放着一份《中国人民解放军三大纪律、八项注意》。他回头看了看陈中雅，点了一下头：

"你先坐，等我把这份东西打完再说。"

陈中雅坐在一张很旧的沙发上，环视这间斗室。自从抗战胜利，复员到上海，杨子丰就在这文化人集中的施高塔路租了两间小屋，一前一后，前面的这间是会客室兼工作室，后面的一间做卧房。他早就不教书了，在一家书局主编一套英国文学丛书，又受某英国出版商的委托，把《史记》译成英文。再就是各种社会活动：为这家剧团上演的英国名剧做艺术顾问，替那家报刊撰写专栏文章。还有……共产党方面托他办的各种事情：翻译文件、组织开会，营救被捕的文化人士、学生。他精力过人，从来不知疲倦。他从容不迫，甚至总是优哉游哉。别人看到他时，他总是在喝酒，不知道他什么时候著书译作。

只有陈中雅这样的老同学，才知道杨子丰的一天是怎样安排的。他每天凌晨三时起床，当别人开始一天的工作时，他的工作日已经结束，正因为这样，他辞去了大学里刻板的授课工作，用他的话来说："教书，太不自由了。"

于少雄复员到上海后，加官晋爵，俨然是一位接收大员。他"五子登科"，房子、车子、妻子、条子、票子，应有尽有。而且居然接收了霞飞路西端的一座花园洋房做他的官邸。他把自己创办的那份"无党派色彩"的报纸迁到上海，杨子丰、陈中雅、朱先明仍然替他编副刊。只因有了这层关系，身居郊外，担任大学英国文学教授的陈中雅，才有机会不时跑到市区来，把同杨子丰的友谊一直持续下来。

嗒嗒嗒……杨子丰眼明手捷，一会儿工夫就把文稿译完了。他把打字机罩上盖子，照例为自己倒了一小杯酒，问道：

"中雅，你哪天见到少雄的？"

"昨天。昨天他把我找去，先明也在。他说解放军很快就要渡江，上海要放弃了。他劝我们跟他到台湾。"

"你准备怎么办？"

"我……"陈中雅结结巴巴地说，"我当然不想去。国民党气数已尽，跑到台湾有什么出路？何况我又没有后台！可是，我的太太，你知道，她胆子特别小，她怕……"

"怕什么？"杨子丰两眼闪着光说，"上海马上就要解放，全中国解放的日子也不远了。新中国很快就要诞生。到那时候，人人做工，人人读书，教育事业要大发展。像你这样的教授专家，不留在大陆为新中国贡献力量，跑到台湾去干什么？为国民党殉葬！"

"子丰，我跟你不一样啊！"陈中雅摇头说，"你在共产党方面有很多朋友，你给他们做过很多工作。共产党进上海，自然会待你为上宾。我……"

"这你就多虑了。"杨子丰说，"你是位大学教授，认认真真教书，清清白白做人，一生光明磊落，共产党也会敬你为上宾呢！"

"不……"陈中雅低下头，"我好像对你说过，我在大学念书的时候，参加过国民党。"

杨子丰站起来，拍了拍他的肩膀，安慰道：

"这，你不要放在心上。学生时代，集体参加国民党的，多得很。"

"我不是集体参加的。那时候，我很幼稚，以为国民党是抗日的……另外，也是为了弄到公费出国留学。"

"那也不要紧，反正你没有做坏事。"杨子丰又说道，"我想，共产党以国家民族利益为重，不会计较这些小事。你看，国民党那些高级将领，一朝起义，共产党都能不咎既往，以礼相待，何况你这个手无寸铁的书生呢？"

杨子丰把共产党的统一战线政策讲了一大通。

"那——我就留下来。"陈中雅下了决心似的，却又说，"不过，我太太是这个意思，她希望你能够向共产党方面的朋友转达我们的情形，最好能得到共产党方面某一位朋友的保证。"

"那有什么必要？"杨子丰大包大揽地说，"我给你一个口头担保就足够了。我是共产党的好朋友，我的好朋友当然也是共产党的好朋友啰。"

送走了陈中雅，杨子丰陷入了沉思。我能替共产党做主吗？我给陈中雅的保证，共产党承认吗？

多年来，他时时考虑一个问题：为什么我还不是共产党员？大学时代，父亲说他"吃了共产党的迷魂汤"；留学时代，于少雄说他的言论"同共产党如出一辙"，他都没有放在心上。说我是共产党，我就是共产党，这有什么！大不了坐牢。况且，我确实不是共产党。

在重庆的时候，老黄找他谈话，给他布置任务，他非常兴奋，兴奋得有点像个孩子。有一次，他同老黄接头回来，喜形于色，罗云青问他：

"什么事，这么高兴？"

"我又见到老黄了，他送给我一包小米。"杨子丰压低了声音，手指北方说，"是从那边带来的。"

罗云青手捧着小米，掂了掂，想了想，才说：

"子丰，我早就想问你，你是不是参加了共产党？"

"没有，没有。我要参加共产党，还能不跟你商量？"

"那可是秘密的事情，怎么能跟老婆商量？"罗云青笑了笑，神情好像在说，我早知道你入了党，还瞒着我！

"真的没有！"杨子丰叫了起来，仿佛受了莫大的委屈。

"嘘——"罗云青手指按在嘴唇上，做了一个噤声的表情，坐到杨子丰身边，轻声问道，"那为什么老黄常来找你，又交给你这许多重要文件？"

"我也不知道，他是要我翻译。"

罗云青想了想说：

"会不会他们把你发展成秘密党员了？要不然的话，你想想，这些党内文件怎么能交给你翻译？"

杨子丰一想，真可能是这么回事。有一段时间，他甚至觉得自己确实是共产党员了。尽管在那个年代，参加共产党是要杀头的，他却毫不在意，反而有一种自豪感。他甚至想问问老黄，共产党是什么时候发展他入党的。是不是田惠中通知他去见老黄的那一次？只是因为想到这是"党内机密"，未便启口。

后来他才知道，自己有多么荒唐，多么无知！共产党组织严密，即便是在"地下"，发展党员也须本人申请，支部大会讨论通过，上级党委审查批准。自己未曾申请，怎么是党员呢？

有几次同老黄见面，杨子丰都想谈谈自己入党的问题。他不知道是要写书面申请，还是可以口头申请，甚至不知道向谁去申请。老黄从来没有向他表明过自己的身份。他是党员吗？他应该是。可他从来没有说过。或许，他也同自己一样，在别人看来，是共产党无疑，其实并不是。果真如此的话，向他提出这个问题，岂不使他难堪吗？

况且，每次见面，来去匆匆，又有那么多情况要谈，那么多工作要交代。这些都是大事。个人入党的问题，毕竟是小事、私事，搁一搁再说吧！

而老黄的"生意"是很忙的。时而去了成都，时而去了贵阳，时而又到了昆明……有时一去几个月，杳无音信，回来时才知道，他又上"北边"了。

有一次，老黄回来了，杨子丰终于憋不住，问他说：

"老黄，你能不能介绍我参加共产党？"

老黄拉着杨子丰的手，握了很久，才说：

"我们讨论过这个问题。考虑到你在国民党方面有很多上层关系，有很多工作可以做，还是保持党外人士的身份，比较好。"

杨子丰低头不语，老黄又加重语气说：

"你的心情我完全理解，可是组织上这样考虑也是有道理的。这样，对工作有利，对党有利呀！"

对党有利，对工作有利，这是最重要的，还有什么可说的呢？

在以后的那些年月，他和老黄继续保持这样一种关系。几十年以后，他回忆这种关系，才给它找到一个恰当的说法："似党非党的关系"。

抗战胜利后，到了上海，他和老黄失去了联系。后来才知道，老黄调回延安了。但是，经过老黄辗转介绍，他又接上了更多"似党非党的关系"。这时来找他的，已经不是一个"老黄"，而是许多"老黄"了。并且，他也知道，这些同志有的来自中央，有的来自"地下"，有的来自苏北；有的是"学联"方面的，有的是"教联"方面的，有的是"银行业"方面的……杨子丰总是来者不拒，尽力而为。有一次，为了营救一名被捕的银行职员，杨子丰去找于少雄，连于少雄都说他"管得太宽"了。

这些"老黄"来无影，去无踪。有的来时急如星火，三天两头找上门来，去后就永远地消失了，再不露面。开始的时候，他很想找这些"老黄"中的一位，谈谈自己的"组织问题"（那时，他也知道这个词儿了）。但是，找谁呢？好像谁都不担负这方面的任务；并且谁都没有把他当外人看，很多极机密的工作都托付给他，他更觉得不好说这个问题了。到后来，他也习惯于这种"似党非党的关系"了。

现在，陈中雅在去留的问题上找上门来，想要取得"共产党方面某一位朋友的保证"，他这才感到，党与非党，并不一样。他不是共产党，他的"保证"有什么价值？他很想去找"老黄"。然而，由于战局吃紧，国民党加紧了白色恐怖，很多"老黄"，包括一批知名的民主人士，已经暗中转移到香港去了。其中有一位"老黄"临行时对杨子丰说："本来，想让你跟我们一块走。后来考虑，你在上海还是安全的，并且这里还有工作要做，你就留下吧！天快亮了，我们很快会见面的。"现在来找他的"老黄"，是几个很年轻的人。他估计只是传递文件的交通员，同他们是不能商量这些事情的。

杨子丰喝了几口闷酒，心里略有不快。不过，转念一想，他又释然了。管他党与非党，作为一个爱国的知识分子，在这鸡鸣不已的时刻，当然应该留下来迎接新中国的黎明。不但自己应该留下来，还应该劝自己的朋友也留下。

他穿上西服，走到北四川路底，坐上一路电车，到慈淑大楼去找"朱先明大律师"。

上海街头，车水马龙，一如往常，完全看不到战事即将来临的迹象。只有细心观察的人，才会发现黄浦江上外轮骤然增多，达官贵人，已经开始携眷外逃。

朱先明大律师的写字间也已气息奄奄。外间的两张写字台前，空无人迹。朱先明正在里间收拾文契。他还是那么又高又瘦，还是那么不停地咳嗽。他边咳嗽边说：

"想不到国民党这么无能，几百万军队一触即溃，完了，完了！"

"怎么，你也收摊子了？"杨子丰问。

"不收摊子，又有什么办法？"朱先明颓然坐下，"国民党兵败如山倒。它自身难保，还能保住老百姓的身家性命？它的法律还有什么用？律师上哪里找饭吃？我早说过，中国没有法律，枪杆子就是法律！"

"听说，你准备跟少雄到台湾去？"

"走，一走了之。"

"先明，我劝你还是留下来，国民党已经完了，一个小岛，能挣扎几天？再说，你去了靠谁，你又不是人家的亲信！"

朱先明叹了口气说：

"我也考虑过。少雄是吃政治饭的，我是凭本事吃饭的，我跟着他算什么？可，可，不去，我又怎么办？"

"留下来。共产党器重人才。"杨子丰恳切地说。

"我这个人才跟别的人才不一样。"朱先明拦住他的话，摇摇头，"我是搞法律的，离不开《六法全书》。法律在共产党的词典上，属于上层建筑，照他们的解释，是为反动统治阶级效劳的。他们岂能容得下我？你不用劝我了，子丰，我只有这一条路。到了那里我也不干这一行了，我去教书，教'拿破仑大法典'，混碗饭吃算了。"说到这里，他惨然一笑。

见他不停地咳嗽，脸色蜡黄，杨子丰心中不忍，想找些话安慰他，却又无从说起，只好听着朱先明说。

"当然，到台湾，也不是最后的归宿。以后是吉凶难卜，大概是凶多吉少的了。也许，我最终真会成一名'白华'，不知哪一天，就会像一条老狗，倒毙在伦敦或旧金山的街头。我连个家眷也没有，谁来替我收尸噢！"他眼里已满是泪了。

"先明，你不要这么悲观呀！"杨子丰宽慰他说，"你留下来肯定还是有事情做的，你何必一定要走？在这里也可以教书。你这么个老实人，你……"

"谢谢你了，子丰！"朱先明咳嗽着打断他的话，"你是个好人，一心为了朋友，讲义气，这一点，少雄远不如你。他的官瘾太大，碰到事情上，他可以六亲不认的，何况同学？我跟他走，也是不得已而为之。"

"你走后，令堂大人怎么安置？"

"我正为这事心神不安，你来了就好了……"朱先明眼圈红红的，伸臂紧紧拉住杨子丰的手，眼泪又滴了下来，"家母只有托付给你了，请你以后多多照看她老人家。恐怕，连送终……都要你来操办了。我，我是个不能尽孝的……"说着便放声痛哭起来。

从朱先明大律师的写字间出来，杨子丰自己也不明白，为什么偏偏跑到了于少雄家。当年，于少雄趾高气扬，死心塌地追随蒋经国，杨子丰是不屑于理他的。现在，蒋家王朝命在旦夕，他倒想看看这位国民党少壮派作何表示。他几乎是抱着一种幸灾乐祸的好奇心走进了于公馆。他发现这个素日整洁的公馆已是乱乱纷纷，会客室里的古董玩器也都装进箱子里了。

"国民党败就败在老头子手里！"于少雄衣履不整，头发散乱，一副怒发冲冠的样子，"他不肯把兵权交给小蒋，靠顾祝同、汤恩伯这群老朽去打，哪有不败之理！"

"全部美式装备的新一军，也一样打败仗！"杨子丰回了他一句。

"一只胳臂顶不住天。天意如此，有什么办法？！"于少雄唉声叹气，感慨系之的样子。

大大发了福的于夫人气喘吁吁地在一旁说：

"唉，想不到才过了几天清静日子，又要逃难！杨先生，你走不走？"

"想走我也弄不到飞机票呀！"杨子丰应了一句，扭头又对于少雄说："少雄，为什么你这么个聪明人，就是要在小蒋这棵树上吊死？"

"你这话是什么意思？"于少雄问。

杨子丰随手拿起茶几上的一份画报，随便翻着说：

"什么意思也没有，我总是想不明白。"

于少雄误会了这话，以为这种时候杨子丰来，说这种话肯定有一番深意，便欠身问道：

"是不是那方面有人托你捎话……"

杨子丰哈哈大笑，看了他一眼说：

"有倒是有过。不过是在重庆的时候，早啦！"

"晚啦！"于少雄叹了口气，倒身在沙发里，"现在我已经在国民党里混到这样的位置，共产党是不会放过我的。不过，子丰，你说句公道话，我对你，对你的那些左派朋友，明里暗里还是有些照顾的吧？"

"为你的那些朋友，少雄吃过不少排头。"于太太也插话说。

"当然，我也不是要在共产党面前邀功请赏。子丰，我只求你一件事，我走了，我还有一些亲友留在大陆，他们的日子不会好过。仁兄是共产党方面的有功之臣，日后必定飞黄腾达，还望仁兄疏通各方面的关系，对他们手下留情。"

"这就要看他们自己了。"杨子丰冷冷地说。他心里有些后悔，今天不该出来跑的。再跑下去，快成难民收容所的所长了。

十一　东方忏悔录（上）

一盘宫保鸡丁，结束了关于殡葬改革的探索。

主人已有了三分醉意，他摇着脑袋说：

"别去说那些丧气话了。人死了，灵魂升天，管他怎么葬呢。问题是，趁活着的时候，应该忏悔，洗涤灵魂！"

"我不忏悔！我不是天主教，我不是基督徒。我不相信上帝，我不需要上帝的宽恕，我也不需要忏悔。"杨子丰连珠炮似的吐出一连串的"不"字。

"这完全自愿嘛！"田惠中把杨子丰的"不"字压下说，"卢梭不朽，就在于他那一本勇敢的《忏悔录》。咱们比不上卢梭，只要有他一半的坦诚，也可以写一部《东方忏悔录》。"

杨子丰自己喝着酒，眯眼一笑说：

"其实，我的'忏悔录'早有了。不信，你们去看我的档案，假如那能让你们看的话。当然，我与卢梭的区别是：他是自觉自愿的，我是不自觉不自愿的。"

"你别瞎扯，这根本不是一回事！"罗云青反驳他了。

"啊，我还忘了，我们家真有个基督徒。云青还受过洗呢！可惜，她后来'脱教'了。不过，她用另一种形式代替了。解放后参加工作以来，哪次生活会上、学习会上她不自我检讨，或者叫忏悔，只是我不知道，她是否那么虔诚……"

"子丰，你别说起来没完！"罗云青像是要跟他急了。

田惠中忙接过话来说：

"我们可以不叫忏悔，叫总结经验。人活了快七十岁，什么事情没做过？讲一件生平最负疚的事，足矣哉！"

"好，一事一议，寓情于事，这比长篇大论的更精彩！"出于职业敏感，赵逊成了田惠中倡议的积极赞助者。

"我反正不发言！"杨子丰煞有介事地声明。

"最好！谢天谢地！"罗云青气鼓鼓地又给了他一句。

"我来带这个头！"

赵逊大出意料——带这个头的竟是黄老。

只见黄老把嘴里的肉丁一口咽下去，一字一顿地说：

"我忏悔。我当了多年棍子，伤了不少同志，伤了不少朋友。我特别感到内疚的是，我对不起死去的……小宋。"

黄老的声音嘶哑了。

小宋，著名的戏剧家。这，赵逊是知道的。小宋之死和黄老有什么关系呢？

"是我的一篇文章，点了他的名，他被定成右派，发配到北大荒，累死在冰天雪地里。我确实后悔，为什么要点他的名呢？他生性耿直，从来不会装假。他是很有才的，假如他还活着，会给我们写多少好戏啊！"

"这也不能怪你，政治运动嘛！"女宾们先表示了谅解。

"你们不要给我开脱……"黄老喟然长叹，"我愧对小宋。"

"黄老，你有你的难处。"田惠中说，"处在你的地位，不想当棍子也要被人当棍子使，身不由己啊！"

黄老摇着头，甚至有些愤愤地说：

"不，我不能原谅自己。正因为我当时还在领导岗位上，我说话还是有影响的。我不该点小宋的名，毁了一个年轻有为的戏剧家，造成了无可挽回的损失。"

黄老感慨系之，悔恨交加，不能自持。老人的悲哀让人看了心酸，密丝林忙岔开话说：

"惠中，都是你不好，惹得黄老伤心！"

"罚酒一杯！"杨子丰举起酒杯。

"对，该罚！"密丝林也举起了酒杯。

田惠中却不举杯，只望着她挑战：

"密丝林，你敢忏悔吗？"

"我？我一个弱者，受尽了别人欺凌，我有什么可忏悔的！"说着放下了酒杯，声音也低了下去。

"你是罪孽深重啊！"杨子丰仰天叹道。

"我，我有什么罪？"密丝林不依了。

"用文学的语言来说：你是慷慨的，你把爱的希望给予了千千万万男子；你又是吝啬的，你使千千万万男子陷于绝望的爱的深渊。"

章淑娴一面下令那些围观的年轻人回厨房，一边冲罗云青说：

"你们家子丰啊，越来越会耍贫嘴了。"

田惠中却笑道：

"子丰就是深渊的受害者，他深有体会。"

杨子丰斜睨着章淑娴，回击道：

"我只不过说出了惠中想说而又不敢说的话！"

密丝林摇着黄老的胳膊，撒起娇来：

"黄老，你管不管他们，他们尽欺负我！"

黄老正聚精会神地嚼着花生米，一点没听见。密丝林搬不动救兵，自己出来应战了。她的声音仍然是那么动听：

"你们总开我的玩笑，一点也不知道人家心里的苦衷。"

"密丝林，你别理他们！"罗云青像大姐姐似的安慰她，也像是替杨子丰在赔不是。

"唉，我真是很苦啊！"密丝林认真地说，"我演了一辈子话剧，演了几十个悲剧角色。可是，没有一个主人公的命运，比我更不幸。朱丽叶是不幸的，可她有罗密欧。我呢？"

密丝林动了感情，声音也高了（她在舞台上声音是很低的）：

"很多人造谣说我玩弄男性，这是对我的诬蔑。我厌恶男性，这倒是真的。当然，我是指那些像苍蝇一样围着女演员转的无耻之徒。对他们，我是冷酷的。可是，我并不是一个没有感情的女人。我想爱，想把自己的爱情给一个人，只因为我缺乏勇气，失去了这个机会……"

在座诸公，洗耳恭听这位四十年代的话剧明星坦露自己的爱情秘密，特别是罗云青和章淑娴这两位夫人，脸上除了好奇之外，还有一些猜疑。密丝林聪明伶俐，不禁莞尔一笑，说：

"我已经是走向坟墓的人了。本来，我准备把藏在心底的这一点秘密一起带走，让它和我一起烧成灰，化作烟……可今天，难得这么多老朋友相聚，我说了，你们也不会笑我，算我的忏悔吧！"

她用手绢擦了擦嘴唇，低首说道：

"我爱过一个人，一个我的忠实的观众。在重庆演戏的时候，他每天来看我的戏。散完戏，他总在剧场旁门等着，直到看我走远了才离去。跟那些纨绔公子不同，他从来不打扰我，甚至没有同我说过一句话。"

"默默的爱情。"杨子丰忍不住自己咕哝了一句，罗云青马上给他一个脸色。

密丝林却完全沉浸在自己的感情波涛中，什么也没听见，只顾慢慢地说下去：

"他每天给我写一封信，没有肉麻的话，倒有一些对我表演的意见。我开始注意他，觉得他的想法很好。我后来的表演比较成熟，不能说同他的那些建议没有关系。有几次，我准备给他回信，约他谈谈，唉，可惜都没有……"

"那为什么？"章淑娴想到密丝林两次不幸的婚姻，不免同情地问道。

"我打听了一下，他是个律师。我讨厌这种职业。我觉得当律

260

师的都是靠嘴皮子混饭吃的说客，说得不客气点，是些乘人之危、敲人竹杠的无赖。我就……一直没理他。"

"后来呢？"田惠中问。

"后来，抗战胜利，我回到上海演戏，他也到上海了，开了个事务所。还跟在重庆时一样，看我的戏，给我写信。我，连一个字也没写给他，连一句话也没跟他讲过。可，可他是我唯一爱过的人。"

"再后来呢？"田惠中又问。

"再后来就解放了，听说他去了台湾。"密丝林深深地叹了口气，"我真应该给他回封信的，我从他那里得到那么多……"

"真是悲剧！编一出戏都够了。"田惠中也叹息地说。

"这不是编的。"密丝林很敏感地说。

"我可以证明，这不是编的。"杨子丰微微笑道："而且我还可以说出这位孤独的追求者的名字。"

"你——"密丝林望着杨子丰，有些意外，停了停才说："如果你真认识他，请你替我保密……"

"有这个必要吗？"杨子丰轻描淡写地说。

"我倒没什么，我是从流言蜚语中走过来的。我是怕传到他太太耳朵里。虽然都是老太婆了，也还是不好。"密丝林轻声细语中，仿佛还有无限柔情。

"这倒不怕，他终身未娶。"

"啊？"密丝林吃了一惊。

"而且，他本人也早已魂归西天了。"

密丝林眼泪流出了眼眶。同舞台上不一样的是，她没有哭出声来。

罗云青马上给杨子丰递了一句话：

"子丰，这是真的吗？"

杨子丰全不理会这弦外之音，反而说：

"她说的真不真，我不知道。我说的，全是真的。"

密丝林受不了了。坎坷一生，年逾花甲，偶露真情，至交挚友，仍视为戏言。在这世上，哪里去寻求理解和同情？她泪眼四顾，觉得身边的老人还是可以信赖的，转身扶着黄老的肩头抽抽搭搭哭了起来。

"子丰，你看你！"罗云青赶忙起身，绕过桌子，走到密丝林身边去安慰她。

杨子丰这才睁开半闭的眼睛，慢条斯理地说：

"这有什么？不了情，总有个了！"

十二　否定之否定

《杨子丰反革命言论汇编》
——摘自一九六九年专案组材料

专案组按语：资产阶级反动学术权威、披着"翻译家"外衣的英国间谍、反党反社会主义反毛泽东思想的反革命修正主义分子杨子丰，出身买办官僚资产阶级兼地主家庭。青年时代就通过他的反动老子，投进英帝国主义怀抱，回国后为国民党反动派所收买，主编反动报刊《新报》副刊《古今天地》，影射攻击，竭尽反共反人民之能事。解放后，他坚持反动立场，恶毒攻击党的历次政治运动。直到我们伟大的导师、伟大的领袖、伟大的统帅、伟大的舵手，我们心中最红最红的红太阳毛主席亲自发动和领导了史无前例的无产阶级文化大革命运动，才把这个隐藏得很深很深、危害很大很大的反动文人揪了出来。这是毛泽东思想的伟大胜利！毛主席无产阶级革命路线的伟大胜利！无产阶级文化大革命的伟大胜利！

现将革命群众组织和广大革命群众在大字报上揭发出来的杨子丰的反革命言论摘要汇编，发给大家，供开展革命大批判用。从杨子丰的这些反革命言论中，我们不是可以听见反革命分子磨刀霍霍的声音吗？如果时至今日还有人对两个阶级、两条道路、两条路线的斗争持怀疑态度，看到这份杀气腾腾的反面教材，总该醒悟了吧！

革命小将在这些材料后加了按语，似匕首，似投枪，直射杨子丰的黑心窝。这是何等的好啊！这里，我们也同时摘录一部分，放在文后，供革命同志学习。

"金猴奋起千钧棒"，让我们把反革命分子杨子丰打翻在地，再踏上一只脚，叫他永世不得翻身！

"一个人的思想是长期形成、不断发展的。要说改造的话，无时无刻不在改造。从幼儿启蒙，到少年求学，到学成毕业走向社会，人们对世界的认识一步一步深化，也可以说不断地被生活所改造。从这个意义上说，我赞成思想改造。谁不改造思想，跟不上时代，谁就是顽固派。不过，我不相信搞一次运动就能把思想改造好。马克思是旧社会过来的知识分子，毛主席是旧社会过来的知识分子。马克思和毛主席从民主主义到共产主义的思想转变，不是在一次思想改造运动中忽然完成，而是在长期革命斗争中逐步完成的。我也是旧社会过来的知识分子，我的思想改造从'一二·九'运动就开始了。"（一九五一年六月二十三日在外文编译室小组会上的发言）

按：狂妄透顶！这个反革命分子居然把自己同马克思和我们最最敬爱的毛主席相提并论，是可忍，孰不可忍！

"参加了×××的思想检查大会，我一点也不感动，一点也没受到教育，反而感到难受，替×××难受。我认为这个会是失败的，效果适得其反。而且，我怀疑他说的是否都是真话。我并不反对批评与自我批评，但我不认为开这样的大会是有益的。人都有自己的尊严，为什么要动员人家在大庭广众之间坦白隐私呢？"（一九五一年六月二十八日在外文编译室小组会上的发言）

按：什么阶级说什么话。知识分子的思想改造运动，无产阶级说好得很，资产阶级说糟得很，爱憎分明，是非不同，历来如此。

"我认为思想改造不能操之过急。有些人恐怕一辈子也改造不了。只要他不捣乱，不违法，由他去好了，何必强人所难呢！"（同上）

按：这句话，前半句说对了，杨子丰就是属于"一辈子改造不了"，只能带着花岗岩脑袋去见上帝的。后半句则是胡言乱语，要杨子丰之流不捣乱，不违法是不可能的，这是阶级斗争的规律，不以人的意志为转移。

"胡适在'五四'时期提倡新文化运动，还是有贡献的，不能一概否定。"（一九五四年在外文编译室业务会上的发言）

按：毛主席教导我们：凡是敌人拥护的我们就要反对，凡是敌人反对的我们就要拥护。对于反动文人胡适我们一定要彻底否定，决不允许杨子丰为胡适涂脂抹粉！

"至于梁漱溟，他纯粹是个迂夫子，谁也不理他，谁也不信他，批他干什么？"（同上）

按：革命的同志们，警惕啊，反革命分子在向我们放烟幕弹，妄图要革命人民放下武器，束手就擒。我们一定不要上当！

"毛主席是两点论，我是一点论。我比毛主席差一点。"（一九五六年十二月七日在学习毛主席著作会上的发言）

按：革命的同志们请注意，杨子丰从一九五六年开始就反对我们敬爱的毛主席了。他的反革命历史，比一般右派分子要长得多。

"费孝通的那篇文章（**按：**指臭名昭著的《知识分子的早春天气》一文），我看过。不过，我并不同意他的观点。这并不是因为我是左派，早就嗅出了他在那里反党反社会主义，我没有那么高的觉悟，也没有那么灵敏的鼻子。我不同意他的观点，是因为我不认为现在是早春天气，乍暖还寒。对我来说，从来就是艳阳天。我对共产党无话不谈，甚至可以当面骂娘，毫无顾忌。当然，共产党听不听我这个党外人士的意见，那是另一回事。"（一九五七年六月十二日在全国翻译家反击资产阶级右派分子进攻座谈会上的发言）

按：拐弯抹角地反党，是一切反革命分子惯用的伎俩，杨子丰也不例外。他说艳阳天是假，当面骂娘、毫无顾忌是真。我们当然不能听他的。否则，就要亡党亡国，人头落地！

"我心情很沉重，这么多人成了右派。文艺界、新闻界、出版界，我们翻译界、工厂里、学校里、机关里，到处都是右派。我不相信有这么多右派……不要以为给党提意见的就是右派。共产党整风，提倡大鸣大放，人家刚鸣了几回，放了几次，就把人家打回去，这种做法不够光明磊落。"（一九五七年九月二十一日在党委召开的专家座谈会上的发言）

按：打在右派分子身上，痛在杨子丰心上。杨子丰的嘴脸，不是昭然若揭了吗！

"中国报纸就喜欢胡吹，什么钢铁卫星，小麦卫星，我就不信。还是外国报纸比较客观，英国报纸说中国的'后院炼钢'，炼出来的不过是中世纪的物品。"（一九五八年十一月八日在局级干部学习会上的发言）

按：洋主子放个屁，狗奴才也说是香的。对于人民公社，他更恨得咬牙切齿，竟说什么"鸡多不下蛋，和尚多了没水吃"，恶毒至极！

"我历来主张家务劳动社会化，因为我是个大少爷（**按**：不对，应是大老爷），一不会做饭，二不会洗衣服。大家都去吃食堂，我举双手拥护。我还主张食堂餐馆化，想吃什么菜就点什么菜，想喝什么酒就要什么酒。（**按**：一副馋相，可耻！）如果达不到这个水平，公共食堂就长不了。"（同上）

按：农村公共食堂虽然暂时被刘少奇的黑风吹散了，终究会恢复起来，坚持下去的。

"我本来以为庐山会议要反'左'，没有想到还反右。"（一九五九年八月十八日在党委召开的座谈会上的发言）

按：反革命分子总是错误地估计形势。

"我是文人，彭是武夫。我历来看不起大老粗。彭德怀让我改变了看法，至少是部分地改变了看法，他一个带兵的将领，体察民情，直言上书，我佩服这精神。当然，'万言书'那么长，不可能句句说得都对，甚至有许多不正确的、模糊的、错误的、荒谬的看法。这可以批评，似乎不必兴师动众。再说，言者无罪，闻者足戒；有则改之，无则加勉。不加勉也可以，不改正也可以。你可以不加勉，他也可以不加勉；你可以不改，他也可以不改。大家保留意见，增强团结，共建中华，岂不很好？"（同上）

按：这里有两点值得注意：一、彻头彻尾的折中主义；二、杨子丰已经把攻击的矛头直指向伟大领袖。革命群众一定要擦亮眼睛，切不可书生气十足。

"我不反对突出政治。我反对人人突出政治。人人突出政治，政治就不突出了。人人突出政治，谁去突出业务呢？人人都突出政治，人人都不突出业务，我这个主任就要失业，我们编译室就要关门。所以，老张（指当时××室的党支部书记）可以突出政治，我还是突出业务。不过，我主张我们两人约法三章：各自突出各自的，互不干扰。而且，我当了几十年翻译匠，也只能突出业务。让我来突出政治，势必走到邪路上。这并不是我对政治有什么厌恶情绪，其实，我是非常喜欢政治的，经常发表政见。有人说我每会必到，每到必讲，这话不假。我不突出政治，尚且一说一大筐；我若突出政治，一说还不得一座山，谁受得了？"（一九六六年四月二日在××室工作会议上的发言）

按：请看，这是对突出政治极大的诬蔑，是露骨的二元论。

"我和吴晗认识，不熟。他反党，没有告诉我。假如他告诉我了，我早就跟他划清界限了。关于他请我看《海瑞罢官》一事，纯属偶然。记得是在统战部召开的一个会上，我们凑巧坐在一个圆桌上，随便聊了几句。要笔杆的人碰一块儿，无非是说'你最近写什么'之类的废话。听说他编了一出新戏正在排演，我多了一句嘴说：'到时候请我看戏噢！'没有想到，他真把票给我寄来了。我爱好京戏，但只听老戏，不看新戏。我本来不想去，后来一想是我向人家要的票，人家票送来了我又不去，怕人家说我架子大，就去了。幕间休息时，剧团里的人请我们到休息厅休息。我本不想去，后因口渴，想到休息厅里必有茶水招待，便欣然前去。到了休息厅，吴晗已在那里，大家说了一番祝贺的话便坐下了。我因为口渴，只顾喝茶（计饮三大杯），别人说了些什么，我不知道。后来听见吴晗问：'子丰，你有什么高见？'我本来就没有什么高见，听他叫了我的名字，觉得不说点什么也不好，就胡诌了几句，大意是研究历史的能够写出这样的戏来很不容易。"（摘自一九六七年二月十六日杨子丰的交代材料）

按：这是诡辩！吴晗破门而出，由历史而戏剧，炮制反党大毒草《海瑞罢官》，煞费苦心。杨子丰心领神会，在一旁连连称赞"很不容易"。这两个反共老手配合得多么默契！这哪里是什么"纯属偶然"，分明是"确系必然"！联系到一九五九年杨子丰为彭德怀的万言书叫好，这还不值得深思吗？

"朱先明是我在牛津读书时的同学，回国后当律师，上海解放前夕跑到台湾去了。临行前，他托我照顾他的母亲。我听说他家里有田，想必是个地主。我没有去过他家，也没有见过他母亲。不过受他之托，考虑到一个老人无人奉养，也是社会的负担，就给她写了封信（土改以后），胡编了一段话。说是我买过朱先明几张画，欠他一笔钱，他走了，我手头也不富裕，只好陆续寄上。

老太太也就糊里糊涂地收下来。就这样，我逢年过节就胡乱寄几个钱给她。有就多寄，没有就少寄，有时也忘了寄。我不是有意要当地主阶级的孝子贤孙，只是替朋友帮点忙，替社会尽点义务。"（摘自一九六七年十二月十日杨子丰的交代材料）

按： 杨子丰是人是鬼，这份自白书说得再明白也没有了。他称国民党反动派的大律师为"朋友"，他替这样的朋友当"孝子"，还煞费苦心，编造美丽的谎言，去讨好那老吸血鬼地主婆子，真是不知人间有"羞耻"二字！

"我从前没有读过刘少奇的《修养》，也没有想把它译成英文。是老张对我说，中央交下一个政治任务，要把刘少奇的《修养》译成英文，我才读了一遍，并布置室里的同志分头去译。在会上，我说过这本书很有价值。因为我当时不知道这本书是反对无产阶级专政的，只认为如果共产党员都能有这样的修养，党的素质就提高了。"（摘自一九六八年十一月四日杨子丰的交代材料）

按： 决不允许老奸巨猾的杨子丰借交代之名，行攻击之实。

"我从来不认为自己是什么权威，也不认为自己有什么专长，我不过是个翻译匠。我从来不认为自己的译文是最好的，但我也不认为别人的译文一定比我好。至于其他著作，兴之所至，偶尔也'客串'一番，无非是炒些冷饭。"（摘自一九六九年二月十八日杨子丰的检查材料）

按： 真是咄咄怪事！反动学术权威杨子丰忽然谦虚起来了。果真如此吗？否。这不过是一出欲盖弥彰的丑剧。杨子丰历来狂妄，以"译林权威"自居，老虎屁股摸不得，何曾有过半点谦虚！现在，我们正告杨子丰，你的屁股我们摸定了，而且要经常摸，反复摸，只给少数人摸不行，要使广大革命群众都来摸！

"关于恢复杨子丰工作的问题"

——摘自军宣队××同志在全局大会上的讲话

"……现在讲第十个问题，根据无产阶级司令部的批示，自即日起恢复杨子丰的工作，这就是说，把杨子丰解放了，不再坐班房了。……我们坚决执行无产阶级司令部的指示，坚决拥护无产阶级司令部的决策。这就是说，我们认为杨子丰文化大革命中是犯有严重政治错误的，就其矛盾的性质来说，是敌我矛盾。所以，前一阶段对他的揭发批判，是完全正确的，也是非常及时的。这就是说，杨子丰要低头，要服气，不得闹翻案。但是，我们无产阶级司令部，毛主席著作学得最好，看问题看得最深，考虑到国际国内阶级斗争的需要，这就是说，尼派人来华，也就是说，尼克松这一派要到中国来，所以就指示我们敌我矛盾按人民内部矛盾处理，恢复杨子丰的工作。毛主席早就说过嘛，对反革命分子打击面要小。要给出路。我们希望杨子丰要正确对待群众、正确对待自己、正确对待无产阶级司令部的审查。这就是说，不要以为无产阶级司令部有批示，就把尾巴翘到天上去……"

《为杨子丰同志平反的决定》

——摘自一九七八年十月十九日中共××党委的决定

……党委同意××党支部为杨子丰同志平反的决定。杨子丰同志虽然出身官僚资产阶级家庭，早年留学英国，但在我党的影响下，有进步表现。一九四九年十月参加工作。"文化大革命"中把他定成"资产阶级反动学术权威""英国间谍""反共老手"，经查，证据不足，应予平反。至于杨子丰同志在历次政治运动中的言论，虽然也有很多错误，其中有的错误还是很严重的，但毕竟属于思想认识问题……

《为杨子丰同志彻底平反的决定》
——摘自一九八一年二月三日中共××党委的决定

……杨子丰同志在民主革命时期积极参加新民主主义革命，为党和人民做了很多工作。在社会主义革命时期，杨子丰同志热爱党、热爱社会主义，为我国翻译出版工作做出了贡献。"文化大革命"中，由于林彪、"四人帮"诬陷，杨子丰同志蒙受不白之冤。现在查明……林彪、"四人帮"加给杨子丰同志的一切诬蔑不实之词，都予推倒，彻底为他恢复名誉，恢复职务，恢复级别，恢复工资待遇……希望杨子丰同志振奋革命精神，认真学习党的十一届三中全会的决定，坚持四项基本原则，沿着十一届三中全会指引的方向奋勇前进。

十三　东方忏悔录（下）

经众人劝解，密丝林这才擦干眼泪，从凉菜碟里拣了一小块酸黄瓜，默默地嚼起来。

头两名忏悔者，话虽不多，却也凄然，说得人怪难受的。作为东道主，又兼这"东方忏悔"挑头的，田惠中有心把气氛扭转一下。

"我来忏悔吧！"田惠中站起来，笑眯眯地说，"我是个老实人，大家都说我老实可欺，其实我并不那么老实，有时候还有点狡猾。"

"好，一个狡猾的老实人，有点意思。"杨子丰说。

"我……"

田惠中刚要忏悔，陈中雅忽然叫道：

"矛盾，矛盾！又老实，又狡猾，到底是老实还是狡猾？"

杨子丰哈哈大笑：

"中雅，看起来你真是个老实人。老实人碰到老实人，很多事就难于理解了。我这人不是老实人，让我跟你说吧，老实和狡猾，又矛盾又不矛盾，它们常常交织在一个人身上。人嘛，本来就是一个混合物，又老实又不老实，又狡猾又不狡猾，这才构成了人的复杂性。哪有纯而又纯的？比如惠中吧，他自己说他并不那么老实，有时候还有点狡猾，这恰恰证明了惠中是个老实人。"

田惠中还站着，冲杨子丰说道：

"你还让不让我忏悔？"

"等一等，我还没有说完呢！"杨子丰抬抬胳臂，示意他坐下，又接着说，"再比如中雅吧，对老实人其实并不那么老实，有时还有点狡猾毫不理解，这就证明你是一个比一般老实人还要老实的老实人。"

"岂敢，岂敢！"陈中雅连连拱手。

"至于在座诸位……"杨子丰环视一周说，"黄老是我们德高望重的忠厚长者，不会有任何异议。三位女士贤惠温柔，绝无偷鸡摸狗之事，也可谓老实的妇道人家……"

"去你的！……"女士们都笑起来。

"怎么，难道你们不贤惠，不温柔？或者偷过鸡，摸过狗？"

人们笑得前仰后合。

"还有这位赵逊同志，言语不多……"杨子丰把小眼睛转到赵逊身上。

"言语不多，证明也是一个老实人。"田惠中已经忘了自己的忏悔了。

"不，不对，不可一概而论。嘴上不说，心里捣鬼，这种狡猾狡猾的人，大大的有。不过，小赵，你不必脸红，我可以证明，你还是个老实人。你言语不多，因为你思想高度集中。你的脑子里有一台录音机，正在紧张地工作，要把我们说的统统录下来，稍加整理，就是一本札记。弄得好，能混个千八百块稿费。怎么样，小赵，我说得不错吧？"

赵逊真的脸红了。

"不过，你不要紧张。"杨子丰安慰他说，"说话是没有版权的，你尽管录，尽管写，尽管拿去发表。只要不加歪曲，你还是老实人。至于真正狡猾的人，要比你高明。他一边在脑子里录音，一边嘴上说个没完，装作完全没有听你们说些什么，就把你们统统地录了进去……"

"子丰，你别忘了喝酒！"章淑娴大约是怕他再说出什么更"直率"的话，怕赵逊受窘吧。

杨子丰倒没理会什么用意，伸出酒杯让女主人给斟满了。

"子丰，你歇歇吧，就听你一个人胡说！"罗云青又来劝阻了。

"我不自由呀！"杨子丰长叹道，"云青什么都好，就是不让我说话。"

"你说得还少？"罗云青嗔怪道。

"特别是不让我在人多的场合说话……"

"让你说，让你说，我不管了。"罗云青气哼哼地说了一句。

"不过，我们不要听你胡说，要听你忏悔！"田惠中已有五分酒意，念念不忘忏悔。

"我偏不忏悔！我没有什么可忏悔的。"杨子丰举着杯子说，"这并不是因为我没有伤害过别人，或者说没有做过对不起别人的事。人与人相处，总会有矛盾，总要闹纠纷。你伤了我，我伤了你；你给我一拳，我给你一脚，这种事，难免。"

"符合团结起来向前看的精神。"端坐不动的黄老忽然冒出一句话来。

众人大笑。杨子丰声色不动，举杯说道：

"黄老过誉，实不敢当。我只是承认，我这一生，伤害过很多人，干过很多对不起人的事。当然，这里边还有一个有意、无意之别。有意伤人是一回事，无意伤人又是一回事。但是，不管有意无意，我是伤过人的。可是，我决不忏悔，如果都要忏悔，那恐怕就悔不胜悔了。而且，大略结算一下，我伤人之处虽多，人伤我的更多，收支相抵，绝无赤字。人有欠我的，我无欠人的。人家不向我忏悔，我又何必向别人忏悔！"

"哼，你今天就该忏悔！"罗云青憋不住还是又说了，"就因为你爱胡说，浪费了别人的光阴，还不该忏悔忏悔？！"

"云青，我看你专不了他的政！"黄老吃饱了，比较注意听了。

杨子丰的确没有丝毫怕"专政"的样子，他只把酒杯朝罗云青举了举，说：

"我宁可胡说，也不忏悔。胡说并不是一种浪费。科学来源于幻想，真理产生于胡说。马克思主义出现在欧洲，不就被认为是一种胡说吗？它来到中国，不是也曾被认为是一种'共产共妻'的胡说吗？当然，如果我尊敬的夫人产生了胡说的愿望，那么，我甘愿马上停止胡说，把这优先权让给她。"

"我才不想胡说呢！"罗云青简直把他没辙，扭过头去不理他，只和女主人说悄悄话去了。

"既然你不愿意胡说，那就还由我继续胡说吧！总而言之，我决不向别人忏悔，无论是向我的敌人，还是向我的朋友……"

"不行，不行，那你也得忏悔！"田惠中叫道。

只听得杨子丰很严肃地说：

"那我向一只兔子忏悔！"

吵吵嚷嚷的声音低了下去，一桌子人都盯着他。这怎么回事？

"小时候，我打死了一只兔子……"

十四　人老珠黄

飞越太平洋，晨昏颠倒，纽约时间十九点，北京时间是几点？

中国人变成"外国人"，对杨子丰来说，这种感觉并不新鲜，他早已习惯于在洋人侧目中我行我素。更何况事隔四十年，那种"牛津"所特有的贵族做派和对外部世界的傲慢态度，似乎仍在这位中国公民的身上起有作用。他颇像一位英国伯爵，对新大陆毫无兴趣——一个没有历史的国家，尽管有世界上最富裕的物质文明，又有什么值得羡慕的呢？

旧金山、纽约。参观，座谈。宴会，祝酒，不停地换盘子，换烟缸。交际，周旋，腰酸腿疼地站着说客套话。这一切刚刚开始，他已经厌倦。今晚是美中文化交流协会的宴请，亏得于少雄来了个电话，他借口等着老朋友来访，向团长请了假，躲在旅馆里享清静。

在纽约，六十美金一夜的旅馆房间只能算中等偏下的水平。所谓前厅也就是两张沙发和壁上的一面镜子。杨子丰坐在一张旧沙发上，侧对着时开时闭的玻璃门。他没有想到会到美国来。其实是应该想到的，八十年代了，对外开放了，中美文化交流，从中国大陆来美国的文人、学者不止他一个。他更没有想到会在纽约见到于少雄。其实也是应该想到的，台湾的政客们，得意的和失意的，谁不把美国当作庇护所、养老院？只不知这位于少雄是属于哪一类？从电话里听他的声音，显然是老了。

"杨先生，我是少雄，于少雄。是你牛津的同学。从报上看到消息，知道你来了，能不能同你见一面，只要半小时……"

见就见吧，这有什么？国共两党还会有第三次合作呢，况且我一个非党人士？

门开了，进来两位金发女郎，穿着牛仔裤和宽松的蝙蝠衫。门又开了，进来三位穿牛仔裤的男士，其中一位脑袋光光的，最少四十五岁以上，也穿这种箍得紧紧的裤子。到了美国，他才知道牛仔裤为什么历久不衰，老少皆备……

门又开了，进来的是一位中国人，花白的头发，一身显然肥大的西装，系一条红领带，个子有点像于少雄。可是，他站在门口畏畏缩缩的，步履迟缓，好像想进又不敢进来……是他，是于少雄。

杨子丰马上站起来，迎上前去。

"少雄……"他没有想到阔别三十余载，本属两个对立的营垒，出口竟是这样的称呼。

"杨、杨先生……"于少雄的手在颤抖。

"真没有想到在美国见了面。"

"是啊……"

在于少雄身后，又进来一位胖胖的中国女人，也有点犹犹豫豫的样子。她脸上涂着很厚的脂粉，画了两条又细又弯的眉毛，却怎么也掩饰不了那一脸松弛的肌肉。哦！于少雄的夫人，真是人老珠黄啊！如果在大街上，怎么也认不出来了。一个人，怎么会有这么大的变化！

"怎么样，去酒吧喝点吧？"没等客人答话，他就带着往酒吧走，边走边说，"难得见面，先喝一杯！"

进了酒吧，杨子丰往矮矮的沙发椅上一靠，笑眯眯地要了两杯威士忌和一杯果汁。又看了看旁边的于少雄，脱口说道：

"少雄，你可见老啊！"

"是啊，老了。"

"不可抗拒的自然规律，我们都老了。"杨子丰赶忙说。见酒来了。他忙又举起杯子。

"岁月蹉跎，人生如梦。"于少雄喝了一口酒，感慨万端。

"你现在从政，还是从商？"

"既不从政，也不从商。"

"啊，退休养老，移居美国了？"

"一言难尽。"于少雄说，"用得着你的时候，鞍前马后；用不着你的时候，一脚踢开，不值钱了，过时了。"

"你不是——太子派吗？"杨子丰当然记得于少雄是小蒋的人。

"皇上、太子都一样，不谈它了。"

"少雄就是太傻。"于太太对这位从大陆来的丈夫的老同学，说话还挺"解放"，她发起牢骚来了："当初他在台上的时候，我就劝过他，政治饭不好吃，那可不是保险公司能保你一辈子。趁你在台上，做点生意，留条后路。他不听，忠心耿耿地弄到现在……"

"那么，现在你们怎么生活？"

"带了几个剩下的钱，住在女婿家。"于少雄不由得叹了口气。

"杨先生，您不知道，美国这社会呀，不讲孝道，一家子人不兴住一块儿。"于太太似乎是憋闷了许多话，只想找人说说，"七老八十的就一个人过，看着就叫人寒心，我们这还算好的了，让你住……"

于少雄打断了她的话："我也不怪他们，他们混得也不好。一个教书的能好到哪里去？"于少雄一仰脖，把杯里的酒喝尽了，"唉，只怪我自己看不破，子丰，几十年我才闹明白，我不该去搞政治。"

杨子丰向"仆欧"打了个手势，又要了两杯威士忌。

"子丰，你混得不错吧？我听说，你现在是大陆最权威的翻译家，译著几十本了。"

"哪有的事！胡乱地翻一点东西。"

"不必过谦了。在牛津的时候，我就看准了，你将来是我们当中最有出息的，才华横溢，有主见，不苟同……就是贪杯。子丰，你现在还喝吗？一天喝多少？"

"喝，睁开眼就喝。没有酒，人生多寂寞。"

"是啊！子丰，你在共产党内居何要职？"

"我？我还在党外，我是非党人士呀！"

于少雄哈哈大笑：

"子丰，你还是英国式的幽默哟！你是非党人士？哈哈，还保密，有这个必要吗？这是在纽约，不是在台湾。坐在你面前的不是国民党的实权派，是个寄人篱下的老人……"

"真的。我们是老同学，我为什么骗你？我从来不是共产党员，我是非党人士。"

于少雄大吃一惊，瞪眼望着他说：

"我一直以为你是共产党。在伦敦我就怀疑过；到了重庆，我就确信你是了。"

"那你怎么不抓我呢？"杨子丰眯眼瞧着他，很感兴趣地问。

"我那时候也不是警备司令部的嘛！"于少雄开玩笑说，"不过，有一次，军统要抓你，黑名单上有你的名字。还是我找了他们，我说这个人不能抓，他是牛津的高材生，家庭、社会地位都不错，抓了舆论影响不好。他们才放过了你。如今事过境迁，我这可不是当面邀功啊，确有其事，不信你问内人。"

于太太连忙点头说：

"少雄这个人最讲义气。他总说，这个是他的同学，那个是他的朋友，保了不少人呢！为这些事，他也吃了不少苦头。"

"那么，你为什么甘当党外人士呢？"于少雄又问。

"我甘当党外人士？没有那事！我现在还想入共产党。"

"共产党为什么不接纳你呢？"

"这，我就不知道了。"

"真不明白，像你这样的人，为共产党效力了一辈子，当时你没少给他们干事吧？如今又是学界泰斗，国际上有影响的人物，共产党拒你于门外，不可理解，不可理解。"

"那没有关系，今年入不了，还有明年嘛！"

"这么说来，你还是想入？"

"想入。"

"这，我又不能理解了。人家不要你，你还想入。"

"这，少雄，你恐怕是难以理解的。这是我的信仰。"

"哦，信仰？"于少雄若有所悟，"子丰，这也是我佩服你的地方。这么大岁数了，还像年轻时一样，讲信仰。这恐怕也是大陆比台湾好的地方。我是早不讲什么信仰了。"

"还喝一杯吗？"杨子丰又要了两杯威士忌，还给于太太要了一份水果冰淇淋。亏得手上有几个美金，否则就露怯了。

于少雄喝了两杯酒，蜡黄的脸上有了点红色，他忽然抓住杨子丰的胳臂问：

"你还记得先明吗？朱先明？"

"怎么不记得！他在哪里？怎么一点消息也没有？"

"死了。"

"啊！"

"死了好几年了。你也知道，他是个厌世主义者，又有肺病，孤身一人，惨得很。在台湾，待不下去，到了美国，也混得不好。医生说，他是肺癌。临死的时候，就我一个人在他身边……"

"真想不到啊！"杨子丰摇了摇头感慨地说，"记得在上海分手的时候，他把高堂托付给我，要我给予照顾，甚至说到替他给老人家送终。没想到她九十高龄依然健在，前些日子还给我来信，托我打听她儿子的下落；而先明，却……走在她前头了。"

于少雄的眼中已满是泪水。

"子丰，今天我来找你，一来想见见你，二来也是为先明骨灰的事。他临终遗言，要把骨灰葬在他浙江老家。我想，我们同学、共事一场，总要尽到最后的……子丰，这事就托你了。"

第二天，下着小雨，他们驱车到郊外的一座小小的公墓。树木凋零，在一片落叶中，他们来到朱先明的墓前，只见墓碑上用中、英文刻了两行小字：

朋友，请你放轻脚步，
这里是一个受伤的灵魂。
假如你能帮助他，

送他回到家乡的小河边，

他将在天国为你祈祷！

杨子丰站在朱先明墓前，献上一束鲜花，鞠躬默哀。

"你能送他回去吗？"于少雄问。

"当然，我一定办到。"

杨子丰是捧着朱先明的骨灰盒回国的。临行前夕，他又给于少雄打了个电话，问他今后的生活怎么安排，有什么打算。

"我是个活死人，还谈得上什么安排打算！"

"不要这么悲观。落叶归根，回大陆去看看吧，大陆正搞现代化，需要各方面人才。"

"也需要我这个国民党反动派？"

"爱国不分先后嘛！你要是不想回去定居，回去玩一趟，看看老朋友，看看重庆、上海……"

"子丰，谢谢你，真的谢谢你。可能的话，我会回去的。不过……"

"什么？"

"唉，不谈了，我谢谢你，为了先明，也为了我自己。说不定，下次你来就带着我的骨灰回国了……"

于少雄泣不成声。这声音陪伴着杨子丰登上泛美航空公司的班机，直飞北京。

十五　"我不要童年，不要青春……"

清炒虾仁、家常豆腐，一道道按菜谱做出来的颇具特色的名菜，引不起人们的食欲。关于一只无辜的兔子的忏悔，像一团沉重的阴影，笼罩在人们的心头。

杨子丰默默地喝着酒。

"子丰啊，何必呢？"终于，田惠中打破了沉默，"你的为人，你的文章，你的政治态度，是有目共睹的！你不是常说自己是散淡的人吗？我看你还是没有看透，还是不够散淡。"

杨子丰不言语。他手敲着桌沿，唱起《空城计》来。他把"卧龙岗"三字改成了他家的住处，只听他有板有眼地唱道：

"我……本……是……团结湖……散……淡的……人……"

"味儿不够，'团结湖'韵也不对，"田惠中评论说，"你要真是散淡的人，老兄，你就不会把入党问题看得那么重了。"

"这就是他的可爱之处。"黄老猛不丁响亮地插了一句。

"其实，入不入党都一样。"田惠中接着说自己的，"再说，共产党是无产阶级先锋队，你我之辈哪里是什么无产阶级？算了吧，子丰，何必苦苦追求？我劝你，加入我们民盟，我发展你。要不，加入民进，怎么样？"

"我敬重民主党派。"杨子丰用少有的正经答道，"但是，我跟我们那儿的人说过，在中国这块土地上，我要入就入共产党。这是我的信仰，是我毕生的愿望，毕生的追求。"

"唉，这就难了……"田惠中叹道。忽然，他对着陈中雅说："对了，中雅，你刚入党，你介绍介绍经验吧！"

陈中雅脸红了，一直红到脖子上。他结结巴巴地说：

"我，我能说什么？子丰知道我的底细。我这人胆小怕事，对党的贡献也很小。子丰，你替党工作的时候，我还糊涂着呢！我真不明白，为什么不吸收你，反而吸收了我？我的条件比你差远了……"

"这你不能这么说。"杨子丰拦住他说，"你是个正派人。共产党里需要你这样的正派人。"

"说到入党的经验，我只有一点感受……"陈中雅那光光的脸上显出少有的激动，声音都颤抖了，"那就是把自己当作一团面，让人家去揉。"

田惠中接过话叹道：

"唉！中雅给揉了二十多年，揉成现在这个样子，才入了党。子丰啊，我劝你，与其像中雅那样，不如不入。"

陈中雅一听这活，慌忙声言：

"不，不，我不是这个意思！我是个新党员，不该说这个话。子丰，你不要听我的……今天我喝多了。黄老，我说错了。"

黄老坐在那里，一动不动说：

"我没有听见。"

杨子丰站起来给陈中雅斟上酒，笑道：

"揉面就揉面，没有什么大不了的。人生在世，哪一个不是一团面？哪一个不给生活揉来揉去？哪一个不给社会揉来揉去？套用老人家的语法，不是给这个阶级揉，就是给那个阶级揉，问题是由谁来揉？给那些高明的面包师来揉，揉出各种美味的面包，供人美餐，也就不枉此生。如果落到那些不学无术，偏又嫉贤妒能的小人手里，那就惨了。不幸的是，现在这种小人不少。"

"更不幸的是，这种小人够不上'三种人'，你还不能把他们清除出去。"田惠中也叹息了。

"我也写了申请呢，我知道自己条件不够。"密丝林说，"可，我一个外甥女知道了，打电话对我说：'二姨，你疯了，这么大岁数，入的哪门子党呀！'看看，现在的年轻人，跟我们那时候真不一样啊！"

“杨老，他们为什么不批准你？”赵逊可是年轻的老党员了，他听来听去觉得挺奇怪。

“我怎么知道？！”

“恐怕你们那儿的党组有点关门主义吧？”赵逊开始推理。

“没有。前一阵还发展了一批。”

“那你问问他们，为什么不发展你？”田惠中说。

“这种事怎么好自己去问呀！”密丝林说。

“我问了。他们说，成熟一个，发展一个。”杨子丰苦笑几声，大叫道，“我还不成熟？我近七十的人了，都快烂了，还不成熟？”

黄老一直闭目养神，这时才睁开两个鼓出的眼睛说：

“四十年代你就成熟了。”

“如果口头申请算数，黄老，我四十年代就申请过了！”杨子丰的嗓门低了，后边的一句别人几乎很难听见。

“怪我，怪我啊，那时只想到工作方便，没想到酿成你终生的遗憾！真是怪我对你关心不够。”黄老把身子侧了一点，对着杨子丰又说：“不过，要说我一点没有关心过，那也不对。‘文革’前，我还问过你们那里的一位领导。他们说，快了，要解决的。又说你最大的缺点就是，爱提反对意见，爱放炮。”

罗云青摇头叹气地说：

“是啊，我整天跟子丰讲，你这张嘴要改一改，不要整天胡说。什么事情你都要发表意见。你要入党，你又处处找人家的碴子，不买人家的账，人家能要你吗？”

“我不承认这是我的缺点。胡说？什么叫胡说？！你认为是胡说，我不认为是胡说；昨天认为是胡说，今天就不认为是胡说。这种事，常有的。再说，即便是胡说，你也要分析：他为什么要胡说？透过胡说看到他的不胡说，看到他不得不用胡说的方式来不胡说的内衷。自古以来，听话听音。如果身为共产党，听不懂弦外之音，言外之意，还怎么做党的工作？再退一万步，即便是彻头彻尾、彻里彻外的胡说，你为什么不同他说去？你说服他呀！你也不同他说，你也说不服他，你就说他胡说，这公平吗？"

杨子丰又"胡说"了一通，黄老点头赞道：

"一篇很好的杂文，题目叫《说胡说》。是啊，不知从什么时候开始，我们党里出了这么一批人，总以为党员就高人一头，只准听他说，不准别人说；他说的都正确，别人都是胡说。听他说的就能入党，不听他说的就不能入党。这样发展下去，党内唯唯诺诺的人多了，敢说话的人入不了党，我们这个党就给毁了。"

"黄老，要是子丰在你手下工作就好了！"罗云青叹道，"我是没有条件入党的，我也没有入不了党的苦恼。子丰跟我不同。他是死活也要入党……"

"不对。"杨子丰立刻打断她的话说，"我不是死活要入。我是活着要入党，死后我不入——死后追认，那有什么意思。"

罗云青没听他的，还接着冲黄老说：

"入不了，谁也不怪，就怪他自己。不过，据我从旁观察，他们支部有些同志，水平也太低了。最近，居然还找他谈话，要他谈入党动机。"

"那是要谈的，我谈过十多次。"陈中雅说。

杨子丰又一口喝干了杯里的酒，说：

"申请几十年，快七十岁了，我还谈什么动机？我不想入党做官，也不想拉帮结派，更不图虚荣浮财。我的动机就是我的信仰，我的追求。可是，同我谈话的这位党员，他根本不理解。在他看来，不带着某种个人目的而又要求入党的，根本没有这种人。跟这样的人，你有什么好谈的？"

"荒唐!"黄老嘴里蹦出两个字。

最后一道菜——汽锅鸡,端上来了。田惠中夫妇张罗着要客人们尝一尝这云南风味的名菜,顾不上说别的。杨子丰无视汽锅鸡的出现,还继续他的"胡说":

"其实,我心里明白得很,我要入党,也不难。第一,不断地写思想汇报,今天说学习了这个文件进一步认识到自己的缺点,明天说参加了那个会议,进一步提高了自己的觉悟;第二,不断地找人谈心,征求意见,支部书记、组织委员、党小组长、一般党员,排队挨着来,谈完一轮再一轮;第三,管你说得对不对,符不符合事实,大包大揽,统统兜下来,是是是,好好好,这条意见对我帮助很大,那条意见对我启发很深……有这三条,齐了,积极靠拢组织,虚心接受批评,一致通过。当然,有些无伤大雅的问题,也可以保留意见,表示一时想不通,允许我再想一想,显得更真诚。"

杨子丰口若悬河,说得大家都忍俊不禁。

"这种戏,谁不会演?可是,我偏不演!"杨子丰这才"照顾"了一口汽锅鸡汤。

田惠中喝完鸡汤,放下小碗说:

"这三条都办不到,难怪你入不了党!"

"还招来很多麻烦呢!"罗云青皱着眉头说,"什么不靠拢组织啦,骄傲自满啦,群众有反映啦……去年去了一趟美国,又说不参加团里的活动,光跟台湾的人一块儿喝酒,自由主义啦,烦死人了。"

"我跟他们说了,入党是神圣的事情,让我把什么莫须有的罪名都兜下来,淋着一身污水入党,我不干。这不是给党增光,这是给党抹黑。"杨子丰高声说道,"我要堂堂正正地跨入党的大门,决不说违心的话，决不给党抹黑。"

"我支持你！这才像一个共产党员入党的样子。"黄老说。

罗云青连连摆手说：

"您就别支持他了。他跟党支部这么较着劲儿，还怎么入党？"

"不对，我不是跟哪一个支部较劲儿，也不是跟哪一个人较劲儿。我是跟党的组织工作，或者把范围缩小一点，是跟组织发展工作中'左'的倾向较劲儿。党章对党员标准有明文规定，为什么还要沿用过去那种'习惯法'，拿写了多少思想汇报、同多少党员谈过心，作为事实上的党员标准！"

"你应该给中央组织部提这个意见。"黄老说，"我看你的意见不能说没有一点偏激的地方，至少很值得考虑。这几年组织部的工作重点，先是平反冤假错案，后是配备各级领导班子；组织发展工作中'左'倾流毒，怕是还没有来得及清理。应该相信，各条战线都在清'左'，组织部门也不会例外。"

酒足了，饭饱了，宴会进入尾声。在厨房里忙活的小字辈纷纷脱掉围裙，三三两两地溜进屋来，有的撤菜盘，有的撤汽锅。真真端来一大盘蜜橘，放在桌子正中。她先递给黄老一个，又挑了一个最大的给密丝林，说：

"林阿姨，刚才听您念台词，朗诵得真好，声音那么甜。"

密丝林高兴得合不拢嘴，章淑娴赶紧把真真介绍给密丝林。密丝林拉着她的手，端详了一阵这可爱的新娘子，连声赞道：

"好，一看就是块材料，气质好，眼睛里有戏，在哪个剧院，演过什么角色？……"

田惠中的小孙子也溜进来，倚在章淑娴的怀里，要奶奶给剥橘子吃。

和睦家庭，天伦之乐，更改了宴席上的话题，驱散了客人们的谈兴，连杨子丰也缄口不语了。

密丝林还把真真搂在身边说呢：

"才二十二岁，真年轻啊！我要是现在二十二，那多好啊！"

"哎哟，林阿姨，我怎么能跟您比，您二十二岁的时候早就是大明星了！"

"不行了，老了，早就被人忘了。"密丝林叹息了。

杨子丰轻轻地哼了一句歌儿：

"我的青春小鸟一样不回来……"

田惠中却一把将孙子抢过来搂在怀里，笑道：

"密丝林羡慕二十二岁；我呢，比她更彻底，我羡慕我的小孙子，要是我今年六岁，那有多好！"

"做梦去吧！"章淑娴笑道。

田惠中把孙子还给章淑娴，举着酒杯，站起来说：

"来，来，把门前的酒清了！今晚承蒙大家赏光，不胜荣幸。让我们为……为失去的童年，失去的青春，干这一杯！"

在座的人都纷纷站了起来。连黄老也在密丝林和真真的协助下离开了座位。

杨子丰慢慢地站了起来，他端起酒杯，看了看杯中的酒，高声说道：

"我不要童年，不要青春，我愿意一生下来就是老年……"

附:

关于《散淡的人》

中国的语言,好得很。

比方说,"看透了"这句话,单从字面上讲,"看透了"又有什么不好呢?看透者,透过表象,看到了事物的本质。这从哲学上说,是认识的一种深化,好得很哩。

然而,在生活里,这句话却常常同失望、颓废、一蹶不振等"消极"的含义联系在一起,甚至令人想到寻死上吊、抹脖子、喝敌敌畏。记得报上还发表过文章,批评一些年轻人常把"看透了"挂在嘴边。

若仔细研究起来,把"看透了"这话儿挂在嘴边的人,有很多其实是并没有看透的。名,要争;利,要夺;五光十色的桂冠和针头线脑的实惠,都要追逐。得不到手,那就宣称"看透了"——吃不着葡萄就说葡萄是酸的。

而真正"看透了"的,却未必说他"看透了"——他什么都看透了:人生如戏,四大皆空,还有什么好说的呢?古时出家人,大抵都是看破红尘,到佛的怀抱中去寻灵魂的安宁的。不过,即便真"看透了",跑到远离尘世的大山名刹中去修身养性的和尚尼姑,也时不时有看不透的时候。否则,又哪里来那些《下山》《思凡》之类的好戏呢?

难哉,"看透"!

"散淡"也是一种"看透"，似乎比"看透"高雅些。这"散淡"二字，是消极的，还是积极的呢？难说。名，懒得去争；利，懒得去抢，淡泊如水，与世无争，似乎还有那么点儿积极意义，起码不至于为调资晋级、排座次打得头破血流。政治上不那么关心了，热情不那么高了，不争先进，不夺红旗，也不在乎是不是五好家庭、模范夫妻，仿佛又有点儿消极性。

同是"散淡的人"，其"散淡"的程度和表现又有不同。遇事不惊、不喜、不怒、不言、不哭、不闹，什么都淡然处之，顶多是"淡淡一笑"，这归一类。还有一类，言也多，语也多，什么话都敢说，什么玩笑都敢开，看来热烈得很，一点也不"散淡"。却比前一类"散淡的人"更加"散淡"——他"散淡"到不受任何世俗观念的束缚，一切都置之度外，赤条条来赤条条去，什么也不在乎了，甚而至于颇有些超凡脱俗的仙气。

皇天佑我，结识了不少这样的"神仙"朋友。他们大都年近古稀，与我算是忘年之交的。逢年节，承他们的情，容我加入他们高雅的行列中去。酒宴席上，古往今来，海阔天空，笑语欢声，热烈非凡。光荣的斗争史，难堪的蒙难史，儿时的荒唐，少时的眷恋，事业上的成功与失败，生活中的幸福与悲哀，不堪回首的和念念不忘的，都如过眼云烟，变成了宴席上的开胃酒。在这热烈中，我看到了"散淡"——都是过来的人，什么没有经历过？钟鼓楼上的麻雀，无所谓了。

我咀嚼着这"散淡"，品尝着它的滋味——清淡之中有一点苦，也有一丝甜。我追踪这"散淡"，观察它，分析它，解剖它，当我终于剖开它的外壳时，呀，出现在我面前的，竟是一颗赤子童心，一颗热气腾腾的拳拳之心。

于是，我写了《散淡的人》。

一九八五年九月十七日于天津

献上一束夜来香

一 忽发奇想

花店离他家不远，绿莹莹，红艳艳，门里门外都是花。像一方绿洲，一串彩珠，点缀着那灰色的街道。

每天早晚，李寿川都从花店门前过。光阴似箭，一晃他"过"了三十余年，可就是没进过这个门儿。别说进花店的门，连在店门前站站的工夫都没有。他很忙，早上忙着挤无轨电车上班，下班回来忙着到菜场去买点什么处理的便宜菜。

说忙，也不尽然。归根到底，可能还是他脑子里从不曾产生过如此奢侈的念头——买花儿。经济是基础嘛，李寿川虽说参加工作年头不短了，至今没有一官半职。工资不高。机关里奖金一年半载才发一次。老伴张罗着攒钱买洗衣机。儿子想存钱买个大彩电。他哪儿有闲钱光顾花店？

要按他们办公室里的郭飞——一位专门研究"新闻"的业余专家，用学者的观点来一分析，可就是另一回事了。那就叫：李寿川的审美意识还未能进入高层次。他的性格组合中八成儿缺了"美"这一块。或者说，他的文化深层结构太陈旧，里边塞满了乱七八糟的东西，哪还能容得下花的香味？或者说，他的平民意识太强烈了，一时半会儿富贵不起来。甭管怎么说吧，反正他没进过花店，他也没想过要进去。

于是，出了新鲜事了。

不知怎么搞的，这些日子李寿川忽然想起了花。也许是六月天暖，刚脱了毛衣勃发了肉体上的轻快，导致了精神上的自由？也许是近来老伴唠叨见少，早上大米粥就咸菜，胃里特别舒畅？也许是刚出门，电线杆上的小鸟冲他叽叽喳喳乱叫，唤醒了他沉睡的审美意识？说不清楚怎么回事，近来路过花店时，他常常停下来，在门前看上几眼。有一次竟停留了八分钟之久，以至几位花店的老主顾也把他打量了一番，以为购花者的行列里又出了新人哩。

对于花儿，李寿川一窍不通。牡丹花中之王，他听说过，在纸烟盒上也见过，那烟很贵，想必花也是贵的。八月桂花香，是从歌中听来，究竟是阴历八月还是阳历八月，是南方的八月还是北方的八月，那他就搞不清。至于培土、剪枝、嫁接等专门知识，他更是一无所知。

或许是在花店门前站了几回，他多少受了一点感染。李寿川朦朦胧胧地记起了一种花。好像小时候听说过，好像什么时候见过，好像还闻了闻——那花特别香，好像至今那香气仍在他心里积淀下了些许芬芳。

那花名叫什么来着？他想了几天，没有想出来。毕竟是五十八岁的人了，老了，脑子不顶用，记忆力衰退。他甚至怀疑这是不是一种错觉。根本没有这么一种花，也根本没见过，没听过，没闻过，那就根本不值得去想它了。听说老年人的思维常常容易出岔子，张冠李戴，晨昏颠倒，把人家的账算到自己头上来。莫非自己也陷入了这样的老境？

老，确实老了，再过两年就该退休了。不过，郭飞说，老年人的脑子有个什么特点来着？……眼前的事转身就忘，小时候早忘了的事反倒能记起来。这叫什么来着？他还有一个专门的词儿。这个郭飞读的书真不少，嘴上的新词儿一串串的。这不，真让他说中了，才听他说的词儿忘了个干净；小时早该忘的这会儿又记起来了。是有种什么花，特别香的，就是记不起叫什么名儿了。

这天早上，也怪，他压根儿没想，忽然那花名就蹦到他脑子里了：夜来香。香极了！他仿佛记得小时候妈妈把他抱在怀里去过一次花店，给他闻过一枝夜来香。当然，抱在妈妈怀里的事他是不会记得的。大概是后来妈妈给他讲过。

啊，夜来香，多好听的名字，多美好的童年，多温暖的母亲的怀抱。他顿时产生一种强烈的愿望：应该进花店去看看，看看这夜来香。吃罢早饭，洗了碗筷，他拎起那只旧式人造革提包，穿过弯弯曲曲像条大蚯蚓似的细胡同，上了大街。朝左一拐，经过一个五金店，一个新开的家具店，一个挂着牛仔裤的个体户修表店，一个副食品商店，一个兼营新潮服装的电器商店，就是花店了。

可惜，花店的营业时间与市政府大楼的办公时间一样，八点半之前不接纳顾客。李寿川站在门窗紧闭的花店门前，颇为失望。他只好朝前走一二十步，到电车站，乘这路熟透了的无轨电车去上班。好在机关如今的下班时间普遍宽松，五点半以前从街对面的电车站下来，花店还没关门。下班再来。

有了这个念头，李寿川一整天在办公室都神不守舍，沈处长叫他起草一个"关于全社会都要重视流浪儿的问题"的发言稿，刚写了"同志们"三个字，他就走了神，拿着笔足足愣了五分钟。夜来香，什么样子的？什么味儿呢？真的夜来了才香？

"老李，愣那儿想什么呢？"郭飞转悠到他桌前，十分关切地问。他三十八岁，乌黑整洁的头发，戴一副宽大的金丝眼镜，衣着入时考究，真有几分学者风度。

"没、没想什么。"李寿川像是做了什么亏心事，被人识破，脸也红了，说话也结巴了。所幸桌面上堆着公文纸，他又补了一句："我，给沈处长起草发言稿呢。"

"谁发言，谁起草，何须你替他捉刀代笔？"郭飞叼着烟卷，十分不以为然。

"这，领导布置的任务，怎么好不写呢。"李寿川埋下头，不想把谈话继续下去。

"这里有一个主体性的问题。"郭飞讲起话来是决不允许随意中断的，"甲的发言，要乙起草，这里就产生一个问题：这样的发言稿，究竟是甲的主体意识的呈现，还是乙的主体意识借助于甲的发言的躯壳得到呈现，或者都不是，而是两种主体意识的融通、汇合……"

郭飞把他的"新潮名词"兜售了一番，烟也抽完了，才飘然而去。李寿川在"同志们"三个字后边加了冒号，想把这篇代人立言的公事做下去。无奈，他脑子里被灌满了"主体意识"一类的新词，一时竟找不着主体意识在哪儿了。

我有主体意识吗？李寿川问自己。他觉得他从来没有过主体。在机关里，他是沈处长的部下。沈处长叫他写什么，他就写什么；叫他怎么写，他就怎么写。主体是沈处长，他是客体。客客气气地接受各项任务，并以为受到重用。在家里，他是他老婆的手，也是他老婆的腿，他做着他老婆指令他做的一切，指到哪儿干到哪儿。老婆是主体，绝对的主体。他呢？连客体都说不上，纯粹一个受体——这个词儿也常听郭飞挂在嘴边，这会儿才明白过来：受气包。

可是，夜来香呢，夜来香又是怎么回事？老婆没有让他想夜来香，沈处长也没有布置他写夜来香，夜来香却让他不得安生。莫非这就是主体意识？

这个发现，真叫李寿川有点按捺不住。原来自己也有主体意识！这种意识一经萌发，就有那么大的力量，使他坐也不是，站也不是，连一个字也写不出来，真可谓一发而不可收拾。这个发现，甚至使李寿川有点兴奋。活了五十八年，第一次发现自己也有主体意识，那滋味真妙，甜丝丝的又有点苦，叫人想笑又想哭。如果郭飞知道李寿川此刻的心情，那肯定会动用他的名山词海，给予一个科学的界定：李寿川找到了丢失的自我，品尝到了一个历尽沧桑的老人在迟暮之年找到了自我特有的那种心绪。

离下班还有半个钟头，几十年来从不早退的李寿川，第一回站起身来，拎着那个旧黑包，随着机关里那些"先锋派"人物，开溜了。他直奔他的目的地——花店。

二 跨门而入

花店门开着！

多新鲜？天天门都开着。连那不堪回首的十年，批花鸟鱼虫的辰光，它都没关过。它非但与全市人民同经了风雨，共见了世面，而且单枪匹马顶住了横扫一切的狂飙。这倒不是花店里反"四人帮"的英雄特别多，而是由于国家大事的需要。中国老百姓不敢摆弄花儿了，外国人不论这一套。贵宾们远涉重洋而来，花束、花篮、花环什么的，总少不了。这有关国格脸面，"四人帮"也奈何不得。因而，这小小的花店在公安局亲切关怀之下，竟能无视红卫兵的一道道停业勒令巍然屹立于街头。只不过李寿川那阵子忙着下乡种玉米、起猪圈去了，没注意。

他本是奔着花店来的。但是站在花店门前，他又犹豫了。玻璃窗里，正有几位花枝招展的国际友人在里边溜达呢，能进去吗？

华夷有别，非我同类，不可接触，少往一块凑为妙。这观念，如同男女有别，授受不亲一样根深蒂固。对李寿川来说，既是道德准则，又是行为规范。他几乎想就此回身打道回府了。看来，花儿是洋人爱玩的，我还差着一截。

然而，那主体意识，却也顽强得很。为什么洋人买得，我就买不得？活了大半辈子，一不抽烟，二不喝酒，连汽水都是逢年过节才喝一瓶。没有嗜好，没有奢求，没有一丝半点物质享受的欲念，好不容易想起了夜来香，干吗又犹豫呢？

黑、白的洋女人捧着大把大把的花儿出来了。华夷有别这道隐形障碍排除了。李寿川再往店堂里瞧，还有几位炎黄子孙在花架前漫步。他终于鼓起勇气，跨进了花店的门。这小小的一步，若按郭飞的说法，那是了不起的：李寿川超越了自我。

进得店来，李寿川低着头，生怕受到站在柜台后面那如花似叶儿的女店员的重视，其实，谁也没瞧他一眼。八十年代第六春，中国年轻一代的生活方式虽略有改变——电视机、电冰箱、收录机、照相机等物质文明，走进了他们的生活圈子；那些收入颇丰的个体户、出租车司机和给外国公司跑腿的人们，于几大件之外，更把目光专注于各大餐馆的名酒佳肴，以"北京的大馆子都吃腻了"为荣；再不就花五六十块钱约哥儿姐儿们去跳舞。他们对于花，还缺少专注的爱。套用郭飞的话说，这些年轻人的主体意识暂时还滞留在"生存需求的低层次。尽管他们穿着时兴，戴着金玉的首饰，自以为美——人工装饰起来的美，却绝少去贴近自然的美"。这分析有一定道理，年轻人去花店的不多。花店里的主顾，倒是那些衣着陈旧，举止闲散，毫无现代生活节奏感，不知自我为何物的、年岁偏高的"老北京"。

一进入这块地方，加入了这些"老北京"的行列，李寿川顿时觉得轻松、舒坦。想不到在挤得沙丁鱼罐头一样叫人透不过气来的北京城里的繁华世界，还有这样一个宽松的去处。北京本来就挤，这几年更挤。机关挤，小小一间办公室，挤了五个人。家里挤，十二平方米住祖孙三代的事房管局最清楚。电车上挤，菜市里挤，自由市场上挤。百货大楼挤得你没有一股牛劲儿甭想挨近柜台，那些可敬的售货员都是神经坚强得像铁棍似的人物。王府井大街上天天人如潮涌。那些以"现代人"自居的年轻一代，视时间如金钱，走起路来像穿着旱冰鞋，好几次差点把李寿川挤倒在地。

只有这花店里，花比人多，幽静宜人。店堂四周，梯形花架上，一层层摆的全是花。店堂中央，又横有向、背两排花架，那上面的花儿好像更珍贵。打算买花的人和光看不买花的人，一个个从容不迫，在花丛中悠悠踱步，不时停下来凑近观赏，鼻吸香气，驻足不前。这里的价值观念与王府井大街恰恰相反：你越从容，越缓慢，越是在一盆名花草前流连忘返，忘掉了时间，忘掉了你的生命正在恋花中消逝，就越显示出你的高层次的审美意识——价值观念这玩意儿，也得活泛着说。

李寿川很快就适应了这种花店里特有的环境。他学着别人的模样，两条长胳膊往后一背，黑提包在腰下甩着，挨着花盆一一观看，慢慢地赏。赏什么？他不能确定。他不是行家，赏不出个名堂来。但价码——与插在菜铺架子上的小纸片一般无二，他是熟知的。这树也卖吗？凑近一看，小纸片上标明：铁树——四百元。这标价吓得他心跳，半年的工资，谁吃饱了买这个？架子上小盆小盆绿石山似的，是什么？啊，山影。山影——二十五元。好家伙，这有什么好看的，也这么贵。这一大盆，不是竹子吗？龟背竹——二十五元。他摇了摇头。这跟乡下的竹子有什么不同？只不过矮点，怎么叫龟背竹，龟背上长的？明明不是。这一盆认得，树枝上结的是石榴。石榴——一百元。这就不对了，结满了石榴一百元，什么也不结的铁树倒要四百元，怎么是这样的行情？

转了一圈，再看中间。一溜花架上除了各式盆花之外，还有几个大白瓶子，像旧式家庭用来插鸡毛掸子的。瓶里插着一枝枝风姿各异、娇娇嫩嫩的鲜花。花店称之为切花，供爱花人买了去就可以插瓶，美化室内环境。啊，李寿川模糊记起，夜来香好像就是这么插在瓶子里的。可他不敢断定，哪个瓶子里是夜来香？六月里有没有夜来香？犹豫了半晌，他嗫嗫地去请教站在柜台后边的一位卖花姑娘：

"请，请问，有夜来香吗？"

卖花姑娘摇摇头，没有使用语言。

没有？李寿川心里纳闷：是卖完了，还是这个季节不对？你总得有句话啊！

那姑娘见他愣着不走，才说：

"夜来香是草花儿，不值钱，早不卖了。"

这样评价他心中的夜来香，李寿川简直不能接受，简直是令人难以忍受的侮辱。怎么可以这样说？夜来香是草花？不值钱？没人愿买了？怎么可能？李寿川刚刚萌生的主体意识，好像一炷正待燃起的火苗，被卖花女两句冷若冰霜的话说得忽闪忽闪，眼看就要灭了。

一位年岁较大的售货员，见李寿川若有所失，不知怎么竟动了恻隐之心，自动走上前来问：

"您要的是不是晚香玉？"

"……"

"也有人把晚香玉叫成夜来香的。您瞧，左边上头那个瓶子里就是。"

李寿川转过身子一看，果然，在最上边那个瓶子里插了满满的一瓶。长绿的枝子，一朵朵白花垂首枝头，像喇叭花，又不像喇叭花，素妆淡雅，不着颜色，别有一番清幽妩媚。啊，就是它——夜来香！

啊，找到了，童年的伙伴，梦中的芬芳。虚的实的，真的假的，有的没的，一齐涌上他干枯的心头，形成一股强大的力量，把他推向晚香玉——不，他心中的夜来香跟前。

站在花前，他清醒了。白瓶子旁有个小小的牌子：每枝四角。

四角钱一枝，怎么这么贵？他原以为花儿不是论枝卖，而是论捆儿卖——跟菜摊儿上卖菠菜似的。

然而，夜来香不是贱价的草花，而是卖四角钱一枝的。他心中的花儿还值钱，又多少使他感到欣慰。

欣慰归欣慰，真要掏钱，他又犹豫了。四角钱一枝，就算买五枝吧，四五得二十，两元——一天的菜钱。这上哪儿报销去？

他低头走出了花店，转瞬来到了菜场。

三　不得安宁

菜场如战场。进入菜场，李寿川恰似那身经百战的老兵油子，眼观六路，耳听八方，每一根神经都处于临战状态。

地形是早就不用侦察了。哪儿卖肉,哪儿卖禽蛋,哪儿卖蔬菜,哪儿卖熟食,哪儿卖酱油醋,都在他心里装着。进得门来,他直奔肉案而去。北京的六月,已经炎热非常。因而菜场常出售临时降价的冻肉——"处理肉"。每斤一元,价廉。肥的多,瘦的少,还带有大骨头,物不能说美,但经济实惠。虽然缺肉鲜味,也还不沾肉臭味,深受低工资阶层,如李寿川一流普通干部拥戴。

不过,今天肉案跟前,并未排成长队,只有三五顾客停留观望于案前。李寿川马上作出判断:今儿只有二元五角一斤的瘦肉或无人问津的白汪汪大肥肉,并且果断地实行战略转移:买豆制品去。

豆制品价廉物美,且世界公认营养价值高。李寿川赶到卖豆制品的窗口,发现了新大陆:豆腐!售货员刚把那还滴着水的木屉端了出来。人流顷刻之间铸成了肉的长城。李寿川感觉敏锐,一个冲刺,居然站到了队伍的半腰之中。他耐心地伸长脖子望着前边的劲敌一个一个地减少,可那木屉也在一屉一屉地锐减。此刻,他的夜来香的主体意识荡然无存,意识里只剩下豆腐了。他专注着前边的人头,十个,九个,八个……快了!

还好,等他位居第一时,那最后一屉,还剩下一半边白的。他把准备好的零钱与粮票递上,那售货员仿佛是有意欺负这老头儿,挑了两块缺角少量、不方不正,还沾了些黑土的湿淋淋的豆腐,扔到他张开的塑料袋里。他本想抗议两声,又觉能买到豆腐就算万幸,比那些排在队尾失望而去的同胞,已是天上地下。何必再去惹是非,招一肚子不愉快?于是,他把塑料袋放进黑色提包之中,小心地捧在胸前,又去买了五角钱肉馅和几根黄瓜,钻进那个曲里拐弯的胡同,回家了。

老伴在一家集体所有制的纸盒厂里当工人,据称整天干得腰酸背疼，回到家里照例是在一边歇着，用嘴指挥一切，调动一切。自从儿媳妇给她生下个胖孙子，她是爱不释手，一回家就抱在怀里，捧上膝头，理所当然地什么也不干了。

说她指挥一切，调动一切，其实也就指挥两人，调动两人——李寿川和儿媳妇。儿子从小是她的心头肉，长大虽考不上学校，去年总算当上了集体厂的工人，每月能挣回六七张"大团结"。这还不成了她重点保护的对象，早就免除了一切劳役。而自从儿媳妇为老李家传宗接代立下了不朽功勋，身价顿时百倍，无形中也从家庭劳役中解脱出来。大势所趋，李寿川就成了她指挥一切、调动一切的唯一"受体"——他不受，谁受？

"买回豆腐了，好，咱今儿个也照前院吴家，做盘麻婆豆腐吃。一斤别都做了，留下半块，用凉水泡着，明儿做榨菜豆腐汤。"老伴抱着小孙子，在院子里及时就豆腐的分解利用做出总体设计构思蓝图。

李寿川钻进房檐下那间用破砖和旧木板搭起来的简易厨房里，按照老伴的指示动起手来。

"先把饭焖上。"老伴又一道指令。

李寿川放下正切葱花儿的刀，淘起米来。

"饭焖上了吗？那好，再碾点花椒面儿。人家做麻婆豆腐，光搁辣椒油不行，得搁点花椒面儿才够味儿。花椒面儿会碾吗？你先拿把勺儿——使那把使旧了的，就是那断把儿的，可别拿新的。把花椒搁勺儿里。搁多少？你自个儿看吧！也别多了，也别少了。再点上火，火可别大了，一大了准糊。拿根筷子勤扒拉扒拉。嗅着花椒味儿了吗？嗅着了？那赶快把火灭了，把花椒扣案板儿上。案板上有水没有？擦干！趁热，使擀面杖碾，碾，碾成碎末。"

李寿川手脑并用，总算在老伴的具体指导下，完成了碾制花椒面的任务，为下一步制作麻婆豆腐创造了必不可少的条件。

就这么卖力气，老伴还在院里埋怨："啊哟，瞧这笨劲儿，把我嘴皮子都累扁了。"

李寿川一如既往，决不回嘴。对于老伴的唠叨、埋怨，乃至于谩骂，他从来不予以还击或申辩，真正地不出声儿。

"该切豆腐了。"老伴的第二个战略部署又出台了，"先把豆腐用水冲冲。水龙头别拧得太冲。水太大，豆腐全冲碎了；也别太小，太小了，冲不干净。冲完了吗？冲干净了没有？得，把豆腐切成小方块儿，别切太大了，大了不入味儿；也别太小了，太小了，待会儿一焖，全成豆腐渣了。"

如此这般，一个动嘴，一个动手，分工合作，共制晚餐。动嘴的喊累，动手的什么也不说。只不过有时为了表示对这种分工十分满意，或者为了表示对一道道命令衷心拥护，也说几句凑趣的话儿。

晚饭后是阖家共赏电视的时间。十四英寸的黑白电视，还是儿子结婚时举债置办的高档物件。如今儿子有了工资，早就不把它放在眼里，正筹划找门儿买进口大彩电呢。儿媳妇自从有了娇儿，也从电视观众行列里撤退了。这也好，省了两代人之间审美趣味的代沟矛盾。如今是老太太独霸，掌有选看电视节目的专政权。从二频道到八频道，从新闻联播到广告，她全看。哄孙子喝奶她能脱口而出咖啡广告词"味道好极了"之类。她每晚都一一看到底，不带打歇儿的。这时候，李寿川的任务是"陪看"和随时随刻根据老太太的口味，从小椅子上站起来，去扳动选择频道的开关。

"瞧瞧六频道是什么？"

李寿川站起，走到披头散发的歌星面前，啪的一声，大学生正指手画脚地冲他辩论呢。

"快！八频道有《苏三起解》，带'三堂会审'的，快，瞧瞧！"

电视节目报老太太背得特熟，李寿川又站起来。板凳还没坐热呢。

"看二频道，《阿信》开映了。"

李寿川再一次站起。

若遇指令太频繁时，他干脆就站在电视机旁，随时听令。

每当这时，他老伴也有话说：

"你别不耐烦，赶明儿大小子给我买台带遥控的彩电，就不劳您大驾了。眼下，您先凑合吧！"

等到电视屏幕上最后一个台的播音员道声"再见"，老伴顿时发出鼾声，李寿川才得以摆脱"受体"桎梏，感觉到一点精神和肉体上的自由。不过，到了这时，享受安眠似乎比享受自由更重要。他脑袋挨着枕头，便什么也不知道了。

好多日子都这么过来了，也挺好。近来，不知是因为年近花甲，需要的睡眠时间少了；还是因为老伴放宽了政策，指令比以前渐少，李寿川的脑袋挨着枕头常常不能马上入梦。各种生活的图像和奇奇怪怪的想法，或浓或淡，或虚或实，交替出现在他闭着的眼前。那浓的、实的，不过如此；那淡的、虚的，却叫他放心不下。越是淡淡的、模糊的、虚无缥缈的，越引发他的思绪，召唤他去追寻，害得他不能安宁。

那夜来香，就这样悄悄地来到他梦中。不，这不是梦。他醒着，他想夜来香，他爱夜来香，很早很早以前就爱过，是那种不敢去触动的爱。现在仍然爱着……为什么不去买一束夜来香呢？为什么我就不能去买他一束？

明天就去买……

四　多元集结

第二天上班时，花店照例还没开门。这回，他没有在花店前停留。已经不需要停留，不需要观望，不需要思考，一切都定下来了；今天下班后就来买花，买一束夜里才香的花。

到了办公室，李寿川沏了一杯茶，摊开公文纸，准备下班前把沈处长要的发言稿赶出来。近来，沈处长参加的会议繁多。有全国性的会议；有外国专家参加的国际性学术会议。沈处长每会必有发言，因而李寿川起草发言稿的产量也递增。好在李寿川在各式发言稿里泡了三十多年，跟上菜场似的有把握。对于凑篇几千字的发言，胸有成竹，玩儿似的。

办公室里，五张桌子五个人。一员女将叫朱喜芬，年过半百，自称四十九。她五十年代高中毕业参加工作，性喜言谈，具有强烈的好奇心与干预别人私生活的嗜好；兼有锐敏的新闻嗅觉和惊人的采访能量。特别是她有一种洞察一切的观察家的素质，能够从广阔的社会背景上对各种新闻夹叙夹议，及时发出评论，被机关里的同事称之为"广角镜"。

一位男士，叫罗维强，身材矮胖，粗脖子大头，被戏称为"罗胖子"。罗胖子较李寿川年轻几岁，是五十年代初跨新、旧两个社会的大学毕业生。他年轻时风流倜傥，聪明外露，最终站在右派队伍里，去塞外喂了二十年马。前几年落实政策，回到机关。二十个春秋他的变化是肉体的增值与精力的匮乏。对什么事都报之以哈哈大笑，也不知是真笑还是假笑。他重新结婚安家，新起炉灶过日子，据说过得不错。不过，据"广角镜"得到的消息：不错是假象。上星期六新夫人河东狮吼，摔碎大圆镜一面。并据此评论道：二次结婚，没个好！

另一位男士，就是郭飞了。他的学历高于朱喜芬，低于李寿川和罗维强。他是工农兵大学生——社会上视为"等外品"的一个阶层，因而愤世嫉俗，卧薪尝胆，非要干出一番事业，出人头地不可。用他自己的话说，那就是"要通过自我机制的调节，创造转机，获得生机"。他自学英语，想考"托福"，到洋人堆里去闯出一个新天地，结果考不上。他学写小说，一天能写一万字，五天就是一部中篇小说。可惜篇篇被编辑部退回。他又转行搞文学评论，越评越觉得现在中国简直没有称得起小说的东西，根本不值一评，也就洗手不干了。经济体制改革搞开之后，他研究经济学，兼及信息论、耗散结构论等新旧"三论"，颇有心得。写了不少用他的话说是引进西方新观念来研究中国经济弊病的力作。无奈力作曲高和寡，缺少知音，难以变成铅字，因而从不曾出现在报纸杂志上。唯有一次例外，他的一篇八千字的论文被编辑部删去七千七百字，刊出了三百字，题目也改为《什么是耗散结构论》——成了一则名词解说。

这唯一的例外，竟成了他一生中的转机。郭飞忽然开窍，专攻"名词解说"，有时一晚上就产生十来篇，诸如《什么是信息论》《何谓反馈》《释受体》，等等。这些短文百投百中，不仅采用率高而且转载率也很高。久而久之，郭飞竟成了新词解说的名家。前不久，一家《天才》杂志竟发表了一篇"专访"，题目是《西方新观念的传播者——访郭飞》。郭飞跳跃着请大家下了一次饭馆儿。不过，据"广角镜"透露：这篇专访一多半儿是郭飞自己写的。只不过请他当记者的哥儿们挂上了名字，才得以出笼。前些日子，郭飞又同一家出版社签订了合同，将他那些零零碎碎的小方块汇编成册，题名《新词大全》。机关里的人也就用这四个字做了郭飞的雅号。

再有一位女士，名叫齐文文，才来了三个月，应届大学毕业生，最新一代的知识分子。她的才干，她的美貌，她的风韵，她的满不论（读令），为这办公室带来了活泼的空气，也激起了不小的风波。

首先是排座位的问题，就很费了一番周折。原来办公室里四个人。罗胖子是科室负责人，自然要独居一处。李寿川和郭飞的桌子对在一起，没有什么好说的。剩下一个朱喜芬，正好谁也不愿或不敢跟她面对面，她也瞧谁都不顺眼，自己靠门面壁，别有一块小天地。大家共居一室，虽说不上其乐融融，倒也相安无事。如今新来一个如花似玉的齐文文，把她往哪儿搁，就是个新课题了。

照理说，让她同朱喜芬对面而坐，是合情合理的。朱喜芬本无权独霸一方，齐文文又同她都属女性，两张桌子对一块儿，不就完了吗？为什么不干，"广角镜"拒绝发表评论，旁观者是清楚的。这两人搁一块儿，对比度太强，反差太大。没办法，调吧！可供选择的方案只有两个：要不把郭飞调来跟朱喜芬对坐，要不就把李寿川调来。按朱喜芬的本意，是宁要李寿川也不要郭飞的。李寿川虽然是个令人兴味索然的老头儿，可是，不多言，不多语，随和稳重。郭飞这小子，自从成了"新词大全"，那张嘴刻薄带冒烟，骂了你祖孙三代，还做好梦呢。可是，不知怎么的，一想到让齐文文跟郭飞整天对面坐着，她就有一种不安！一个二十几，一个三十几，一个女，一个男，又都是新潮人物，什么话都说得出口，什么事都干得出来。这真要出点什么事，那还了得？出于公心，为了维护科室的名誉，防患于未然，"广角镜"决定牺牲自我。宁愿让"新词大全"坐在自己面前，说些人不人、鬼不鬼的词儿，也不能让他跟齐文文凑一块堆儿去。于是，李寿川和齐文文就成了每天面对面的同事了。

对李寿川来说，谁坐在他对面都无所谓。是男是女，是老是少，是美是丑，他都视而不见。他也没工夫去"视"。在这个办公室里，他是最忙的一个，忙于起草各种文件和沈处长的各类发言。

虽然经过朱喜芬的精心安排，并为此作出重大牺牲，使她每天不得不面对郭飞，忍受他的新词与难以明白的嘲弄，但这办公室里仍然孕育着一种不安定的因素。郭飞的分析是：本来，五个人性格、年龄、教养、脾气秉性都不一样，可谓一个多元个性的集结体。每当办公室发生什么争执，他就解释说："任何时候这集结都很不容易。只因为在交叉的文化背景上，个体性的审美把握远远大于群体性的审美意识，因而经常发生异彩纷呈的大合奏的局面。"

他的这些新词李寿川听不懂，朱喜芬也不懂。李寿川不懂，他认了，也不想去弄懂。朱喜芬可不成。她非打听个水落石出不可。经她再三追问，郭飞才懒洋洋地作了一个注解："换句话说，各人有各人的一套，经常尿不到一个壶里。"

这种不能集于一壶的表现，多半发生在朱喜芬与齐文文之间。她和她，经常出现语言的撞击和裂变。"新词大全"说："关键是两人的语言构架老出毛病，愣找不着那个交叉点。"究其原因，到底是齐文文的个体性的审美把握超越了群体性的审美意识，还是朱喜芬的个体审美把握落后于群体性的审美意识，郭飞就没表态了。

举齐文文的头发为例吧：

按齐文文的主体审美意识，或个体审美把握，她认准自个儿留披肩发"盖"了！这式样对她那鸭蛋形的脸盘儿绝对的棒。于是她任凭乌云流泻，给半个光洁如玉的脸儿来了个云遮月，心中以为美。

朱喜芬的主体审美意识，或个体审美把握，对此绝对地排斥。好好的头发为什么不卡起来？披散一脑袋，无疑是卖俏，成心做出一副浪样儿勾引异性。黑乎乎像块撕烂了的抹桌布耷拉在脸上，演《大劈棺》似的，臭美，她认定了。

"小齐，把你那头发拿猴皮筋勒上点儿，别这么披散着。"朱喜芬的意识变成了语言。

"我愿意！"一句话，撞击得语言的构架晃了一下子。

小妖精！朱大姐心里的语言，构架又晃了一下子。

狗拿耗子！小齐心里的话。构架又晃了起来。

的确，自从年轻漂亮的齐文文分配到这个机关，不仅是这个办公室，整个机关都隐隐地变得热闹了起来。无数男性的目光都朝她放射开来，年龄不同，级别不等。并不都是想跟她谈情说爱或有心把她变成自己的第三者，但这些目光的内涵确是颇为丰富的。内里当然不乏对美的依恋之情。爱美之心人皆有之，算不得违章建筑。目光的抚爱是隐形的，不犯法，不破财，不招灾，不惹祸，不需要写检查材料，何乐而不为他一两回？也有出于一种失落感的。自己的老婆没人家姑娘水灵，婚姻的枷锁套着，这辈子甭想甩掉。望梅止渴，浮想联翩，只有劳神一双眼珠子了。于是乎，一个个个体的隐秘的内心状态就构成了这总体氛围，全捧着这新来的姑娘齐文文。

唯一能不为齐文文动心的，就只有李寿川了。正因为有这一点预见性，朱喜芬才放心把齐文文的办公桌同李寿川紧密相连。而李寿川的行为果然不负她望，对面跟姑娘坐了三个月，总共没说过三句话。他没时间说。

这天早上，一如既往，李寿川已埋首公文，落笔有声时，齐文文才甩着一头披肩发，足蹬响亮的高跟鞋，跳跃而入。

"老李，你早！"小齐照例先打招呼。

李寿川点点头，又埋在发言稿上了。只见那红格线内，昨天还只有"同志们"三字，今天已经有了"流浪儿的问题是都市社会的一个大问题。北京有这个问题，上海有这个问题，广州也有这个问题，凡是人口密集的城市无一例外均有这个问题存在"，以及"解放前有流浪儿的问题，困难时期有流浪儿问题，为什么在开放、改革，在我国政治形势安定团结、经济形势稳步发展的新的历史时期，也存在流浪儿问题呢"等一大堆方块字了。

"哎——你们知道沈处长要参加什么会吗？"朱喜芬是这办公室每天到得最晚的一个。越是到得晚，越有重要新闻发布。整九点，她一进门，就发布了这条新闻节目预告。

"他要去参加……参加什么城市学研讨会。"朱喜芬使用气声，好像邓丽君的"美酒加咖啡"，蒙着一屋烟雾，勾引听众的神经末梢。

"城市学！从哪儿蹦出个城市学？"罗胖子的学问一半喂了马，一半急需更新。他思想深处除了阶级斗争这门主课外，其余所知甚少。

郭飞是无所不知的，马上作了说明和发挥：

"城市学起源于本世纪三十年代经济大萧条之后，主要支系有城市犯罪学、城市心理学、城市公害学，反正跟城市沾边儿的，都可以归入城市学。"

"你们知道沈处长是怎么钻进这个会的吗？"朱喜芬的报道越来越深入，也越来越引人了，"他啊，全仗着一个老同学，听说原来是清华的，现在是城市学研讨会筹备组的副秘书长。沈处长啊，他呀，找了人家三次，硬要挤进去，还想弄个理事当当。"

如此津津有味的报道，不由人不听。在这个群体，如果真讲"群体意识"的话，那么，每当抨击、指责、嘲弄他们这位处长时，"群体"就能"意识"到一块儿去。个体意识的撞击一概暂停，语言的构架也结结实实地戳那儿。当然，这是短暂的表象，不能持久旷恒。

这一刻也是朱喜芬一天当中最兴奋、最满足，甚至有些自我陶醉的时光。大家都听她一人说，像登台的演员，灯光全冲她一人儿打。

"哎呀，理事可也不是那么好当的！人家明文规定，这是学术团体，要有学术著作。你们想呀，咱们处长哪来的学术著作？怎么进得去？后来，还是他那个同学出的主意，让他在会上作一个高水平的发言，一炮打响，说不定给人留下深刻印象，理事就当上了。后来，他们又经过磋商研究，找冷门儿，嘿，就找着了城市流浪儿这个题目。够有水平的吧，这问题前几天报上登过，政治上没问题。胡诌八扯总能说上几条，这还不十拿九稳了……"

"老李，听见了没有？"郭飞叫道，"他去念稿，他去当理事，要你给他卖苦力，太不合乎逻辑了！"

李寿川照例笑笑，不置一词。

朱喜芬的报道进入深层，把"核心问题"端了出来：

"你们说，沈处长为什么惦着当这个理事？他是给自己安排后路呢！你们想呀，过两年他就离休了。离休了，他干吗？回家抱孙子？想得美！人家也得让他抱哇！你们可不知道，他年轻的时候，就有男女关系问题，还不止一个呢，差点没开除党籍。不为这些桃色事件，他早爬上去了。他老婆根本不理他，儿子、女儿也不叫他爸。这要让他在家待着，不是活受罪吗？所以呀，他才四处找门子，弄个闲差，有个庙，赶明儿这里下去，那里照样游山玩水，照样白吃宴会，说不定，还能交流到国外去！"

如果到此为止，朱喜芬顶多也只能算个"小广播"。她所以能得到"广角镜"的称号，还在于她善于作出观察，发出评论：

"你们说，人还没离休，就忙着给自己安排后路，这党风能正吗？都像他这样，我也找地儿去弄个理事当当。"

"完全可以。业余观察家协会正缺个女性副会长呢！"郭飞嘴皮子向来顶劲。

"去你的！"朱喜芬做出一个叫人哭笑不得的眉眼。

倒是齐文文听了真有点抱不平，她对李寿川说：

"老李，别给他写，叫他这理事泡汤！"

李寿川只以摇头应付，照写不误。到下午四点多钟，他已把一篇洋洋洒洒近三千字的发言稿写了个差不离。心里很有一种轻快之感：终于完稿了。下班以后可以到花店去买夜来香了。

就在这时，沈处长大摇大摆地走了进来。凭良心说，他比他的年龄年轻好几岁，挺胸、抬头、收腹的走路姿势，以及考究的服装、染黑的整洁的头发，都有利于完成他的翩翩风度。自从齐文文出现之后，他三天两头就要深入到这间办公室来，和同志们随便聊聊。

"老李啊，写得差不多了吧？"他先冲李寿川打招呼，并不理会齐文文。

"有了一个初稿，不成样子。"李寿川把原稿捧上。

沈处长一目十行，把一摞公文纸翻了几页，交回给李寿川，皱了皱眉，说：

"老李啊，大的架子可以，有的问题还要推敲一下。比如说，新旧社会流浪儿问题的性质，有根本的不同。这个观点，当然是对的，不过，要不要这么写呢？现在的人不喜欢听套话，这种老话，就不要了吧，尽可能用点新词嘛！"．

"沈处长，想不到您也偏爱新词！"郭飞马上搭过话来。

"嗯——奇怪吗？新词也不是你们的专利嘛！别看我算个老干部，我的思想可不老。干革命嘛，就要跟上潮流。新词，很好嘛，反映新的认识，新的观点，知识更新嘛！比如外国那个什么弗洛伊德，就，就很好嘛。"

"弗洛伊德可不新了。三十年代就有人介绍过……"

"是啊，是啊，我就是指的三十年代、四十年代。那时候，我们也是满腔热血，满嘴新词，什么自由啦，平等啦！"

齐文文歪头对郭飞笑道：

"嘿，'新词大全'，你们祖师爷在这儿呢！你还不赶紧磕头！"

"你这个小鬼！"沈处长抓住战机绕到齐文文身旁，朝她那只隔着一层薄薄的丝衬衣的软绵绵的肩上拍了几下。

这一拍，就像是一拳打在了朱喜芬的心窝上。她在心里咬牙切齿：什么玩意儿，老不正经。拍人家姑娘肩膀，有这么拍的吗？拍一下还不够，瞧吧，一连拍四五下。手指头搁肩膀上的时间，比挪开的时间起码长三秒，老不死的！

见齐文文撇嘴笑着，一副无所谓的样子，朱喜芬像吃了苍蝇。一个巴掌拍不响，这也不是个好东西，小妖精！你行得正，坐得端，人家敢来拍你的肩膀？还不是你自己招的！他怎么就不敢拍我的肩膀呢！叫他拍一个试试！

沈处长终于把手掌从齐文文肩上挪开了：

"这样吧，老李，你今天辛苦一下，晚上加个班，再修改一下。用点新的观念、新的词汇，明天一早我要用。"

李寿川嘴里应着，心中叫苦：今天是完了。哪儿也去不成了。

五　花好月圆

夜来香，朝思暮想，高不可攀，仿佛是永远不可能得到、不该得到的夜来香，终于得到了。

一切都很简单。第二天上班时，交出了沈处长的发言稿，坐上无轨电车，到了花店，付了两元钱，拿了五枝花。卖花人用一根塑料绳扎了扎，就递到了李寿川的手中。

他走出花店，恍如在梦中。

怎么得来是这么简单？

原来，很多不可能的事情，是可能的。很多远去了的，以为永远埋葬了的珍品，是可以寻找回来的。可以让它重新变得清晰、明亮，仿佛永远不曾淡忘过、失掉过，从来就在心头，就在手中。

满足了吧……

为什么又别有一种失落？

只花了两元钱，只用了两分钟，一切都办完了。夜来香已经捧在他的手中。怎么会这么简单，这么容易，这么不费气力？

昨天，那只属于他自己的神秘的乞求；为了加班不能去花店那种恨恨的思绪；那朝朝暮暮诱惑得他坐卧不宁的奢侈的念头，一瞬间都消失了。那时，夜来香只在他的心中开放……

这是我心中的夜来香吗？他捧着花，走上街头。蓝天如故，闹声如故，车辆仍在挤挤地奔流，人群仍在缓缓地移动。一切都那么实实在在。手中孩提时的圣物，绿枝白花，清幽淡雅，又一如梦中的倩影……

该回家去了。

忽然，他停住了脚步！

把花拿回家去？把一束夜来香捧回家去？平白无故的，这，这太出格了，太不可能了。他们家从来没有供过花，更没有插花的瓶。老伴不爱花，不知是不是不爱，反正她从没提起过花，她不需要花。她需要的是菜，是豆腐，不是夜来香。

不能拿回家！绝不能拿回家。她要知道这是花钱买的，一定要骂他"疯了"，骂他"把过日子的钱全糟践了"。说不定会一把夺过来扔地上，说不定逼着他退回花店，说不定……

他把夜来香抱得紧紧的，贴近胸前，真好像马上就会有人把它夺走。怎么办呢？花往哪儿搁呢？总要给它找个地方呀。他一筹莫展了。

在这个广漠的世界上，李寿川的活动范围只限于两点一线——从家这个点到办公室那个点。经这一条无轨电车线。他捧着夜来香，穿过马路。往哪儿去呢？车站旁是一个街心公园。他突然感到累极了，像跑了三千米似的疲乏不堪。公园丁字路边有个石凳，他走过去坐下了。

原来这里有一个街心公园，原来有这么多人来逛公园。并不是人人都像他一样生活在两点一线之间；并不是人人都像他一样白天接受沈处长的每一项任务，晚上按照老婆的口令拳打脚踢。你看，这些游人多么悠闲。有独个儿散步的；有两人并肩踱步的；有推着儿童车的；有坐在椅子上看报的。当然，更多的是令人羡慕的年轻情侣。他们毫无顾忌地勾肩搭背，旁若无人地紧紧搂着相互的腰，两张年轻的脸几乎贴在了一起。啊，这也是生活，是李寿川所不熟悉的一个角落。人们从他的眼前呼呼地走过去。

奇怪，公园这么近，又不收门票——大众化的场所——怎么他就从来没来过，连散步也没有过。相形之下，他生活得太有规律了，从来没有过突破，从来没有过越轨。每天六点起床，十点半关灯睡觉。不曾见过日出，也不曾有过通宵不眠之夜。灾难十年后的第一个春节，他下决心与孩子们一起玩个通宵。那时女儿还没出嫁，儿子还没结婚，一家四口打扑克。打到十一点钟，尽管外面鞭炮齐鸣，打雷似的，他还是斗不过生物钟的顽固不化，上床睡觉去了。

不知不觉中，夜幕降临了。啊，天上的月亮竟出来得这么早。他觉得已经多少年没有见到月亮了，早就忘记月亮是个什么样子的。也许，这也可以列为"城市学"的一个课题吧！林立的高楼夺走了人类的空间；闪亮的电灯遮住了月亮的清辉。只有在公园这块小小的地盘，才有寸尺的空间，让有闲来的游客，重见神秘的上苍。他睁大了眼睛，追视着行走的月亮。月亮四周，是一颗颗闪闪发亮的星星。他仰望着莫测的天宇，忘记了天空下的地面连同他自己。心像天空一样明洁空旷。沈处长的发言稿远去了，老伴无休止的指令远去了，一切都远去了，连同他手上的夜来香也远去了。

"爷爷，给我一朵花儿吧！"

一个稚嫩的声音把他从星空唤了回来。面前站着一个五六岁模样的小姑娘，穿着讲究的薄连衣裙。

"晶晶，你干吗？"右边甬道上一个穿高跟鞋的年轻女人喊着跑了过来。鞋敲着石板，发出叮叮的声音，那么响。

"我要花儿！"

妈妈拉着孩子的小胳膊：

"晶晶，听话，不能要人家的东西！"

"不，就不！我要！"孩子作了逆向选择，挣脱妈妈的手，向夜来香扑来。

李寿川这才看见手中的花束。他急忙抽出一枝花，递到小姑娘的手上：

"小朋友，给！"

两只小手儿迫不及待地几乎要抓到了。

"不，不能要，晶晶！"妈妈疾言厉色地把孩子拦腰抱起来，带走了。

李寿川举着那不被人接受的花朵，惨然一笑。小姑娘还不到会养花的年龄。她不会给这夜来香找一个美好的环境，让它活下去，哪怕活几天。她太小了。但是，如果一枝花，能博得她小小的心里满满的欢喜，哪怕只能活一小时，半小时，这枝夜来香也算实现了自我价值。遗憾的是，她妈妈不理解这夜来香正在寻找主人。她拒绝了李寿川的馈赠，无异于杜绝了这枝花的活路。

苦命的夜来香，想你、念你、得到你，却不能给你找一个延续你生命的归宿之地！这样说来，我原不该得到你的。

他重又陷于茫然。

在这一生中，他常常感到茫然。

初夏的晚风飘来，送过一股淡淡的花香。

啊，夜来香，果然是夜来了就香。他不由自主把花儿凑到鼻子底下闻着。那花瓣触及他枯干的面颊，就像一只温柔的手在轻轻抚摸。

凭借朦朦的月光，他看见花枝更绿了，花朵更白了。夜色给这花儿蒙上一层神秘的美，更显得楚楚动人。夜来香她原是属于夜的。

这样的鲜花，应该送给一位心爱的姑娘。这念头把他自己吓了一跳。送花给姑娘？说来可怜，在他的一生中不曾有过。他与妻子结婚是姑姑介绍的。给未来的老丈人家送过酒、送过点心糖果，就是没有送过花。两人在姑姑家见过一回面，看了几场电影，吃了几餐饭，就去领了结婚证。然后就是买床单、买枕头、买喜糖。然后就是生孩子，过日子……有过爱情吗？应该是有的。没有爱，怎么去结婚？只不过，没有鲜花……没有鲜花的爱情。

为什么竟然没有想到给未婚妻送上一束鲜花呢。他好像从来没有这个想法，她也好像从来没有这种希求。他们的生活不需要鲜花。

不需要鲜花的生活，是多么枯燥的生活。没有鲜花的爱情，又是多么乏味的爱情。难道我真是这么生活了一辈子？难道我就没有给我爱的姑娘献上过一束鲜花？有的吧。年轻的时候，对爱情充满了幻想的时候，难道不曾有过这种美好的冲动？他苦苦地思索，终于不曾从记忆中找到这样的姑娘，也不曾找到这样的冲动。他感到失望，从来没有过的对自己的失望。这是应该的呀！他应该有自己心爱的姑娘，应该给自己心爱的人儿献上一束夜来香。这是他的权利，谁也不能剥夺。然而，这权利他没有过，他放弃了，什么都放弃了。

记忆像一只破箱子，里边装满了破旧的衣服，乱糟糟堆在一起。他翻腾开了，固执地搜寻，终于似有所悟：啊，有过的，确实有过的。是她！穿一件绿衣裳，就像这花枝儿一样，淡淡的绿。她的脸是什么样的？……脸，模糊了，好多年了，想不起来了。初中时的同学，好像是一年级？二年级吧，坐在一进教室靠窗的那张桌子上。对，是她，记起来了，她那一口洁白如玉的整齐的白牙齿。一笑，一口小白牙，半露不露的……

向她表示过什么吗？没有，什么也没有过。三年同学，也许只有两年，连多余的话也没对她说过……可，可有一条线……一条线……上课的时候，总是把自己整个的身子往她的方向拉。

今天他才突然明白，他爱过，爱过的呀！像别人一样有过爱，爱的就是她。她那嘻开的唇，微露的白牙，甜甜的笑……谁想，三十多年，不，应是四十多年过去了。在布满灰尘的记忆深层里，那微笑仍那么动人。恰像一颗被埋在荒丘里的珍珠，虽经岁月的沉积，待到挖掘出来，仍然耀眼夺目。他感到心房在颤动，这夜来香，应该献给你！

可如今，你在哪里？你叫什么名字？

是真有这么一个姑娘吗？是真的爱过吗？也许，这只是一种幻觉，老年人的幻觉，什么都不曾有过。

该走了，该给这夜来香找一个地方，让它在这世界上多活几天，给人间多留一点芬芳。

他从石凳上站了起来。

六　共赏芬芳

李寿川决定把花拿到办公室去。桌上有个笔筒，是花唯一的安身之地了。

他上了电车。

晚间，电车里的人不多，他居然有一个座位。这在他乘车的历史上是难得的机会。三十多年来早晚乘车都是高峰时刻，别说座位，挤上去就是运气。只是近两年，他总觉车开得太快，有时没抓到扶手或椅背，身子就摇摇晃晃地要倒。即便抓到了，也要使劲才能保持身体的平衡。恐怕是换了年轻司机，光图快，车开得不那么稳当了。有时，他从前门上车，明明看见是个花白头发的老司机，车还是照样的不稳，真怪了。莫非，莫非真的老了，身体不灵便了。唉，也没什么可怕的，再坐两年车，就该退了。退了休，一辈子就算差不多了。从退休到死，只剩下人生舞台上的一个尾声。剧场的灯要灭了。

进了机关办公大楼，走廊里很黑。只凭楼梯口一个灯泡，管这么长的走廊，是有些力所不能及。好在只需过三个门，就是那间厮守半生的办公室了。李寿川闭眼都能摸到。

他猛地推门，瓦亮的荧光灯刺得他眼睛都睁不开了。这个时候还会有谁在办公室呢？定睛一看，齐文文苗条的身影映入眼帘。她独自一人伏在办公室的桌上，面前摊开一本《新概念》，手指按在一个砖头似的录音机上，正自学英语呢。

小齐似乎也吓了一跳。她回过身，睁着黑黑的大眼珠子，认清了来人，才一笑：

"老李，您没回家呀！"

"啊……啊……"

生活中意外的事太多了。李寿川什么都想了，就是没想到办公室此刻还会有人。他蒙了，捧着花儿，进退两难，仿佛做贼被人当场拿获，一时不知该怎么好。

小齐马上看见了他手里的花。顿时跳起来惊呼：

"啊！花儿！晚香玉，真美呀！"

一连串赞美的同时，她已经伸手从他手里拿过了花，只管远瞧瞧，近看看，左闻右闻的，全身心都被这鲜花陶醉了。

"老李，这花，您在哪儿买的？"

"哦？不……"

"不是买的？谁送你的？"

"不，我……"

"如果不是一位漂亮的女士送给你的话，"小齐把花捧在胸前，歪着头，用标准的伦敦腔英语说，"那么，李先生，我能否请求你把这花转送给我呢？"

李寿川一时没有听清，或者说，他脑子里还乱着呢，没有反应过来。等到齐文文再用本国语言重复了一遍，他才结结巴巴地答道：

"可以，可以，当然可以。"

齐文文高高地举起花，快乐地连声道谢。那姿势像体操冠军站在领奖台上。

"这花太美了！"

看到齐文文这么快活，这么兴奋，好像凭空得了件宝贝。李寿川忽然觉得，这花本来就应该送给她的。她才是这夜来香的护花神，她才是这夜来香的主人。踏破铁鞋无觅处，得来全不费功夫。却原来，爱花的人，惜花的人，懂得花的价值的人，就在跟前，每天对面坐着。

他看着齐文文，第一次发现她真美。怎么对面三个月，没有觉察到她那么美呢！她笑了，黑油油的披肩发下露出两排雪白的牙齿，亮闪闪的。

他不由得心头一颤。这微笑的唇中那一片白色的珍珠不是她的吗？她就是这样的，整整齐齐，白得透明。啊，不但嘻开的唇像她，脸也像。她一定也是这样美，这样笑，笑得这样甜。

李寿川可不知道，这一刹那间，他的思想活动，用郭飞的话说那可不得了，那就叫：生存的强力，生存的自由，美的创造和美的追求，这些都是现代中国人心理中积累着的矛盾和意向。李寿川这老头儿一时间有了超前的精神。换句话说，这一会儿他的思想可时髦得跟现代中国人似的那么复杂了。他自己可傻了瓜叽的一点儿没觉得。

"怎么，舍不得呀？"见李寿川愣神儿，齐文文把花送到了他鼻子底下，逼他表态。

"不，不，你喜欢，就送给你，你拿着吧！"李寿川急忙说。

说也怪，他反倒怕齐文文不要这花了。这花跟她那么般配，应该为她开放，归她所有，理所当然应当属于她。她才是这花天生的主人。

想到终于为这夜来香找到了最好的归宿，李寿川顿时轻松了。他把笔筒里的笔一把都抓了出来，说：

"我去弄点水来，把花插里边，让它多开两天。"

"这笔筒多脏呀！"齐文文的审美意识又抬头了。

"我去洗……"

"太难看了，搁里边太委屈花儿了。我宿舍里有花瓶。我拿回去插在瓶里。"齐文文一心在花儿上。

她要走了，要把他的夜来香带走了。李寿川说不出来，只觉猛地涌上一股凄凉。

走到门口，齐文文忽然回身笑道：

"这样吧，老李，我把花瓶拿来。插上，搁桌子中间，咱们两人一起欣赏，怎么样？"

"好，好！"李寿川连连点头。多么善解人意的姑娘！

叮叮当当一阵皮鞋声过，齐文文手拿一只细长的青瓷花瓶回来。她已灌满了水，把五枝花一枝枝小心地插进去，虚实相映，错落有致。插完了，左右地欣赏不够。一会儿弯着细腰摆弄摆弄，一会儿直起身双手叉在细腰上打量。

李寿川两眼盯着花，也盯着插花的人。花美人美，花好人好。

花比人美，人比花美？花比人好，人比花好？

"老李您瞧呀！"齐文文才想起，应该邀请这花的真正的主人共同观赏。

真正的主人如梦初醒，凑到花前，欣赏这曾经折磨着他，叫他不知如何是好的夜来香。

"真香！"齐文文仰头呼吸着室内弥漫的香气。

"所以才叫夜来香嘛！"他颇有些得意地解说。

"您说什么？"

"这花，到晚上才香，所以叫夜来香。"

冷不防地，齐文文尖声笑了起来，这一笑可把李寿川笑傻了。这有什么好笑的！

"老李，您弄错了，这根本不是夜来香。"

怎么会不是夜来香呢？李寿川糊涂了。

"这是晚香玉。"

"晚香玉不就是夜来香吗？"

"不——对！"齐文文叫道，"我们家的人都爱花，我知道，没错儿。晚香玉是晚香玉，夜来香是夜来香。您知道吗，夜来香，是草花，栽盆里头的，开小黄花，像，像小饼干那么大小。它学名叫夜丁香。那种花不值钱，没人要，香气也俗。您这几朵花，都是晚香玉，它什么时候都香。不过，到了晚上香气更浓些。"

原来如此。李寿川心里有点明白了。齐文文说的和售货员说的一样。可是，对他这个买花人来说，连花名都没搞清楚，还有什么资格去爱花？所有那些美好的感情，那些遥远的、失落在记忆之外、好不容易才找回来的眷恋，顷刻间都黯淡无光了。

疲倦、失望、浑身没有劲，脑子里空空洞洞的。李寿川拖着双脚朝门外走，那身影真是个老人了。

七　机关快讯

庄严、杂乱、拥挤的办公室里，有人摆过小盆的文竹、仙人球、吊兰什么的，可从来没有人摆过插花。真正的鲜花——不是那些从婚礼上捡来的绢花或塑料花——顿时引起了办公室以及别的办公室的同志们的广泛的兴趣与好奇。

朱喜芬一进门，迎面见着那亭亭玉立的花儿，不禁惊叫起来，更因为这花是在齐文文的桌上，那叫声就更不同一般。

"哟，哪儿来的花哟！咱们办公室能这么打扮吗！"

罗胖子哈哈地笑道，答了一句：

"精神文明嘛！哈哈哈！"

"文明好哇！"花好像长了刺，不知扎着朱喜芬哪根神经了。她摔自己的椅子。嘭地把沉重的身子像个秤砣似的甩了上去，连后背肥胖的肌肉都仿佛在抖动着抗议什么。

话里有话，原是中国语言奥妙之处。明明说出的是句好话，然而重音不同、语调不同、声气不同，其内涵也截然不同。据"新词大全"的研究，就叫作语言的变异和超越。朱喜芬就是一位非常善于应用本民族语言的奥妙，经常变异和超越语言的大师。她那一声"好哇"，包孕了五彩缤纷、乱箭齐发的含义。或者可以注释为："好个屁！"

当然，花儿摆在谁的桌上在朱喜芬看来是一个最重要的因素。如果是在沈处长的桌上，可能就真该说一声"好哇"；如果是在罗胖子的桌上，顶多是无聊之至；如果是在郭飞桌上，那也只是故作风雅之态罢了。如今是赫然摆在齐文文桌上，那自然令人联想到妖艳、轻浮、风花雪月这类的贬义。

不知该怎么美了！她心头一股无名火起。

"不知该怎么美"的人儿袅袅婷婷地进来了。她今天的装束又非同一般。全身由黑、红两色组成。黑色丝质紧裤包裹着苗条的下半身，宽大潇洒的大红纱衬衫覆盖了上半身直至胯部。黑黑的长发自由地飘逸在大红的衣衫上。腰上斜挎一条宽宽的带金属花饰的装饰性皮带。足蹬轻巧的白色镶红边儿的皮便鞋，小腿露出的丝袜却是黑色的。肩上随便挎一个乳白色月牙儿形的大羊皮包。整个的人轻巧俏丽，春气袭人。加以那高高挺起的胸脯，半透明纱衫内米黄色的讲究的小内衣，都使得这姑娘通身散发出一股新鲜的气息，像刚烤得的小面包，那么可爱，那么诱人。

"啊，我的花儿！"把贵重的包随随便便往椅子上一甩，她忙不迭地弯下细长的身子，噘起搽了变色口红的小嘴唇，与花亲吻个不住。

瞧那轻狂样儿吧！齐文文绝没留意背后射来的恶狠狠的目光。她以为在这个桌子、椅子的范围之内都是自己的小天地：我闻我的花儿，碍不着谁的事！

"小齐，啥时候买的花呀？"恶狠狠的眼睛下面，吐出来的声音是甜丝丝的。

"不是买的。"

"那是送的啰？"

"对了，人家送的！"

"人家是谁呀？保密吗？"

齐文文斜了她一眼：

"这有什么保密的，老李送我的。"

这句话，竟像颗炸弹把一屋子人吓了一跳。新闻，简直是特大新闻！平常连五分钱冰棍都舍不得吃的李寿川，居然舍得拿钱买花，而且是买了花送人！

朱喜芬甜丝丝的声音立刻冲李寿川去了：

"老李啊，你什么时候发了财，成万元户了？"

"我、我哪儿发财了？"

"别骗人了。你老婆不是想买洗衣机吗？你那工资、奖金，加洗理费都要上缴。你没发财，哪儿来的钱买花？"

"我……路过花店，看这花挺好，我就……"

"哦，真瞧不出来，咱们老李还有这份儿雅兴。"

李寿川红了脸，眼看招架不住了。

郭飞出来说公道话了：

"这有什么奇怪！爱美之心人皆有之。这是出于人的本性对美的本能的追求！换句话说，也就是人性的复归，是审美意识的觉醒。"

"这一醒可是要花钱呀！"朱喜芬话是笑的，听起来却是冷的。

"才两块钱嘛！"有了友军支援，李寿川居然也萌发了一点战斗力。

"两块钱是不多。"朱喜芬又发起了攻势，"可，老李呀，你自个儿喜欢，买了，自个儿不留着，干吗又送了人呢？说呀！"半开玩笑。那一半儿可就不是了。

李寿川无言以对了。昨儿折腾一晚上的事，一时半晌说得清吗？

齐文文早就义愤填膺，把长发一甩，腾地就跳到李寿川的同一战壕里了：

"同志，您可管得太宽了，老李就买了，买了就送人了，怎么啦，违反宪法哪一条啦？"

语言构架再结实，这么撞也经受不住。

朱喜芬是那善罢甘休的主儿吗，她可是能左右开弓，同时在几条战线作战的女将，穆桂英似的。她马上嬉笑道：

"哟，瞧这嘴，多能说，联合国辩论怎么把你落下啦！冲这小嘴儿，赶明儿我也给你买朵花儿。"

"我还不要呢！"

"那是，还用得着我送！那花瓶，谁送的呀？"

"我自个儿的。他的花，插我的瓶里，不可以吗？"

"哎哟，如今还有什么可以不可以的，自由嘛，想干吗干吗！'妻管严'都不怕老婆了，还怕啥！"

"是不应该怕嘛！"郭飞向来对事不对人，"这是时代潮流，时代意识。老李主体能动性的对美的追求，或者说，人的精神的自我崇高感，就使得他超越了现实，超越了肉体，超越了利害，超越了老婆，一句话，他就超越了他自身……"

"你能超越吃饭，我就服你！"朱喜芬枪炮齐鸣，她可不管构架快倒了。

还是科室负责人罗胖子顾全大局，一劲儿央告：

"好了，好了，都少说两句吧！"

办公室里这才安静了一会儿。由于中西文化的撞击而摇摇欲坠的语言构架，总算又摆正了位置。

于是，齐文文桌上添了一瓶花，就像女排得了五连冠的消息，不胫而走。不胫——没错儿，都不必惊动卫星转播。齐文文那本来就不寂寞的桌前椅后，更加流水般地人来人往，跟王府井大街的灯光夜市一样热闹。有看花的；有借看花看人的；有既看花也看人的。都笑笑地来，又笑笑地去。每一声笑里仿佛都有深意；每一个眼神里仿佛都有神秘。小齐也笑嘻嘻的，美滋滋的。

到了快下班的时候，在机关里传播的快讯是：听说了吗？新来的那个女大学生，跟一个五十多岁的老头儿，有点那个。真的，有人亲眼得见，半夜三更，他们俩在办公室。那老头儿，单腿下跪，给她献了一束夜来香……

八　常态变体

沈处长出去开了三天会，他前脚迈进办公室，朱喜芬后脚就跟了进来：

"沈处长，您可回来了！您再不回来，这事儿就闹大啦！"

怎么，出了什么事儿？沈处长连公文包都没顾得放下，站在那儿，听朱喜芬说。

"您，您真的不知道？一点儿都没听说？"

废话！我知道了，还听你唠叨？沈处长把公文包朝茶几上一扔，一屁股朝沙发上坐下了。

"那，我就全都跟您说了吧！反正，这种事，他们能干出来，就别怪人说。"

这女人，真要命，有话就说，有屁就放。真够烦人的！

"就是前天晚上，不，今天说，是大前儿晚上。齐文文，她，她深更半夜，在办公室里，跟，跟……"

什么？齐文文，这小妞儿，深更半夜，跟……跟谁？在办公室，好大的胆子，这，这怎么可能？水灵灵的，水汪汪的，那对大眼睛啊，怎么可能……

"跟……跟……咳！您根本就没法儿想，她跟……"

她跟谁，你倒是说呀，这娘儿们，不怕把人急死。

"跟李寿川那老头儿……"

李寿川？他是个什么东西？一把老骨头，一个窝囊废，图他什么？没钱，没势，没地位，混了一辈子，连个科长都没混上。那一张马脸，半脸的褶子。风度？屁的风度！她看上他哪一点了？不可能！绝不可能！

"您别摇头不信。纸里包不住火，有人亲眼得见。就在我们办公室，夜深人静的，李寿川捧着一把花，跪在地上，向齐文文……哎呀，我没法儿说，我不说您也能猜出来，这些不要脸的，什么爱不爱的……"

知人知面不知心啊！李寿川，就凭李寿川这个老朽，他，他也赶上潮流了。他，他敢去摘花儿，这朵花儿。这花儿扎手呀！小齐啊小齐，你怎么，怎么也不能允许这么个老家伙……应该一脚把他踹倒在地。我平常对她，她怎么就一点不领情呢！不可思议……

"后来，后来，齐文文忸忸怩怩地接过花儿，就，就答应了。"

岂有此理！岂有此理，简直无法无天嘛！

"沈处长，齐文文刚分配到我们处，我就跟您说过，这小妖精一来，非出事不可。怎么样，我说中了吧！您瞧见了，那一身的打扮，咱们机关有过吗？一会儿一身红，一会儿一身黑，时装模特儿表演似的。"

不错！是个时装模特儿，比那些真模特还模特儿，要不，人的眼睛就朝她身上拉？秀色可餐嘛！没错儿！

"啧啧啧，那天您是没瞧见，一身白，是叫什么纱来着？柔什么纱？跟豆包儿布差不多。从里到外，从上到下，全透了，透透儿的！连下边儿的小粉裤衩儿，那上边的……咳，她敢穿，我可没法儿替她说……"

全透了？从里到外，连……我怎么就没看见？是哪天？可能是星期三，局里开会？那个身材，透透的，白纱一罩，能不让人动心？遗憾！怎么就我没看见？她还会穿的。这小家伙，似有似无，若隐若现，魅力也就在于此嘛！她懂得心理学，男人的心理嘛！能看见……夏天还长着呢……

"一身打扮不说，瞧那浪样儿吧！成天披头散发，半边脸又遮又不盖的，活脱把半个琵琶扣脸蛋子上，犹抱琵琶半遮面，装美人儿，不知要怎么个臭美了！"

她那个脸型，她那个身段儿，就得她那个头发。和谐才是美嘛！那一头秀发啊，谁不想去摸摸，是啊，真恨不能去摸上一把，机关里就数这头发了，你懂什么？！

"瞧她一跟人说话，歪着脑袋，眼神儿从那头发里头钻出来，一碰见跟男同志说话，那就更来劲儿了，还用手胡噜头发，一会儿往前胡噜，一会儿往后胡噜。一瞧她那劲儿，我恨不能拿剪子上去一剪子给她剪了！"

剪？这可不能剪。真一剪子毁了，她还不哭死！她哭起来是什么样子？没见过，这小人儿不爱哭。现在的女孩子都有那么点儿，那么点儿独立自主劲儿，没见她们掉眼泪儿。其实，小美人儿一哭，雨打梨花，那是分外的妖娆啊！她不懂这个？不会不懂的，这么个聪明人。

"咱们机关如今太软弱涣散了，这样的人就听之任之，还谈什么思想政治工作？"

美人怎么看都美。笑也美，哭也美，甚至哭更美。西施八成儿是心脏病，美了几千年呢！人家剪了她头发，她准跑我这儿来告状。就坐这大沙发上，哭得抽抽噎噎的，小脑袋靠在我肩膀上。她伤心了嘛，需要支持啊！安慰她吧，用手掌轻轻，当然是轻轻地，摸摸那头发，轻轻地爱抚，小可怜儿！

"现在抓党风，我看就得把这风好好抓一抓。"

干吗摸头发？应该，啊，摸脸蛋儿，拍拍小脸蛋儿，她让拍吗？上回拍她的肩膀，才拍了两下，她就一躲，像条鱼。美人鱼啊，她让摸脸蛋儿吗？面如桃花，桃花比她可太俗了……

"齐文文不是党员，抓党风抓不到她头上。可是，我们机关的党组织，对这样的人就放手不管吗？不管的本身就是党风的问题，就非抓不可！"

党风问题？确实是党风问题。这些年给极左路线整怕了，右派平反了，右倾平反了，政治问题都平反了，就是生活问题揪住不放。我那点事就平不了反！

"我看啊，就得拿齐文文做突破口，好好把机关的党风整顿一下。"

生活问题算什么？小题大做，人性嘛，在国外根本不当回事。法国电影更彻底，两人云雨一番，早晨爬起来还不知男的叫什么呢？也没耽误人家科学技术照样上去！现在倒是松动些了，我不过早解放二十年，算是个失败的探索者吧，唉，到现在还背着黑锅。真不公平！

"沈处长，我可把情况都向您反映了。我的意见也都谈了。我希望领导上认真考虑一下，坚决制止这种伤风败俗的丑事。"

郭飞那儿书真不少，五花八门。不听他说还真不知道弗洛伊德那么高明透彻。爱情心理学，那是够科学的，叫你不得不服。那句话怎么说的？"要想改变情欲的本能委实是太艰难"了。说得真绝。太符合实际情况了。还用他说，早体会到改变情欲本能的艰难程度啦！外国人就是严密，敢想敢写，研究啥都有根有据，给你讲出个所以然来。咱干是干了，就说不出个道道来。

"现在机关里年轻人越来越多，张口闭口性呀性的，叫人说都不好意思说。要不采取措施，以后就会乱了。"

看来，还是我的观念问题，不解放。李寿川那样的都敢解放……太不公平了。他献花？他献不如我献！至少说明……她，她也不是……这小机灵鬼儿！

"我还建议，多给年轻人讲讲五十年代的好风尚。那会儿的女同志，有她这样的吗？沈处长，咱们一块儿在机关二十多年了，你亲眼得见，我年轻那会儿，就两身灰布制服，白衬衣，顶多带点小方格儿，还是素花的。不也水灵灵的吗？"

她年轻那阵？怎么我就一点印象也没有？她那阵是个什么样子？好像她就没年轻过！灰布制服，那些年，她们全是，肥肥大大的制服，看不见腰，看不见胸，什么也看不见。一条大肥裤，背影跟男人一样。女人都像她，大概就不会出现道德败坏的问题了。谢天谢地！齐文文跟李寿川……李寿川居然敢……小齐居然愿意？

"什么？您还怀疑，他们俩究竟有没有那个……那还用问！齐文文都承认了，人家才不害臊呢！"

承认？毕竟年轻哪！这种事，怎么能承认！唉，不大可能吧，她就这么傻？

"她当我面说的，他的花插我的瓶里！"

这，这是什么意思？这能说明什么？

"哼！还用说吗？您自个儿想去吧！"

这就叫，在同一色调的谈话表象里，能有溢出常态的变体出现。换句话说，两人说的一码事，心里想的可就差远去啦！

九　保持晚节

夜来香只活了三天，它凋谢了，它被扔了。

扔掉了，消失了，好像这世界上从来没有过这一束花，没有人爱过它。

李寿川难过极了。扔掉的，不是花，是他的记忆，是他的依恋，是他永远不会再生发的奢望，是他一点点难得的人生的情趣。它不见了，它只存在了三天。

他像得了一场大病，更显得苍老。

这三天，多么的不平静。各种闲言碎语，各种目光，轻蔑的、嘲弄的、憎恶的、好奇的，从四面八方向他射来。他不明白，这究竟为了什么？

难道我就不能买一束鲜花？难道五十八岁就不能喜欢一点什么？我这一辈子喜欢的太少，可以说什么也没有喜欢过。好不容易到了这个年龄，心血来潮买了几朵花，我自己的事，怎么招来这么多非议？这算怎么回事？

李寿川在无形的压力面前惶惑不安。

"李寿川同志，请你到我办公室来，我们谈一谈。"不容他多想，沈处长就把他找去单独谈话。

单独谈话，像违例的士兵被排长喝令出列，犯规的学生被老师叫到黑板前。李寿川站起来，拖着两条发麻的腿，进了上司的办公室。

沈处长脸板得像石头，硬得怕人。李寿川面对石头就发慌：莫非发言稿出了什么原则性的错误？沈处长为此遭了难？莫非字迹潦草，沈处长念错出了洋相？不会的。几十年来，他用文件和报纸的标准语言为沈处长们起草发言稿，小心翼翼，稳稳当当，不可能有差错。字嘛，从头到尾楷体抄写，工工整整，连标点都标在格子里，完了又检查了一遍，错不了，那……

沈处长坐那儿，足足把李寿川晾了五分钟，才开口：

"李寿川同志，你是老同志了，我真没有想到，你会干出这种事来。"

李寿川傻了，惶惶地问：

"沈处长，我不明白您指的是什么？"

"不要跟我打哑谜了。都几十岁的人了，做了就是做了。敢做敢当嘛！"

到底犯了什么案，李寿川是真不明白。

"这，这，您说的什么呀？"

沈处长生气了。这么迂回婉转，循循善诱，居然还想赖账。他把脸一沉，审犯人似的：

"我问你，你跟齐文文都干了什么好事？"

"跟小齐？没有啊，什么都没有干啊！"

"哼！别以为我出去三天，就什么都不知道。我清楚得很。一切都清楚！"

"真的没有，什么也没有呀！"

"那，你给她送什么啦？"

噢！又是花。原来花不在了，事情还不算完。反映到沈处长这儿了，唉！这事闹的，李寿川低下了头。

假如这时李寿川抬起头来。矢口否认送过什么花儿。沈处长宁可相信李寿川，这样他心里舒服得多。本来嘛，这老朽是个什么东西。也配跟齐文文……再说，朱喜芬那张嘴，全机关出了名的，唯恐天下不乱。能信她的？

可是，李寿川缺乏睁眼说瞎话的才能。他结结巴巴地认账：

"我是买了一束花……"

完了，真有这事。

"不过，不是我送给她的。是，是她自己要的。"

什么？愈来愈邪性了，她自己要的？哎呀，这个小齐呀，你叫我怎么说你。你，你想要花，跟谁要不行，跟他要？你呀，你这小混……你这不懂事的小傻瓜啊！

一股怒火从胸中升起，牙咬得咯咯的。可他毕竟位居来人之上，控制住那团火，冷冷地问：

"是在大前天晚上吗？"

"是。"

"是在你们办公室？"

"是。"

彻底完了。一切都证实了，还有什么可说的？

沈处长用冷峻的语言，结束了这场对他来说是惊心动魄的谈话：

"李寿川同志，我一直以为你是一个老老实实、勤勤恳恳，一心扑在工作上的老同志。以前我也讲过，年纪大些的同志要保持晚节。没有想到你竟干出这样令人痛心的事来。你怎么对得起小齐？你怎么对得起你老婆？"

这跟我老婆有什么关系？李寿川又茫然了。

沈处长挥了挥手，像面前有只苍蝇似的：

"好好想想你的错误，去吧！"

十　和颜悦色

沈处长和齐文文的谈话，是在完全不同的气氛中进行的。

李寿川的突破和自己的踌躇不前，对比太鲜明了。沈处长总结经验教训，明确了今后努力的方向——思想更解放一些，胆子更大一些，步子更快一些。开放而不是把自己封闭于痛苦的思念之中。

看来，郭飞的理论观点是对的。八十年代，随着对外开放，引进外资，引进外国的先进技术和管理，也必然会引进外国的文化观念——包括性解放的观念。要引都引，别那么半吊子地干。现在，那些年轻人在一起，男的女的，开口闭口就是性意识，性觉醒，性冲动，还有什么性变异，亏他们说得出口！可惜，我年轻的时候，没有这个福气。没有赶上好时候。搞个把女人，担多大的风险。也，也不那么容易搞。那些女人，满脑子封建。

现在的女人，简直是送上门。连李寿川这样的糟老头子，居然，居然神不知鬼不觉地，把，把齐文文弄到手。真他娘的、世界是堕落了。也怪我自己，思想太保守。怎么就没想到，那些女人打扮得花枝招展的，里里外外全透着，要干吗？不就是向你传递性刺激吗？唉，太迟钝了！睁眼看看，现在那些公司，公开地有什么攻关小姐，攻什么关？还不是去攻男人这一关！不行，跟那些人有点冒险，反正现代人生活节奏快了，性结合也必然加快，速战速决，不能像五十年代那么拖泥带水。当然，也不能操之过急。要结合国情，结合东方女性的特点。

一上午，沈处长就在这自怨自艾中惨然度过。

午休的时候，机关里的人少，特别安静，齐文文按时应邀来敲门。

"沈处长，您叫我，有什么事儿？"

"来，来，快进来，坐，坐！"沈处长冲了一杯雀巢咖啡，又拿出一包酸味夹心糖说，"喝杯咖啡，吃点糖，别客气。"

他两眼盯住齐文文，心中不无遗憾：怎么今天穿得这么厚实——线衫、牛仔裤——白纱裙上哪儿去了？

"您那杯子干净吗？"齐文文颐指气使，跟在她家指挥安徽小保姆似的。

"对，对，咳，杯子没洗，怎么能给小姐喝呢！"沈处长浑身轻巧，赶忙跑到卫生间去另洗了个杯子，用开水烫了又烫，重新端上一杯浓浓的咖啡。

"谢谢！"齐文文仪态万方，彬彬有礼地谢过，端在手里抿了一口，把杯子放下了。这简直是：喝在齐文文嘴里，甜在沈处长心里，她不拒绝喝他的咖啡。

"沈处长，您老招待下级喝咖啡，可招待不起呀！"

"哈哈哈！"好痛快的大笑。

"处长，您找我有什么事呀？"

"怎么，没事就不兴来我这儿聊聊？"沈处长这时真可谓和颜悦色，平易近人，没有一点官架子。

"聊聊？您说得轻巧。"齐文文笑了起来，"您是大领导，我们小草民，有什么聊的？"

"这样想就不对了嘛，都在一个处，职务不同，只不过分工不同而已。你到我们处三个多月了吧，我一直想找你谈谈，实在是工作忙啊，你不知道，我们这里呀，局一级领导就是婆婆，光动嘴不动手什么都不管。该局长干的全推给我们当处长的，真是有苦无处诉啊！"

"那还不好，您实际上就是局长了呀！"

"咳，咳，怎么能这么说呢！我是说，一直没空坐下来，好好跟你谈谈心。怎么样？机关生活还过得惯吗？"

"挺好。"

齐文文晃着身子，两只手揣在上衣薄薄的兜儿里。两眼什么地方都看，就是不把沈处长看在眼里。漂亮女人就有这么点优越性，可以蔑视一切权威与级别。别说面前是个处长，是个部长她也不换腔调。

这一招不灵，沈处长点上烟，跷上二郎腿，尽量摆出一副严肃的姿态，欲言又止似的说：

"小齐啊，我出去开了三天会，怎么一回来就听说……机关里对你有些反映？"

"是吗？我怎么没听说？"还是一副若无其事的样子。

"当然啰，对这些传言，我是不信的。不过，小齐呀，社会是很复杂的。你刚从学校走上社会，事事都要小心。"

"我小心着呢，要不，早给狼吃了。"

狼？谁是狼？不会是影射我吧？当然不会。是指的李寿川。对，需要单刀直入，戳到她的伤心处。只要她一哭，形势就大好了。

"狼？对，对，说得好，人面兽心嘛，所以要学会辨别人，辨别各种各样的人。社会上的人，包括我们机关里的人。"

"机关里的人？都挺好呀！"齐文文嫣然一笑，一副天真无邪的样子。

"唉，说你是小孩子嘛，怎么可能都挺好呢？都好，就不用整顿了。"

"是吗？谁是特务呀？您可得告诉我，我也提高点警惕！"完全是玩世不恭。

"哎——不要调皮捣蛋。我是跟你谈正事呢！"

"我是在谈正事呀，抓特务还不是正事？"

同漂亮的女人一起聊天，或者似这样"打美人拳"，也是人生一种享受。可是，今天沈处长心里有块砖，没精力打拳。他肩负着挽救齐文文于危难之中的重任，顾不得这种嗜好，又把话题拉回来：

"小齐，我是很严肃地跟你谈话呀！李寿川这个人，你觉得怎么样？"

"老李，没的说，好同志！"这回倒痛快。

沈处长不满地斜睨了这姑娘一眼，"嗯"了一声，又摇了摇头，表示不赞同。

"哦？他不是好同志？……"

字斟句酌，小心翼翼地提出：

"我听说，我不在的时候，他，他对你，有点，有点行为不轨。"

"是吗？我怎么不知道！我看倒是老老实实、规规矩矩，快成木头人一个了。"

水灌不进，针插不入，不打开门哪能见山，沈处长干脆把话挑明：

"那你说说，那把花是怎么回事？"

"哦啊，沈处长，您找我来，绕了这么半天弯儿，就为了一把花儿呀！那您就别绕了，我全坦白交代：老李买了一把花，我喜欢，跟他要，他就送我了。就这么回事，有问题吗？——没准儿是特务交换情报吧——哼，谁行为不轨了？"

"那，那为什么深更半夜……"

"白天上班能去买花儿吗？"

"那，那为什么就你们俩，关着门在办公室……"

"真是新闻！办公室门不关着，整天四门大开，展览会呀！您不怕人家又反映：齐文文整天开着门，唯恐天下人看不见她？"

"……"

"本来我就跟老李一个办公室。不但一间屋，还面对面坐着，您要觉得这不轨，那您就让我上轨道上去，给我一个单间儿！"

齐文文义正词严，气鼓鼓的。沈处长急忙道歉：

"小齐呀，不要生气嘛！我不过随便问问，没有就更好，就放心了嘛，我本来也不相信，像你，像你这样的，怎么会……"

他伸出手去，想拍齐文文的肩膀。此举既消除误会，又……

齐文文猛一闪，躲开了那只贪婪的手。

无奈，那只手只好在空中划了一个圈儿，又缩了回来。

"小齐，找你来，无非是提醒你的意思嘛！你年轻，人又长得漂亮……"

"漂亮怎么啦！爹妈给的，碍着谁啦？"齐文文腾地站了起来，两眼冒火，"漂亮就得给人议论，给人拍肩膀？"

这真是《红楼梦》里的三姑娘，又香又艳又有刺儿。

"你，咳，你别误会，我是说，女孩子长得漂亮，难免，难免……"

"难免出问题，对不对？您就直说吧，长得漂亮的姑娘都要当婊子！"

"哎呀，你怎么说这种脏字，这就不好了嘛……"

"脏字？有的人心里的'字'儿才脏呢！"

嘣的一声关上门，她拂袖而去。

十一　后悔莫及

沈处长个别谈话之后，齐文文依然故我，谈笑自若，该吃什么吃什么，该穿什么穿什么，好像什么事也没有。本来嘛，有什么事儿？

李寿川可就遭了难。他心里压上一块石板，头上顶着一片乌云，脸上罩着一层阴影。他变得更加虚弱，更加沉默，没话了。

失悔。痛惜。一辈子安分守己，任劳任怨。不图名，不图利，不伸手，不争权，没有任何非分之想。领导印象好，群众印象好。

"老黄牛""老黄忠"。偏偏到了晚年,临了,临了,快退休了,出这么档子事儿。这叫什么事,说不清,道不明。窝囊死人了。

活得好好的,干吗去买花?简直不可理解,不可思议,不可解释。买了就买了,干吗又神使鬼差地拿办公室去。又阴错阳差地给了齐文文。给"广角镜"八成儿没事,怎么偏给了人家大姑娘?荒唐!梦,一个荒唐的梦,是梦!

说得轻巧,你说是梦就是梦了?谁相信、谁承认你只是一个梦?没有意识,没有动机,没有目的,纯属偶然?没那么便宜的事。你买了花,进了办公室,给了一个姑娘,一步一个脚印,真真实实,有根有据。天哪!他们怎么说呀?把我看成什么人了?"对不起你老婆"!我一把老骨头了,正正经经几十年,什么歪门邪道都没干过,想都没想过,如今孙子都抱了,我,怎么会干这种事呢?这么传出去,我还怎么活?怎么做人?

千不该,万不该,不该去买那么一束夜来香。怎么会想到去买花呢?郭飞说,这是"主体意识"。什么主体意识,真害死人了。他还说,主、客体的关系是马克思、恩格斯都说过的,真能扯!唉,倒霉就倒在这上头了。按部就班地过日子,上班下班,回家吃饭睡觉看电视,风平浪静、稳稳当当的不好吗,偏去萌发什么主体意识?不是自己找罪受吗?简直就是活得不耐烦,自己跟自己过不去。

全怪自己。意志不坚定,思想改造不彻底,一开放,一改革,一大堆新词儿叽里咕噜都超越来了。郭飞就是个新词批发商,整天在他这喇叭底下坐着,耳朵眼儿里都塞满了:什么内宇宙,外宇宙;什么自然非自然;什么心灵历程生存稳态;什么孤独、律动、元气;什么物化、梗滞、涵盖;什么人化的社会生活主体主动追求的冲突性;哎呀,冲突了,冲突了,中毒了!要没那些个主体客体的,能出事儿吗？跟小齐一个办公室再坐十年，也轮不上沈处长找去谈话。

可也怪，你说那主体意识真没有吗？那天，在公园那一会儿，还真有那么点意思，闹得你心里头轻飘飘的。真像有过那么个绿裙子的少女，明眸皓齿的。不是模模糊糊地老觉着以前喜欢过她吗？问题就出在那遥远的姑娘身上。真有这么个姑娘？没有。真爱过她吗？哪有的事？全是叫那主体意识闹的，鬼迷心窍，神魂颠倒，非说自己爱过她。好像一辈子没爱过谁就缺了一块似的。还联系到齐文文头上，白日做梦，把人家好端端一个姑娘拉扯进来。八竿子打不着的嘛！

郭飞啊郭飞，你可害苦了我啊。主体意识，审美意识，肌里意识（什么肌里意识？肌肉里头还有意识？），什么人性复归……可，能怪人家吗？人家是外宇宙，都怪你自己内宇宙，谁叫你自己意识？全乱套了。

李寿川深入细致地检查自己的思想，越来越觉得自己有错误。沈处长分析得对：没能保持晚节。可是，他没有干什么见不得人的苟且之事，只是一时之间思想上有点恍惚，或者说有点想入非非，并没见诸行动呀！对，这一点很重要，要对沈处长说清楚。一是检讨，从思想上深刻检讨；二是说清事实，别把人家小齐冤枉了，压根儿没有的事，闹出去，人家往后怎么嫁人？唉，千错万错自己的错，不讲党性讲人性。什么人的尊严啦，人性的复归啦，这一下好吧，看你归到哪儿去、归到生活作风问题、道德败坏、乱搞男女关系那一堆里去了。

真冤枉！得找沈处长去！说明白我只有那么一丁点想法，没有行动。不，其实也没想过她。更谈不上别的，我连她的手指尖儿都没碰过。就是她刚分配来头一天跟她握过一次手，可千万不能让人家姑娘受委屈，背黑锅！

李寿川神志恍惚，进了沈处长办公室。这位处长自从找齐文文谈话碰了壁，心中就没有好气。见了李寿川，说得不客气，像见了情敌。

"有事吗？"沈处长头也不抬。

"您上回让我好好想想自己的错误。这几天，我想了又想，是觉得自己错了。是我的错。党培养我几十年，我，我干出这种事情，对不起党。"

干出这种事情？怎么，他真干了？那可得听听。

"那好嘛，你就老老实实说吧！认识了错误，这就好嘛！"

李寿川结结巴巴的，一股子心怀鬼胎模样：

"其实，我，我也没干什么事。不过，不过有那么一小会儿，思想上有那么个念头，真是就那么一小会儿……"

沈处长的脸又呈现出石头状态：

"这，就不必洗刷自己了。干那种事，还用多大一会儿，哼哼！"

"不，不，我不是说的那种事，"李寿川脸腾的一下红了，又转为青黄，"那种事，我真的没干，真的没干，连想也没想。"

"李寿川同志，我要提醒你，这就是你的态度问题了。"沈处长严肃极了，"三中全会以后，党强调实事求是，再也不搞逼供，再也不搞大批判，再也不强迫人家作检讨。我这个处长，强迫你了吗？没有吧！是你自己来，说你错了，干出那种事，对不起党。才两分钟，你又翻脸不认账。你说说，像你这样出尔反尔，叫组织上还怎么相信你。"

沈处长的话句句在理。李寿川给训得一愣一愣的，手心发凉，一身冷汗，脑袋涨得像两个大。他好不容易认清了他对面坐着的人，鼓足勇气才说出话来：

"沈处长，沈处长，我确实，确确实实没干过什么事。我承认有错，错误。是，是因为我心里有过一个念头。不，不是这个念头，是另外，另外一个念头……是……"

沈处长当即打断这些结结巴巴的语言："是念头，不是念头，我不管。李寿川同志，我只劝你不要绕圈子，痛痛快快交代比什么不好？当然啰，这是你自愿的。"

"是的，是我自愿的。"李寿川摸出手绢来，连头带手地擦那止不住的汗珠，"我要交代。那天，我买了花，没有回家，坐在公园里……"

公园？怎么又出来个公园？哈，这情节连朱喜芬都不知道嘛。

"那会儿，天快黑了，不，已经黑了，月亮都出来了。有个小女孩跑来，她想要朵花……"

谁耐烦听这些，沈处长克制着又点了一支烟：

"小女孩？小女孩关齐文文什么事？你说这些无关紧要的干什么？"

"这不是无关紧要，这有关系……"

有关系？小女孩——女同学——齐文文？没关系，谁跟谁也不挨着。看来有关系其实没关系……看来没关系其实有关系，似有似无，又有又无，七颠八倒，阴错阳差。李寿川就是有九张嘴也说不清楚呀！

沈处长倒是明白了——李寿川中了邪。

十二　人言可畏

在机关党总支召开的一次委员会上，沈处长作了一个理论联系实际的发言：

"机关里的思想政治工作万万不能放松。在开放、改革的新时期，各种西方的思潮蜂拥而来，我们的同志是否都有识别的能力，是否都能抵制资产阶级腐朽思想的侵袭啊，这个问题很值得研究。以我们机关内部为例，最近不是发生了一些不应该发生的事情吗？有的同志，革命一辈子，到了现在这个关键时刻，就眼花缭乱，就顶不住，就腐化了嘛！居然、居然干出一些很不体面的事情来。当然，我们现在不搞极左那一套。可是，对这种公然的歪风邪气总要抓一抓嘛！当然，我们可以不点名批判。我今天讲的，也只限于这个范围。到此为止，大家不要当新闻去传播。一来，因为男女之间的事情，传出去对女方总是有影响的。二来，本人已经作了交代，我们还是本着治病救人的原则，宽大为怀吧！"

他把"到此为止""不要传播"之类的词组反复强调了三次，但他也确信，用不了三个钟头，这桃色新闻就必定在机关里尽人皆知。几天前的传闻，现在从"官方"得到证实。李寿川臭了。齐文文呢，也好办了。

不出所料，那边的会议刚散，这官方版本的"夜来香奇案"，就在机关里传开了。走廊里，楼梯上，厕所内，办公室，到处都在打听：

"那老头儿是谁？"

"那女的呢？"

"绝了，想象力够丰富的，一把花儿，一个小女孩，联到，到……哈！哈！"

当然，这件"桃色新闻"的发源处——李寿川的办公室，更成了群众的注目之地。而从这间屋子传出的嘈杂的吵闹声，则吸引了更多的听众。

女主角受不了种种轻侮的目光和语言的刺激，早就飞跑回宿舍，把一腔愤怒化成的泪水倾泻在那绣花枕头上。

男主角像一具木乃伊，人坐在椅子上，仿佛看不见，听不见，也感觉不到什么了。

嗓门特大，唯恐别人听不见她发言的是"广角镜"：

"我说，你们这些人，干吗在窗户底下转悠。这种人没见过怎么的？我们这儿又不是自由市场，看什么？我们还办公不？"

嚷嚷了一阵，她又自言自语地嘀咕：

"也难怪人家好奇心重，本来嘛，这叫什么事儿！太过分了嘛！"

没人理她，她还说：

"我算开了眼了，如今真是大解放，什么乌七八糟的事都敢招呼……红颜白发，不知人间有……"

李寿川木然呆坐。什么也没听见。罗胖子忙着拨电话，请示新夫人今晚的活动安排：是买面包带上去剧场，还是先回家吃完饭再去，可电话老是占线。郭飞倒是句句都听见了，他给自己沏茶，也顺手给朱喜芬倒了一杯，递到她面前说：

"来，朱大姐，喝杯茶，润润嗓子，咱们再接着骂。"

"去你一边儿，我骂谁了？"

"您是没骂，您根本不是骂，无论如何说不上是骂，这我完全理解。此刻，在您内心深处，只不过是激发起了一股强大的对主体能动性的不可遏制的追求，和一种自我意识的确认。换句话说，也就是对性格的自我选择的肯定。"

"我听不懂你这些屁话！"

"哎——呀，这怎么能说是屁话呢？您刚才的一番表象，浸淫了以满足主体自我选择的需要为目的的人的精神的自我崇高感嘛！"

朱喜芬的文化层次自然与郭飞差着十万八千里，跟节假日副食品店的猪肉似的——不是一个等级。但，剔除了不懂的词儿"崇高"二字她爱听，也明白。于是舔了舔嘴唇，喝了口茶。茶叶还真不错。在吃喝方面，郭飞遵循民族化传统——食不厌精——这一层民族文化心理深层结构得非常牢固。

"换句话说，"郭飞也怕朱大姐听不懂，于是尽力给予浅显的解释，"您内心深处有一种欲念。这种欲念的执着与坚定，注定了您在这特定的氛围里非骂人不可。不把别人骂成婊子，就不足以显出您自个儿的贞洁。"

"你这叫什么话！"朱喜芬一拍桌子，勃然大怒。"婊子"这种词儿，听了就叫人上火。

"我这是实话呀，我不过是换句话说罢了，"郭飞笑嘻嘻的，"您说您心底的欲念是不是执着而坚定的？人的价值，就在于能够保持这种欲念的执着与坚定，使主体能动性的追求得到升华。"

"你愿意升，升去！甭拿你那些破词儿来蒙我，你以为我是大傻瓜一个，什么也不懂吗？你错了。拿新词儿骂人，你以为就比人高一等？"

"奇怪，我骂您什么啦？"

"你说什么，什么欲……欲念，呸！我都这么大岁数了，你跟我说这个，你要干吗！"

郭飞哈哈大笑，烟灰弹了一桌子：

"哪儿跟哪儿呀，我的朱大姐，您可是满拧了。欲念，是人的本能。婴儿要喝奶，欲念。人要吃饭，欲念。除非是死人，庙里的菩萨，那才没有欲念，那就完结了。朱大姐，您要是连欲念都没了，那我可得给公安局打电话，这儿要出人命，您准是不想活了。知情不举，见死不救，非我郭飞所为。"

尽管郭飞嬉皮笑脸，朱喜芬仍是不依不饶，罗胖子只好放下电话来劝架：

"好了，好了，都少说两句吧！"

"老罗，您别担心。"郭飞立刻说，"存在的本质就是冲突。没有冲突，就不成其为人生，不成其为社会，不成其为世界，不成其为花香鸟语，人也就失去了存在的价值。"

罗胖子也不知弄懂没弄懂，报之一笑。郭飞还冲他说：

"重要的是对任何冲突都不要妄下论断，而应从合理的角度理解冲突的各种元素，并力图从这样那样的冲突中发掘其理性的内核。换句话说，也就是要发掘出具有永恒意义的历史主题。比如，环绕所谓'夜来香事件'的冲突和各种心态，就揭示了一个关于人的价值和追求的哲学命题。"

朱喜芬不愿再跟郭飞把这文明架打下去，看看到了约定俗成提前下班的时间，她噘着嘴拎起包撤退了。罗胖子也匆匆去接新夫人下小馆儿，然后去音乐厅度一个愉快高雅的夜晚。郭飞见李寿川独自端然呆坐，于心似乎有些不忍，走过去劝道：

"老李，这种事，别放在心上。别人不理解你，我完全可以理解你。你没有错！人来到这世界上就有欲念、有喜爱、有追求、有情趣、有爱、有恨、有悲、有喜、有鲜花，也有眼泪，这才编织出色彩斑斓的人生。换句话说，这才实现了自我，表现了主体意识的复苏。这是一种超越——超越了旧我；也是一个复归——回到了你纯净的人的自身。你就变成了你。"

李寿川眼珠动了一下。又是主体意识，又是超越自我，又是人性复归。唉，正是在这个主体意识上栽了筋斗；正是这超越超趴下了；正是这复归使他找不着北了。然而，奇怪，在他四面楚歌、被人唾弃、虎落平阳之时，正是这个导致他落难、鼓吹主体意识的人，却对他格外表示理解、同情。并且，这些莫测高深的新词，今天听来，似乎也比往日格外明白了些。

"至于别人怎么看，怎么想，你完全可以不管。"郭飞那夹着烟卷儿的细手指，不住地点着李寿川肩上的骨头，"老李呀，你目前的状况，用'意指错位'一词，是很恰当的，也就是说，你指称内在图景的符号能诱发的审美效应与人们日常态度的体验呈不对称性。换句话说吧，你想的，你说的，你做的，同别人，比如说同咱们朱大姐想的、说的、做的，对不上茬儿——错了位了。就这么回事，没什么大不了的。"

李寿川呆滞的目光投向这位居高临下、狂妄自信、满嘴新词的年轻人，嘴里蹦出几个字来：

"谢谢您！"

郭飞一笑，伸过不拿烟的手拍拍老同志肩膀：

"老李啊，你已经走到一个高地，还应该走到一个更高的高地。走到一个自我确认的舒展而庄严的空间，去俯视人生，幸福与痛苦会顿时消失。换句话说，自个儿想开点儿，别搭理他们。"

郭飞走了。李寿川又呆坐了一阵，才站起来，拿起他那共患难的人造革黑提包，慢慢地走出办公楼。

十三　了犹未了

街上的人走得飞快，跟电影一样。橱窗的霓虹灯忽蓝忽红，跟做梦一样。李寿川一步一步朝无轨电车站走去。每天几分钟就到了车站，今天车站像是搬家了，走了这么久，还不见那个摇摇欲坠的站牌子。

一个穿墨绿色长裙、戴小白帽的姑娘从后边走了上来，走到自己身边，又走向前去。她好像也有满腹心事，步子迈得这么小，走得这么慢，不像是个年轻的姑娘，倒像是个老太太。

他忽然觉得这姑娘的背影很熟，这不是齐文文吗？

他想喊出来，可没喊出来。他的一把花，把齐文文扯进了一个虚幻的故事。他本想为她澄清，却又反而把她扯得更深。还有什么脸跟她说话呢！

可是，她为什么忧心忡忡？还不是我害了她，使她蒙受不白之冤，遭到这么多的非议。我对不起她，全怪我，全怪我啊，我应该向她道歉。

他终于喊出声来：

"小齐！齐文文同志！"

果然是齐文文。她回过身来，见是李寿川，便站住了。

李寿川走上前来。他忽然发现自己的步履还是很快的，眼也不花，三步两步就走到齐文文面前。他见齐文文眼圈是肿的，略施脂粉，也难盖那一种惨淡的愁容。

"小齐，你，你上哪儿去？"

"遛遛，散散心，听那些，人要疯了。"

"是我不好，小齐，我对不起你。"

"您这话从何说起！是我自己要的花儿。"

他们一起向前走去。李寿川还在嘟嘟囔囔地检讨。齐文文站住了，说：

"老李，这里根本没您的事儿嘛！您干吗老说错了错了的？买花、送花都是个人的私事，谁也管不着，别理那帮无聊的人。"

齐文文越是为他开脱，李寿川越觉得对不起她，他又唠叨起来：

"我听他们那么说，就觉着是我不好，是我对不起你，昨天我就找沈处长说了，是我的错，胡思乱想，又把你扯了进来，其实就是那么一想，什么事情也没有。我不过是恍恍惚惚，觉得你像我以前的一个同学。其实，也不一定有那么个同学，反正，就是有那么一点想法……"

齐文文火了：

"老李，您还有完没完？一把花儿，神叨叨的，真够窝囊的！"

说完，她猛一转身，长发一飘，就不见了。

李寿川又是一惊，怎么回事，怎么回事呀？左一声对不起，右一声我错了，倒把她气跑了。

他心里更乱了，腿也迈不动，耳也听不清，眼也看不真了。好不容易才见到无轨电车站。

挤上了电车，没有抓挠，倒是倒不下去，可车一摇，他就栽在旁边小伙子的肩膀上，招来白眼，招来谩骂。他都无所谓了。骂的人见没有反应，也就住了口。只用硬胳膊粗手推他的腰，搡他的肩。他一点反应也没有，真像个僵尸。小伙子抬头见这老头儿脸色蜡黄，像要犯病似的，就一使劲挤一边去了。

老了，老了，惹出这么件说不清道不明的事，千不该万不该啊！在摇摇晃晃挤得喘不过气的车上，他的心里翻来覆去只有一句话：真是鬼迷心窍，千不该万不该啊！

下了车，路过花店，他没有看见。走过菜铺，他没有看见。一直走进家里，老伴抱着孙子用眼珠子瞪他，他也没有看见。

进了屋，他把提包挂在门背后的挂钩上，一歪身倒在一张竹椅上，愣着不动了。

"喂，你买的菜呢？"老伴在院里发话了。

没有反应。

"喂，你听见没有？菜呢？等着做呢！"

还是没有反应。

"怎么着，不言语？还吃饭不吃了？还做饭不做了？一会儿都下班回来，喝西北风呀！……"

老伴一边高一声低一声的，一边扭扭地进了房门。一见李寿川那副失魂落魄、呆若木鸡的样子，她吓傻了。这回，她倒像个老婆了：

"老李，你这是怎么啦？"

李寿川不言语。

"你说呀，你这是跟谁呀生这么大气！"

李寿川还是不言语。

"哎哟，我的老爷子，你这是怎么啦，怎么啦！怎么啦？可吓死人啦！我的天，吓死人啦！"

老伴开始干号，继而哭号，李寿川一概听不见。儿子、媳妇闻声过来，忙忙乱乱地才把他扶到床上躺下。

他躺在床上，两眼一动不动地望着顶棚，顶棚旧了，破了，沾着灰，挂着网，一只飞蛾挂在网上，死了，干了，早就死了，只剩下一个空壳。

奇怪，这死灰色的顶棚上，变幻出一幅画，一幅字，是画？是字？

……

一条死灰色的小胡同，一棵果实累累的枣树，一个小猴儿爬上去，他爬得那么快，真像个小猴儿。哈，枣儿噼噼啪啪掉下来了。抢呀，抓呀，好脆呀。那高高在树上的孩子，一群孩子心目中的英雄。

"下来，小川，叫你下来，谁叫你爬树的！还像个读书人家的孩子吗？下来！看不打断你的腿！"

……

是画？是字？

……

一幅中堂，挂在父亲的书斋，是字，是两个大字："无欲"。背诵、默写、记住。罚站、罚饿、罚跪。膝盖跪肿了，站起来，站起来，又倒下了。

站起来，站不起来了。

十四　生死有命

李寿川病倒了。

没有不透风的墙。老伴终于知晓，这是一场心病，起因于一束花。简而言之，为一个女人病倒的。

后院也起火了，火势猛烈。老伴冲着躺在床上一句话没有的李寿川，一把鼻涕一把眼泪地叫唤：

"你的心叫狗吃了？这么多年，我容易吗？就你这窝囊废，就你那俩钱儿，拉扯大俩孩子。鞋，我做了多少双？缝纫机皮带，我换了多少根？我做牛做马，换回你什么了？不要脸的，老了老了，你给我闹这个，你叫我这脸往哪儿搁？你这老不死的！"

老不死的也差不多了，两目无光，滴水不进。头一两天，老伴骂个没完。嘴上骂，心里也骂：活该，自找！三天之后，觉得有点不对劲儿，他躺在床上，仰面朝天，手不动，脚不动，眼珠也不动，怎么骂他损他咒他他也不眨眼。老伴慌了神儿，来了个大转弯儿，和他站在一个战壕里了。毕竟一家人，不说两家话，她劝他：

"算了，得啦，天塌下来有地顶着，谁也没说你什么呀！咱们不就买了一把花儿吗? 碍着谁啦! 花店开着, 就许人买。花咱自个儿的钱, 又没叫公家补助, 碍不着当官儿的筋疼! 再一说, 我都知道了, 是那个小妞儿自己个儿从你那儿拿去的, 没你的事, 就算你送她的, 那又怎么着? 自个儿的东西, 愿送谁送谁, 用不着他们狗拿耗子, 咱们自由自愿。你干吗想不开呀, 我的傻人, 你要有个好歹, 你可叫我靠谁去呀, 我可怎么过呀, 我的天呀! "

老伴再说多少体己话, 也无回天之力。李寿川衰弱得只剩一口气了。机关里派罗胖子来看了看, 当即送往医院。医生诊断之后, 直埋怨家属把病人耽误了, 立即开单子收住院。

李寿川被送到病房。

病房里另有一番天地。

一间大病房, 八位病人。李寿川住第四个铺, 迎着门。医生护士称病人不叫名不叫姓, 而是以"床"为号。因此, 李寿川在这里被称为四床。"四床, 打针! ""四床, 验尿去! "不到一天, 李寿川已忘了自己的名字, 只记得"四床"了。

因小医院的护理人员不足, 或因探视制度不严密, 病房里从早到晚都有许多家属或亲友穿梭不停。假如摆上茶桌, 那就很像茶馆了。除了上午主任医生巡诊时, 闲杂人等暂避一时之外, 其余时间都热闹非凡。这外宇宙平行四方形的环境对李寿川倒十分有利。他并不需要独处。他甚至害怕独处。不相干的人住一块儿, 摆脱了熟识的面孔, 对他简直称得上是一种天赐的解脱, 求之不得。

最红火的是一床的属地。一床住着一个十八九的小伙子, 蓄着两撇小胡子。听起来是一个工厂的青工。哎呀, 他的哥儿们可真多, 男的女的, 全称"哥儿们"。一拨一拨地轮流来陪同。带来的东西大包小筐什么都有, 比食品公司还全乎, 水果罐头、可口可乐、烧鸡、大蛋糕、法国面包、宫廷点心、丹麦曲奇饼干，果丹皮、瓜子、花生、西瓜什么的更不用说了。床头柜、窗台上，连床底下都摆满了。这些哥儿们一来，陪着吃，陪着喝，陪着打扑克，陪着聊天儿。什么都聊：里根出洋相，希特勒的情妇，琼瑶、三毛的流行言情小说，济公的鞋儿破、帽儿破，外国恐怖分子劫飞机，中国的体制改革，丽都饭店舞厅不让中国人进，上个月奖金全泡汤了……偶尔被护士大夫来驱逐出境，他们就转移阵地，跑到楼梯拐角的地方去抽烟，一边交换抽着"万宝路""555"一边接着聊，他们叫"侃"——"侃大山"。他们"侃"得兴致勃勃。

只有几名机关干部病人的冷落。他们的探视牌子常被一床的探视者借用。李寿川床前尤其寂寞。除了探视的日子老伴必来之外，女儿嫁在外地来不了、儿子媳妇也很少光临。机关里的同事难得来一回，来了也大多坐上十来分钟，说上几句"多多保养"就告辞而去。李寿川照例是在枕上点头。机关的同志都忙，能来看他，他已感激不尽了。

只有郭飞是个例外。他给李寿川带来一罐麦乳精，在他床边坐了二十分钟。他的慰问也与众不同，他说：

"老李，别看我不是医生，我能诊断你的病。我以为你的关键问题是有意无意地把自己围于一个时代气氛淡薄的'老井'之中，整个大气层中多种多样的元素统统无法入内与之交流融汇。换句话说，您老是一人憋着，这还不出毛病？"

李寿川拣听得懂的听。"老井"这词儿他倒往心里去了。他一人躺在那儿，就跟掉井里似的。还是老井，老八辈子的，又深又大，长满青苔，爬都爬不上来。水好凉啊！凉得彻骨！这以后，他做梦就常常梦见掉井里了。

正当李寿川见好，老伴以为过些日子就能出院，又开始跟他唠叨的时候，医生却宣布李寿川需要转院治疗，并当即由一辆出租车把他送往一家大医院去。

十五　不了了之

在这家医院里，李寿川从胸科到脑科，又转到神经科，最后转到外科。到了外科，主治医生邀集名医会诊，也没诊出个所以然来，最后就转到了内科观察。

经过一番折腾，李寿川更显得虚弱。头几天是四肢无力，傍晚低烧，后来竟发起高烧来，烧得迷迷糊糊的。他老伴吓坏了，跑到机关里去哭诉，机关里的人这才记得还有李寿川这么个人，并且隐隐约约地想起，这个李寿川曾经跟一束花儿有过点什么牵连。

这回，沈处长亲自到医院探视。李寿川被搁在一间冷冷清清的单人小病房里，眼睛半睁半闭，他没有力气了。沈处长坐了不到五分钟，就起身出去了。

像逃避瘟疫一样，他逃出病房，匆匆穿过走廊。忽然，在走廊的尽头，楼梯口上出现了一个苗条的人形。他一眼就看出是齐文文。

沈处长站住了：她来干什么？只见齐文文穿着那件墨绿色的连衣裙，手捧一束鲜花，迎面而来。

呆住的沈处长不由得叫了一声：

"你这是干吗？小齐，别傻了，这不是惹事吗？"

齐文文一声不理，一副凛然不可侵犯的样子，侧身进了李寿川的病房。

在白色的被褥中，躺着一副枯瘦如柴的骨架。才几个星期的时间，李寿川整个的人好像收缩了，缩成了一把枯枝。他的脸也收缩了，变小了，像用刀削成的一个轮廓。紧闭的眼睛仿佛剩下了框架。

齐文文走上前去。奇怪，在这个老人枯萎的脸上，她看到一团红晕。虽然这变色的红隐没在黄蜡蜡的皮肤下面，却在慢慢地渗透，缓缓地流动。也许是临终前的回光返照，也许是在这干瘪的躯体内仍然躁动着一股不熄的火焰，迸发着它不可遏止的热能。生命之火正在他体内燃烧，奔流。

她轻轻地走到床边，又轻轻地把那束花放在了李寿川的枕边。或许是花香惊扰了他；或许是花瓣触动了他；或许是他原来就醒着，就在等待这一时刻的到来，李寿川竟睁开了眼睛。

"老李，我给您送花来了！"齐文文弯腰拿起那一大束花，举到李寿川眼前，"您喜欢的夜来香。"

李寿川看看花，看看送花的人，摇了摇头，吃力地说：

"这，这不是，夜来香，是，是晚香玉。你，你说的……"

"不，老李，您说它是夜来香，它就是夜来香。"

齐文文重又把花放在李寿川枕边。她看见老人的脸上露出一丝微笑，一行泪无声地滴在那洁白的夜来香上。